わたしの香港

消滅の瀬戸際で

カレン・チャン
古屋美登里＝訳

The Impossible City
A Hong Kong Memoir
Karen Cheung

AKISHOBO

香港の友人たちへ、今どこにいようとも

凡例

〔 〕は訳註である。

＊は原註であり、本文の最後にまとめている。

十八歳のときに香港についてどう思うかと訊かれていたら、愛憎半ばする複雑な気持ちだと答えていただろう。香港という街にわたしはたまたま暮らしていただけだった。雑然とした通りを歩くとエアコンの室外機から滴り落ちる水が必ず髪を濡らした。むっとする夏の大気は魚の練り物を詰めた焼きピーマンのにおいに満ちていた。有名な港からビル群が描くジグザグ模様を眺めるとその背後に山の尾根が見える。これは、わたしが生き延びようとしていた複雑な幼年期の風景にすぎない。違う都市で暮らす父と母、私立校と保守的な公立校、父親の上機嫌といきなりやってくる癇癪、そんななかを右往左往しながら生きてきた。自分が何者なのかまだわかっていなかった。移民でもなければ、親の母国以外の国で育った第三国の文化の子《サード・カルチャー・キッズ》でもなく、香港人ですらなかった。

香港人でなかったというのは、香港人であることがどういう意味なのかそのときにはまだわかっていなかったからだ。わたしが生まれたのは深圳《しんせん》という香港に隣接する中国の都市だ。父と母はこの都市で出会い、わたしが一歳になる前に香港へやってきた。父方の親戚は一九五〇年代に中国の開平《かいへい》から香港に移住した。祖母は、田舎に伝わる迷信や村の古い方言を持ち込んだ。母は武漢の出身で、わたしの母語――広東省と香港で話されている広東語――を話すときはいまだに訛りがあり、ほんの少し喋ったかと思うとすぐに北京語に切り替える。シンガポールで育った弟とわたしは英語で会話する。それでもわたしたち一家は、これが移民につきものの事情だと考えたことはなかった。自分のことを香港人だと人が言うのを聞いたことがない。当時は、自分が何者であるかということに名前をつけたり、それについて話したりすることが重要だとは思えなかった。

わたしが四歳のときに、この小さな街がイギリスの植民地から中国の領土に変わった。香港返還として知られる歴史的な出来事が起きたとき、文学もメディアも、香港は価値観がぶつかる場所だと書き立てた。でも現実はそれよりはるかにひどいものだった。わたしたちには拠って立つ自己の姿などなかったのだ。香港が他の場所と違っている点は、瀟洒なコロニアル建築があり、その一方で工事現場では竹製の足場が組まれ、大排檔《ダイパイドン》〔香港の屋台〕で美味しい中華料理が食べられることだった。わたしたちは自分を否定の形で表していた。共産主義者「ではない」、もう被植民者「ではない」と。他の多くの国と同じように、わたしたちは法によってのみ支配されるという事実が、集団アイデンティティの土台になっていた。それが個々人のアイデンティティとなるまでには、数十年にわたる実験が必要になりそうだった。

わたしの子ども時代は、九龍の土瓜灣《トクワワン》にある活気のない古びた地区で始まる。閉鎖された空港や九龍寨城《さいじょう》公園の近くだ。学校をさぼった子どもたちが足繁く通う薄暗いゲームセンターの横には、軟化剤を大量にふりかけたステーキを出すレストランが並んでいた。雑然とした外観の公営住宅の隣に専用クラブハウスやプールつきの豪勢な民間住宅が建っていた。少数民族の一家が営む店の向かいには、以前牛肉を出荷していた建物があり、そこでいろいろな劇団が芝居を上演していた。夏に台風が直撃すると窓ガラスが割れないようガムテープで大きなバツ印を描いたものだ。頭上を飛行機が横切るときは耳に指を突っ込んだ。これがわたしの世界だった。毎晩夕食の席で耳にするニュースは理解できないものばかりで、香港島や新界《しんかい》（ニュー・テリトリー）まで足を延ばすことはめったになかった。図書館で長い時間を過ごし、英文学や中国史を頭に詰め込み、よい成績をとってみんなの憧れる大学に合格するために頑張っていた。テレビ番組や本、のちにはインターネットのなかで過ごしていた。

十六歳のとき別の学校の男子生徒に一種のひと目惚れをした。「一種の」と書いたのは、彼と付き合いたいというより彼のようになりたいと思っていたからだ。一度も会うことはなかったが、この男の子は自分のブログでジム・ジャームッシュ〔アメリカ人の映画監督。監督作に『ストレンジャー・ザン・パラダイス』など〕やフランク・シナトラ、タトゥースタジオについて書いていた。彼は当時のわたしの考えるクールそのものだった。その後、彼はロンドンの映画学校に進学した。わたしが彼のブログを舐めるように読んでいたのは、香港での生活に飽き飽きしていたからだ。わたしは想像のなかでライブに行き、アートシアター系の映画を観、知的好奇心を刺激される会話を交わし、次に流行する文学運動のただなかにいた。香港ではそんなものはなにひとつ見つからなかった。同級生もわたしも、いちばん大事なのは安定した仕事に就くことであり、そうすればやがてアパートメントを手に入れることもできるし基本的人権も保障される、という信念のもとで育てられた。もっとも、基本的人権などもはやわたしたちの世代では望めるわけもなく、安定した仕事とは最低なものだった。香港流の資本主義のもとで生きることは簡単だけれど、それに深くかかわることは決してできないのだ。

大人になったら、ビジネスの中心地にある国際金融センターの、モールとオフィスをつなぐ橋の上をヒールで闊歩する女性たちの仲間入りをするだろうと思っていた。国際金融センターには大理石の床が張りめぐらされ、高級店が並び、ブルックス・ブラザーズのネクタイを締めたビジネスマンたちが集まる。厚い霧に守られた夜空に向かって雄々しく聳えるおしゃれなタワービルだ。父はわたしにこう言った。隣人のことを知らないのは普通のことだぞ、隣人のことなんてだれも知らないんだからな、と。わたしは香港について大人たちが述べる陳腐な言葉をすべて信じていた。ここは政治に無関心の文化なき土地で、金持ちになること以外に価値を見出せない野心家ばかりが暮らす街なのだ、と。だから、そのときはまだ知らなかった。この都市にはパラレル・ワールドがあって、ずっとここに住んでいても、香港のもうひとつの顔を知らないまま一生を終えることだってある、ということを。

香港は亜熱帯に位置する都市で、七百万人以上が暮らしている。これはよく知られていて、わたしも頭では理解したつもりになっていた。その本当の意味がわかったのは、初めて香港を離れて一学期のあいだ交換留学でスコットランドのグラスゴーに滞在していたときだ。土曜日、グラスゴーの街の中心にある目抜き通りに立ったわたしはパニックの発作を起こしそうになった。人がいない！　これが街の中心部？　道行く人は故郷の一割にも満たなかった。香港は凄まじいほどの活気にあふれ、疎外感や焦燥感をもたらす街で、香港島や九龍ではどの道を通っても他人に触れずに歩くのは難しい。わたしが気に入っている標識は、空港のターミナル間移動用電車のプラットホームに設置された、「あわてずお待ちください。電車は二分ごとにまいります」というものだ。市民公園にはやってはいけないことを記した看板がある。「スケートボード禁止、ベンチに寝そべること禁止」。四季があるようなふりをしているが、本当は二つの季節しかない。汗をかく季節と、汗をそれほどかかない季節だ。

香港は坂の多い都市でもある。高度が上がればアパートメントの価格も上がる。これほど階級差をはっきり示すものもない。香港全体はほんの千平方キロメートルほどの広さしかないが、香港島、九龍、新界という三つの地域は地理的にもそれぞれ違い、特徴も異なる。イギリス人が最初に植民地にした場所が香港島だったせいで、香港全体が「島」だという誤解が生まれた。ヴィクトリア・ハーバーの反対側に九龍と新界が広がる。どちらも中国本土とつながる陸塊の一部だ。その他にも二百以上の小島があるのだけれど、地図上では小さい点の集まりにすぎないせいか、かなりの面積を占めているように思えないせいか、そのことを一度も耳にしたことがないのが不思議に思える。小島のなかには観光客が行くようになった島や、廃村のある島、のどかでゆったりとした生活を送ることのできる居留地などがある。

　歴史的に見れば、九龍には繁栄している中国人社会があった。わたしは土瓜湾《トクワワン》で白人を見かけた覚えはない。ところが大学に進学するために香港島に引っ越してくると、いたるところに英語を話す外国人居住者がいて、ほとんどがイギリス、アメリカ、オーストラリアの出身者だった。香港の人口のうち九割以上*が華人だ。フィリピン人、インドネシア人、インド人の大規模コミュニティもあるが、彼らは少数民族である。こうした人たちのなかには植民地時代から香港で暮らしている人や、最近になって移民や難民としてやってきた人、家政婦などの家庭内労働者もいる。外国人居住者や、英語の出版物は、九龍を「ダークサイド」と呼んだりする。階級差別主義的かつ人種差別的なこの言葉から窺えるのは、従来の中国や南アジアや東南アジアらしい特徴を持つ飛び地を、秘密の暗部だと決めてかかっている態度だ。新界とは手つかずの自然がどこまでも広がり、電車の駅はさびれ、道は未舗装のままで人の活動もほとんどない場所、と九龍と香港島の住民は考えがちだけれど、実は新界の人々の生活はショッピングモールや住宅地を中心にまわっている。

　わたしは大学時代、自分もその一部になりたいと思う世界を見つける前に、しばらくのあいだ「コスモポリタン都市」としての香港で暮らしていた。そこに住んでいたのは、交換留学生やインターナショナル・スクール出身者、アジアで英語を教えたり自分探しをしたりするためにやってきた外国人ばかりだった。わたしは彼らの目を通して自分の故郷を見つめ、生まれ育った都市で旅行者になることを学んだ。こうした人々にとって楽園とは蘭桂坊《ランカイフォン》のことだ。バーが建ち並び、酔っ払いやジェロ・ショット〔粉末ゼリーとアルコールを混ぜて作るショット〕であふれかえる坂道がある。彼らは週末になると龍脊（ドラゴンズ・バック）でハイキングをしたり、ジャンク船から海へ飛び込んだりして過ごし、香港はとても美しい街だと思っている。植民地時代の記憶が色濃く残る香港の地元の人はこうした人々に親切だ。コスモポリタンたちは香港の餃子やロースト肉や麺類が好きで、電車やフェリーに短時間乗りさえすれば都市部を抜けて、木々や貯水池を満喫できることが気に入っていた。公共鉄道の駅は清潔で、電車もたいてい時間どおりにやってくる。善良な外国人居住者は鶏の足を食べ、広東語を学ぶ努力をし、ニュースもある程度追いかけているので政治的ジョークも口にした。彼らの暮らしていた香港が本物ではないと言いたいわけではない。それは香港にあるいくつもの世界のひとつにすぎず、彼らが香港の他の顔を知ろうとしなかっただけだ。

この人たちのおかげで、わたしが子どもの頃に香港に対して愛憎半ばするような感情を抱えていた理由がわかった。通り過ぎるのではなく、この街の一部になるには努力が要る。毎年七月一日の返還記念日に人々がなぜ通りに繰り出すのか、わたしは理解しようとしなかった。ずっと香港で暮らすとは考えていなかったからだ。ニューヨークのインディーズ書店での朗読会に参加する若い作家たちや、ロンドンのカムデンでビールを酌み交わすギタリストや写真家といった人たちのことを、知りたくてたまらなかった。自分が育った都市をよく知らなかったので、同じようなものが独自の形で香港にもあることを知らなかった。ジャズやノー・ウェイブ・シネマ〔一九七〇年代のニューヨークで生まれたアンダーグラウンドの映画制作活動〕だけでなく、ブルース音楽の歴史についても話し合える人が香港にいることを知らなかった。仲間になりたい、恩返しをしたい、と思えるようなコミュニティがあることを知らなかったのだ。

　わたしは十八歳のときに家を出た。家族との離別という緩やかだが避けられない道程の第一歩を踏み出した。そして街がわたしの家族になっていった。こちらの準備ができたときだけ姿を現す、たくさんの秘密を抱えた場所を見つけた。静かな一角があちこちにあることを知った。池のある都会の庭園、坪洲《ペンチャウ》などの近郊の島々、夜更けに香港島の端から端まで走るトラム、店主が客の顔を忘れずお茶やお勧めのペーパーバックを差し出してくれる小さな書店。工業ビルで演奏するアンダーグラウンド・ミュージシャン、菜食主義のレストランを経営する無政府主義者《アナーキスト》、中国語と香港流の英語の両方で書くＺＩＮＥ《ジン》〔個人制作の雑誌〕の制作者や詩人の住む世界も見つけた。煙が充満する倉庫の階段、立ち入り自由の海岸地区、街市《ガイシー》〔香港の生鮮市場のこと〕の最上階にあるレストランに出入りし、抗議デモの後には朝の三時まで飲み、芸術、政治、人生について語り続けた。

　二〇一四年に雨傘運動が起きたとき、わたしは一学期限りの留学プログラムで香港を離れていたので、抗議デモに参加できなかった。一年後、地元のニュースを扱う新規の企業で記者として働き始めた。改めてこの都市を深く知るための口実がほしかった。それで、わたしが故郷から遠く離れていたときに催涙ガスを浴びながら群衆を導いていた学生指導者たちに会いにいった。たいして意味のない変更を、近隣地域にことごとく指示する多くの悪辣な勢力があることを知り、クィアの活動家や高齢者をサポートするコミュニティ・ワーカーに取材し、抗議デモでの衝突を報道した。自分のまわりを観察して、いろいろなことが腑に落ちるようになった。記者の職を辞めて非営利団体で働き始めたときには、長いあいだ付き合っていた恋人がいたこともあって精神状態もまずまずだった。香港で生きる未来を考え始めていた。

　そこで起きたのが二〇一九年の抗議デモだ。

　六月八日、香港にいる「犯罪者」の身柄を中国に引き渡せるようにする逃亡犯条例改正案に反対する最初の大規模な抗議デモが起きる日の前日、わたしはパートナーと倉庫でシンガポールのエモ・バンド〔情緒的なメロディに、ハードコアやパンクと鍵盤楽器を組み合わせるバンド〕の演奏に合わせて踊っていた。その翌日は、白い服に身を包んで何十万人もの人々と一緒に通りを歩き、一致団結して条例改正案反対を表明した。これもよくある抗議デモのひとつで、午後だけ参加してお互いの背中を叩き合って労い、それぞれが日常へ戻っていくのだろうと思っていた。ところがそれ以降もずっとわたしたちは、うだるような暑さのなかを行進し、ほとんど訪れたことのない地区での市街戦から逃げ惑い、ヘルメットやセロハン・ラップといった装備を身につけた学生たちの動向を見守り続けた。以前の抗議デモ活動によってできていた傷口がぱっくりと開いた。路上で、レストランで、あるいは自宅で、わたしたちはともに歓声を上げたり、悲嘆に暮れたりした。香港政府はなにもせず、警察は不倶戴天の敵とばかりに市民を攻撃し、中国政府は本気で怒るようになった。

二〇一九年にいたるまでの数年間、わたしはこの都市との関係を修復することに夢中になっていて、そもそも香港がわたしたちのものであったことなど一度もなかった、という事実をすっかり忘れていた。大人になってからほんの短いあいだ、香港を発見したと思ったのだが、実際にはこの都市はすでに消えつつあり、専横的な法律ができるたびに影が薄くなっていった。香港は絶えず死につつある都市だ。主流メディアは早くも一九九五年には香港は死んだと宣言*し、数カ月または数年ごとに、この都市がまだ生きていることをふと思い出した政治評論家が新たな追悼記事を書いた。それでも、中華人民共和国香港特別行政区国家安全維持法〔以下、香港国家安全維持法〕が成立した二〇二〇年六月三十日のような死は、いまだかつて経験したことがなかった。その数カ月後には、新型コロナウイルス感染症が抗議デモに終止符を打った。法律自体は中国政府が香港の反対派を沈黙させるための武器だったのだが、これを境にして完全な弾圧へと向かうようになり、そのうち生活のすべての局面で締めつけが始まった。中国共産党はそのような筋書きを立てていると最初からわかっていたが、あまりに急激な展開だったため、住民の反抗に対する報復のようにも感じられた。それから一年も経たずに政府は、反対派の立法会議員や区議会議員すべてを排除*し、香港最大の民主派新聞社を閉鎖*し、元警察官らに政界トップの座を与える方法を見出していく。*

　香港国家安全維持法が成立した日の翌日、トラムの線路のあいだに広げられた灰色の垂れ幕にはこう書いてあった。「我哋真係好撚鍾意香港（わたしは死ぬほど香港が好き）」。この垂れ幕の写真はメディアを席巻した。消えつつあるとだれもが言うこの街へ向けての、いわば愛の宣言だった。このキャッチフレーズは、抗議デモを題材にした可愛らしいイラストや地元の音楽のプレイリスト、香港人から親切にされた逸話などに添付された。でも、わたしたちは果たして死ぬほど香港を愛していたのだろうか？　この表明が出たタイミングは皮肉としか言いようがなかった。こちらを長年虐待し続けてきていまや死の床にいる連れ合いのことを話しているみたいだった。臨終の床で、その連れ合いがどれほど嫌な奴だったか語る人などいない。わたしには、この街への愛着が感傷に根ざしたものであることも、大人になったばかりの頃に出会ったコミュニティ・スペースや草の根運動の主催者たちがどちらかと言えば例外だったこともわかっていた。香港国家安全維持法やその後の政府による弾圧が始まる前から、香港は生活しにくい場所だった。家賃は高く、精神状態が悪化した者への支援は疎かにされ、社会的規範を逸脱した芸術にも寛容ではなかった。わざとなのだ。ここで生き延びることすらできないのなら、ここを故郷と感じている暇などないのかもしれない。でも、おそらくそれが香港を愛しているという意味なのかもしれない。わたしたちはこの街の欠点のことごとくを知っているのに、それでもこの街から立ち去りたくないのだ。

香港にいると、政治への関心が芽生えた瞬間のことをみんなでよく話し合う。その瞬間、学生が抗議デモの主催者に、専業主婦が活動家に、タクシー運転手が運動家になる。節目となった抗議デモを目撃したり、そこに参加したりしたことがきっかけになる場合が多い。つまり、二〇〇三年、二〇〇五年、二〇一〇年、二〇一四年、二〇一九年のデモだ。仕事に出かけ、宅配の料理を注文し、仕事机で昼食をとり、家族の待つ家へ帰っていくという、わたしたちの個人的な営みの単なる背景に香港にはなってほしくない、ということにひとりひとりが思いいたったときがある。でも、香港について書かれた記事を読んでいると、この都市は抗議デモがニュースの見出しになるときだけ存在し、わたしたちの生活は政治以外では定義しようがないような気がしてくる。抗議するのは「今までの暮らしを守りたいから」といった耳慣れた言葉に頼ろうとする。しかし今までの暮らしとはどのようなものなのか。なぜわたしたちは逃げ出さずにその暮らしを守るために闘おうとしているのか。中国共産党支配下の生活がどのようなものだったか忘れられない親や祖父母が逃げろと言っているのに、なぜわたしたちはその助言に逆らっているのか。なぜわたしたちは、指導者たちが望んでいるようなどっちつかずで政治に無関心な世代ではないのか。

わたしは植民地支配の影響から抜け出したばかりの香港で大人になった。二〇四七年まではは中国に完全に統治されることはないと聞かされていた。もはやイギリスではないが、まだ完全に中国でもない曖昧な状況にある五十年のあいだに、香港人の主体性を確立できるはずだ、という根拠の薄い作り話のもとで育てられた。わたしたちは香港のあるべき姿を夢に描いていた。二〇一九年の抗議デモのとき、あるインターネット・サイトのスレッドが話題になった。香港が真に自分たちのものになったらなにをしたいかというスレッドだった。地元で収穫された食材を使ってデザートを作りたい、東アジアや香港の歴史を教える人になりたい、地元での体験を描く映画を撮りたい。たいした望みではないように聞こえるかもしれないけれど、三十年前の植民地時代の香港人に夢を尋ねたら、ビジネスを興すことや複数の不動産を購入することだと言うだろう。

わたしの世代は二十年以上にわたって、新たな経済的状況を前にしてさまざまな未来を想像し、香港の主体性を模索してきた。それにもかかわらずこうした夢を語ったのは、まさにこうした夢が実現する見込みがなくなりつつあるからだ。農業従事者が大規模な住宅計画のせいで家を失い、授業や映画は検閲されている。二〇二〇年には弾圧のせいで香港の未来があまりにも揺らいでしまい、こうした夢はにわかに潰えたり別のものに変わるしかなかったりしている。五十年の猶予などないことは明らかだった。

本書は、一九九七年から二〇二〇年までの、多くの人たちが未来を信じていた時期の記録だ。各章では、個人的な話から入って香港のさまざまな面を描き、生き残りを懸けた試練のなかで共同体意識を築こうとしたことが書かれている。ソファで寝起きして、二十二人のルームメートと暮らしていた話、みなが政治的なトラウマを抱えていた時期に鬱病と闘っていた話、催涙ガスから逃げ惑っていた話、そして、そんななかで出会った同志や仲間たちの話も入っている。各章では、分野は異なるが関連性のあるサブカルチャー、歴史的瞬間、香港での生活についても取り上げている。前半部は回想録といった形に近く、後半部はルポルタージュや文化評論に近い。年代順に進んでいく章がほとんどだけれど、たいてい二〇一九年で終わる。この年は、抗議活動によってこうした話題のなかに新たな緊急性が入り込み、それで時間が巻き戻ったり、早く進んだりし、同じ人物が章が変わって現れたり、蘇ったりする。

抗議デモに的を絞った本を書くことはできなかった。自分自身にカメラを向けて、限られた経験から極めて個人的な政治にまつわるエッセイを書くことに疲れてしまった。逃亡犯条例改正案反対の抗議デモが始まった頃、わたしはすでに記者の職を離れていた。デモの参加者でもライターでもない居心地の悪い状態にあったので、ジャーナリストの仲間が目撃する羽目になった最悪の暴力を見ずにすんだ。どう考えてもわたしには、故郷であるこの都市を冷静に論じられるほど客観的に見ることができない。というのも、作家やアーティストが地域の一員なのか、それともここを通り過ぎていくだけの人なのかがわたしにとって絶えず重要だったからだ。もっとも、物理的な、文化的な、対人的な距離が近いからといって、その人が政治的な瞬間の精神を書くのにふさわしいかどうかはわからない。近いからこそ真実が見えなかったり誤解したりすることもある。

本書には命を懸けて中国と闘う未成年のデモの参加者の話や、抗議デモの指導者たちの生い立ちのことは書かれていない。「なぜ彼らの親が中国共産党から逃れて香港にやってきたのか、彼らが抗議デモをするのは自由が脅かされているからだ、香港を去るのは希望を失ったからだ」といったことを説明するための本ではない。植民地時代の歴史は書かれていない。植民地時代の歴史書は数多く出版されている。わたしがここで書いているのは、香港のなかの気に入っている場所、この都市で育つとはどういうことだったのかということ、同世代の作家やジャーナリスト、アーティスト、ミュージシャン、活動家たちのことだ。わたしたちが生きた証だ。また、ひとつの都市が消滅していく多くの方法について書いているが、その都市に暮らす人々が生き残っていく多くの方法についても書いている。ある時間と場所における生活の記録だ。ずっとここに存在していた香港をわたしたちがいかに発見したかを語るものであり、激しい抵抗にあいながらもわたしたちが故郷にした土地の話である。

香港についての本は書きたくなかった。そもそも、二〇四七年以降に記憶に留めておくために、この先の三十年のうちにたくさんの物語が生まれ、生活の仕方が記録されていくものだとばかり思っていた。ところが、困難が迫り始め、わたしたちには時間がなくなりつつあった。すべてが消滅してしまった後の香港について書きたくなかった。そのときには香港がどのような街であったかを再現するには、このわたしのあやふやな記憶しかなくなってしまう。だから、この本を書いた。消滅していく姿を詳細に記録することは、あらかじめ負けるとわかっている試合に臨むようなものだ。この街が変貌する速さに後れないように書くことはできない。この都市で生き残れるものはない。しかし、自分の歴史を書き記すことが決して許されない場所では、記憶することすら過激な行為になる。

目次

断り書き

本書はノンフィクションである。さまざまな個人的な出来事は調査、写真、メッセージ、日記などをもとにして再現されているが、記憶というのは自身のことを語るときには歪められてしまうものである。個人情報保護および安全のために取材をした方々の氏名は変えてあるが、フルネームで表示された方はこの限りではない。

人々が体験したままの香港の姿を正確に描きたいと考えたため、広さや長さの単位や語彙、言葉遣いはそのまま表記している。また、本文中の単位などは香港で使われているものに準じている。参考までに記すと、一米国ドルは七・八香港ドルに相当する。

二〇二一年、香港の地図

もしも香港のあらゆるものが跡形もなく壊されることになり、一カ所だけ救うことができるとしたら、わたしは西区を救い出すだろう。西環《サイワン》とも呼ばれる西区は、香港島の西岸に位置している。干物屋が並ぶ上環《ションワン》と丘陵地の摩星嶺（マウント・デイビス）のあいだの、わたしが法学と文学を学んだ香港大学の坂の下にある。わたしは十八歳のとき大学に進学するために西区に移ってきた。周りの人には西環で育ったとよく話すが、それは西環が生まれて初めて詳しく知りたいと思った街であり、自分の物語を作るための自由を見つけた場所だからだ。家族と離れて、ようやく自分の人生の舵を取れたと感じた場所だった。

西区でわたしが居場所を見つけたのは、狭いフラットで二段ベッドを共有するルームメートや、香港でのビートルズ狂時代の思い出にふけるコインランドリーの女主人、いつもわたしのためにスープを残しておいてくれる食堂の人、サッカーの香港対中国戦が始まるとビール瓶の栓を開け中国の国歌にブーイングする住民たちのいるところだった。台風の季節は海傍（プラヤ）と呼ばれる潮水に覆われた遊歩道の先まで歩いていき、岸に打ちつける波を眺めた。平日の朝の貨物船専用の波止場では、船が積み荷を下ろすとトラックが近づいてきて貨物を牽引していく。ところが夕方になる頃には、立ち入り禁止の埠頭は理想郷に似た場所に変わり、公共の場での集会を禁止する息苦しいまでの規制のすべてが適用されなかった。

一年のあいだ毎晩、ルームメートのキットとわたしは愛犬を連れて埠頭まで散歩し、リードを外して自由に走らせた。他の住民たちは自転車に乗ったり、卑猥な言葉が落書きされた船のコンテナの横で煙草を吸ったり、海に釣り糸を投げ入れたりしていた。犬の飼い主たちは埠頭の常連だった。また、専業主婦や大学生、定年退職した肉体労働者たち、さらに警察官までやってきていた。わたしたちは気に入っているレストランの情報を交換し、冬の夜には埠頭に常駐する船乗りたちを誘ってこっそりバーベキューをした。ここは香港では珍しく、柵で遮られていない海岸地区で、しかも海を見たがる者*を引き戻そうとする警備員はいなかった。

西環は香港のなかでいちばん古い地区で、三つの小さい区域、つまり西營盤《サイインプン》、石塘咀《シェクトンツイ》、堅尼地城（ケネディ・タウン）に分かれていた。「西洋軍の野営地」を意味する西營盤という名前は、植民地時代の初期にイギリス軍がここに常駐していたことにちなむ。ケネディ・タウンは第七代香港総督のアーサー・E・ケネディ卿の名に由来し、石塘咀はかつて売春街*として有名だった。夜遅く、山道（ヒル・ロード）を歩いていると、長衫《チョンサム》〔チャイナドレス。広東語では長衫だが、中国北部では旗袍（チーパオ）と呼ばれる〕に身を包んだアニタ・ムイ（梅艶芳）の幽霊*が、彼女に会いにくるレスリー・チャン（張國榮）をいまも待っているのが見えるような気がする〔映画『ルージュ』ではアニタ・ムイ演じるユーファが幽霊となり、死から五十年が経過してもなお石塘咀で、レスリー・チャン演じる恋人のチャンを探し続ける〕。香港人なら、西区が好きなんてつまらない意見だ、と言うかもしれない。西区はあらゆる地区が知られていて、新たに発見できる場所がないに等しいからだ。でもわたしの記憶は、西区にしまい込まれている。ここで、つまり中国の五星紅旗がはためき、香港を監督する中国高官たちが仕事をしている、バリケードに囲まれた中央政府駐香港連絡弁公室の外で、わたしは初めて抗議デモ中に唐辛子スプレーを浴びた。それに大半の香港人は、高街一號（ナンバー・ワン・ハイ・ストリート）に足を踏み入れたことがないはずだが、そこの精神科外来でわたしは過去五年のあいだ抗鬱剤と睡眠導入剤を処方してもらっていた。

西区はわたしが初めて現実にある場所だと思えたところだ。ただぼんやりといるだけの顔のない人間ばかりが暮らす、奇妙な見せかけの街とは違っていた。わたしのルームメートが家庭教師をしていた男の子の母親は、近くにあるコンビニの女主人で、午前三時にわたしがコンビニを訪れてラッキー・ストライクを買おうとするたびに、禁煙するって言ってたでしょ、と注意してくれた。犬の飼い主たちはわたしの愛犬の変わった癖を覚えていて、犬の好きなおやつを持ってきてくれた。フラットの入っているビルが改修費を過剰請求したときには住民の一部が団結し、腐敗していたらしいビル管理委員会*を解散させてくれた。委員会は親中派の区議会議員と通じていた。「市民社会の基盤は、こういうところから組み立てていかなくちゃならないんだ。イデオロギーの話をしても、住民にすぐにわかってもらえるものじゃないしね。日常からかけ離れすぎてしまうから」と委員長はわたしに言った。コミュニティの活動家は本を交換できるブースを立ち上げたり、古木《こぼく》を切り倒そうとする政府と闘ったりしていた。フェイスブックの西区住民グループの設立者兼管理人は、のちにわたしの結婚式でカメラマンを務めてくれることになる。西区に暮らす人々はわたしを共同体に招き入れてくれた。そのお礼にわたしは、ここについてのさまざまな記事を書くつもりでいた。

二〇一五年、不安な思いを抱えながら西区の変化を記録するようになった。二〇一四年後半に電車が西区まで延長されて利便性が増し、この地域がいきなり一等地になった。潤滑油のしみがついた自動車修理店や、ポテトチップスの袋が竿からぶら下がっている食料品店、赤い蓋が目印の瓶入り発酵ソースを売っていた店舗は、白を基調にした簡素な内装のカフェに姿を変えた。外国人居住者がやってくるとバーや高級レストランがたくさん作られ、深夜の騒音への苦情が増えるにつれて、*ジェントリフィケーション〔地域の再開発およびそれに伴う高級化〕が急速に進んだ。何十年ものあいだここで暮らしていた人々が目の当たりにしたのは、週末の夜に訪れていた食堂が突然抹茶エッグタルトを販売するコーヒーショップに変わり、インスタグラムのインフルエンサーや柴犬を連れた白人のカップルが集まってくる様子だった。あと二年もすれば、わたしが故郷と呼んだところはどこにも見当たらなくなるだろう。

香港で国家安全維持法が施行されてから三カ月後の燃えるように暑い土曜の午後、結婚の記念写真を撮るためにパートナーと埠頭を訪れた。わたしは安い純白のドレスとコンバットブーツを、パートナーは親抗議デモ派の仕立て屋で誂えた紺のスーツを身につけた。髪が風でからまった。辛子色の輸送コンテナの前でふざけたポーズをとった。そこは四年前に初めてキスを交わした場所だ。写真には、濃淡のある青い色を背景に海に浮かぶ街のシルエットが、蜃気楼のようにかすんだ姿で写っている。

ここに来るたびに目に映るのは、いつも死の瀬戸際にある都市の姿ではなく、自分がここの一員だと初めて感じた場所の姿だ。わたしは香港を愛するようになる前に西環を愛していた。人はある街を深く愛するあまり、かつての街の面影がなくなろうと、その街を救うためならどんなことだってやってのける、ということを知る前のことだ。

観光地図

あなたは東南アジアのどこかで暮らしている。どうしてそこへやってきたのかよくわからない。ちょうど大学を卒業する時期に不景気になり、マーケティング分野で取った学位は時代遅れとなった。仕事がない。そんなとき、アジアで働くプログラムがあることを耳にする。資格がなくても英語を教えることができるという。すべての値段が自国の十分の一だ。夏休みに安い航空券を買って香港へ飛ぶ。「サイバーパンクの世界なんだ、きっと気に入るよ」と同僚の教師が言う。

到着日の昼には上環《ションワン》の〈蓮香居《リンホンクイ》〉という茶館で飲茶を食べる。その茶館は、地元のガイドが言うには、「本物の香港を味わうことができる」場所だ。おばさんたちが押して歩くワゴンに積み上げられている小さな竹製の蒸し器には、白い包子《パオズ》が入っていて、そこから濃い橙色の叉焼《チャーシュー》が顔をのぞかせている。香港島の東西を往復する二階建てトラムの二階席に座ると、湿気をはらんだ風が髪をなでる。笑顔のある足の裏の輪郭に電球のついた看板、急な階段へ続く狭い戸口、恐ろしい顔つきのマネキンが並ぶブティック、不動産代理店に金融事務所、窓や扉に板が打ちつけられたり、開発業者の名前が刻まれたりしている建物の前をトラムが通り過ぎていく。電車の新しい駅ができてから、この辺りの地価はさらに上がった、とガイドが説明する。ここには高級住宅が建つ予定ですが、興味を持つ購入者はそれほどいないので、十年ほどは手つかずのままでしょうね。中環（セントラル）ではきつい坂道を二つ登ると、ハワイアン・シャツを着てショットを飲み干し、英語で叫んでいる酔っ払いに取り囲まれる。「観光客のいるところには行きたくないんです」と、あなたはガイドに伝える。「ところがこの人たちは観光客ではないんですよ。ここの住人です」とガイドが言う。

ヴィクトリア・ピーク（太平山）までハイキングをして、途中で立ち止まって自撮りする。背景には、帯状に広がるスモッグでかすんではいるが、無数のビルが聳える香港の眺望が広がる。ハイキング用の径を一時間ほど歩くと頂上にたどり着き、そこには浅い椀のような形をしたおしゃれで近未来的なモールがある。映画の『フォレスト・ガンプ』をテーマにしたレストランや、犬用アイスクリームも販売するジェラート屋が入っている。ひどく汗をかいていることに気づき、エアコンの効いたコンビニまで歩いて残りの行程を終える。九龍まで天星小輪《スター・フェリー》に乗り、高層ビルや海に反射する赤紫と濃紺の光を見つめる。フェリーは大きく揺れながら波止場に到着する。えっ、もう終わり？　乗っていたのはほんの五分。埋め立て地なんでね、とガイドが申し訳なさそうに言う。香港には土地がないんですよ。

油麻地《ヤウマティ》の大気は、土鍋でふかすご飯のせいで塩干し魚の香りに満ちている。あなたはネオンライトや、屋台の奥であっても外からまる見えのところで動物を殺している肉屋や、プラスチックの袋のなかで泳いでいる金魚や、街角をぶらついているカラオケの歌い手などの写真を撮る。廟街（テンプル・ストリート）の入り口にはエメラルド色の瓦と赤い柱から成る中国風の牌楼《はいろう》がある。パシャッ。壁からペンキが剥がれ落ちている、ぎっしり並んだ低層家屋がある。カシャッ。果物市場、竹で組まれた足場、落書き。ピカッ。重慶大厦（チョンキン・マンション）に入ると、色とりどりのカレーが入った湯気の出ているトレーが押し寄せ、両替屋や安宿が所狭しと並んでいる。ウォン・カーウァイ（王家衛）監督が一九九四年に撮った、パイナップル缶と胸が張り裂けるほどの慕情と麻薬密売人を描いた映画、『恋する惑星〔原題は『重慶森林（チョンキンエクスプレス）』〕』があなたのお気に入りだ。だからこそ香港に来たかったのだ。この迷宮を進みながらこっそり鼻歌で「夢のカリフォルニア〔ママス&パパスの楽曲。映画『恋する惑星』で、フェイ（フェイ・ウォン）と警官663号（トニー・レオン）が出会う場面などに挿入されている〕」を口ずさむ。

明日は茶餐廳《チャチャンテン》に行けますよ、とガイドが言う。「地元のカフェです。シロップをかけたフレンチトーストに、ミルクティーに、サテ牛肉麺〔沙嗲牛肉麵。沙嗲醬というソースで炒めた牛肉を載せた麺〕があります」。あなたは、「カフェ」という言葉の意味を勘違いする。翌朝、足を踏み入れたのは床が緑のタイル張りの食堂で、つやつやした黄色い菓子パンがトレーの上に並んでいる。薄手の白いシャツを着た中年男性や建設作業員たちと相席し、薄いピンクのハムが載ったスープパスタの朝食をとると、あなたは『香り高き港〔ジョン・ランチェスターによる香港を舞台とした小説。未訳〕』を引っ張り出して読み始める。しかし、読書はそれほど長くは続かない。店内があまりに騒がしく忙《せわ》しないのでヘッドフォンをしていても集中できず、じきに多くの視線が自分に注がれていることに気づく。空になった皿はさっさと運び去られ、女性店員が青いボールペンで金額を書き殴った白い紙切れを突きつける。これで三回目だ。あなたはため息をついて席を立ち、入口のそばで会計をすます。

『ロンリープラネット』ガイドブックの香港「必見」リストに載っている場所をもういくつかめぐる。〈都爹利会館（ダドルス）〔ミシュラン一つ星を獲得したこともある中環のレストラン〕〉、赤柱（スタンレー）〔海沿いの高級住宅地。古くから外国人居留地として知られる〕、魚市場。でも、どれもこれも本物の香港だという感じがしない。一週間が終わる頃には気力が失せている。出来たてのあさり炒めを出してくれる道路沿いのレストランや、店先に掲げられた手書きの看板は、どこにあるのだろう？　どうやらないものねだりをしているらしい。香港は、盛りを過ぎた街のようだ。

コーヒーショップ

香港はコーヒーショップのない街だと、かつて台湾人の文化評論家の息子が言った。香港にカフェが一軒もないという意味ではなく、午後におしゃべりや読書を楽しめる場所がないという意味だ。「香港人には文化がないのだと思う。* ぼくの言う文化というのは、劇場や舞踊や音楽や美術展覧会のことではなく、一種の生活スタイルを指す。（略）香港人はひっきりなしに、どこかへ行こうと急いでいる。レストランやコーヒーショップやバーなどで待ち合わせをするのは、そうすることでスケジュール帳の項目に線を引いて、仕事が終わったと示せるからだ。ある会議に参加しているときも、次の会議へ向かう道順のことを考えている」

十七歳のとき、初めてこの一節を読んだ。評論家と息子との往復書簡をまとめた本のなかにあった。この文章が心に残ったのは、子どもの頃から本のなかに登場するようなコーヒーショップが香港にもあったらどんなにいいだろう、と思っていたからだ。作家がよく利用するパリのカフェ、六人の友人が最近の恋愛の悩みを話し合うグリニッチ・ヴィレッジの架空のコーヒーハウス〔ドラマ『フレンズ』に登場する〕。香港にももちろんコーヒーショップと呼ばれる店はあった。学生の頃、地元の図書館が混んでいるときには友人と一緒に〈スターバックス〉や〈パシフィック・コーヒー〉で勉強することがあった。休日には、旺角《モンコック》のボードゲーム・カフェで長い午後を過ごし、生ぬるくなったタピオカティーを飲み、カードゲームの「ウノ」が大嫌いになった。こうしたカフェでわたしは青春時代を過ごしたが、評論家の息子が言いたいのはそうしたことではなかった。

彼の主張する「コーヒーショップ文化」とは、仕事場でも家でもなく、会話がしやすく、どこにでもある憩いの場、という第三の場の考え方*に似ている。香港にこそ、他のどの都市よりそうした場所が必要だ。公共空間も私的空間も足りていないのだから。香港のアパートメントは、ニューヨークやロンドンやサンフランシスコと比べて、半分の広さでも賃貸料は高い。平均的な香港人ひとりあたりの開放空間は三平米で、これは東京やシンガポールやソウルに暮らす人よりはるかに狭く、しかも観光客が通りにあふれ返っているので閉所恐怖症になりやすい。それで、都市生活の要であり、どの地区でも中心にある施設、モールに逃げ込む。モールにはレストラン、映画館、スーパーマーケット、デパート、薬局、アイススケートのリンクがあり、香港の殺人的な夏に不可欠な無料のクーラーがある。とはいえここにも警備員はいて、床に腰を下ろしたり造花の植え込みのセメントの縁に座ったりしようものなら、たちまち身の程を教えてくれる。不動産王たちのための遊園地として設計された香港では、第三の場など望めるはずもない。

　でも、二十代前半のときにわたしは憩いの場を見つけた。コーヒーショップではないが、内輪の冗談みたいにまずいコーヒーを出すことはあった。足繁く通うようになった最初の店のひとつが、〈序言書室（ホンコン・リーダー）〉という名の「社会活動書店」で、人いきれのする旺角のショッピング街のありふれたビルの七階にあり、書棚には哲学書や政治論、左翼寄りの翻訳文学などが並んでいた。設立者である達寧李（ダニエル・リー）と他のふたり*は初めコーヒーショップを開くつもりでいたのだけれど、香港人がコーヒーショップを文化的な場所と考えていないことがわかり、結局書店にすることにした（李たちはあるカフェで、店主に「モノポリー」はないと告げられた学生たちが怒って出ていくのを見たことがあった）。〈ホンコン・リーダー〉は、小さい机が三卓あり、しみのついた橙色のソファが備わっている小型書店で、二〇〇〇年代に開業してから何百件ものイベントが開催され、中国におけるフェミニズムや香港地域主義、ブレグジットなどについての議論が交わされてきた。こうした「上階の書店」は香港の文化の中心であり、一九五〇年代から安い唐樓《トンラウ》〔香港の下町を中心に残る低層アパートのこと〕に間借りしてニッチな書籍を販売し続けてきた。貴重なコミュニティ・スペースでもあり、のんびり過ごしていてもぼんやりしていても大丈夫なのだ。

湾仔《ワンチャイ》の港の反対側、歓楽街から数ブロック離れた場所には、富徳楼という「垂直型芸術村」ともいえるビルがあり、そのなかには独立系のコミュニティ・ラジオ局、文芸誌、草の根の報道機関、実験的なアートスペースや、独創的な企業などが入っている。エレベーターはむらがあってせっかちで、ドアが開いたかと思えばたちまち閉まり、内装は過剰に飾り立てられ、地元のインターネット・フォーラムで有名になった抗議する豚の画像のステッカーや、「土地を人々に返せ」、「齊上齊落（ともに上って、ともに落ちよう）」などのスローガンが貼られている。細長いビルの最上階には〈芸鵠《アート・アンド・カルチャー・アウトリーチ》〉という書店があり、香港のクリエイターが制作したZINEやアルバムや書籍などが並んでいる。ここで共同イベントが開催され、『劉暁《りゅうぎょう》波《は》（リウ・シャオポー）：北京に逆らった男』〔日本では未公開。原題は『Liu Xiaobo: L'Homme qui a défié Pékin』〕など、政治状況の悪化で映画館では上映できなかった映画が上映されている。このビルの所有者や管理人たちはわずかな賃料*でアーティストやクリエイターに部屋を貸し出している。香港における芸術や前衛的な文化の発展を阻むもっとも大きな障害、つまり資金と空間の問題を回避する素晴らしい取り組みだ。

一方、この書店から二区画ほど離れたところにある、中環のオフィス街からそう離れていない小さな裏通りで、〈クラブ71〉が最後の酒を振る舞っている。五十万人規模ともいわれる抗議デモがあった二〇〇三年七月一日の日付からつけられた大胆な名のバーは、多くの活動家やジャーナリストやアーティストの憩いの場だったが、新型コロナウイルス感染症のさなかに賃料負担に耐えきれず閉店することになった。わたしの大好きなバーでもあった。「経済的に続けていけなくなったの*」とオーナーの馬麗華（グレース・マー）はあるインタビューで語っている。「そろそろ次のことを考えなくちゃ。なにか別のことをしたいわ」。最後の一カ月間、バーは大にぎわいで、店内に入れない客が外の公園に集まり、泡立つビールを勢いよく喉に流し込んでいた。そんなある晩、わたしは騒がしい店内に腰を下ろすことができた。二十代の頃は本当によくここのサービスタイム〔値段が割安になる時間〕のお世話になり、猫のアー・ソーの気を引こうとしたり、壁に掛けられている常にチューニングができていないギターをつまびいてみたり、酔っ払ったような黄色のライトの下で、あんたの顔は覚えているけどまた名前を忘れちゃった、とグレースに言われたりしていた。カウンターの向こう側にいるスタッフに話しかけることなく、パートナーとともにビールを二杯飲み干してから店を後にした。さよならを言うのは、いつも苦手だ。

新たなブルックリン

太子（プリンス・エドワード）にあるコーヒーショップ兼バー〈界限佳坊《バウンド》〉のテラス席では、タトゥー・アーティストが煙草をくゆらせながら、ここのオーナーのひとりとおしゃべりをしている。アーティストの片腕全体はタトゥーに覆われ、パナマ帽からはくしゃくしゃの巻き毛がのぞいている。わたしが十八歳のときに初めてのタトゥーを彫ってくれた人だ。そのときは彼がインディー音楽界の有名人だということを知らなかった。それ以降、ライブハウスで彼に偶然出くわすこともあれば、音楽祭「クロッケンフラップ」に出演した彼の演奏に聴き入ることもあった。この店には彼のふたりの子どもも来ているが、なんとも不可解なゲームに夢中になっていて、時おり「お父さん！」と彼を呼ぶ。

〈バウンド〉がある通りには古いアパートメント・ビル、食堂、コインランドリー、さらには「都会のジャングル」で「東と西が、旧と新が出会う静かな一角」と謳う共同住宅があり、そこのひと部屋は八五五〇香港ドル以上する。〈バウンド〉の内装はミレニアル世代（二〇〇〇年代に入って成人に達した世代〕の写真家たちの夢を実現したものだ。「新浪漫」という繁体字のネオンサインがバーの上の壁に飾られ、古びたマック・デマルコ〔カナダ出身のシンガーソングライター〕のツアーポスターが裏口の扉にぞんざいに貼りつけられ、青緑色のライトが月光に似た光を客に投げかける。トイレも映画のセットの一部のようで、薔薇色のタイルと鏡は一九八〇年代の美容室さながらだ。〈バウンド〉でかかる曲は地元のシューゲイザー〔オルタナティブ・ロックのジャンルのひとつで、メランコリックなサウンドが特徴〕・バンド、ホワイト・ウェーブからケンドリック・ラマー、レディオヘッドまで幅広い。ここは地元のミュージシャン、アーティスト、写真家の聖地だ。ボー・ニンゲン〔日本人四人で構成され、イギリス・ロンドンを拠点として活動するロックバンド〕など、海外のインディー・バンドのライブ後のパーティーも開催してきた。アングラ・ファンを多く抱える香港のトラップ〔ヒップホップから派生したダンスミュージック〕・アーティスト、火炭麗琪《フォータンライキ》も短期間だがここで働いていたことがある。〈バウンド〉のバリスタのジェシカがノズルから地ビールを注ぎ、インスタグラマーたちを一瞥する。のちにジェシカは本人（自分が落選したことなど気にもかけない、失敗続きで無表情の区議会議員候補）役で映画に出演*することになる。

二年にわたり、ライター業の友人たちとわたしは一週間おきにこのカフェの薄暗い奥の席に集まり、アメリカーノを飲んで二日酔いを治しながら売り込み文句について話し合っていた。わたしたちはみな二十代か三十代前半で、さまざまな種類のサブカルチャーにのめり込んでいた。取材の対象になっていたのは、エレクトロニック・ミュージックやダンスパーティー、隙間がないほどの密度で建ち並ぶビルの外観を美しいと考えることに異を唱える写真家、中国管理下の出版業界と訣別した出版社、クィアの映画制作者やアーティストたちだった。友人たちもわたしも理想を抱き、クールな香港を記録するのはわたしたちだという使命感に燃えていた。エネルギー源は〈バウンド〉のコーヒー、太陽が沈んだ後にはカクテルとビール。ここは今でも地元の芸術家や職人たちのお気に入りの場所だが、改装されてからわたしはめったに訪れない。〈バウンド〉に来ると、希望にあふれていた時代のことを思い出し、二度と希望を抱けなくなっている現実を思い知らされる。二〇一九年の抗議デモの直前に、友人たちと仲たがいをした。

北西に向かえば深水埗《シャムスイポー》がある。フリー・マーケットやコンピューター・センターで知られる古くからの労働者階級の居住地区だ。深水埗の唐樓《トンラウ》の共同住宅では各戸が細かく分割されている。狭いアパートメントをさらに小分けにして複数の家族が居住できるようにしてあるのだ。こうした場所は安食堂や生地屋が寄せ集まった「ごみごみした」都市空間だと長年にわたって考えられてきた。ところが二〇一六年、多国籍のストリート・ブランドが非営利の芸術団体と連携し、深水埗にストリート・アーティストを連れてきて、壁や店舗のシャッターにペンキをぶちまけた。当時、ある文化評論家がソーシャルメディアでイベント主催者と公開の討論をおこなった。芸術がその地区の高級化を促し、香港でもっとも貧しい地域の賃料を上げてしまうのではないかと危惧したのだ。

二〇二〇年には、深水埗は新たな「文化の中心地」だと評判になり、「タイムアウト」誌が

「世界で十指に入るクールな地区」*と紹介した。「深水埗は新たなブルックリン」*といったキャッチフレーズがもてはやされて筆記具にまで印刷されるようになり、評論家やアーティストが真剣にこの現象を追いかけ始めた。一年間に十二軒ほどのカフェが深水埗の大南街付近にオープンした。大南街でコーヒーを一杯飲むと、数本先の通りにある〈圓方茶餐廳《ユーフォンチャチャンテン》〉という食堂のニラ餃子大盛り一皿よりも高くつく。

わたしが香港で気に入っているレコードショップ、〈ホワイト・ノイズ・レコーズ〉は、客足が期待できないプリンス・エドワードの地味なビルの三階から深水埗の地上に移転した。二〇二〇年の夏、友人のロクとわたしは午後の遅い時間に〈ホワイト・ノイズ〉でレコードを探して過ごした。「ここにいるだけで、深水埗の高級化に貢献しちゃってる気がする」と言いながら入店し、オーナーのゲイリーに向かって挨拶する。彼の顔はマスクといつもかぶっているキャップで隠れている。移転してから店が忙しくなったとゲイリーは言うが、クスクス笑いながら店にいる猫を写真に撮り、インスタグラムに投稿する若き「ヒップスター」たちが売上拡大に貢献しているとは思えない。

でも、もっとも急激に土地の高級化を推し進めているのは政府なのだ。進歩の名のもとにエディンバラ・プレイス・フェリー埠頭が取り壊された。湾仔《ワンチャイ》の利東街*（ウェディングカード・ストリート）は、「歩道沿いのカフェやグルメが通うレストラン」が建ち並ぶ「高級な通り」に姿を変えた。違法のダンススタジオやライブハウス、バンドの練習スペースなどがあった東九龍の工業ビルの集合地帯、観塘《クントン》ではほとんどがオフィスビルに変わり、アーティストは九龍の他の地域にある使用されていない工場に散らばっていった。再活性化を目指す狂騒のなかでは、香港を象徴する存在であるネオンサインすら合格点を得られずに取り外された。何十年も営業してきた茶餐廳が、観光客に郷愁を誘うまがい物を売りつける安っぽいチェーン店に変わる。観光客は古き良き香港の幻影にしがみついているが、この都市に住む人々にとってはなにもかもが失われていく。それぞれの通りの個性や持ち味が抹殺され、特定の美意識に沿うようにねじ曲げられる。生姜茶に六十香港ドルも請求する新しい店を楽しむだけの購買力を持たない人々には、受け入れがたい美意識だ。でも、抵抗することはできない。だって、自らの手で政府を選ぶことができないのだから。

もうひとつの前線

わたしはいつも最悪な意味で都会の子《シティ・ガール》だ。昆虫が大嫌いで、不便なことは嫌だし、群衆のなかでひとりでいるのが好き。香港出身の都会の子でいるのが気楽なのは、それがどういうことかみんなもわかっているからだ。本や映画に香港が登場するとき、取り上げられるのは九龍と香港島の風景だけ。三番目の主要な地域である新界《しんかい》（ニュー・テリトリー）は、香港の面積の八十パーセント以上を占めているにもかかわらず無視される。大学時代に、友人のジャックに家へ遊びにいってもいいかと尋ねたことがある。彼は新界の西に位置する新しい街、屯門《テュンムン》に住んでいた。「一度も行ったことがないの」と彼に言ったわたしは、知らない場所を訪ねることで高揚感に満たされていた。ジャックは閉口し、機嫌を損ねたようだった。「出かけるときに牛に乗っていくわけじゃないんだぜ。ただの住宅地だ、なんにもないところだ」。彼と待ち合わせをしたモールは、スーツケースを引いている買い物客たちでごった返していた。連れていってもらった公園では年配の女性たちが安っぽい中国の歌を歌い、老人たちが灰色の石のテーブルの周りに腰を下ろして将棋《シャンチー》をしていた。わたしたちは木の下に寝転がって本を読んだ。その夜、夕食に向かう途中、〈巴里倫敦紐約米蘭劇院（パリ・ロンドン・ニューヨーク・ミラノ・シネマ）〉という名の映画館を通り過ぎた。

「新界は、香港の忘れ去られた場所なの。植民地の香りを残すような建物も風景もないから」と、上水《ションスイ》出身の友人SPは言う。「特別だなんて思えないでしょ。でも新界はいつもここにあるの」

新界という言葉で人々が思い浮かべるのは村々の姿だ。湿地や丘に囲まれた農村地域、ほんの少しフェリーに乗れば到着する小さな島々、あるいは都市部からそう離れていないのに人がやってこない道の果て。香港には全部で六百以上の農村がある。都市の象徴である高層ビルとは対照的に、農村の家はたいてい三階建てで人通りの少ない小道や広い土地に囲まれている。

二〇〇九年から二〇一一年にかけて、新界の元朗《ユンロン》にある菜園村《チョイユンチュン》は、政府の立ち退き命令を村人たちが拒否して一連の抗議行動を起こし、一躍有名になった。中国への高速鉄道を新たに開通させるために取り壊されることになっていたが、「非先住民」とみなされた村人たちの権利*は守られなかった。先住民というのは民族的あるいは文化的に違いがあるということではなく、香港の有力農民の既得権益を表した法的名称である。アーティストや活動家や村の人々はフェスティバルを開催し、半ば廃屋となった家や畑で音楽を演奏したり映画を上映したりしていた。一部の人々はその後、土地を管理する役人や警察と衝突したが、菜園村は「開発」の名のもとに取り壊されて村人たちは別の場所に移された。

とはいえ、新界での人々の生活は村ではなく、準都市型の「ニュータウン」を中心に営まれている。二十世紀後半、香港政府はニュータウンと呼ばれる大規模住宅の建設計画を新界に立ち上げた。新界は民家、農地、郊野公園（カントリー・パーク）、自転車専用道路、軽鉄（ライトレール）を擁しているが、中流階級向けの巨大なモールも複数存在する。こうしたモールには中国の観光客に人気の有名なブティック・チェーンや化粧品店が入っていることもあり、電車でやってきた中国の観光客はニュータウンのある駅で途中下車をしている。

菜園村での抗議デモが始まってからしばらくして、新界でまったく質の異なる衝突が起きることになる。過去十年の香港での抗議デモが行政地区付近に集中していたのは、香港島の一部が指定された抗議デモの行進ルートだったからだ。しかし二〇一九年以前に、香港のさまざまな地域で抗議デモが起きたとき、デモは新界でも起きていた。二〇一〇年初頭、新界に住む香港人は日帰りで香港にやってきてはスーツケースを粉ミルクでいっぱいにして帰っていく中国本土の転売業者に抗議した。中国製の粉ミルクに化学物質のメラニンが混入していることで乳児に深刻な健康被害をもたらした二〇〇八年の粉ミルク事件以降、香港製の安全な粉ミルクを求めるようになった。新界は地理的に中国本土と接していて、深圳《しんせん》の二カ所の国境検閲所まで鉄道が延びていたため、ニュータウンのモールは中国本土の弱小の輸入業者や観光客であふれ返った。香港住民が必要とするものを販売する店舗に代わり、粉ミルクを積み上げた薬局が乱立*した。中国と香港北部の境から電車でほんの一駅にあたる上水の街はとりわけ大きな被害を受けた。街には薬局がはびこり、昔ながらの市場は姿を消してしまったのだ。住民がペンを一本買おうとアパートメントの階段を降りてみると、文房具店は廃業していた。

十年以上前から香港での政治闘争と並行して起きているのが、徐々に、それとはわからないように進む経済的かつ文化的な変化だ。近頃地主たちは、実入りのいい薬局やカフェと賃貸契約を結ぶことをためらわず、中国本土の資本が入った企業を進出させるためにビルを解体することもいとわない。香港のポップスターや映画制作者も香港市場を捨て、何億もの視聴者を誇る利ざやの大きい中国を優先し、香港人ではなく中国人のために芸術を作っている。業界に既得権を持つ政治家たちは、本土からの新たな資金にひれ伏し、香港人を苦しめる政策に票を投じ続ける。香港資本主義は迫害者見習いたちを永遠に再生産し続け、そして政府の政策と中国本土の資金の傘の下では、わたしたち消費者、住民、小規模ビジネス事業者、将来の地主たちは自らを食いつくしていき、最後にはなにも残らなくなる。

新界は「忘れられた場所」ではあるけれど、ニュータウンでのこうした数々の抗議から、のちにどの抗議デモのときも耳にすることになるスローガン、「光復香港、時代革命（香港を取り戻せ、革命の時代だ）」が生まれた。[*] 中国本土の輸入業者に対する新界のデモ活動は、当時「光復（取り戻せ）」行動と呼ばれていた。国際的な左翼主義者は、純粋な排外主義から発した右翼思想の高揚を地域主義の台頭と結びつけたがる。しかし当初、新界の住民たちは中国本土の人々や、当時はまだ抽象的でしかなかった「中国はいつでも好きなときに香港の自由を奪うことができる」という考え方に対して、怒りを覚えていたわけではない。彼らの怒りは、観光公害と中小企業保護政策の欠如と、香港人を代表しない政府が近隣の地区を消滅させている点に向けられていた。二〇一九年に抗議デモが発生する頃には、「光復」のスローガンは人々の意識に浸透し、新たな命を得て、バスの座席や公園の目立たないベンチの裏側にまで殴り書きされるようになっていた。そしてその後、香港国家安全維持法が制定されると、政府は「光復香港、時代革命」という八文字のスローガンを分離主義的と呼び、完全に禁止した。

この本に地図を載せるつもりはなかったし、港や水上家屋、路地や山の頂上について、懇切丁寧に説明するつもりもなかった。わたしには香港の歴史を取り戻すことなどできるはずもないけれど、地図を復元することはできるかもしれない。望みどおりにこの街を描き出し、なじみの地域、通り、建物について書くことができるかもしれない。でも振り返るたびに街角は変わっていて、すでにそこにないものがある。木は切り倒され、店はシャッターを下ろし、道路脇の抗議デモのスローガンはぞんざいに覆い隠されている。香港は常にずたずたにされる寸前の街なのだ。

二〇一六年春、社会活動家たちが『十年』という映画をいくつもの場所で同時上映したのは、反抗的な意図が含まれるとして、中国政府がこの映画について言及するのをメディアに禁じてからのことだった。わたしのパートナーが山道《ヒル・ロード》の歩道に新聞紙を敷いてくれたので、西区の近隣住民でいっぱいになった坂道にふたりで腰を下ろした。地元の映画館で限定上映されたこのディストピア映画は、十年後に香港の政治的状況がどうなるかを描いた五つの短編からなっている。スクリーンは遠く、音声も途切れがちだったのに涙が流れた。二つ目の短編では、滅亡後の香港で一組の男女が都市の名残を必死に記録しようとする。瓶にラベルをつけて標本を保存するが、そのうちふたりもが亡骸《なきがら》と化す。

それから数年後のこと、婚約した記念に写真撮影してから何カ月か経ったとき、写真を撮影した埠頭への立ち入りを政府が禁止*し、住民や犬たちの憩いの場であった公共空間が奪われてしまった。わたしの出身大学では、学生が政治に関する意見を自由に書くことのできた掲示板が撤去された。親民主派の区議会議員たちは、議員資格を剝奪すると政府に脅されて辞職した。足繁く訪れていた店の半分以上が今はもうない。西区はもはや西区の特徴を失い、その死を悼むしかない場所になった。

香港の政治状況が『十年』で描かれたようなものになるまでに十年もかからなかった。二〇二一年には警察に国家安全部門ができた。議会はほぼ完全に親中国派の「愛国者」によって占められている。司法省は声を上げたり抗議デモに参加したりする者に対して、政府の望みどおりの厳罰が法廷で与えられるまで上訴を続ける。政府の公式見解と異なる意見を持っているというだけでジャーナリストは逮捕され、教師は職を追われる。*政治活動家は投獄されたり亡命したりし、友人たちも香港を出ていく算段をしている。死んだのは香港ではなく、一九九七年の約束のその後を見通す力だった。

この都市が失ったものについて語る方法はいくらでもある。何十年も前に香港が返還された頃、学者のアクバー・アッバスは、香港とは消滅で定義される場所だとする独創的な論文を書いた。最近では消滅についてわたしたちが話すとき話題にのぼるのは、抗議デモが絶えて静まり返った通りや解散させられた政党、姿の消えた活動家、禁止されるようになった言葉のことだったりする。しかし香港の地図は、二〇一四年と二〇一九年に大きな抗議デモがおこなわれるずっと前から変わり始めていた。西区、深水埗《シャムスイポー》、上水《ションスイ》は高級化を進める勢力に屈したかもしれないが、それぞれの話はまったく同じだ。そもそも、家賃統制も民主的な救済策もなく、最高値をつけた入札者がすべてを手に入れる都市で、コミュニティ・スペースが生き残れるチャンスなどなかった。この数年のあいだにわたしたちが覚悟しておくべきだったのは、だれを逮捕し、どの法案を通すかを決める政治的弾圧の無惨な帰結だけでなく、地図が描き換えられ、地域社会が殺されてしまうことだった。

この街角をよく見てほしい。太陽が沈もうとしている。新聞の売店が日刊紙を片付け、卵のパックをしまう。ノートパソコンを抱えた学生たちが茶餐廳《チャチャンテン》からのろのろと出てくる。年配の夫婦がプードルを連れて言葉少なに埠頭を散歩する。かつて坂道に腰を下ろして映画を観るために集っていた人々の、祭りでごった返した人々の、抗議デモで群れを成した人々の声が、どよめきが、叫び声が、今も耳に残っている。街市の花屋が売れ残った百合を処分する。最終のトラムが駅にすべり込む。そして、場面は再び暗転する。この街を守れないかもしれない。守る価値がないかもしれない。でも、一瞬だったとはいえ、この都市の未来が垣間見えたことがあった。だから、わたしたちは今もここにいるのだ。

第一部

一九九七年

香港の夏の驟雨はいつものことだが、この年の七月一日の土砂降りはわざと、度を越して降っているような感じだ。雨水が階段を勢いよく流れ、コンクリートの舗道を水びたしにし、ガジュマルの木々から滴を落としている。天文台は黒い暴風雨の印を出して地すべりの危険性を警告する。当たり前過ぎるたとえだけれど、わたしたちは空を指差してつぶやく。空が泣いてる、と。

わたしは四歳だ。両親が別居に踏み切り、母と弟はシンガポールに移住する。ふたりの住む新しい家からはイースト・コーストの浜辺が見渡せて、わたしも夏が来るたびそこでローラーブレードをしたり、母が漕ぐ自転車の後ろに乗ったりする。ふたりが香港に戻ってくることはなく、父とわたしも、父が行くと約束しはしても、シンガポールに引っ越すことはない。わたしはひとりっ子のように育てられる。でも、そのことをまだ知らない。祖母は七十歳で、定年退職後の仕事がわたしの世話になる。真夜中に熱を出すと、濡れたタオルをわたしの額に載せ、朝一番に病院へ連れていってくれ、「これで脳みそは無事だよ」と言う。わたしが転ぶと、黄身のなかに銀の指輪を埋め込んだゆで卵を布でくるんで傷にこすりつけ、血のめぐりをよくしてくれる。

日々の生活は穏やかで変化がない。わたしは土瓜湾《トクワワン》にある唐樓《トンラウ》の家の近くにある幼稚園に通い、同じ組の子どもたちと鼻歌で「龍の子孫〔一九八〇年に台湾出身のシンガーソングライター、侯徳健が作曲した曲。原題は「龍的傳人」〕」を歌う。中国の国家主義的な歌詞の意味を理解していない。「いにしえの東洋には一匹の龍がいた／その名は中国／いにしえの東洋には人々がいた／龍の子孫だ〔古老的東方有一條龍 她的名字就叫中國 古老的東方有一群人 他們全都是龍的傳人〕」。わたしが幼稚園にいるあいだに、祖母は街市《ガイシー》に行く。市場は正面に赤い林檎の絵が描かれた庁舎に入っていて、鶏の羽と死骸の臭いがする。祖母は広東オペラの「鳳閣恩仇未了情（鳳凰閣でのロマンス）」*という歌を歌いながら醬油鶏《しょうゆどり》や蒸肉餅《ヨッペン》を調理し、一日かけて煮込んだ澄んだスープをとる。それが、孫と、中年になった四人の子の夕食になる。それから祖母とわたしは馬鞍山《マーオンサン》のヴィラ・アテナに帰る。木々が立ち並ぶ通りにある、吐露《トロ》港を見下ろす十階建ての高級住宅の一室で、わたしたちはここに父といっしょに住んでいる。

父は銀色のＢＭＷを運転してわたしたちを迎えにくる。この新車は、裸一貫で香港にやってきた中国移民の息子が、若きビジネスマンとして成功を収めたということを誇らしげに見せつけている。頭上の細い月が、都会の光や高層ビルから遠く離れた場所の黒々とした木々に影を落としている。わたしは革のシートにもたれて眠り、やがて革のにおいをかぐとお金のにおいを連想するようになる。あるいはカーステレオから流れるテレサ・テン（鄧麗君）の曲に合わせて歌う。台湾の歌姫テレサの歌う「我只在乎你（時の流れに身をまかせ）」がスピーカーから流れる。「もしもあなたと逢えずにいたら、わたしは何をしてたでしょうか〔如果没有遇见你我将会是在哪里〕」と。
父は何十年も中国で仕事をしても、中国人女性と結婚したあとでも、きちんとした北京語が話せない。それなのに、テレサの曲の歌詞はすべてわかる。カセットプレイヤーから、タクシーのラジオから、香港の地元の食料品店の店先からも、彼女の甘い声が流れてくる。中国政府はテレサの楽曲を「精神的な公害*」と呼んで一九八〇年代には放送禁止にしたが、それでも香港、中国、台湾中の人がテレサに夢中になり、政治のもとで団結するのは難しくても歌姫への愛のもとでは団結することができた。

車は内側が黄土色の大老山隧道（テイツ・ケルン・トンネル）をくぐり抜ける。上に並んでいるライトがフロントガラスに不気味な影を作る。トンネルに入っているのはほんの数分なのに、わたしの心臓は早鐘のように打つ。永遠に閉じ込められて二度と出られないかもしれない、トンネルの向こう側に出ると世界が変わっているのではないか、といつも怖くなる。

スモッグを貫くほどの不安な気分が香港中に充満している。祖母のフラットのそばに古い啓《カイ》徳《タック》空港がある。この空港は一年後には取り壊されるのだが、祖母の家の窓からは香港人をここから遠く離れたカナダへ、アメリカへ、オーストラリアへ運んでいく飛行機が見える。飛行機が離陸するたびに窓ガラスは震え、耳をつんざくような、沸騰したやかんにも似たキーンという音が聞こえてくる。香港が返還され、中華人民共和国が街を支配するようになる前に、どこか別のところで新生活を始めようとして去っていく人たちが乗っているのだ。でも、わたしはそんなことには思いいたらない。祖母に連れられて海辺の公園に行き、バッタを捕まえたり、すべり台で遊んだりしている。女神アテネの銅像に守られたアパートメント群のそばにあるクラブハウスでバナナ・スプリットを食べる。祖母はわたしを馬鞍山《マーオンサン》モールのなかにあるメリーゴーラウンドの雄馬に乗せてベルトをしめ、わたしが上がったり下がったりしながらくるくる回るのを目で追いかける。わたしは明るい光の集まりとひとつになる。

一九九七年六月二十九日。民放テレビ局、TVB（無線電視）ではアナウンサーのキース・ユン（袁志偉）が重々しい声でニュースを伝える。* 香港が中国に返還されるときまで、残り三十時間となりました。返還セレモニーは六月三十日から七月一日にかけて真夜中におこなわれ、チャールズ皇太子とトニー・ブレア首相、江沢民《こうたくみん》国家主席と李鵬《りほう》国務院総理が出席する。十年ほど前に民主制を求めた学生たちが殺された天安門広場で、北京市民たちはバウヒニアの花が型押しされた小さな香港の旗を振り、返還を祝っている。香港と中国の国境に近い上水《ションスイ》でも雨が降り、わたしの友人SPは中国の五星紅旗を手に持って母国を迎える。二十年後に彼女がそうやって母国を迎えたの、と語ったとき、わたしはあっけにとられる。なにも知らない母国をどうやって愛せるというの？

わたしたち一家は、蒸し魚を食べながら夜のニュース番組の生中継を見ている。中国軍が香港に入ってくる準備をしている。警察の報道官は、抗議デモが平和に終わるよう最善を尽くすが、香港は「違法」なデモを受け入れない、と述べている。香港の最後の総督クリス・パッテンは西洋化された高級住宅街、半山区（ミッド・レベル）にあるイギリスのゴシック様式の教会で最後のミサに出席している。親民主派のデモの参加者たちは警察が注意深く見守るなか、湾《ワン》仔《チャイ》埠頭近くにテントを張った。ほんの一キロほど先の国際会議場で返還式典が始まるまでここでキャンプをするのだ。新聞記者たちも場所取りをし、三脚にビデオカメラをセットしてノートを取り出す。ベテラン記者で香港屈指のテレビ局ＡＴＶ（亜洲電視）に勤務するユン・チャンも式典に立ち会い、後にこう綴っている。「式全体を通して、奇妙なほど感情がないように見えた。*そこにいる人々は動きをなぞっているだけだった。兵士たちが行進し、バンドが演奏した。（略）だれもが拍手した。香港の領土と六百五十万人の人民が、ひとりの統治者から別の統治者へ引き渡された。わたしの背筋は凍りついた」

　真夜中の嵐で、敵意に満ちた空から雨が激しく降り続く。中国の政府メディアはこれを「植民地主義による一世紀にも及んだ屈辱が洗い流されている」*と表現した。チャールズ皇太子は「われわれは香港を忘れない。香港が素晴らしい歴史において新たな時代に踏み出すのを、これ以上ないほどの関心を持って見守っている」と話した。湾仔の香港コンベンション・アンド・エキシビション・センターでの式典では、イギリスの国旗が下ろされる。クリス・パッテンがヨットに乗り込んで港から出ていく。香港はようやく香港のものになった。植民地時代の宗主国による統治は終わり、返還後の盟主国にはまだ組み入れられていない。

　女王の肖像画が外される。イギリスの国歌「ゴッド・セーブ・ザ・クイーン〔女王陛下万歳の意〕」が

「義勇軍進行曲」に替わる。一部の政府機関の名称が変わり、「ロイヤル」や「クラウン」といった言葉が取り除かれる。でもそれから何カ月、いや何年にもわたって、はっきりとわかる唯一の変化は形だけのものだった。イギリスと中国が香港に約束した「一国二制度」が始まる。英語は公的言語であり続け、わたしたちは南方の中国語方言である広東語を話し続けることができる。ひとつの主権のもとにある例外的な領地には、独立した司法制度と資本主義制度を維持する権利がある。もっとも二十年後には、これは権利ではなく、香港住民の態度が悪ければ剝奪される特権だ、と中国側が言うようになる。指導者はイギリス総督ではなく香港特別行政区行政長官になるが、一般市民はまだ民主的に候補者を選んで票を投じることができていない。それでも、将来的にはできるようになると憲法で約束されている。今のところ「香港人が香港を統治する」ことが約束され、わたしたちの生活は五十年間変わらないとされている。

　返還後のわたしの生活もこれまでと変わらない。朝、幼稚園の友だちの家が経営する店が作る塩漬けの豚とピータンの入ったお粥と、油條《ヤウティウ》〔中華風揚げパン〕を食べる。幼稚園から帰ると、TVBの子ども向け番組で午後四時から始まる日本のアニメを見ながら、二香港ドルのチーズリングのお菓子を食べて、指についた人工着色料のオレンジ色の粉を舐めとる。伯母と一緒に地元のゲームセンターでスロットマシンに偽のコインを入れて遊び、ディズニーのアニメのキャラクターの模造品のぬいぐるみとチケットを交換する。家の窓から馬鞍山を眺め、その南シナ海へと繋がる水域を眺める。わたしに愛されたいと思い、わたしのことを知りたいと思っている遠くにいる母と電話で話す。父が、自分の母親や兄弟たちの住む家のそばで暮らすために、土瓜湾にほど近い農圃道（ファーム・ロード）へ引っ越す計画を立てる。毎週土曜日には魚蛋粉麺（魚のつみれが入った麺）を出す店へ行く。広東風の鍋や揚げ物もあって、客が自分の食器を洗わなければならない一般的な香港の食堂だ。命名日には地元のパン屋でケーキを買う。こってりしたクリームを塗りたくり、明るい色をした缶詰のメロンをいくつも載せたケーキで、チョコレートソースを使った歪んだ字で「Happy Birthday」と書いてある。

　街中でアーティストがそれぞれのやり方で歴史的な出来事を記録しようとしている。フルーツ・チャン（陳果）監督は『メイド・イン・ホンコン／香港製造』という陰鬱なリアリズム映画を制作し、変わりゆく香港に取り残された気まぐれな十代の若者たちを描く。香港は「獅子山（ライオン・ロック）の精神（一九七二年に『獅子山下』というドラマが放映されたこともあり、獅子山は住民の努力が香港の繁栄を実現したことの象徴とされている）」によって表象されるはずだった。「わたしたちは必死に努力して香港にふさわしい伝説を書き上げる／ずっと歴史に残るものを」と、市井の人の気概を描いて人気を博した同名のテレビ番組の主題歌を歌う。この街へやってきたときは何者でもないが、ひるまずに成功を手にするのだ。前進あるのみ。ところが、チャンの映画の登場人物たちは労働者階級の出身で、崩壊した家庭に育ち、経済的な見通しが立たない。全編を通して、居場所はどこにもないという感覚が漂う。これは香港が政治的に見棄てられたことの寓喩だ、と学者のエスター・チュン（張美君）は書いている。「チャンの後年の映画に登場する、除隊したイギリス軍兵士たち、*本土出身の不法移民や娼婦たちは、経済的奇跡としての香港の壮大な物語のなかではなんの役割も演じていなかった」。「一匹狼タイプの俺には　自由がすべてなんだ〔日本語版字幕より引用〕」と『メイド・イン・ホンコン』の主人公、チョン・チャウ（中秋）は言う。でも、あとでわかるのだが、本当の自由は死と引き換えにしか手に入らない。映画はひとつの自殺で始まり、もうひとつの自殺で終わる。ほとんどの場面が墓地と薄暗い公営住宅と幽霊が出そうな病院の廊下で撮影されている。香港は絶えず香港の死という考えに取り憑かれてきた。「あと五十年ある」と、わたしたちは一九九七年に言っている。

香港芸術センターでは、キュレーターのオスカー・ホー（何慶基）が「九七博物館：歴史、社群（社会）、個人」という展示を公開している。盧亭《ローティン》という半魚人の神話が最初に紹介された場所だ。展示の解説によると、香港人は古代より大嶼山（ランタオ島）付近に棲息していた人魚の子孫だという。作家の梁文道《リャンウェンダオ》〔一九七〇年香港生まれの作家、書評家〕と董啓章《トンカイチョン》〔一九六七年香港生まれの作家。日本語訳に『地図集』藤井省三、中島京子訳、河出書房新社、二〇一二年〕は香港および中国本土の水上生活者、蛋民《たんみん》の歴史からヒントを得て、新たな物語を生み出した。「清朝と欧米というふたりの主に仕え、*二つの領土のあいだで均衡を保つことで生計を立てるのが、香港の買弁《ばいべん》〔清朝末期に欧米列強の貿易や中国進出を助けた中国人商人〕のおおよその役割であり、この役が香港文化の形成には不可欠でした」とオスカー・ホーは書いている。「波が浜辺に打ち寄せるのを見るたび、追い回され、なすすべもなく故郷を探し求めている盧亭のことを考えます」

この神話の作者たちが尋ねる。香港が漁村から国際的な都市へ発展したという理想の歴史を不朽のものにしたのはだれなのか。神話を創ること、別の歴史を創造することは、*自分自身の歴史は自分のものであると主張することだ。政治的には自身の未来について一切の発言ができなくとも、返還に従わなければならなくても。香港の人々は自己決定権を奪い取られ、自分たちの運命が決まる交渉の場に席がなかった。「アジアの世界都市、国際金融経済の中心地、中国の固有の領土だ」と、政府も外国の報道機関も中国政府もわたしたちに言う。でも、自分たちの起源の歴史を書き換えられないのであれば、どうやって未来の姿を再構築することができるのか？

返還式典から二カ月が経過したある夜、わたしたち家族はテレビのニュース番組から目が離せなかった。疾走する車、酔っ払った運転手、パリの暗いトンネル。恋に落ちて嘲弄されたプリンセス、国からもかつての植民地からも愛され、絶え間なくパパラッチに追いかけられた女性が死んだ。返還のことでは少しも騒ぎ立てなかった伯母が、ダイアナ妃の死にはショックを受ける。「あんなに素敵な人が、あんなに上品で優雅で、いつも慈善活動に力を尽くしていたのに、とてもとても残念だわ」と、まるで知り合いだったかのように話す。テレビの画面には、金髪の頭にティアラを載せ、真珠のイヤリングをつけて、物憂げな微笑みを浮かべた顔が映っている。わたしの人生最初の記憶のひとつだ。わたしたちがイギリス的なものすべてに好意を寄せるのは、今もなお香港に残る植民地気質故なのだ。何年も経ってから弟が、人生最初の記憶は武漢でのものだ、と教えてくれる。母が育った武漢で、父が大きな声で「香港に比べたらこっちは全然ひらけていないな」と母や母の両親に向かって話しているものだ。弟は、富への最初の一歩を踏み出したばかりの中国に対する香港人のうぬぼれに満ちた優位性を無意識のうちに覚えていた。

帰宅途中、テーツ・ケルン・トンネルに入るところで、わたしはテレサ・テンの曲に合わせて歌い、挑むように声を張り上げ、祈りの言葉をかき消してしまおうとする。「お願い、お願い、お願いだから、ここから出ていかせて」、という言葉を。

わたしだってこうした歴史的な出来事のただなかにいるのに、だれも気づいてくれない。マッシュルームのような髪形で、林檎とクラッカーの入ったランチボックスを持っていて、同級生がつけている銀のブレスレットがほしくてたまらない。祖母の家の向かいにある駄菓子屋で、風船ガムのような色のプラスチック製の細いストローを買い、ポリバルーンを作ろうとする。ポリバルーンはベタベタして、指で触れると羽のように軽く、誤って突いてしまうとすぐにしぼんでしまう。赤い塗装が施された、エアコンのついていないバスの二階席に上がると、ビルの狭間から顔を出す燃えるように熱い太陽がわたしの腕を焦がす。

両親が電話口で怒鳴り合っているあいだ、わたしはときどきアパートメントの子機の受話器をそっと持ち上げて盗み聞きする。夏休みは飛行機に乗せられ、シンガポールに連れていかれる。他人のような母親が住んでいる国に。出発前夜、わたしは夜更かしをして祖母とおしゃべりする。お土産はほしいかと尋ねる。そうすれば旅行の目的ができる。「ドリアンは飛行機に持って入れないだろうねえ」と祖母が言う。「でもハエのエキスから作った軟膏なら大丈夫かもしれない」。関節炎の痛みに効くらしい。「それに、ドライマンゴーのお菓子もね」。たった二週間でも行きたくなんかない。わたしは子どもで、子どもではどうすることもできない。自分だけの物語はまだ書かせてもらえない。でも、これからだ。この先、自分のなりたいものになれることが保証されている。

また雨が降っている。わたしたちの車はトンネルの終わりにさしかかっている。はるか先に嵐の際が覗いている。いきなり、車はトンネルの外に飛び出す。生きて出てこられたのだ。世界が違って見える。また、新しい始まりだ。今なら、なんでもできると思う。

祭りとしきたり

わたしたちは夕餉の食卓を囲んでいる。祖母、伯父がふたり、伯母、父、わたしという六人の家族構成だ。唐樓《トンラウ》には醬油の匂いが漂っている。この古い家の調度品は、いまだに一九六〇年代風だ。マホガニー製の大きな椅子、鋼のベッドフレーム、便器のすぐ隣にとりつけられたシャワーヘッド。そういったものは、伯父や伯母がラジオから流れてくるビートルズの曲や麻雀牌の音を聴きながら過ごしていた時代から変わってはいない。わが家の守り神の祀られた神棚から赤いかすかな光がさし、少し離れたところには観音菩薩に供えられた果物と線香がある。

またお祭りだ。またもや親戚が集まる機会。祖母の四人の子どもたちはたいして仲が良くないが、母親のために我慢して集まってくる。祖母は台所と食卓を何度も行き来しながら、料理の載った皿を何枚も運んでくる。翡翠の腕輪が骨張った手首にあたって音を立てる。

祖母は、わたしの子ども時代の思い出のなかに必ずいる。人生で唯一信頼できる相手だ。十八年間ずっと隣のベッドで寝てくれていた。わたしが生まれたとき、小柄な祖母はすでに七十になっていた。父が癇癪を起こすと、わたしを守るためにあいだに立ってくれた。失恋してベッドでこっそり泣いていると、耳がほとんど聞こえなくなってからも、祖母はわたしの泣き声に気がついた。家に学校の同級生を招くと、十五分おきに様子を見にやってきては、食べるものは足りているか、〈ピザハット〉で何か頼もうか、ポテトチップスを持ってこようか、と世話を焼いた。

祖母はこれほどまでわたしを溺愛するつもりはなかったと思う。祖母には三人の息子、ひとりの娘、死産した子がいた。末っ子の父がいちばん可愛がられていた。子どものなかで伯母だけが高等教育を受けなかったのだが、これは祖母が「郷下（農村）」の出身なので、女子を学校に行かせるために金を使うなど考えもしなかったからだ。わたしの両親が別居し、母が弟を連れてシンガポールに渡ったあと、祖母がわたしの世話をする責任を負わされた。祖母とわたしがこれほど親しくなるとはだれも予想していなかったはずだ。年の差が七十もあったふたりは、突然爆発する父の癇癪を協力して乗り越えようとしていた。

わたしが祖母のことを怖いと思うのは、祭りのときだけだ。祭りの時期には、人は熱に浮かされたように特別な理屈に駆られて、神話にもとづく決めごとに縛られる。祖母が熱心に守っているこうした宗教上のしきたりを、外部の人たちは「伝統」と呼んでいることをわたしは知らなかった。ほかの家庭を見たことがなかったからだ。わたしはいつもこうした祭りや神さまたちのあいだで暮らしていて、ほかのことを知るチャンスがなかった。曽祖父母の命日には、たとえその人たちに会ったことがなくても、線香に火をつけて祈る。家族から物理的にあるいは精神的にどれほど隔たりがあっても、この日ばかりは家族揃って夕食の席につく。わたしは祖母がちまきを作る様子をじっと見る。もち米は細長い蓮の葉で三角に包まれ、深い鉄鍋に入れられて何時間もガスストーブにかけられる。火のそばは熱いが平気だ。

父は一九五〇年代後半に香港で生まれた。土瓜湾《トクワワン》で波乱のない子ども時代――台風を追いかけたり、野良犬に噛まれたり、ラジオから流れる音楽の音量を上げたりしていた――を過ごし、香港中文大学で社会科学を学んだ。卒業後は電子機器の輸入業者として、一九八〇年代と九〇年代は外国企業と中国とを仲介する業者として働いた。中国のビジネス環境はまだ整っていなかったので、経験豊富な案内役が必要とされた。父はボタンアップのシャツと黒いパンツを身につけ、油っぽい髪を後ろに撫でつけている。片足を少し引きずって歩くのは、骨の発育不全のせいであり、サッカーで怪我をしたせいだった。眼鏡はだんご鼻からいつもずり落ちそうになっている。

母は中国本土の武漢出身だ。その頃武漢はまだ田舎で、女の子は「多余（一文の価値もない）」だと考えられていた。子どもの頃、彼女は自分の父親に川に捨てられたが、祖母に助け出された。かろうじて小学校を出た。父は、深圳《しんせん》でウェイトレスとして働いていた母に会った。父は仕事で定期的にこの隣接する中国の都市を訪れていたのだ。父はずんぐりむっくりだが、母は背が高く、その頬骨は張っていて気位が高そうだった。わずか数カ月の付き合いで、ふたりは結婚した。母は父よりちょうどひと回り年下だった。

一九九三年、母が二十四歳のとき、わたしが深圳で生まれた。一年後には弟が香港で生まれ、家族は安堵のため息をついた。わたしは父から左右不揃いな目、骨にかかわる問題、不眠症を受け継いだ。弟もわたしも特徴的なだんご鼻をしていて、のちにふたりでこの鼻を「チャン家の鼻」と呼ぶようになる。その頃の父はすでに、何代もの家族が住んでいた土瓜湾の家から引っ越せるほど十分な富を築いていた。

わたしたちはまず沙田《シャーティン》のゴールデン・ライオン・ガーデンという民間住宅地で暮らした。そこからは獅子山（ライオン・ロック）が見えた。香港の中流階級の夢を象徴する山だ。その後、馬鞍山という、新界《しんかい》（ニュー・テリトリー）の別の郊外住宅地に移った。ゴールデン・ライオンには、幽霊が何度も現れたからだ。目撃したのはひとりではない。居間の一隅に潜んでいる幽霊の母子は、悲しそうだが恨みを抱いているようではなかった。わたしには第三の目があるとみんなに言われた。どこにいても泣き出し、幽霊を指差したという。伯母はわたしを仏教の師傅《しふ》〔先生、マスターという意味〕のところへ連れていき、仏教に改宗させた。

家族が言うには、わたしの父は母が鷲鼻だったところに惹かれたらしい。人相学では、事業運をよくする鼻だという。それを手に入れたお返しに父は、深圳で残業までして金を稼ぎ、当時まだ田舎だった武漢にいる家族に送金する生活から母を救い出した。ところが、この実利的な取引にもとづく結婚は長続きしなかった。わたしが四歳になる頃には両親はすでに別居していた。父も母も癇癪を起こしやすく、いつも喧嘩していた。母はシンガポールに引っ越した。

父が母の後を追ってシンガポールに行くという話もあったが、一度も行くことはなかった。

母は友人もいなければ手に職もない状況で、未知の国で生きていかなければならなくなった。子どもはひとり連れていくことができた。公平な判断に思える。それで母は息子を選んだ。相続人で、いざとなったら頼りになる男子を。テレビで毎晩放映される時代劇を観ていると、母のことをときどき考える。それは、昔の中国に生まれ、皇帝の愛が冷めると「冷宮」に追いやられる女性たち〔「冷宮」は紫禁城（故宮）で皇帝の寵愛を失ったり罪を犯したりした后妃が送られた場所の総称。おそらく『如懿伝〜紫禁城に散る宿命の王妃〜』についての言及〕のドラマだ。母の冷宮はシンガポールという常夏の島。そしてわたしは、捨てられた子なのだ。


毎年夏になるとわたしはシンガポール行きの飛行機に乗せられ、母と弟と何週間も一緒に過ごす。この休暇は、わたしだけでなく巻き添えを喰っただれにとっても、地獄のようなものだ。わたしは、お母さんと呼ぶべき人になんの愛着も感じられない。人生で唯一の母親的存在は祖母なのだ。わたしは泣き喚いて、香港に戻りたいとすがる。秒を数えて時を過ごし、時を数えて日を送り、帰りの飛行機に乗るまで何日あるかを数える。祖母と電話がつながるとまた泣いて、しまいには吐いてしまう。わたしを黙らせるため、両親は新しいスマートフォン、最新のiPod、靴や化粧品、自分たちが子どもの頃には持っていなかったあらゆるものを買い与える。

シンガポールでの午後、泣いた罰として寝室に閉じ込められたわたしは、二十七階から窓の外に広がるイースト・コーストの砂浜を、そしてすぐ下のコンクリートの舗道を眺め、飛び降りたくなっている。このときに初めて味わった衝動が「自殺念慮」と言われるものだとわかるのは二十年後のことだが、この衝動に以来ずっとつきまとわれることになり、ときにはそれは衝動以上のものになる。

十四歳になってようやく、シンガポールに行っても泣かなくなった。しかしそれでも、わたしはシンガポールに行かなくてすむような夏休みの計画を練る。七月には音楽理論の講座をとり、ダンスのコンテストに参加することにし、夏休み中香港にいてその練習をするような計画を立てる。子どもの頃にシンガポール行きをあれほど嫌った理由は今でもよくわからないが、唯一わかっているのは、わたしは祖母と紐でつながっていて、その紐は伸びていくのだが限界まで来るとパチンと切れてしまい、そうするとわたしの体のなかのなにかがだめになり、機能しなくなるということだ。

祖母の正確な年齢を知る人はひとりもいない。祖母自身も知らない。香港IDカードに記載された生年月日は偽ものだ。当時の多くの中国人移民が年齢を偽ったのは、歳を上にするにせよ下にするにせよ、労働するのにふさわしい年齢を選ぶことができたからだ。祖母は自分の本当の誕生日を覚えていない。戌年に生まれたはずだと言うが、それなら一九二二年生まれになる。髪にきついパーマをかけているので頭がカリフラワーそっくりで、数カ月に一度、白髪が目立つようになる前に不自然なほど黒く染められる。わたしの物心がつく頃からずっと、祖母は薄手の花柄のブラウスしか着なかった。どれも、道端の出店で売られている二十香港ドルもしない代物だ。

わたしの父方の家族は広東省開平《かいへい》の出身だ。祖母と祖父は見合い結婚し、一九五〇年代に香港へやってきた。祖母は秘密の多い人で、自分のことや家族のことをなにも教えてくれない。わたしが知っているのは、祖母は一度も書き方を教わらなかったが、独学で基本的な文字を覚えたということ。そして、若い頃は工場で働いていて、たったひとりで子どもたちを育て上げたこと。祖母はわたしの父のことを話さない。本当に寡黙な人だ。わたしが幼すぎて話しても無駄だと思ったのかもしれない。その代わり、いつもこう尋ねていた。「食事はすませたのかい?」「お腹空いてない?」。お腹を空かせていたことなんて一度もなくても。父が浮気をしていたという秘密も、墓まで持っていくのだろう。

村の占い師は祖母にこう言ったそうだ。あなたは冬に生まれてくる最低の息子を持つことになると。最低の息子とは父のことだったようだ。占い師は、祖母が六十までしか生きられないとも言ったが、祖母はそんな運などものともせず、六十代で重い病気にかかったがまんまと生き延びた。それは祖母が生きているあいだずっとわが身を顧みず人のために働いていたおかげだと伯母は信じていた。病から回復した祖母は、菜食主義者になった。健康を保つためではなく、さらに徳を積んで神々から慈悲の施しを受けるために。これはうまくいった。七十代で祖母はたったふたりの孫に会うことができ、そのうちのひとりであるわたしは祖母のそばで成長したのだから。

春節には、祖母は夜明け前に起きる。まず一階に下り、先祖のために道路の脇でお供え物を燃やす。それから花市場に赴き、春節の必需品を買い揃える。水栽培の水仙に、数個のマンダリン。二階建てバスに乗って帰宅すると、買ったものを抱えてエレベーターのないビルの五階まで階段を上っていく。おばあさんだけが持っている尋常ならざる力を発揮して。

桃の花の枝が唐樓にある一家の玄関を守るように飾られ、訪ねてくる人にはらはらと花びらを降らせる。しなだれるたくさんの枝から蕾がこぼれ落ちそうだ。陶製の花瓶に生けてあるが枝の重みで倒れないように幹の部分に赤いリボンを巻きつけてある。木には小指の先よりも小さな食べられない緑色の桃の実がなっている。その実を、わたしは面白がってなんとか押しつぶそうとする。わたしが利是《ライシー》〔お年玉を入れる赤い袋〕をステープラーで止めて作った赤いランタンが天井からぶら下がっている。夕食には、祖母があわびとレタス、蒸し魚、叉焼《チャーシュー》、モジャモジャの髪のような乾燥「髪菜《はっさい》〔陸生の藍藻。香港では縁起のいい食べ物として旧正月に食される〕」を調理する。

わたしは上半分にだけフレームのついた眼鏡をかけ、赤い上着を着て、翡翠のペンダントを首から下げている。事故にあったときわたしの身代わりになって落ちて割れるとされるお守りだ。十四歳になる頃には、春節のタブーについて非常に詳しくなっていたので、問題なく十五日間を過ごすことができる。タブーというのは、香港中の人々が今も守っていて、だれもが無条件に信じて疑わない言い伝えだ。たとえば、「死」と口にしてはいけない。そんなの簡単だと思うかもしれないが、広東語で「クソったれ」を婉曲的に言うと「死啦」になるのでなかなか難しい。家族のだれの干支が陰暦の厄にあたり、星のめぐりが乱れるか、そういう人が不動産を買ったり結婚したりしてはいけないこともわかっている。律儀に文旦の葉を入れた湯につかり、赤い袋に入ったお年玉を枕の下に置いて寝る。幸運の色である赤の衣類を毎日身につける。旧暦の一月一日の前日に髪を洗っておけば、一年の運を洗い流さずにすむ。

こうした決まり事で、わたしが祖母に盾突くことはない。これは何千年ものあいだ受け継がれてきた中国の習慣で、中国の政治には納得できないことがあっても、中国の文化には時を超える力があり、イギリスの植民地時代から今日まで香港で脈々と受け継がれてきた。中国文化の遺産には何千年もの歴史があり、香港人の奥深くに根づいているので、香港人が中国人であることは否定はできない。というのが少なくとも中国による表向きの説明だ。こうした伝統があるからこそ中国人だと思えるのだ、などと思っていたのだが、何年も経ってから中国本土出身の女の子が教えてくれたのは、こうしたしきたりの大半は文化大革命のときに毛沢東が一掃したので、いずれにしても中国全土で一様におこなわれてきたのではないということだ。「あんたたち南部の中国人がいちばん迷信深いよね」と、彼女は言う。

祖母は、道教の教えを祖先から受け継いだ。一九三〇年代に日中戦争が起きたときはまだ少女だった。得るものがほとんどなく失うものが多いとき、決まりに逆らうのはよくないと祖母は直感的に悟った。その後も、運を試したりしないよう注意深く人生を送った。こうした直感は子どもたちにも受け継がれた。

わたしの伯母は神秘主義家だ。二十代の頃は病院の秘書として働いていたが、長く続いた鬱のせいで退職した。それ以来無職で、子どもの頃から住んでいる唐楼に今も暮らし、茶葉と醤油に漬けた茹で卵を作ってくれる。わたしが生まれたときには、自分の兄と弟の運勢を占うようになっていた。敬虔な仏教徒として生きることに情熱を傾け、大蒜《にんにく》や玉ねぎは食べない。こうしたものを食べて息が臭くなると、邪悪な霊を招くという。わたしが知らないうちに肘で蟻をつぶしてしまったりすると、伯母は急いでおまじないの言葉をつぶやき、その蟻が来世では人に生まれ変わるよう祈る。

人相学や中国古代の占術である紫微斗数を学んだ伯母は、占いを使って一家の歴史をなぞることができる。伯母によれば、弟とわたしが生まれたとき、母は占い師のところに行ったのだそうだ。わたしは、薄手の白シャツを着た、はげ頭の男の向かいに置かれた低いスツールを思い描く。立ちこめる煙を吸い込まないよう手で鼻を押さえた母の前には、小さなオーク材の机があり、その上に広げられた漢字で走り書きされた複雑な表をもとに、将来が語られ、人生がめちゃくちゃにされる。「子どもはふたりとも親孝行にはならないって言われたのよ。だからあんたのお母さんは、どれほどあんたたちを愛そうとも、ひとり寂しく死ぬ運命だと思ってるね」。伯母自身がおこなった占いも、占い師のと同じだった。「あの人、出っ歯で顎が短いでしょ。人生の後半はかなり運が悪いってことよ」

父の悲惨なまでの欠点は、迷信を頑に信じていることだった。しきたりのあらゆる決め事を守り、ひとつでも誤ったことをしでかしたら、信じられないほど成功している商売が悪化すると考えている。祝い事で家族が集まるたびに、父はわたしの伯母、つまり自分の姉に、数カ月先までの見通しを相談する。とはいっても、父の商売が傾いてからは、伯母の予言は毎回同じになった。「あんたの行く先には幸運がついてくるよ」と必ず言う。父にそう告げたのは、商売をやめるべきだと占いに出ている、などと言おうものなら罵声を浴びせられただろうから、と伯母はのちに打ち明けた。

父は商売にしがみつき、毎年金を失い続けても、辛抱すれば報われると信じている。それで結局、退職後の快適な生活を約束してくれる貯えまでなくす。さっさと諦めていたら助かったのに。わたしたち家族の物語は父と母のあいだでいつも予言をなぞるように進んでいく。

わたしは十歳だ。父に怒鳴られているが、その理由がわからない。しょっちゅう怒鳴るのでいちいち理由を覚えていられない。祖母は、唐楼の伯母の寝室へ通じる扉を開き、古いベッドを軋ませてわたしの体が震えているのを見つめる。わたしは目をそらし、ベッドのフレームの塗料を剝がし始める。

「春節のあいだは泣いちゃいけないよ、縁起が悪いんだからね」と祖母は優しく言う。どうしてわたしの気持ちが昂っているのかは尋ねない。「泣くのはおよしって言ってるだろう」と、今度はつっけんどんに言う。祖母が怒れば、わたしのすすり泣きは激しくなる。ついに祖母はマッチを取り出すとマッチ箱の側面でこすって火をつけ、わたしの顔のそばで動かす。傷つけるつもりはなく、驚かせばわたしが泣き止むかもしれないと思ってのことだ。マッチの先に灯る火のはかない炎のゆらめきの向こうに、しみだらけの祖母の顔が見える。わたしと同じくらい祖母も辛い思いをしているのだ。

祖母に怒られるのはこのときだけだ。

墓参りの前日、わたしは祖母の隣に座り、四角形をした黄土色の薄紙で何百もの小さな元宝《ユアンパオ》を折り、銀と金の飾りがちょうど真ん中にくるようにする。筒形を作り、二つの角を台形に折り込む。三秒で作ることができる。これで、古代から清朝にいたる中国で使われていた銀貨の形になる。ご先祖さまが黄泉《こうせん》で使うお金だ。

次の日、祖母とわたしはバスに乗り、新界の粉嶺《ファンレン》まで行く。金属の手押し車とかばんには、ローストした肉、線香、紙細工の指輪や腕時計が入っている。わたしたちはお供え物を携え、和合石《ウォハプセク》の墓地まで登る。祖母が一息つけるよう、十五分ごとに立ち止まる。もう八十代になっている。数分おきに近くで爆竹が鳴り響く。わたしたちも一家のお墓に火を灯し、お供え物を少しずつ燃やす。煙のせいで涙があふれ、祖母の花柄のブラウスが風にはためく。それが終わると、歩いて下まで降りていく。わたしの指と、乾燥して骨ばった祖母の指が組み合ってできる掌のあいだの隙間は、ふたりが共有するやわらかな秘密を隠す籠の形に似ている。

わたしの祖父はだれが見ても酔いどれのばくち打ちで子どものことは祖母に任せきりだった。おまけに祖父の母は毎日彼女に手をあげ、いじめぬいたという。それでも、祖母は墓参りをすると言って聞かない。年ごとに墓地までの道のりをたどるのに苦労している。

晩年の数年間、祖母の耳はほとんど聞こえなくなっていた。それでも一日おきにわたしに電話をくれる。「夕食は食べたのかい?」

「うん、何時間も前にね」

「なんだって?」

「食べたよ!」と、わたしは叫ぶように答える。

「わかった、わかった」

「叫んでごめんね」

「なんだって?」

それでも祖母がご先祖さまや祖父の大おじたち、婚家の人々の誕生日や命日を忘れたことは一度もない。夜の空に光が差し始めるとそっと部屋を抜け出し、半月のような切れ込みがいくつも入った大きな赤い缶でお供え物を燃やす。それが祖母なりの追悼であり、敬意であり、孝行だ。誰ひとりそれに値しなかったというのに。

九十代になっても祖母の習慣は変わらない。父のフラットで早起きし、紅蘋果（赤林檎）街市まで一キロ歩き、食料品の入った袋をぶら下げたまま唐樓の階段を五階分歩いて上り、昼過ぎから夕食を作り始める。

父はわたしたちと一緒に食事をとらない。その代わり、祖母に残り物を箱に詰めさせ、いくつか通りを隔てたところにある農圃道（ファーム・ロード）のフラットまで持ってこさせる。どのみち祖母もわたしも毎晩こちらへ寝にくるのだからと言って。そのうえ、母さんの作る料理はもう嫌だ、味蕾《みらい》が死んでるから「食べられたもんじゃない」と言い出す。それで祖母は、ファストフード店で料理を買って、父に持っていくようになる。ある夜、父の家の居間で祖母がひとり言を言っているところに出くわす。父の夕食に、うっかり〈マキシムズ（美心）〉というファストフード店で人参鶏セットを買ってしまったのだ。「あんたの父さんは人参が嫌いなんだよ、絶対食べないね」と祖母は言い、もう一度ウエストポーチを身につける。口調は軽やかだが、わたしたちはふたりともほんの一瞬黙り込む。すでに父の怒鳴り声が聞こえるようだ。

わたしは十六歳で、反抗期に入っているので、代わりに買いに行こうかと尋ねたりしない。役にも立たない言葉をわざわざ選んで返す。祖母にも腹立たしい思いをしている。「おばあちゃんはお父さんが生まれてからずっとお父さんを甘やかしてるんだもん。だからあんなになっちゃったんだよ」

夜になると、父はわたしたちを脅《おど》かす。真夜中の二時にわたしたちの寝室の扉を開け、翌日薬局で買ってきてほしいものを祖母に向かって怒鳴る。自分以外の人がいつ眠っているかなどにお構いなく、大音量で音楽を流す。騒音で窓が震える。音量を下げてと頼むと、とどろきわたるようなバリトンの声で父は言う。「嘘つけ、おまえに聞こえるわけがないだろう。俺は周波数を確認してるんだ。この音が扉二枚も乗り越えて、おまえの部屋まで届いてるはずがない」。二年後、わたしは家を出る。

孝行娘でなくたってわたしは平気だ。家族に十分な敬意を払っていないから雷に打たれたってかまわない。でも時折、自分勝手ではないか、これは遺伝なのか育ちなのか、それともただわたしが身勝手なだけなのかと思い悩む。ほかにどんな説明ができるだろう。わたしを愛してくれる唯一の人にこんな仕打ちをするなんて、思いやりがないとしか思えない。毎日、変わる決意をし、明日は絶対におばあちゃんに優しくしようと思う。そして本当に優しくするのだが、午後六時くらいになるとすっかり忘れてしまう。それでこんなことを言い放つ。「もう、おばあちゃんったらうるさいなあ、ガミガミ言わないでよ」

孝行。年配の人を敬い、老齢の家族の世話をすること。学校で、中国文化の先生はこんな昔話をした。父親が山羊を盗んだとしても、当局に突き出すようなことをしてはならない。父親に対してできることは、正しいおこないをするように説得し、自首を勧めることだけだ。わたしは納得できず、嫌悪感を抱くが、ほっとしてもいる。機能不全のようなわたしの家族のあり方を理解できる枠組みがついに手に入ったのだ。わたしの家族はだめな人たちなんかじゃない。わたしと弟をきちんと育てようという気がないのだ。それというのも、運命と伝統が家族への忠誠心を育てるものだと思い込んでいるからだ。

学校で孝行の話を聞く前から、家族から何度となく言われていた。それは武器のようにわたしに突きつけられた。お父さんがわたしたちを精神的に虐待していると、家族の者たちに伝えようとすると「あんたは孝行者じゃない」と返される。「あの人は機嫌が悪いだけよ。悪い人じゃないのよ。いろいろしてもらったじゃないか。許すしかないよ」

十八歳になって父親から逃げるために家を出てから、「あんたは孝行者じゃない」と皆から言われる。二十一歳の誕生日に祖母と口論になったときにも「あんたは孝行者じゃない」と言われる。帰宅途中、祖母はバスから降りるときに転んで、頭を打つ。わたしはその場にいない。祖母が転んだのはわたしと言い合って動揺していたからだと、その日祖母の面倒を見ていた伯母が言う。わたしの誕生日に家族全員が順ぐりに怒りのメッセージを残し、おまえのせいだとずけずけと言って責める。

「あんたは孝行者じゃない」と、鬱で入院しているときに身内に言われる。「祖母を心配させているから」だという。父が視力を失ってもわたしが家に戻って世話をしようとしないのは、わたしが鬱からの回復途中で、仕事を続けようと頑張っているところだからなのだが、「親孝行者じゃない」と言われる。家族に毎月仕送りをしないのは、わたしがまだ奨学金を返済していて、ひとり食べていくのがやっとだからなのに、「おまえは孝行者じゃない」と言われる。

孝行という概念を作り出したのは、中国哲学の支柱をなす古代思想である儒教だ。この儒教がいけないのだ。混乱することの多かった子ども時代が過ぎると、とりとめもなく理由もない行為に意味を与えてくれる壮大で包括的な仕掛けを好むようになる。だから責めを負うべきは「虐待」ではなく「儒教」なのだと言いたい。あらゆる文化には毒親をはびこらせるためのその文化独自の言いわけがあるとか、原因と結果や、動機と正当性を取り違えるのが虐待者の戦略であるとか、わたしが言いたいのはそういうことではなくて、もしわたしたちのいるこの社会が、何千年も温めてきた故事を通して虐待行為を否定するために犠牲者を悪者に仕立てることを正当化する便利なお仕着せを持っていない社会だとしたら、そこでおこなわれているのはただの「ガスライティング《精神的家庭内暴力》」にすぎないということだ。

今でも、わたしは身内との連絡を絶やさない。どうしようもない。祖母が祝い事があるたびに夕食の席でわたしの顔を見たがっているのだから。

わたしには見捨てられるという不安がある。これを知ったのは大人になって、何度も恋愛で失敗してセラピーに通っているときのことだ。つまり、愛している人を失うのではないかという強迫観念に頻繁に襲われ、どのみち見捨てられるのだと思うがゆえに、その方向へと物事を進めてしまう。たとえば、とても親しい友人が香港を去るとしたら、わたしはその友人を決して許さないだろう。もしも恋人が夜中に、緊急事態であれ煙草を一箱買うためであれ、一緒に寝ているベッドから出ていってしまい、目が覚めてひとりぼっちで残されたことがわかったら、わたしは恋人が二度と戻ってこないと勝手に思い込んでしまうだろう。

見捨てられるという不安は、わたしの境界性パーソナリティ障害の一部で、これには自殺念慮のような症状も含まれる。でも、セラピーを受けなくたって、どうしてこんな不安に駆られるのかはわかっている。わたしの家族の女性はみな、見捨てられた女だ。母も、伯母もわたしも。両親のどちらもわたしを望んでいなかった。母は男の子を選んだし、父はわたしにどう接すればいいのかさっぱりわからなかった。弟が一緒だと父はにわかに活気づいて、サッカーやアクション映画について話し出す。わたしに向かっては「体罰が香港で違法になってて、お前は助かったな」などと言うのだが。

シンガポールでの夏休みのあいだ、両親はよく弟とわたしを本屋に連れて行き、そこで待たせておいてふたりだけで買い物に行った。携帯電話は渡してくれなかった。弟とわたしは初めこそ面白がって、いろいろな売り場をぶらついたり、漫画や本をぱらぱらとめくったり、ふたりだけでかくれんぼをして遊んだりする。でも一時間も経つと、果たして両親が戻ってくるのかどうかわからなくなり、不安で顔を見合わせる。いつ戻るのかわからなかったので、トイレにも交代で行くしかなかった。わたしたちの姿が見えなかったら、やっぱり子どもはいらないと思った両親がわたしたちを置いて帰ってしまう、と思っていたからだ。「百数えるあいだにパパとママは帰ってくる」とふたりで言い合った。五百までだって、千までだって数えた。

八歳くらいのときにはこんなこともあった。辛いものが食べたくなった両親は、わたしだけを車に置いていった。弟は幼い頃から唐辛子が大好きだったが、わたしは全然だめだった。だから両親はモールに辛いものを買いにいき、わたしはエアコンの効いた車内に三十分間座ったまま、買い物客や通りすがりの人を眺めていた。一年かけて、わたしは徐々に辛いものを食べる練習をして、一緒に来るかと訊かれたら「わたし、今じゃもうスパイスの女王なんだよ」と高らかに宣言するつもりでいたのだが、両親が一緒に辛いものを食べにいくことはそれ以降二度となかった。

これ以上続ける必要はないだろう。こうした思い出がいくつもある。わたしがいまだにこんなことを覚えているのは、意地悪で嫌なことばかり記憶している証拠だと家族は言う。

祖母は、父も母もわたしなどいらないと思ったときにわたしを望んだ人だった。食べ物を与え、風呂に入れ、愛情を注いでくれた。でも、祖父母に育てられた人はみな、重大な転機の瞬間のことを覚えているだろう。物心がつくと、愛する人の皺だらけの肌や卵の殻のように真っ白な髪はその人が老人である証であり、老人は死ぬのだとわかる、その瞬間のことを。世を去るときが来るのを指折り数え、なにを見てもやがて襲ってくるはずの喪失で胸が痛むようになる。祖母は決してわたしを見捨てるつもりはなかったけれど、その日が来たとき、祖母はどうすることもできなかった。

朱自清《しゅじせい》が書いた随筆がある。地元の学校で中国語のクラスをとっている香港の学生全員が読む作品だ。タイトルは『背影』で、舞台は汽車の駅である。語り手は町を出ていこうとしている。見送りにきている父親が、息子のためにみかんを買うと言い張る。年老いているので、売り子の屋台まで行って戻ってくるのも体力的にきついにもかかわらず。足を引きずりながら駅のホームを歩いていき、息子のためにみかんを買う父親の背中を、語り手は見つめる。この随筆が好きだったのは、妙に説教じみておらず、行動規範を教え込んだり、孝行の徳について長々と語ったりしないからだ。焦点が合っているのは父親の愛で、その愛に報いるために息子がなにをすべきかということではない。保護者からの愛は日々の生活のなかのささやかな行為に宿っている、ということをこの物語は思い出させてくれた。それがわかっていればわたしたちは攻撃的ではなくなるかもしれない。

二〇一六年九月。祖母の意識がはっきりしているうちに会話ができたのはこれが最後だった。中秋節での家族の夕食の席だ。その日早く、祖母はパン屋まで歩いていき、わたしのためにロールケーキを買ってくれた。齢九十を越えていて、しかもどこに行くにも唐樓の階段を五つも上り下りしなければならないのに。あれが好き、となにかのついでにわたしが口に出してからというもの、祖母はずっと同じロールケーキ――ミルク味のクリームが入ったスイスロール――を買ってきてくれる。おみやげになるものを家に持ち帰ってほしかったのだと思う。わたしの家はもはや、祖母のいる場所ではなかったから。

夕食後、祖母はミニバスのバス停までわたしを見送ろうとした。わたしはパートナーと付き合い始めたばかりの頃で、彼が迎えにきてくれるのを待っていた。「家に戻って。遅くなっちゃうから」とわたしは祖母に言う。「得啦，都話送你去車站囉（いいや、バス停まで送るよ）」と祖母は言う。わたしは突然苛立たしい気持ちになる。もう子どもじゃないのに。「いいから帰ってよ。わたしは大丈夫だってば」

次に祖母に会ったのは、祖母が発作を起こして入院したあとだった。伯母が、唐樓の寝室にある鋼の枠のついたベッドの上で動けなくなっている祖母を見つけた。祖母は二度と起き上がらなかった。

クリスマスを紅磡《ホンハム》の葬儀場で迎えた。この日の祖母は、映画に出てくる死者のような穏やかな表情を浮かべてはいない。茫然自失したような顔つきをしていて別人だ。葬儀場の化粧担当者が誤って化粧品箱の中身をすべて祖母の顔にぶちまけたのではないかと思うほどだ。しかし葬儀屋が選んだ祖母の写真は穏やかに微笑んでいる。二十年くらい前の写真だが、白髪と皺がわずかに少ないだけで、今と変わらない。二十年前、わたしはまだよちよち歩きで、祖母は陽が昇るとわたしを背中にくくりつけ、黒いしみがついた台所で額の汗をふきながら、桂花の形の白い麺に煮立った鶏がらスープをかけていた。

　わたしは祖母を見てこう思う。「おばあちゃんは死ぬはずがないと思っていた」と。家族とわたしは祖母が退院するものとばかり思い、退院後には老人ホームに入れるつもりでいた。体の麻痺は完全に治りはしないだろうが、この先も生き続けると思っていた。祖母がすでに九十四だか九十五だか、そういう年齢になっていることをいつも忘れていた。体調は安定していたが、ある日昼食をとっているときにむせて、肺に水が入ったままになった。それがきっかけで肺炎になり、翌日にこの世を去った。

　わたしは些細なことが気になって仕方がない。白の喪服〔中国では白い喪服を身につける〕の下に黒い下着をつけていたら、透けてしまうだろうか。葬儀場にWi-Fiはあるだろうか。弟とわたしは悪態をついてばかりいるけれど、広東語じゃなければ大丈夫だろうか。わたしたちふたりは火葬炉の前に座り、元宝を折る。面倒な作業だというふりをしているけれど、なにかやることがあってひたすら胸を撫で下ろしている。そして、熱に溶けた薔薇が花びらをひとつひとつ散らし、さっきまで誕生日ケーキの上の蠟燭のように立っていた線香が、灰となってたまった山に灰燼《かいじん》となって消えるのを眺める〔香港では、死後の世界で死者が必要とするものの複製を紙で作り、葬儀場で燃やすという慣わしがある〕。

　禁止事項が山ほどあることを知る。葬式で身につけた白い服を家に持ち帰ってはならない。道端に捨てなければならない。葬儀に来た人にありがとうと言ってはならない。「ご厚意を承ります」とだけ口にする。参加者が持ってきたお菓子は、幸運を呼ぶために食べなければならない。火葬が終わったら、後ろを振り返ってはいけない。弟は家族で唯一の男系子孫だ。葬儀のあいだ、何時間もひざまずいたままでいる。わたしは女の子だからそうしなくていい。最後の挨拶をすませると、おばあちゃんの息子たちと孫息子は伝統に従って一列目に立ち、わたしは二列目に追いやられる。

父は、だれかが家族に呪いをかけたのだと思っている。「考えてもみろよ。俺は破産して、おまえは鬱病で、ばあさんは死んじまった。まじない師にでも会ってブードゥーの呪いを解いてもらわなきゃな」と言う。責めるべき新しいものや、責任を転嫁すべき超常的なものが常にあるので、父は人生が祈りやお守りでなんとかならない肥だめのようなものだということを受け入れずにすんでいる。父はまだ打小人《ダーシウヤン》、つまり敵を呪うために雇う女性祈禱師について話している。銅鑼湾《どらわん》（コーズウェイ・ベイ）の時代廣場（タイムズ・スクエア）の隣に立つ陸橋のたもとにいるのだという。過去の伝統と未来の予言のあいだでからめとられている人生のせいで、家族はどこへも行けず、今の生活に希望を見出すこともできない。わたしは葬儀場の外でタクシーを呼んで逃げ出す。

祖母が他界して、最後に残った家族とわたしのあいだの糸は切れた。わたしが夕餉の席に戻ることは二度とない。

九龍の陸橋の下で中秋節を祝うライブがおこなわれる。仮設ステージでは、ミュージシャンたちがスピーカーに囲まれて演奏する。何十人もの観客が地面に座り、食べたり飲んだり煙草を吸ったり、瞳を閉じて瞑想のポーズをとりながら音楽に聴き入ったりしている。犬が何匹か歩き回り、食べ物はないかと人々のバッグのにおいをかぐ。扁桃腺を患って喉が痛むのに、わたしはトミイに煙草を巻いてと頼む。トミイはミュージシャンだが、今夜は演奏しない。わたしたちはアーミーナイフで、わたしの持ってきた月餅を切り分ける。

こうしたゲリラ・ショーは香港のアンダーグラウンドのアーティストや無政府主義者《アナーキスト》が企画し、仲間こそが家族だと思う人々には季節の伝統行事となっている。警察がやってくるが、奇跡的にもライブをやめさせることなく去っていく。ここの主催者たちを個人的に知っているわけではないので、わたしが秘密のゲリラ・ライブに招かれるのは友人が演奏するときだけだが、いつ行っても、唐樓にいるときよりずっと寛いだ気持ちになる。おばあちゃんが死んでから、あの家ではみなが黙りこくったまま座っている。家を出て以来、お祭りのたびにわたしは友人の「家庭温暖（温もりのある家庭）」に厄介になったり、勝手に夕食時に押しかけたり、倉庫や遊園地で優しくて見知らぬ人たちとライブの音楽に合わせて体を揺らしたりしていた。

父が電話をかけてくる。「あのな、こないだの晩、おまえのばあちゃんがここに来ていたんだ。本当だぞ。俺を見守ってるんだと思う」。いつものように、音楽の謎解きを残していく。「おい、パティ・スミスに似てるがパティ・スミスじゃないあのミュージシャン、誰だっけ？

海にちなんだタイトルのアルバムを出してるやつだよ」。わたしはすぐに答えがわかる。ＰＪハーヴェイの『ストーリーズ・フロム・ザ・シティ、ストーリーズ・フロム・ザ・シー』だ。しかしわたしたちは、父の新たな恋人や、広東省珠海《チューハイ》市に引っ越す計画や、父の健康状態については話さない。スマートフォンをしまい、ビールをもう少し飲んでから立ち上がり、音楽に合わせて友人と並んで踊る。

　わたしはいつも、思いやりやコミュニティを家庭と勘違いしている。中等学校〔香港の中等教育は初級中学（三年）と高等中学（三年）に分かれているが、六年一貫の学校がほとんどである〕や大学時代からの友人は、気遣い合える愛のある関係というのは特別なものではないことを教えてくれた。友人たちは親切で、手を差し伸べてくれ、声を掛ければ必ず来てくれた。なにより、わたしが差し出せないものを求めることをしない。とはいえ、いくら親友でも、卒業式で講堂の家族席に座ってほしいわけではなく、結婚式で一緒に祭壇まで歩いてほしいわけでもない。新しいアートの世界でいくらうちとけた関係を築いても、近所の人と深い信頼関係を築いても、そうした人たちはいつもそばにいると約束してくれる家族の代わりにはなれない。いくら一緒にいるのが耐えられなくとも、人が捨てて逃げることができない相手というのは、いつもそばにいてくれる人たちだけなのだ。だから何度でも戻っていくのだ、虐待するような家族のもとに。ともづなを解かれて、家族のいないひとりぼっちよりまだましだから。

元日の黄大仙《ウォンタイシン》では、敬虔な香港人が寺院の外に何時間も並び、その年最初の線香を神さまに供えようとする。束になった線香が扉に吊り下げられている。違法の花火が元朗《ユンロン》の空に上がり、花市場に群がる人々は赤い上着やマフラーを身につけ、動物をかたどった奇妙な風船を持っている。映画館では、騒々しい登場人物と大袈裟な筋書きが特徴の春節映画が上映される。食料品の買い出しに耐えられなくなるのは、スーパーマーケットではシンバルのけたたましい音が差し挟まれる祭りの歌が流れ続けているからだ。

風水の本が飛ぶように売れる。この時期はインフルエンサーでもある占い師の生え際の薄くなった額とポニーテールをいたるところで目にする。地下鉄の広告からもニヤリと笑いかけてくる。わたしのオフィスが入っているビルでは獅子舞が練り歩いて福をまき、利是《ライシー》という赤いお年玉袋に入れるレタスのかけらが渡される〔レタスは獅子の好物とされる〕。新型コロナウイルス感染症が流行《はや》る前なのに、わたしたちはすでにマスクをつけている。この街でSARS（重症急性呼吸器症候群）の大惨事を忘れている者はひとりもいない。

祖母が死んでからずっと、わたしは春節のお祝いを避けてきた。香港のどこへ行っても、家族の調和を象徴するこの祝日の痕跡を目にする。祖母を亡くしてから、わたしたち家族の絆は解けてしまった。ばらばらになった。全員に連絡して、冬至に集まれるかどうか確認する手間をかける人がいなくなった。祖母の息子たちは自分の食事もろくに作れないのだから、お祭りのたびに八皿もの料理を手際よく作れるわけがない。

春節の前の週末、パートナーとわたしはエドワード・ヤン監督の『ヤンヤン　夏の想い出』を観た。まだテレビはなかったので、レコード・プレイヤーの蓋に十二インチのMacBookを置いて、フラットの明かりを消した。冒頭の場面で、主人公の祖母が脳卒中になる。映画の全編を通し、家族全員が祖母の枕元で彼女に話しかける。祖母が脳卒中を起こしたのは自分がゴミを出し忘れたせいだと、孫娘は考える。「おばあちゃん　まだわたしを怒ってるの？　なぜ目を覚ましてくれないの」と、ある場面でそう問いかける。わたしは映画の再生を一時停止して、気持ちを落ち着かせる。

しばらくのあいだわたしは、自宅のあるビルで祖母と孫娘が一緒にいる姿を見かけるたび、こう思う。「老人と一緒にいられることがどんなに幸せなことか、あなたにはわかってる？」と。

わたしの隣人で友人のKは〈見山書店（マウント・ゼロ・ブックス）〉の書店員で、紫微斗数の勉強をしていると話してくれる。伯母が運勢占いをするため頼っていた占いだ。Kの師傅《しふ》が予言するには、香港は今後数年にわたって不運に見舞われるので、国外脱出する場合に備えて常にパスポートを携帯しておくべきだとのこと。それを聞いたのは、香港国家安全維持法が布告される四カ月前のことだ。

春節の前日、わたしは家族のいない同じ境遇の友人たちと夕食をとる。茘枝角《ライチーコック》の収監センターには、暴動を起こしたとして起訴された何十人ものデモの参加者が勾留されていて、年配の香港人のグループが団結を示すため建物の外に集まっている。

ミュージシャンの黄衍仁《ウォンヒンヤン》がギターで懐かしい曲を弾き、白髪のサポーターたちが演奏に合わせて歌う。

拋開愛慕 飽遭煎熬 早知代價高
絲方吐盡 繭中天蠶 必須破籠牢

（愛慕を振り捨て　辛酸を嘗めつくした　代償の大きさは覚悟していた
今まさに吐く糸が尽きようとしている　繭のなかの蚕は　檻を破らねばならない）

〔「天蠶變」の歌詞〕

柵のある門の外で、支援者たちは今や違法になったスローガンがおどる黒い革命の旗を掲げ、スマートフォンのライトを振る。今夜は家族が一堂に会する夜だ。ここにいる祖父母たち、両親たち、おばたち、おじたちは、勾留されている者たちにひとりではないことを伝えたいと思っている。

父がわたしの仕事場に電話をかけてくる。わたしは疲れ果てているので電話に出ない。祖母が亡くなってちょうど三年だ。父はメッセージを残す。「ばあさんはおまえを許せないまま死んだんだ、おまえは孝行者じゃなかったからな」。これは嘘だとわかっている。病院のベッドのそばにいる者のなかで、祖母がわかったのはわたしの顔だけだったのだから。そのとき伯母はつぶやいた。「孫だけが気がかりなのね。他の人のことなんてどうでもいいんだわ」。伯母もその日の昼間、仕事中にメッセージを残した。「あんたは子どもの頃から仏教徒だってことを忘れてはだめ。仏教には業ってもんがあるの。因果がね。孝行しないと、不孝な子どもが生まれるよ」

トルストイは書いた。不幸な家庭は、それぞれ異なる理由で不幸である、と。中国には「どの家庭にもその家庭なりの口に出したくない悩みがあるものだ〔家家有本難念的経〕」ということわざがある。セラピーで初めて家族について話したとき、カウンセラーから解離とはどういうことか知っているかと訊かれた。「想像してみてください。あなたの魂が突然遠くに飛んでいって、遠くから自分の姿を見ているんです。あなたの体はまるで映画のセットにいるようにその場に佇んでいます」と。「あなたの家族についての話し方は、だれか他の人の身に起きたことを説明しているみたい。何人かの登場人物がいて、起承転結がある。でも、あなたがどう感じているのか、それが起きているときあなたはどこにいたのかを話してはくれませんね」とも言われる。

かつて家庭と呼んでいた壁に囲まれた場所で起きていたことを、どうすればわたしは理解できるのだろう。どれもテレビのドラマよりははるかに非現実的な話なのだ。葛藤はいつまでも解決されることはなく、家族がバーベキューのために屋上に集まって、いろいろ試練はあったけれどお互いがどんなに愛しているかを確かめ合うような、そんな有終の美が最終話に待っているわけでもない。どの物語もくだらなくて納得できなくて滑稽だ。パートナーと付き合い始めた頃、わたしは空港で両親の喧嘩をこっそり録音した。母がテーブル越しにフォークを投げつけ、父があまりに大きな声で怒鳴ったので、警備員がやってきて出ていけと言われたのだ。パートナーはわたしの話が嘘ではないかと疑ったことは一度もなかったが、それでもあえてこの録音を彼に送って言った。「ね、嘘じゃないでしょ。うちの家族はこんななの」

もうひとつことわざがある。中国語のことわざはこんなのばかりだ。「家醜不可外揚（家庭の恥を外に持ち出してはいけない）」。祖母がよく口にしていた。家庭の恥を口外してはいけない。話したいことは山ほどある。秘密の愛人たちと半分血のつながったきょうだいたち、ビジネス上の決断を誤ったがゆえに中国の牢獄で過ごした時間、メンタルヘルスの浮き沈みの歴史、常軌を逸した事件がひとりの親戚に残した深刻な怪我。この説明のなかには明らかに語られていない部分がある。でも、わたしにはこうした断片しか、わたしの記憶しか語れない。

もう何年ものあいだ、先祖の墓参りをする人がひとりもいないのは、祖母が亡くなったからではない。祖母は、他の親戚が眠る場所に埋葬されていない。追悼庭園で小さな標識になっている。墓掃除をする清明節の日〔先祖を祀る祭日〕、わたしはぐるぐる歩き回って祖母の名前を探すけれど、故人に割り当てられた番号の列のなかで迷子になってしまう。こんなに整然としているのに、とても抽象的な死。家族の墓地はまだ和合石にあるが、今では荒れ果てている。

父とわたしはもう話をしなくなった。母とわたしの距離も遠い。わたしたちがこの二十年間に同じ都市で過ごしたのはわずか数カ月のあいだだけだ。ところがここ数年、母はわたしに仕事の状況やパートナーのことを尋ねてきては、「あの人とわたし、親としては失格よね」と言う。母のメッセージに返信しても、二カ月ほど返事がない。まるで自分から会話を始めたことを忘れたかのように。祝日になると、こんなメッセージを送ってくる。「楽しい休日を過ごしてる？」

家族とのあいだにどれほど距離を置こうが、わたしの体には忘れることのできないその余波が残っている。親なら気づかなかったはずがないと医師が言う股関節変形、心の健康《メンタルヘルス》の状況、自分で治療したせいでなった依存症からなんとか抜け出そうとしていること。わたしが鬱になっているあいだ面倒を見てくれる友人たちや、一緒に暮らしているパートナー、わたしに匙を投げない人たちこそがわたしの家族だ。そして、どんなに親しい間柄であっても、信頼してもらえないのなら、こちらの言うことを聞いてもらったり世話を焼いてもらったりすることを人に求めてはいけない、ということを学んだ。

もう二年ほど土瓜湾には戻っていない。子どもの頃住んでいた地域を走るバスに乗ると、今でも祖母の亡霊が食料品の入ったプラスチックの赤い袋を提げて、ゆっくりした足どりで帰宅していく姿が見える。瞳を閉じれば聞こえるのは、父、伯母、伯父たちが優しくわたしの中国名を呼ぶ声。今や静まり返った唐楼では、夕餉の支度はできていない。返事をする者はいない。

パラレル・ワールド

哭啊 喊啊 叫你媽媽帶你去買玩具啊
快快拿到學校炫耀吧 孩子 交點朋友吧
（泣き喚いて　お母さんに頼め　おもちゃを買いに連れてって
ほら　学校へ持ってって自慢するんだ　友だちができるぞ）
ノー・パーティー・フォー・ツァオ・ドン（草東沒有派對）、「大風吹」より

父とわたしがいるのは、九龍の何文田《ホーマンティン》にある公立小学校の校庭を覆い隠して作られた登録所だ。ピンクと白のストライプのスモックを身につけ、肩まで伸びた髪を後ろできちんとまとめたわたしは、口元に笑みを張りつけている。書類の入ったクリアファイルを手にした父は、すでに苛立っている。ここにやってきたのは、わたしが名門小学校の入学試験を次々に受けて、よくできたと思うよと宣言したにもかかわらず、郵便受けに届く手紙すべてが「残念ながら……」で始まっていたからだ。ここは中央配分制度で決められた、取るに足らない非名門学校

なのだ。当然父には面白くない。

わたしたちはテーブルに座る。空気が蒸し暑く重苦しい。教師がわたしの深圳《しんせん》の出生証明書を見る。そして、父にもわたしにも聞こえるくらいの声でつぶやく。「中国本土出身の子がまたひとり」

父は苦虫を嚙みつぶしたような顔をして、上等なボールペンをシャツのポケットにしまう。そしてわたしのほうに向き直ると言う。「帰るぞ」

二週間後、祖母のアパートメントにいるわたしに、父から電話がかかる。「インターナショナル・スクールがあってな、入学できるって言うんだ。学費はかなり高いんだが、入りたいか?」。わたしはためらう。ひっかけ問題のようだ。他の学校から入学許可はおりていない。「とてつもなく立派な学校だぞ、きっと気に入る。シンガポールのことも学べるしな。おまえの母さんも喜ぶだろう」と父は言う。シンガポール人が経営する学校で、シンガポール人教師が大勢いて、香港在住のシンガポール人を受け入れているという。

わたしは赤い受話器を左耳に押しつけ、鮮やかな果物がプリントされたビニール製のテーブル掛けに左肘を置く。テーブル掛けからひどく古いサンダルに似た臭いがする。「立派」というのがどういう意味なのかわからないから、レースのついたテーブルクロスや薔薇の香りのトイレを想像して、興奮で目の前がくらくらする。「うん、うん、うん」とわたしは言う。それがどういう意味なのかわからないなりに。

一九九九年九月の登校初日に、祖母は五時に起きてわたしのためにマカロニスープを作る。わたしの髪を高い位置で二つ結びにし、きらきらした蝶のバレッタを両方につけ、制服を着せる。白い丸襟のついた灰色のジャンパースカートだ。それからがたがたと揺れるスクールバスに乗せる。わたしは眠りこけて、窓によだれの跡をつける。バスは一時間かけて青々とした光が差し込む香港仔（アバディーン）の坂道を進み、赤いテトリスブロックみたいな校章が掲げられた灰色のビルの前で停車する。

堂々としたキャンパスがどこまでも広がっている。広場、屋内のバスケットボール・コート、講堂、音楽とダンス用のスタジオ、図書館、屋内プール、教室のあるフロアでは教室の真ん前に小さなガーデニング区画まである。毎朝全校生徒が体育館に集まり、シンガポールの国歌を歌って国民の誓いを暗唱する。「わたしたちシンガポール国民は、団結したひとつの国民であることを誓います」。生徒が本当のシンガポール人であってもなくても。

どこを向いても、わからない言語が聞こえてくる。わたしが通っていた地元の幼稚園では基本的な英語しか教えなかったし、たまに会う弟以外、家族は誰も英語を話さない。キャンパスで母語の広東語を話すことは禁止されている。中国語のクラスで学ぶのは北京語なので、文字は香港で使用されている繁体字ではなく簡体字だ。他の同級生たちは幼稚園の頃から親友同士で、高級住宅地の半山区（ミッド・レベル）にある両親のフラットで午後を過ごすことについて、シングリッシュを交えて内輪で冗談を言い合っていた。同級生たちの両親の職業は弁護士、銀行家、企業の取締役や支店長など、裕福な香港人またはシンガポール出身の駐在員だ。

初めての面談のときに、担任のG先生は英語の家庭教師をつけてください、と父に告げる。父は戸惑う。「これほどの大金を払っているのは、そちらで英語を教えてくれるからだと思っていたんですがね」

英語のクラスで、G先生は大声で「動くな《フリーズ》！」と言う。だれもがその言葉に従い、振り回していた腕の動きを止め、息を潜めておならも引っ込める。わたしたちは教室の思い思いの場所にいて、壁には同級生全員の写真を貼った掲示板がある。わたしの顔の切り抜きの下には、金色の星がひとつもない。みんなに追いつこうと頑張っているところだ。みながすいすいと水のなかを泳ぎ、そばで何度もターンを繰り返しているのに、わたしはいまだに浮いているのが精一杯という状況なのだ。潜ることすらできないのは、浮き上がって空気を吸うことを忘れるのが恐いからだ。

教室中が動きを止め、静まり返っていることにわたしは気づかない。

「トイレに行ってもいいですか？《キャン・アイ・ゴー・トゥー・ザ・トイレット》」とわたしは言う。英語で言うことのできる数少ない完全な文章だ。「『フリーズ』の意味がわからないの？」。先生はそう訊いてから笑う。「フリーズ」の意味はわたしだって知っている。冷凍庫に入れた水が氷になること。全員が笑う。同級生はその後、わたしのことを「トイレット・クイーン〔この言葉は相当に悪い意味がある〕」と呼ぶようになる。それ以来この先生の授業中にわたしがトイレに行っていいかと訊くことは二度とない。だから、わたしは自分の席に座ったまま、ぱんぱんになっている膀胱のせいで体を震わせながら、もらさないように踏ん張る。気を紛らすために、教科書の端を千切っては口に入れ、よだれでびしょびしょにする。この教室で、わたしは話し方を忘れ、そして一から学んでいく。言語を一気飲みにし、肺につまっても飲み続ける。

学校になにを期待したらいいのかわたしにはわからなかったし、家族から学ぶための心構えを教えられなかった。上位中流階級《アッパーミドルクラス》のマナーも、インターナショナル・スクールの文化が香港のその他の人々から分離されたものであることも、知らなかった。わたしの小学校は国別に分かれたインターナショナル・スクールのひとつで、この学校がターゲットにしているのが特定の国籍を持つ国外居住者、または自国で授受されるものと同等の卒業証書を出す学校を探している保護者だった。中等学校レベルで最大のインターナショナル・スクールは英基学校協会で、一九六七年に「人種や宗教にかかわりなく、英語を介して最新のリベラルな教育を」香港で提供するために設立された。*「わたしたちの使命は、創造性を培い、*世界市民および未来のリーダーを育むことです」とウェブサイトには記載されている。インターナショナル・スクールは他にもグローバルなインターナショナル・スクール・ネットワークであるユナイテッド・ワールド・カレッジの香港校、あるいはイギリスの寄宿学校やプレパラトリー・スクールが香港に開設した分校などがある。

インターナショナル・スクールの生徒の割合は、香港に暮らす全小中学生のうちのほんの七パーセントにすぎず、[*]二〇二〇年度から二一年度においては四万人あまりだ。そもそも、こうした学校が設立されたのは、入植者の子弟に教育を提供するためだった。今でも、海外からの香港居住者や非中国人が一定数通学している。植民地独立後には、新富裕層や上位中流階級の中国人のニーズにも応えるようになった。裕福な香港人家庭出身の生徒がかなりいる。この種の学校は、生徒のうちで地元出身者が占める割合は三十パーセントまでが望ましいとされているが、香港のインターナショナル・スクール五十四校のうち約半分はその取り決めに従っていない。ある学校では、入学を許可した地元の生徒の割合が七十五パーセントを超えている。[*]

インターナショナル・スクールは世界市民について語ってはいても、地元のコミュニティとのかかわりには関心を示さず、かかわりがあってもあくまで表面的なもので、通常はボランティア遠足などの形でおこなわれる。もっとも、やがては学費の高いアメリカの大学に進学するつもりの子どもたちが香港について学ぶ必要などないのだ。香港という都市の景観そのものが娯楽のために存在している。知っておくべきことは、ミニバスのどの座席に座れば降りるとき運転手にまで声が届くかとか、麺を出す人気店でどのくらい辛いスープを注文すべきかとか、大人になったとき香港について面白い冗談を言える程度の知識で十分なのだ。

わたしをこの学校に入れるという父の決定は、父が自分の誇りを傷つけられたからであって、わたしの養育に関するその他の多くの決定と同じように、後先を考えずにおこなったものだった。年間の学費が平均五万香港ドルにもなることも考えていなかったはずだ。でもその当時、うちは豊かだった。父の仕事が傾き始めてからは、この学校に行くと決めたのはわたしであり、そのせいでものすごく金がかかった、と苦々しげに言った。これについて父がわたしを許すことはなかった。

小学校に入って数年のあいだはひとりでぼんやりしていた。例の解離のせいだ。わたしはガラスで仕切られたこちら側にいて、拳に痣ができるほど強くガラスを叩いても、わたしの声はだれにも届かない。図書館から次々に本を借りる。『ボックスカー・チルドレン』、少女探偵ナンシーのシリーズ、『ベッツィーとテイシ』、『秘密の花園』、ハリー・ポッター・シリーズ、ジャクリーン・ウィルソンの全作品。知らない単語はポケットサイズの電子辞書、「快訳通」でひとつ残らず調べる。ある先生は通信簿に、わたしが学校でうまくやっていると書き、特に作文を褒めてくれる。なにかが上手だと言われるのは生まれて初めてのことだ。わたしはノートを買って、読んだばかりの本のあらすじとどこか似ている、スープの妖精や寄宿制の魔法学校の物語を書き記す。いつか、いつかきっと、思いつくままペラペラと英語を話せるようになる、落ちてくるテトリスのブロックが空いている場所を埋めていくみたいに。

三年目、ついに友人を作れる程度に英語ができるようになる。紅磡《ホンハム》のあらゆる高級アパートメントの前でいちいち停まる、九龍発のガタガタ揺れるスクールバスのなかで同級生とおやつを食べる。アラナとシャーリーンと親しくなる。韓国のアニメのキャラクターの白いウサギにちなんで自分たちを「マシマロ・クラブ」と呼ぶ。休み時間には、それまで図書館でひとりで本を読んでいたが、三人揃って校庭で側転の練習をする。アラナとシャーリーンがいとこや小さい頃の友人やきょうだいの話をすると、わたしは黙り込む。

ある日、わたしは学校にノートを持っていく。店で買い求めた、趣味や好きな映画についての質問が書き込まれている日記型ノートだ。そのなかに白人の女の子たちの写真が印刷されている。「この子たち、学校は違うけどわたしの友だちよ」とわたしはアラナとシャーリーンに話す。「一緒に育ったし、お泊まりしたりお互いの髪を三つ編みにしたりするんだよ」。ふたりはあからさまな嘘に納得がいかない顔つきでわたしを見つめ返す。

父から資産を分けてもらえなかったために慎ましい生活を送っている親族たちも、学校になじみたいというわたしの身勝手な願いを満たしてはくれない。父が子ども時代を過ごし、わたしが放課後を伯母と過ごした珊瑚色のビルでは、お湯は出たり出なかったりし、階段は欠けていて、猫を飼うようになってからも鼠がはびこっていた。夕食を家族でとった後、わたしは農圃道（ファーム・ロード）に建つ居心地のいいフラットに歩いて戻る。浴槽につかって本を読む。水泳の授業の後でシャワーを使うときに、安価な下着のゴムバンドを他の女子に見られないように身を隠しているので、わたしの下着が街市《ガイシー》で祖母が買ってきたものだと知られることはない。

とはいえ、高価な海外への修学旅行の費用を父が払ってくれたので、わたしはニュージーランドの高地に立つ城を訪れて森のなかを歩く。アウトワード・バウンド〔アウトドア活動をおこなう短期スクール〕のトレーニング・キャンプに参加し、オーケストラで演奏したいからと言って古箏《グーチェン》〔中国の撥弦楽器〕のクラスの受講料をねだり、合唱団と一緒にシンガポールやマレーシアを訪れる。のちに大人になって気づいたのだが、わたしのお門違いな自己憐憫は、父の非難するとおり、わたしが「恩知らずの馬鹿娘」であることを示すものに他ならなかった。

子どもは、小さな攻撃性《マイクロアグレッション》といじめが構造的に異なる抑圧である、ということを知らない。視野が狭く、入念に準備された友人の誕生日パーティーしか目に入らない。友人の両親が主催するパーティーは招待者しか入れない五十一万平米もあるアバディーン・マリーナ・クラブで開催される。ここにはプライベートのアイススケート・リンクまである。休日のクルーズや、ペニンシュラやフォーシーズンズといったホテルのビュッフェの話に花が咲く。最初の数年、同級生から仲間外れにされたりするが、その両親たちは常に優しい。わたしの父が送ってくれないときにはわざわざ家まで車でやってきて、休日に又一城〔フェスティバル・ウォーク・モール〕へ週末のランチを食べに連れていってくれる。みんなが持ってるシミュレーション・ゲームをすごくやってみたいと友人に言うと、わたしの誕生日に彼女の両親がたまったマイルで買った『ザ・シムズ』をプレゼントしてくれる。別の友人の母親はトリンプのブラジャーまで買ってくれる。思春期でわたしの体つきが変化しているからではなく、ペラペラの下着しか持っていなくて恥ずかしそうにしているわたしに気づいたからだ。わたしは苦々しい気持ちと自分にはもったいないという気持ちの狭間で、部外者だという意識とこの一員だという意識のあいだで、揺れ動く。

走るのが遅いのに運動部に入部する。負けず嫌いで、勝てることがあれば見逃すことができないからだ。しつこくお願いした挙げ句に、伯母がやっと運動靴を買いに連れていってくれ、紫のロゴが入ったリーボックが手に入る。校庭に行くと、ピカピカのナイキを履いたアレックがわたしを値踏みするように見て、他の子たちを差し招く。「おい、あの靴を見ろよ。おえっ、だれがあんなキモい色の靴を買うんだ？　しかもリーボックだぜ」。わたしは何も言わない。スタートラインまで歩いていき、ビリでゴールにたどり着く。

十二月、ケイティとわたしは髪に赤いリボンをつけて、香港島東のショッピングモールの階段に腰掛けている。クリスマスの歌が何曲か流れたあと、合唱隊が左右に分かれてわたしたちを正面に迎え入れ、わたしたちはそれぞれ「ジングルベル」のソロパートを歌う。拍手が起こると観客に向かって微笑みかけ、ケイティは両親に手を振る。わたしも家族を探して辺りを見回してみるが、来ていないことはとっくにわかっている。

ケイティとわたしは五年生になってお泊まり会をするようになった。わたしが彼女の家に泊まりにいくばかりで、彼女がうちに来ることは一度もない。ケイティはわたしと同じく合唱が好きで、中国のオーケストラで古箏を演奏している。リハーサルの前は毎回、舞台の後ろで足を組んで床に座り、指に白いテープを巻きつけて古箏のピックを固定する。最初は競争相手になり、それから友のふりをした敵《フレネミー》になり、その後は切っても切れない仲になる。

その夏、ケイティとわたしは彼女の部屋で並んで横になり、ケイティの歯の矯正器具の、色がついた四角い部分がよく見えるくらい顔を近づける。日焼けした肌がひりひりする。その日は、彼女の両親がまたもや会員限定のカントリークラブに連れていってくれたのだった。富裕層のために残された植民地時代の遺物だ。わたしたちはプライベートプールのそばでハーゲンダッツのアイスクリームが入った小さなカップを手にのんびりと過ごした。十代向け雑誌のモデルみたいな気分だった。ケイティの金属フレームの眼鏡の奥には丸い子犬のような瞳があり、彼女の髪はいつも編み込まれ、二つ結びにされている。

お泊まりした日の翌朝、ケイティの両親が雇っている家政婦がわたしの髪も同じように編み込みにする。双子のシュナウザー犬がわたしの腕のなかに入ったままで顔を舐める。ケイティの父親がわたしたちを車で学校まで送る。うちの父とは違ってアバディーン・トンネル近くで渋滞にあっても文句を言ったりしない。帰宅して、体になじんでいるけれどケイティのほど快適ではない自分のベッドに飛び込み、あの子の家族を盗みたいと思う。優しくて、上品で、わかりにくいところがない家族を。

学年最後の日、わたしは他の何十人もの家族と一緒に学校の食堂に立つ。スパゲティ・ボロネーゼの入った大皿を前にしても、隣にあるプールからただよう塩素のにおいがかすかに感じられる。毎年の表彰式で、学術賞かなにかを受賞したのだ。出席している祖母は花柄の薄いブラウスが透けて見えるほど汗をかいていて、伯母も桃色のポロシャツに黒い汗のしみをいくつも作っている。ふたりの顔には一族共通のにきび跡があり、髪は不毛な土地に最後まで残っている草のようにぴんと立っている。他の家族はみなさっぱりとして、体に沿ったスーツを着ていて、ＨＳＢＣ（香港上海銀行）の看板から抜け出してきたみたいだ。わたしたち三人は一〇七番のバスに乗り、九龍からアバディーンまでやってきた。他の生徒や保護者たちはタクシーで来るか、学校の螺旋形の駐車場まで車を運転するかして来た。

伯母と祖母は根でも生えたようにプラスチックの椅子に座り込んでいる。港を越える旅路と、それに続く坂道で疲れ果てているのだ。わたしが行くのを待っているのはわかっているが、わたしはそこに座らない。たとえ先生がわたしにおめでとうを言いにきたり、同級生の家族が話しかけたりしても、祖母が英語で返せる言葉は「レインボー」と「キャッスル」の二つしかない。わたしはふたりのそばを通り過ぎ、同級生の家族と一緒に座る。

この同級生のことはよく知らないし、家族に会ったことすらないのだが、みな礼儀正しくわたしに質問をしてくれ、わたしは訊かれたことすべてに答える。「あなたのご両親はどちらに？」という質問以外には。両親は来ていない。六年のあいだにたった一度、クリスマスの発表会に来てくれたことがある。ちらっと後ろを見ると、つんとしたものが喉に込み上げてくる。わたしのために来てくれたふたりの女性はそこで固まってしまったように座り、怒濤のような英語の会話のなかで途方に暮れている。

その夜、わたしたち家族は、〈幸福樓《ハンフクロウ》〉という海鮮料理店に行く。その店は、ムッとしたエアコンのにおいがする近所のモールにある。わたしたちは行事のたびにここに来る。中秋節、春節、誕生日。先史時代の海洋生物がタンクの中で泳ぎ回っている。今日、回る盆には蒸しマテ貝やローストダックだけでなく、土瓜湾《トクワワン》にあるわたしのお気に入りのベーカリー、〈オペラ・パティスリー〉のチーズケーキが中心に載っている。軽くてふわふわしていて、ほどよい酸っぱさが美味しいことはわかっているが、三十香港ドルであることも知っているので、ついつい三百香港ドルのなめらかなチョコレートケーキのことを考えてしまう。同級生が先週ホテルで開催したパーティーで出てきた、〈コヴァ〉という店のケーキだ。目から涙が流れるのを感じる。一瞬、わたしたちは黙って座ったまま、周りの人々の喋っている声に耳を傾ける。それから伯母が言う。「わたしたちがなにをしてやったって、あんたには足りないって気がしてきたわ」

こうした学校に通っていたら、平凡な青虫でも大きく色鮮やかな蝶へと変わる。わたしは二〇〇五年にクラスで第三位の成績で小学校を卒業する。最後の二年間には地元の英語新聞の若い読者向けのセクションに短編小説を発表し、数学オリンピックにも参戦する。同級生は他のインターナショナル・スクールに進学するが、わたしの父にはこれ以上学費を払うことができない。父は伝統的な女子校の校長たちに手紙を書く。公立でも私立でも、優秀とされている*さまざまな、学費もまちまちの学校に。わたしたちの家のすぐそばにある学校にも、受け入れてもらえるかどうか打診する。「わたしは現在六年生のカレンの父です。香港の中等学校への入学許可に関する問題が生じたため、この手紙をしたためております」。どの学校からも返事は来ない。結局、三十年前に父と伯母が通った公立の中等学校に入学することになる。

　素敵とは言いがたい学校だ。フランス語のレッスンも、プライベート・プールも、生徒たちがリサイクル材料で作った民族衣装に身を包んでランウェイを気取って歩く、ウケ狙いのファッションショーもない。講堂にはふかふかの赤い座席ではなく、十三歳の腰すら痛めつける座面高の低い木製のスツールが置いてある。学校は五階建てで、ときにはバスケットボール・コートや小型のサッカー場となる小さな運動場を囲むように建っている。いつどこにいても、学校全体が見渡せる。食堂はあまりに狭く、生徒全員を収容できないので、上級生は牛津道（オックスフォード・ロード）の公共の広場に座って、軽食堂で買った黒胡椒ソース漬けのランチョンミートや、鳥もも肉などの「頽飯（軽食）」を十香港ドルで買って食べるか、九龍城まで歩いていくかする。学校でいちばんきれいなのはチャペルで、これはのちに改修されてステンドグラスの壁が加えられる。

この学校は一九六一年、香港の植民地時代に設立された。伯母は、わたしが着ているのとまったく同じセーラー服の制服――青い大きめの襟と、青の布製ベルトがついた白いワンピース――を着ていた。父と伯母はそれぞれ、一九六〇年代後半と一九七〇年代初頭に初代校長のヘレン・ウォン（黄徐仲霞）のもとで学んだ。学校のモットーは「Non Nascor Mihi Solum（私は私だけのために生まれたのではない）」で、校歌はウィリアム・ブレイクの詩にもとづいた「エルサレム」だ。わたしが好きだったのは「ここに　エルサレムが　建っていたというのか／こんな闇のサタンの工場のあいだに」という歌詞。学校を運営していたのが教会だったので、ひどくキリスト教的な学校だった。先生たちはクィアな人々は地獄に堕ちると警告し、生徒の大半が処女と童貞のまま卒業する。

火曜と金曜は校庭に立って祈りを捧げ、聖歌を歌う。インターナショナル・スクールでは、十一歳の頃からワンピースの裾を何センチも詰めていたけれど、この学校ではウールのセーターを脱ぐことすら絶対に許されない。汗をかくとワンピースが透けてしまうし、わたしたちは絶えず汗をかいているからだ。全校集会が終わる頃には、少なくともひとりは暑さで倒れている。校則担当の先生は女子の髪が元々茶色であっても黒に染めさせる。パーマは禁止。わたしが卒業してから数年後、学校は生徒同士の異性交際を禁じようとしたが、卒業生が学校に顔を出し、討論会でこの件について議論してようやく取り下げさせた。週末には教会での聖書勉強会の後、友人たちと旺角《モンコック》にある旺角中心（アーガイル・センター）のマネキンたちが立ち並ぶワクワクするような迷宮をさまよい、パンクなタータンチェックのワンピースや、ブリーチのにおいがするジーンズを選び、冷麺の入った透明の小さな袋を手にする。二十香港ドルで軟骨にピアスの穴を開けてもらう。

この公立中等学校では主に英語のカリキュラムが組まれていて、学力別に三層に分類される香港の学校制度で「バンド1」〔もっとも学力が高いグループ〕に位置づけられている。* とはいえ各層のなかでも、英語の習熟度にはかなりの差がある。地元のエリートの私立校*に通う学生はネイティブ・スピーカーといって差し支えないが、その他の学校の生徒は英語で会話を交わすのもやっとで、政府が英語を香港の「公用語」としていることなど気にもしていない。わたしの学校ではまだ広東語が一般的に話されていて、教室の外で英語が話されることはほとんどない。同級生は、もう使われていない古めかしい単語を用いた古代中国語の教科書を理解できるのに、英語への理解力ということでは、地理でたとえれば「構造プレート」のあたり、歴史でたとえれば「洋務運動」を始めたレベルだ。英語はもはや、わたしが生き残るための手段ではなく、嫌みな特技でしかない。経済のクラスでは、教師がわたしの目をのぞき込んでこんなことを言う。「本当の世界に出れば、あなたの英語なんてなんの役にも立たないってことがわかります」

わたしたちは英語で世界史の授業を受け、第一次世界大戦について学びながら、中国の歴史と文化についても勉強し、もっとも古い王朝から現在の中国にいたるまでの発展をなぞる。学校のカリキュラムでは香港という街の歴史についてはなにも教えない。かろうじて教科書に登場するのは、一八四二年の第一次アヘン戦争で中国が敗北した後、香港がイギリスに譲渡されたということだけだ。その一方で、後期清帝国の崩壊についてはふたつの言語で三度も繰り返し学んだ。わたしがこの学校に通っていたのはリベラルな教育改革以前のことで、香港はシラバスに入れるほど重要な問題だとは考えられていなかった。そのせいで、わたしは香港の総督すべてどころか大半の名前を暗記できていないが、中国の王朝は年代順に暗唱できる。

この中等学校でわたしは、かなり早く周囲とうまくやっていくことができた。初登校の日に三人の新しい友だちができる。この子たちが一緒に学校のダンスチームに入ろうと誘ってくれる。わたしはダンスの振り付けで、両手を合わせて蓮の花の形にしたり、日本製の麦わら帽子を手にして振ったりする。新しい友だちと九龍城のカラオケに行く。「ちょっと待って、この曲どれも知らないの？　ステフィー・タン（鄧麗欣）もアレックス・フォン（方力申）も？　キャリー・ン（呉雨霏）は？　ジャニス・ビダル（衛蘭）は？」。知らない、とわたしはつぶやく。その夜、早速中国の検索エンジン捜狗《ソゴウ》で彼らの曲をダウンロードし、片っ端からiPodに入れる。広東語の口語で友人がメッセージを送ってくると、わたしも同じように返信することを覚える。ザンガ〔Xanga〕で自分のページを作成し、十代の生活について同級生たちが綴る内輪的でゴシップにまみれたブログについていこうとする。ユーリードのアニメーター〔Ulead GIF Animator アプリの名称〕を使って作ったキラキラのテキストバナーを掲げた二〇〇〇年代半ば流のウェブページに、自動再生されるBGM。

ほとんどの公立校に言えることだが、生徒の生活環境はさまざまだ。公営住宅に住んでいる子もいれば、上位中流階級が暮らす九龍塘《ガウロントン》地区の瀟洒な低層フラットに住んでいる子もいる。わたしの父の商売は傾きかけていて、フラットの住宅ローンも払い終えていないが、それでもわたしたちはまだ裕福なほうで、社会福祉手当を受けている子とイギリスの寄宿学校に通う子の中間に位置している。夏休みには級友たちと東堤小築（ベラ・ヴィスタ・ヴィラ）という、長洲《チュンチャウ》にある幽霊が出ると噂される安価なリゾート地に旅行する。二〇〇〇年代初頭、休暇用の別荘での煉炭自殺が相ついだのだという。わたしたちは海のそばの小さな部屋を借りて、三つしかないベッドに交代で眠る。映画『リング』を観て、朝には白熱の太陽の下で、浜辺を散歩する。次の三日間、わたし以外の女の子全員が交代で麻雀をする。

わたしはイヴリンと親しくなる。彼女は今でもわたしの親友だ。イヴリンの前髪はまっすぐで、歯列矯正器をつける前は可愛らしい八重歯がのぞいていて、わたしのくだらない話にいつまでも付き合ってくれる。急にわたしの解離が始まっても、慌てないで回復するまで待っていてくれる。父に怒鳴られた後の電話で、わたしの泣き言を何時間も聞いていてくれる。わたしたちは教室でメモを交換する。「放課後にたこ焼き食べにいかない?」。わたしたちが入ったプリクラのブースには、目を大きくして髪をツヤツヤに見せるフィルターがある。深水埗《シャムスイポー》の西九龍中心（ドラゴン・センター）でアイススケートをした後は、殺人級にまずいという噂の〈明將（ミン・ジェネラル）〉の寿司食べ放題に五十香港ドルを払い、あずき軍艦巻きに大笑いしては他の客からうとましげな目で睨まれる。

最初の年、わたしは宗教学と中国語のクラスで四十二人中最下位になる。同級生からは中国語があまりにひどいと笑われるし、同級生の使うスラングがほとんどわからない。先生が朝の全校集会で、学校の英語の通知をわたしに読ませるので、すぐに他の生徒から目をつけられて、甘やかされて育った目立ちたがり屋だと決めつけられる。そんな噂がわたしの耳に届くが気にならない。わたしの友だちは、放課後の計画からわたしを外したりしない。この学校は、子どもには正直で謙虚で純粋でいてほしい、うぶであればあるほどいい、と願う両親が選ぶ学校として少し名を馳せている。確かにこの学校で学んだ人全員が、ここには優しくて良心的なクリスチャンばかりがいる学校だと言うだろう。わたしは六年間を無事に乗り切る。

インターナショナル・スクール時代の同級生たちとわたしは、クリスマスの慈善バザーのために母校を訪れる。富裕層の母親たちが本場のラクサを鍋で温めている。ケイティとはあっという間に音信不通になったが、アラナとはまだ友だちでいる。わたしたちはアイスカカン〔シンガポールのデザート〕をすすり、灰色の食堂のテーブルに集う。活発すぎる子どもたちが髪から滴るプールの水でわたしたちの給食に味をつけていた場所。わたしたちは十五歳で、思春期の嵐のなかにいる。わたしの英語はさびついていて、とっさに言葉が出てこない。ストレートパーマをかけた髪がちょっとＭＫっぽい、と元級友に言われる。旺角のストリート・スタイルのようで安っぽいという意味だ。わたしが台湾の昼メロやTVBのドラマに夢中になっているあいだ、彼女たちは『The O.C.』や『ゴシップガール』や『glee／グリー』を観ていて、わたしはそちらの話題にもついていくつもりで視聴を始め、プロムに行ったり放課後にサーフィンをしたりするのはどんな感じか想像してみる。すでに蘭桂坊《ランカイフォン》で夜遊びしている子がいる。かつての同級生は、わたしのことを「地元の人」と呼び始める。

公立校には授業料がなく、教科書代や昼食代などの実費以外で学校に支払うのは、千香港ドルもしない印刷費などの雑費だけだ。インターナショナル・スクールの中等学校レベルの一年間の学費は当時およそ八万香港ドルで、*そのうえ、学校によっては「債券」を買ったり「保証金」を支払ったりしなければならず、これだけでも何百万香港ドルになる。子どもが卒業する頃には価値が低下している場合もあるし、返金されない場合もある。わたしが通っていたインターナショナル・スクールにはコンピューター室や最先端の設備が揃っていた。公立校ではパリッとしたA4の紙ではなく、安っぽい藁半紙に問題を印刷し、当番の生徒は板書を消すときにチョークの粉を吸い込み、いつも咳き込んでいた。

元級友たちがわたしのことを「地元の人」と呼ぶとき、それは「香港人」のことを指しているわけではない。インターナショナル・スクールで勉強していないあらゆる人への、階級差別的な牽制だ。インターナショナル・スクールの生徒と地元の学校の生徒は同じ街で暮らし、同じ通りやモールで遊んでいても、階級、言語、文化、ときには人種、そしていずれは政治によって分断される。インターナショナル・スクールに通う子どもの親の多くは、すぐ別の国に駐在することになる。香港は単なる中継地にすぎず、目的地ではない。さらに興味深いタイプの生徒もいる。香港で香港人の両親から生まれ、ずっと香港に住み、流暢に広東語を喋る家族を持ち、民族的にも中国系なのだが、自分たちは地元の香港コミュニティの一員ではないとでも言いたげに「地元の人」を区別する香港人だ。

元同級生たちは、ロンドン、ニューヨーク、カリフォルニア、オックスフォード、オーストラリアの大学に進学する計画について話す。わたしは家族から、香港の大学に行く費用しか出せないとはっきり言われている。放課後には土瓜湾の紅蘋果（赤林檎）街市《ガイシー》の上にある、鶏の羽のような臭いがする図書館の学習室で空いている机を見つけ、図書館員に追い出されるまで第一次世界大戦の事実を暗記する。同級生もわたしも、思春期のすべてを懸けて公開学力測定試験〔二〇一二年から始まった公開の学力試験。正式名称は香港中学文憑〕のために勉強し、夜遊びをしたことは一度もない。それなのに、クラスの三分の一は大学に受からない。ところが、インターナショナル・スクール時代の同級生は、大学の学位が取れないかもしれないと心配することは一度もない。成績が悪くても世界のどこかの大学に入学できるだけの金を親が持っているのだから、選択肢は無限にある。

一方、地元の大学に進学するインターナショナル・スクール出身者は容易には周りになじめないだろう。学生向け雑誌の特集記事によると、香港中文大学に進学したインターナショナル・スクール出身のある学生は、香港の大学文化を理解できず、地域の政治に対する知識が欠けていると公の場で指導教官に言われて恥をかかされ、「故郷でカルチャーショックを体験している」という。また彼女は、地元の学生たちがなにを言っているのか理解するのも一苦労で、インターナショナル・スクールでは「香港のニュースについてほとんど話し合わなかった*」し、「国際的な、あるいはアメリカのニュースに重点が置かれていた」と述べている。「地元の人」は、インターナショナル・スクールの生徒のことを「離地（現実離れしていること）」と表現する。文字どおり、地面から浮いていて現実を把握できていないという意味だ。

十六になると、学校で友人と過ごすよりも多くの時間をオンラインで過ごすようになる。メタルやハードコアの音楽に夢中になり、ホット・トピック〔音楽をテーマにした衣類を多く取り扱う十代向けのアパレルブランド〕の服に身を包んだ十代の若者たちが織りなすエモ・インターネットに飛び込んでいく。ユーチューブでアジア系アメリカ人やオーストラリア人クリエイターの動画を何時間も観る。クィア文化が「タンブラー〔ウェブログ・サービス〕」で引っ張りだこになると、わたしも二〇一〇年初頭にインターネットで活動するアライシップ〔自分は属していない、社会的に不利な立場にある集団を理解および支援すること〕の初期コミュニティに参加する。「同性愛者嫌悪《ホモフォビア》を抱いて生まれてくる子どもはいない」という文字が書かれた白黒の写真を投稿する。「タンブラー」のページには、カート・コバーンの言葉と枯れかけた花の画像のあいだに、プラカードを掲げた金髪の女性が表示されている。プラカードには「社会が教えるのは『レイプされるな』であって、『レイプするな』ではない」とある。よくある十代の悩みを抱えているだけなのに、わたしは自分が道徳的に優れていると感じて悦に入っている。

わたしや友人たちは伝統的で保守的な中国の家庭で、「ギャング」になるような子だけがタトゥーを彫るのだと考えるような親たちに育てられた。人種差別や白人優位主義について話し合う言葉も経験も教育もない。こうしたトピックが周りで話題になることはない。宗教がいまだにわたしたちの頭に深く染みついていて、性的アイデンティティや性的指向の領域に関する話し合いを難しくしている。中等学校からは遠く隔たり、オンラインで社会問題について議論し合う思春期の仲間たちのほうがずっと身近に感じられる。香港人というよりは、インターネット世代の子どもだ。

公開試験が近づくと図書館が閉まっているときだけ、シャワーの時間に合わせて家に帰るようになる。中国史と文学を学び、かつては恐ろしいと思っていた古代中国語に足を踏み入れる。成績評価の確実性が気に入っている。言語に堪能であるかどうかを、自分がまわりにうまく溶け込んでいるかどうかの指標に使える。別の学校を退職した教師が毎月無償で家庭教師を務めてくれ、公開試験では自学自習として英文学を選ぶことができた。三十点中三十点で、自動的に地元の大学への早期入学が認められる。

わたし自身はジャーナリズムを学びたいと思っているが、教師たちは法学を学ぶよう勧める。先生たちは「もったいない」と言う。中流階級としての素敵な人生が目の前に広がっているというのにそのチャンスを摑まないのは愚かだ、という意味だ。わたしの学校に進路アドヴァイザーがいれば、イギリスやアメリカの大学の奨学金を狙えることを教えてくれただろう。「リベラルアーツ・カレッジ」という言葉の意味がわかるようになるのは二十代前半になってからだ。その頃わたしがいる世界では、香港大学こそがなかなか手に入らない宝だった。法学科と文学科への入学許可を受け取ったとき、この先の人生の最初の一日の幕が上がったように思えた。

シックスフォーム〔香港ではイギリスと同様の教育制度を採用しており、中等学校最後の二年間をAレベルと呼ばれる大学入試に備えるコースがシックスフォームと呼ばれる〕の一年目が終わる頃、同級生がAレベルの大学入試のために勉強に励んでいるときに、わたしは中等学校を卒業する。十七歳の誕生日に、わたしにとっては中等学校を去る十日前に、同級生が作った折り紙のハートがたくさん入った瓶をもらう。イヴリンはファンダム〔fan と kingdom の造語で、さまざまな分野の熱心なファンたちの世界〕のことがわからないながらも、わたしのお気に入りのバンドの写真を貼りつけたスケジュール帳を作ってくれる。だれもがわたしの卒業ノートに優しいメッセージを書いてくれる。わたしは悲しみの詰まった「さみしくなるよ」という文章を書いて、フェイスブックに投稿する。学校でなじめたと感じたことは一度もなかった。でも、今でも当時の同級生とは友だちだ。

トルコ、イズミルの海辺でエーゲ海に太陽が沈む頃、わたしは十カ国から集まった若者たちのグループと一緒にラキ〔トルコの酒〕のショットを飲んでいる。大学一年目が終わる夏休み、わたしは子どもに英語を教える交換プログラムで、六週間トルコに滞在した。このプログラムはべビーシッターのようなものだ。わたしたちはひとりも教職のトレーニングを受けていないし、共通言語を持たない子どもに教えることは不可能に近い。でも、親が仕事をしているあいだ子どもの世話をすると、バルチョバの市議会が交通費と宿泊費を出してくれる。

わたしは中国本土出身の女の子と共同で部屋を使う。最初の一週間に彼女から、中国には天安門事件で虐殺が起きたことを知っている人などひとりもいない、なんて考えるとは無邪気すぎると言われ、そうした話しにくいことを話してからわたしたちはとても親しくなる。プログラムの他の参加者はハンガリー、コロンビア、インドネシア、スロバキア、アメリカの出身だ。わたしたちは三階建ての家屋に暮らし、雑草に囲まれた玄関ポーチでチーキョフテ〔トルコ風ハンバーグ〕・ラップを食べる。バルコニーでビールを飲みながらロンリープラネットのガイドブックでトルコ語を勉強し、時折様子を見にきてくれるトルコ人の家族が作ったメネメン〔卵、トマト、青唐辛子に黒胡椒や赤唐辛子などの香辛料を加え、オリーブオイルもしくはひまわり油で炒めたもの〕やドルマ〔牛の挽き肉などを葡萄の葉やキャベツで包んだもの〕を食べて、ラマダン明けをお祝いする。プログラムの終わりにはバスでイスタンブールに向かう。イスタンブールの「ブルー・モスク」ことスルタンアフメト・モスクの向かいにある安宿の屋根にビーンバッグを敷いて寝て、朝の祈りの言葉で目を覚ます。

プログラムの参加者たちとはとても気が合い、知らず知らずのうち文化交流が平和に寄与するという神話の広告塔になっている。この交換プログラムを提供した組織は、恵まれた家庭の子どもたちが「発展途上の」国や地域に行って会議に参加すれば必ず、世の中のために「行動する」と考える、ベビーブーム以降の世代の救済者精神から生まれた。しかし、感受性豊かだったあの頃のわたしが、タンブラーでブログを書いていた頃にやりたいと考えていたのはまさにこういう活動で、それはまだボランツーリズム〔滞在先でボランティア活動を体験する旅行〕が話題を呼ぶようになる前のことだった。香港での組織の会議のひとつで、わたしは二酸化炭素排出量について学び、環境保護主義者に会い、魚菜食主義者になることを決意する。大学二年生のときには自分の大学にあるこの組織の支部の委員会メンバーになる。

　これがわたしの大学での生活だ。なんとなく「国際的《インターナショナル》」で、香港の文化より「西側」の文化に親しみを感じて「第三文化の子ども《サード・カルチャー・キッズ》」〔保護者の母国の文化またはパスポート発行国の文化とは異なる文化のもとで育った子ども〕に共感する。インターナショナル・スクールでの教育のせいでわたしは香港から遠ざかってしまい、地元の学校に通っていたときも、この街の歴史や植民地としての歴史を学ぶことができなかった。大学での生活もこの延長線上にあった。白人やアジア系の交換留学生と仲良くなり、蘭桂坊に行ったり、〈ミスター・ウォン〉という留学生だけに百香港ドル以下で食べ放題とビールを振る舞う旺角の評判のよくない食堂に行ったりする。香港からハノイまで南寧《なんねい》経由のバスに乗り、バンコクのカオサン・ロードでうずたかく積まれたビールを飲み干し、ホステルでは二段ベッドの下段でセックスしているカップルを尻目に眠りに就く。写真に皮肉抜きで「#wanderlust（旅行大好き）」というタグをつけて、自分と同じようなバックパッカーとおしゃべりし、まだほとんど足を踏み入れていない世界を彼らが道案内してくれるものと信じ込む。

キャンパスに二店舗ある〈スターバックス〉のどちらかに行き、テクノロジー・サイトやスタートアップ企業をチェックし、優れたビジネス・アイデアや新たなアプリが世界を劇的に改善できるというミレニアルらしい幻想にふける。気候変動や人種差別といった問題についてオンラインで声高に議論することで、グローバルな会話に自分も参加しているのだという気分を味わえる一方、日々の生活に影響が出ないだけの距離を保っていられる。かつて不適応な子どもだったわたしには、このように距離を保って参加することが安全なことのように感じられる。

でも時折、学生会館のオフィスを通り過ぎ、最新の政治キャンペーンに関するブースを見ると、周りと大きな隔たりを感じる。今はもう大人で、香港を探検するだけの時間も機会もある。もうわたしの無関心を自分の置かれた学校環境のせいにしてはいけない。無知であることを自ら選択しているようで恥ずかしくなる。大学の外では十五歳の男の子が、洗脳を目的とした親中国カリキュラムを学校教育に導入するものであるとして、国家教育法に対する抗議デモを組織している。* ほんの十五分しか離れていない場所にいるというのに、わたしが官庁まで行って起きていることをこの目で確認することは、一度たりともない。

第二部

二〇〇三年

九歳の誕生日、お釈迦さまにお願いする。窓の外で世界が溶けていくあいだ、わたしをどこかにかくまってください。そういうことは宗教のすることではないと、伯母から言い聞かされてはいたけれど。フラットのそばの木々をなぎ倒す台風に心を奪われ、海傍（プラヤ）のそばで波が大きな口を開け、自らを呑み込んでまた海へ戻る様子を思い描く。父は若い頃、台風を見るのが好きで、よく荒れ狂う海のぎりぎりのところまで近づいていったと言う。わたしはただ安全なところにいたい。ゲームボーイか本を抱えて布団にもぐり込み、ビー玉の入った袋をぶちまけたように雨が窓を叩きつけているけれど、わたしにはなにものも指一本触れることはできやしないのだ。見たいけれど、かかわりを持ちたくない。現実からのやむを得ない逃避。「止まれ」と言えば、なにもかもがわたしと一緒に止まる。

　学校が休校になる。致死率の高いＳＡＲＳという伝染病が流行っているのだと大人から聞かされる。でも死というものはあやふやな感じがする。子どもの頃はなにもかもそんな感じだ。次の小テストまでに暗記するため単語シートに書いた言葉も、大人の口をついて出る言葉も意味がうまくとれない。休校が発表される前から、学校では体温の報告が必須になっていた。毎登校前に温度計を耳に入れて、保護者の署名をもらい、体調が悪いときは学校に行ってはならない。もちろん、子どもがまじめに取り組むわけがない。ほとんどの生徒は朝のスクールバスで摂氏三十六度から三十七度のあいだの数字を適当に書き入れ、両親の字をまねて自分で適当に署名している。両親も見て見ぬふりをしている場合が多い。

四年生になると、同級生から「トイレット・クイーン」と呼ばれなくなる。表現力はともかく、英語は流暢に話せるようになったが、相変わらずひとりぼっちだ。学校に行かなくてよいなら、週末に開かれたパーティーに、またも自分が招待されなかったことを知る月曜日の絶望感からも解放される。同級生が「ガールズ・キャッチ・ボーイズ」と呼ぶ鬼ごっこで遊んでいる休み時間に、図書室に隠れている辛さを噛みしめずにすむ。スクールバスでの帰宅中、付添人として乗っている世話係のおばさんたちと礼儀正しく世間話をする必要もない。バスの後部座席に座る人気者グループがわたしを仲間外れにして以来、おばさんしか話し相手がいなくなったのだ。でも今は、もう変に見られないようにと頑張らなくていい。

三カ月の間、わたしは毎朝祖母の家に行って伯母と過ごし、すぐに癇癪を起こす父から逃げている。わたしがもっと小さかった頃には留守ばかりしていた父は今や、とにかくいつでも家にいる。父のオフィスがある九龍湾のテルフォード・プラザからほんの一ブロックしか離れていないアモイ・ガーデンというアパートメントで、下水設備を通じてSARSが蔓延し、三百人以上の住民が感染した。わたしは子ども用のピンクのマスクをして、ティッシュを巻きつけた指でエレベーターのボタンを押し、外ではできるだけなにも触らないように気をつけながら、唐樓《トンラウ》の階段を駆けあがる。ゴミ箱のそばでかくれんぼをしている鼠のことは考えない。祖母のフラットに着いたら、石鹸とお湯でごしごし手を洗う。

　伯母とはスクラブルやトランプで遊び、負けるとわたしは癇癪を起こしてゲームボードをひっくり返したり、カードをくしゃくしゃに丸めたりする。伯母が、ぼそっとつぶやく。「その癇癪、間違いなくあんたのお父さん似だわ」。わたしたちはラジオで、声が嗄れるほどがなりたてる「大班《タイパン》〔起業家や企業の会長職の呼称〕」ことアルバート・チェン（鄭經翰）や、レイモンド・ウォン（黃毓民）といった政治評論家の言葉に耳を傾ける。政治に関する議論は白熱し、これほど情熱を注げるものを見つけたふたりが羨ましくなるほどだ。クリスティーン・サムソン（洛詩婷）が伝説のDJのアンクル・レイ〔本名はレイナルド・マリア・コルデイロ（郭利民）。香港でブロードキャスター、俳優、DJとして活躍〕と制作したアルバム、『レター・トゥ・マイ・ファースト・ラヴ』をかける。伯母はどの歌も口ずさむけれど、「アナック」は例外だ。フィリピン系香港人のサムソンが、タガログ語で歌った曲だから。伯母がわたしに言う。昔、歌のレッスンを受けたことがあってね、歌手になれたかもしれないんだよ、なんにだってなれたかもしれない、でも結局あんたのおばあちゃんは弟たちの教育にお金をかけることにした。わたしたちはお気に入りのフォークソングを集めてテープを作る。サイモン・アンド・ガーファンクル、アルバート・アウ（區瑞強）。『プリンセス・ダイアリー』や、スイート・ヴァレー・ハイ・シリーズや、メアリー＝ケイトとアシュレー・オルセン姉妹の本を読むと、こういう白人の女の子たちみたいなストロベリー・ブロンドの髪で生まれていたらどんな感じだっただろうと考える。

ＳＡＲＳにかかるとどうなるのかはわからなくても、肺が影響を受けるということだけは知っている。この病気がどこからやってきたかはわからない。大人たちは野生動物、おそらく蝙蝠を食べたことが原因だと言っている。でも起源なんて、感染経路に比べたら小さな問題だ。二〇〇三年二月、教授で呼吸器専門医の劉剣倫《りゅうけんりん》は結婚披露宴に出席するため広州から香港にやってきた。九龍にあるメトロポール・ホテルの九一一号室に滞在していた劉は、間もなく自ら進んで入院した。甥の結婚式に出席することは叶わなかった。ホテルの同じ階に滞在していた七人の宿泊客も呼吸器疾患を発症した。ＩＣＵに収容されていた劉は十日後に死亡した。当時の噂によれば、劉は自分の病名も体調不良の理由もわかっていたという。明らかになったのは、中国がこの感染症について承知していたにもかかわらず直ちに世界保健機関（ＷＨＯ）に通知しなかったせいで、香港はなにも知らないまま手遅れになったということ。

ＳＡＲＳが沈静化するまでに、香港だけで二百九十九人が死亡している。[*] 何年も後になって、この年が香港人の心にどれほど深い傷を残したかという記事を読むことになるが、この時期わたしが考えていたのは、挫折感のつきまとう学校生活から離れると、信じられないくらい心やすらかでいられるということだ。マスク内にこもった自分の息のにおい、鼻のつけ根にそっと触れるマスクの細いワイヤー、モールやレストランや学校に設置されているひんやりした手指専用の消毒用ジェルに、あっという間に慣れる。家族のなかでも感染した場合に悪化するリスクが高い祖母は、なにも心配していないようだ。だからわたしは不安など感じなくてもいいのだと思い、わたしのためを思って祖母が平気なふりをしているとは考えもしない。ＳＡＲＳのことで泣くことになるのはすべてが終わり、二〇〇四年に制作された映画『天作之盒（ザ・ミラクル・ボックス）』[*]を観たときだ。実話に材を取ったこの作品の主人公は、医師のジョアンナ・ツェー・ユエンマン（謝婉雯）。のちに「香港の娘」と呼ばれるようになる女性だ。同じく医師だった彼女の夫はＳＡＲＳが流行する前にがんで亡くなり、ツェーはＳＡＲＳ病棟での勤務を志願する。そして二〇〇三年五月に命を落としたとき、彼女はわずか三十五歳だった。

「ＳＡＲＳの記憶っておぼろげ」。二〇一九年、お昼にフレンチトーストを食べながらわたしは友人に語ることになる。香港での新型コロナウイルス感染症流行の第一波が一時的に食い止められた後のことだ。「あのときもう少し大人だったら、今くらいの年齢だったら、もっと怖かったと思う」。友人はバターにひたされたパンをフォークで突き刺し、「わたしは違ったな」と言う。「親はどちらも病院で働いてたから、毎日がくじ引きみたいなものだった。無事家に帰ってくるか、ＳＡＲＳに感染しているかのどちらか」。世界が止まっちゃえばいいのにとわたしは思っていたけれど、それはなにものもわたしに指一本触れることができないと信じていたからだ。台風が来ませんように、学校が休みになりますように、とお祈りしていた子どもの頃のことをわたしは考えた。人生から逃げ出すことばかり考えていたあの頃の、世間知らずなわたしの世界はいったいどのように始まり、どのように終わったのか、と。父のあの台風の昔話にしたところで、彼は実際くるぶしまで水びたしになるような家に住んでいたことは一度もなく、だから風で砕け散った窓ガラスの破片を傷口から取り除かねばならないというような目にあったこともない。貧しい子ども時代だったとはいえ、まだ恵まれていたほうなのだが、父は決してそうは言わない。

まだSARSが蔓延していた二〇〇三年、もうひとつの悲劇が香港を襲う。父が決して乗り越えられない悲劇が。四月にレスリー・チャン（張國榮）が自殺したのだ。

レスリーの顔を知るはるか前から、わたしはその声を聴いて育ってきた。同居していた十八年のあいだ、父は特注のホーム・オーディオ・システムでレスリーの曲をかけ続け、一心不乱に聴いていたから、今でもわたしは「風継続吹〔山口百恵の「さよならの向う側」のカバー〕」や「無心睡眠」や「有誰共鳴〔谷村新司の「儚きは」のカバー〕」を歌える。香港の外に移住した人にとって、彼はウォン・カーウァイ（王家衛）監督作品でろくでなしの恋人〔『ブエノスアイレス』では恋人を振り回すゲイの男性ウィンを演じた〕や、息絶え絶えになり死を迎えるまで飛び続ける運命を与えられた脚のない鳥〔『欲望の翼』でレスリー演じる主人公ヨディが口にする言葉。テネシー・ウィリアムズの『地獄のオルフェウス』の一節〕を演じたスターだった。レスリー・チャンは、一九八〇年代から九〇年代における香港映画界の俳優のひとりだが、他のだれよりも——広東ポップの四大天王と謳われたスターたち〔アンディ・ラウ（劉徳華）、アーロン・クォック（郭富城）、ジャッキー・チュン（張學友）、レオン・ライ（黎明）を指す〕や、幾度か共演したトニー・レオン（梁朝偉）よりも——レスリーは輝きを放ち、人々に愛されていた。

香港人から「哥哥《ゴーゴー》（お兄ちゃん）」と呼ばれたレスリー・チャンは十人兄弟の末っ子として生まれた。リーズ大学で学び*、アジアの歌謡コンテストでカウボーイ風の衣装を着て「アメリカン・パイ」を歌い、準優勝を果たした後*、芸能界に入った。彼が憧れていたのは広東オペラのスターたちだった。白雪仙《パクシュッシン》や任劍輝《ヤムキムファイ》といった、早くから両性具有的な魅力で香港を虜にした人々だった。レスリーはバイセクシャルで、性別に対する固定観念をしなやかにくつがえしたが、当時クィアな人たちに対する香港の姿勢はもっと頑迷だった。そのなかにあってロマン・タム（羅文）やアニタ・ムイ（梅艶芳）などの大スターとともに、性別の枠にとらわれないパフォーマンスの可能性を切り開いた。

スクリーンで初めてレスリーを観たとき、わたしはそのエレガントな身のこなしや、不良少年風の美貌、悲しみをたたえた黒い瞳に夢中になった。父は、レスリーが出演した映画のDVDとBlu-rayをすべて持っていた。『ブエノスアイレス』、『欲望の翼』、『楽園の瑕』、『ルージュ』、『さらば、わが愛　覇王別姫』。レスリーがマンダリン・オリエンタル・ホテルの二十四階から転落死したとき、父は朝の三時まで彼のアルバムを繰り返し再生しながら、一九八七年に制作された武侠ロマンス映画、『チャイニーズ・ゴースト・ストーリー』でのレスリーの姿を目に焼きつけていた。永遠に凍りつきスクリーンにとどまるその姿を。わが家の居間はレスリーの聖廟になり、薄暗い部屋は幽霊のように浮かびあがるテレビの光と大音響の音楽で満たされていた。

敬虔な仏教徒である伯母には、もっと切実な心配事があった。元朗《ユンロン》の洪水橋《ホンスイキウ》にある寺院に通う伯母に、わたしも毎月ついていく。週末、他にすることがないからだ。午後は正座し、お経を唱えながら過ごし、気分が悪くなるほど線香の煙を吸い込む。菜食料理を出す喫茶店で、ラミネート加工のベタベタするメニューやすっかり古くなったチリソースが置かれたテーブルに陣取った伯母と友人たちは、プーアール茶や大豆の叉焼《チャーシュー》を前に今後の行動について話し合う。昔なじみの友人ブレンダは、弔いの儀式、法事をおこなってレスリーを輪廻の次の段階に導こうと提案する。「そうしなきゃ永遠に地獄に閉じ込められて、何度も自殺の瞬間を生き直すことになるもの」

わたしのお気に入りのレスリー出演作、いや、わたしがこの世でいちばん好きな映画は『さらば、わが愛　覇王別姫』だ。最初に観たときから何年も経った今でも、この映画のことを考えすぎると胸が痛む。この作品は、一九二〇年代から文化大革命直後までの数十年の歴史を背景に、ふたりの京劇スターの人生を通して描いた叙事詩だ。満たされない欲望とおのれの野心の虚しさに苦悩しながら、大きな歴史のうねりに抗おうとする。レスリーが演じたのは、兄的存在に恋焦がれるが決して愛されることはない青年という役どころだ。本作品はカンヌ国際映画祭でパルム・ドールを勝ちとった唯一の中国語映画で、レスリーも主演男優賞にノミネートされた。

一九九〇年、三十三歳になったレスリーは一時的にバンクーバーに移住したものの、一九九九七年にはこう発言している。「カナダは天国だと信じていましたが、*行ってみたら違っていることに気づきました。真の天国は香港なのです」。中国全土にファンがいたにもかかわらず、レスリーは自分の居場所を見つけられずに苦しんでいた。中性的な名前、美しい容貌、優しさと気品を併せ持つレスリーは、香港社会の主流に溶け込むことができないどころか、当時の芸能界の枠に自分を収めることさえできなかった。

香港がまだＳＡＲＳと格闘しているさなかにレスリーはこの世を去る。残された遺書では、鬱と闘っていたことや、悲嘆に暮れる恋人ダフィー・トン（唐鶴徳）の存在が明かされている。レスリーのファンは香港のＳＡＲＳ渡航警告を無視し、アジア中から集まりその死を悼んだ。今でも、彼の命日には毎年マンダリン・オリエンタル・ホテルの外にファンが集まり、徹夜で祈りを捧げている。

二〇〇三年四月一日以降、香港は変わってしまった。詩人兼評論家で永遠のレスリー・ファンでもある洛楓《ロクファン》はこれを新時代と呼ぶ。レスリー・チャンは香港の象徴、時の標、文化現象となった。彼が完全にわたしたちの元を去ることはなかったからだ。大坑《タイハン》でピリ辛の麺を出す屋台に貼られた古い映画のポスターにレスリーの姿があり、朝三時に港の反対側へ向かうミニバスのなかでレスリーが運転手のために歌う。『さらば、わが愛　覇王別姫』の最後のシーンで、京劇の花旦《ピンイン》（女形）の衣装に身を包んだレスリーが、青い舞台照明を浴びると冠がきらめく。「男として生を受けた　女ではない〔以下役名含め、『覇王別姫』日本語字幕より抜粋〕」とレスリー演じる小豆子《シャオトウツー》〔京劇役者としての芸名は程蝶衣（チョン・ティエイー）」は言う。宝石にきらめく手でゆっくりと剣を引き抜き、画面の外で音を立てて倒れる。『ルージュ』でも同じだ。レスリーとアニタ・ムイは心中の約束を交わし、スプーン一杯の阿片をお互いの口に運ぶ。わたしたちの世代には見られない、美しいがこの世のものとは思われない*気品を備えている（アニタも、二〇〇三年十二月三十日にその生涯を閉じる）。黒のシースルーのシャツと白いスカートを身につけ、髪をひとつにまとめたレスリー*は縦横無尽に舞台を動き回り、「アメリカン・パイ」のパフォーマンスを再現する。死の三年前のことだ。

父は白い肌着姿で、ぐったりとソファに沈み込んでいる。朝の三時に目を閉じ、居間に響きわたるベルベットのような「ゴーゴー」の歌声を聴いている。「爽やかな風が吹き／ぼくは暗い空で瞬く星に尋ねる／夜の静けさのなか／ぼくと一緒にいてくれる人はいるの？〔「有誰共鳴」の歌詞「風也清 晩空中我問句星／夜闌静問有誰共鳴」を著者が英訳〕

SARSの真っ只中、香港行政長官である董建華《とうけんか》の妻ベティは牛頭角《アウタウコック》の集合住宅を訪ねたが、全身をプラスチックの防護服で覆い、シャワーキャップまで被っている。善意を示すパフォーマンスのはずが、彼女の姿は一瞬でミーム化され、支配階級がどれほど一般市民の感覚からかけ離れているかを示す象徴となる。「絶対に、絶対に、絶対に、手を、手を、手を洗ってください」[*]と訪問中にベティは言う。わたしたちは沸騰させる酢の量を増やす。酢は呼吸器系の症状を撃退できるとされている。

二〇〇三年初頭、香港政府は暴動、叛逆、転覆、分離を罰する国家安全維持法案を提出した[*]。こうした法律の制定に関する規定は、返還後の香港を統治する「定款」である香港特別行政区基本法に記載されていた。一般に「二十三条」と呼ばれている法案だ。ところが六年経過してもまだ法案が制定されていなかったのは、それがわたしたちの自由の終焉であることを人々が恐れていたからだ。なにが分離、転覆とみなされるのか？　犯罪とされる内容は幅広く、中国共産党統治を批判する記事の執筆から、能動的な暗殺の計画まで含まれる。なにかを違法とする恣意的な境界線はどこに引かれるのか？　恐怖とはその不確かさに他ならない。

一九九七年の香港返還後、母がシンガポールに移住したこともあり、父は家族四人分のシンガポールのパスポートを確保した。文化大革命や六四天安門事件で対立者の口を封じ、同胞を殺してきた共産党の歴史を知る父は、中国政府を信用していなかった。多くの中流階級に属する香港人と同じように、父も家族の避難先、つまり危険を感じることがあれば避難できる国を探していた。なぜシンガポールに決めたのかはわからない。父に訊ねると、アメリカを訪れる際にビザの取得が免除されているからだとかなんとか言っていたが、今日にいたるまで、休暇でアメリカに行ったことがあるのは家族のなかでわたしだけであり、それも一度しかない。シンガポールはよく香港と比較され、ジョークにもなるほどだ。似ているのは強い経済力と潜在的独裁国家であること。

父の生活が成り立っていたのは、身の回りの世話をすべて祖母任せにして働いていたからであり、真剣に移住を考えるには香港に根を張りすぎていた。それでわたしたちは香港にとどまった。ところが今回、法改正によって父の恐怖が再燃する。国家安全維持法が成立すれば、今までの香港での暮らしが根底からくつがえされるのは明らかだ。

二〇〇三年七月一日、返還から六年目の記念日、旗が掲げられ「義勇軍進行曲」の合唱がおこなわれた後、五十万人もの人々が通りに出ていく。「董建華は退任せよ、二十三条は不要だ」というプラカードを掲げ、その後すぐに流行遅れとなるサンバイザーをつける。群衆は銅鑼湾（コーズウェイ・ベイ）に位置するヴィクトリア・パークのサッカー場を埋めつくし、銀行やマンゴー・デザートの店の前を歩き、利東街（ウェディングカード・ストリート）を行進し、ストリップ・クラブや裁判所前を通り、中環（セントラル）の政府庁舎までやってくる。黒い垂れ幕には「人民力量（人々の力）」と書かれている。MTRの駅はどこもごった返し、デモの参加者が自動改札機を飛び越えていく。緑の制服に身を包んだ警察が立ち、群衆を見つめている。これは香港返還後最大の抗議デモになり、これ以降行進や抗議デモは香港文化の一部となっていく。

九月に法案は撤回される。再度の法案提出の予定は組まれない。抗議デモの後、董建華は言う。「去るのは簡単だ。*とどまるほうがずっと勇気のいることだ」。でも、どのみち彼はその後すぐに退任する。

わたしの家族はお昼前に複数の新聞を読むが、「班人食飽飯無野做（抗議デモなんて時間の有り余っている人がするものだ）」と言う。人々が反対すれば、政府は無理強いしないと信じている。わたしたちには抗議する権利があり、抗議デモの場に居合わせたとしてもそれによって逮捕されたり殴られたりはしないと信じている。通りに出なければ、暮らしはずっと容易だ。わたしたちは家のなかにとどまり、窓の外の風景に夢を見る。レスリーの映画を観て、アニタの歌声に聴き入る。スピーカーがなりたてる政治討論に耳を傾け、世界が勝手に修復されるまで待っていればよい。

　家族のだれも、わたしを連れてデモや行進に参加することはなく、自分の意志で行くようになる頃にはわたしは十七歳になっている。とはいえ十年ものあいだ、父のオーディオ雑誌の山の上にあるのは、二〇〇三年の抗議デモを報じる蘋《ひん》果《か》日報《にっぽう》（アップル・デイリー）の第一面だ。通りには、キャンバスに落とされた絵の具の点のように小さな無数の人間の頭がひしめいている。共産党が二〇二〇年に再度法案を提出するときには、力の均衡はすでに共産党に傾いていて、抗議デモがその弾圧を制することはできない。それでも、わたしは五十万にのぼる人々のことを覚えている。わたしに十七年間の自由をもたらし、不可避の運命の到来を遅らせてくれた人々のことを。彼らのおかげで、わたしは恐怖を知らずに成長することができた。去ることのほうがはるかに簡単だっただろう。それなのに彼らはとどまった。そして行進した。この人たちのおかげで、その昔、わたしたちは恐れることなく暮らすことができた。

二十二人のルームメート

有時候，當她住進一所房子，甚至沒有打算把隨身物件全數從皮箱中取出。「家是什麼？」年幼的她曾經這樣問母親。「一種永恆親密的關係。」

（新しい家に引っ越したとき、持ち物すべてをスーツケースから出そうともしないことがあった。「家って何？」と少女の頃、母に尋ねたことがある。「永遠に続く、親密な関係よ」）

——韓麗珠《ホンライチュー》「香港の小説家」、『回家』

幼年期を過ごした土瓜湾《トクワワン》のフラットには、床から天井まである窓がついていて、まばらに木々が植えられた坂を見下ろすことができた。日の出直前の空が青く染まる頃に、向かいの小学校の朝のチャイムが鳴り出す。わたしは今にも自分の小さな体目がけて崩れ落ちてきそうなレコードアルバムの壁に触れないように注意しながら、つややかな板張りの床を爪先立ちで歩く。祖母は隣の折りたたみ式ベッドでぐっすり寝ていて、父が夜遅くまで大音量で再生する音楽にも気づかない。わたしの部屋の窓は内向きで、アパートメントの他の部屋に面しているため、それぞれの窓から人の暮らしの縮図が垣間見える。他の部屋の明かりがすべて消えるまで、わたしは眠らない。

歩いてほんの五分ほどのところにある別のフラットには、伯母が住んでいる。エレベーターのないこの唐樓《トンラウ》にはお香の匂いが漂い、ほの暗い階段はいつ訪れてもじっとり湿っている。かれこれ五十年ほど前から、一族が何代にもわたって所有してきたアパートメントだ。毎日わたしが放課後から寝る時間までここで過ごしているのは、ここにいれば父と顔を合わせずにすむからだ。今でも夢に見る。土瓜湾の町並みを歩き、古ぼけた路地や〈バー・パシフィックス〉という酒場や低層ビルを通り過ぎ、帰り道を見つけようとしている自分の姿を。

そして、港の向こう側の西区には、数えきれないほどのフラットが建ち並ぶ。十八で家を出てから暮らすことになる地域だ。わたしは、悪徳家主が経営するシェアハウスや寮の二段ベッドやソファで眠った。六年にわたって目まぐるしく入れ替わる二十二人ものルームメートとともに、大学付近の賃貸ビルや、抗議デモが多発する場所のそばに建つ古い私営住宅地、痰の絡んだ咳をする老人が隣に住む窮屈な寮で生活することになる。

「あんたったら馬鹿みたい」と言いながらも、中高時代の友人は毎年のように引っ越しを手伝いにわが家まできてくれる。香港の若者たちは自分の生まれ育った家を出ないことが多く、大学時代にひとり暮らしをすることはあっても、社会人になれば家に戻る。フラットは狭くて、家賃の値上げ規制も存在しないからだ。「絶対、お金貯まらないよ」と友人たちは言う。でも、家族と暮らしていたら、そのうちだれかを殺してしまうもの。たぶん自分自身を。父の発作的な癇癪や言葉の暴力、眠れないから音楽の音量を下げてと朝の三時に懇願しなければならないことにわたしは疲れきっていた。

大学の始業日から二週間が過ぎた頃、キットの両親が農圃道（ファーム・ロード）に車を停めると、わたしは本や夏用のワンピースや上着、それにCD数枚をトランクに詰め込む。キットとはほんの数カ月前に環境保護サマーキャンプで出会い、あっという間に仲良くなった。ふたりともタンブラーのファンダムやファン・フィクションが好きで、それで意気投合した。ひとつ年上のキットは、わたしのことを「ハニー」と呼んだ。ドラマに登場する、郊外に住む白人のママみたいに。キットは西貢《サイクン》にあるのどかな田舎家に住んでいるが、独立して冒険したいと思っている。ふたりとも秋から香港大学に通うことがわかり、「一緒に住もう」ということになった。

祖母はアパートメントの入り口に立ち、がっくりと肩を落としている。自分が孫を守れなかったから孫が出ていくのだと考えている。「毎週おばあちゃんに会いに戻ってくるから」とわたしは約束する。「戻ってきて、おばあちゃんを救い出すから。ふたりでここから出よう、わたしが卒業したら」と声に出して言うことはない。車が遠去かるにつれ、背中の曲がった祖母の姿がどんどん小さくなっていく。

第一フラット

キットとわたしは、香港大学唯一のハラールの食堂に置いてある掲示板に、第一フラットの広告が出ているのを目にする。この掲示板の前にあるテーブルには、次の講義が始まる前にビリヤニや、ミントソースがたっぷりかかったひとり用ピザを夢中で食べている学生たちがいる。「水街（ウォーター・ストリート）のフラットでルームメートひとり募集、家賃は月二千香港ドル。ギャレスまで連絡を」とあり、電話番号も載っていた。キットとわたしは他の学生とシェアできるフラットを探し回って、不動産業者を訪ねたり、賃貸フラットの広告をインターネットで漁ったりしていたが、これほど安い家賃のフラットは初めてだ。わたしたちはギャレスに電話をかけ、その日のうちに見にいく約束をとりつける。

そのフラットはウォーター・ストリートと第二街（セカンド・ストリート）の交差点に建つ、黄緑色のビルの十二階にあった。大学のキャンパスから息切れするような坂道を上ったところだ。ギャレスは工学部の学生で、メタリック・ブラウンのメッシュを入れた髪をつんつんと尖らせ、ハート形の唇から出てくる息は煙草のにおいがする。わたしたちふたりを見て、驚いたようだ。広告には「ルームメートひとり募集」と書いていたからだろう。キットは前髪をギザギザに切り、太陽の下で何時間も生物学の標本を収集したせいで小麦色の肌をしていたけれど、わたしの肌は青白く、ガリガリで、呆れるほどニキビができている。広東語で会話しているときでも英単語が口から飛びだすことがあり、ギャレスはたちまち疑り深い目を向けた。知ってるぞ、こんな喋り方をするやつはみんなクズだぞ、と思っているのだ。

実は広告に出した部屋はもう借り手がついたんだ、と彼が言う。エヴァという女の子が数日前に連絡をよこしたらしい。フラットには、彼の他にもうふたり男性が暮らしている。でももし、ぎゅうぎゅう詰めでもかまわないのであれば、他のルームメートに相談してみるよ、と言う。ふたつの寝室に六人を詰め込む算段なのだ。六人で賃貸料を割ったらめちゃくちゃ安くなるものね。わたしたちは辺りを見回す。フラットは二十八平米あるかないか。ふたつの寝室には二段ベッドが置いてあり、それぞれのベッドの下に引き出し式のベッドをもう一台入れられるとギャレスは言う。幅の狭い廊下が台所の役割を果たしているとはいえ、ふたりも立てば身動きができないほどで、講義が朝の九時半から始まるのに、どうすれば六人で浴室を共有できるというのだろう。でもわたしたちはやけくそだ。面白い経験になるかもしれない。

ギャレス以外の男の子は、口の悪い教師志望のリーと、ベース弾きで黒しか身につけないフランシスだ。ふたりは夜更けまでチャウ・シンチー（周星馳）の映画やサッカーの試合を観ては、毎晩のように青島《チンタオ》ビールや安物ワインのボトルを空ける。わたしは缶切りの代わりにナイフをキャンベルスープの缶に突き刺し、縁に沿って切る方法を覚える。夜遅くなって明かりを消すと、エヴァと抑圧的な家族について話し合う。キットと一緒にロマンスコメディを観ては、報われない片想いをしているお互いを慰める。冬には何枚ものブランケットにくるまり、自室の小さな窓から差し込むかすかな太陽光を頼りに、二段ベッドの下の段で文学の講座の課題図書を読む。だれも彼もがひっきりなしに鍵を忘れるので、そのうち玄関を施錠することすらしなくなる。

この頃のウォーター・ストリートにはまだ活気がない。付近のレストランは古ぼけて薄汚く、パブは〈ダービー・ウエスト〉一軒だけ。何軒かのコインランドリー、不動産代理店、ひどい髪型にされるおんぼろの理髪店、怪しいゲームセンターなどが、道幅を拡張された坂道に沿って寄りかかるように傾いて立っていた。わたしたちはフラットのビルの一階にある食料品店で新鮮な野菜や果物を買っても、冷蔵庫に入れっぱなしにしてしまうので、その存在を思い出す頃にはしなびて黴が生えている。家庭の味が恋しくなると訪れる近所の食堂〈サムズ・キッチン〉にいる猫に夢中になり、猫を飼うことをほんの一瞬考える。鍋パーティーを企画して、天板にあしらわれた安いプラスチックが剝がれかけているハイテーブルの上に、傾けてこぼさないよう注意しながら熱々のスープを置く。フラットでの生活はめちゃくちゃだったけれど、わたしたちは楽しみを見つけることを覚え、大人ごっこをしている子どものように暮らした。

最初の年、わたしは何事にも動じないでいた。四つん這いになり、セロハンテープを使って埃や髪の毛を集める。枕カバーが汚れているせいでできたひどい吹き出物に化粧品を塗りたくる。朝の四時に耳元で蚊がブンブンいうと、フランシスがiPadを手にやってくる。部屋の照明を消し、iPadの画面の明るさを最大にする。「蚊はタッチパネルに吸い寄せられるから、止まったらiPadカバーで叩いてやる」とフランシスが言う。わたしたちは囁きながら三十分のあいだ蚊を待ち続ける。蚊がやって来ないので、笑いながらベッドに戻る。

スーパーマーケットから帰る途中、缶詰のスープやインスタント・ヌードルでいっぱいの袋を両手にぶらさげていると、おかしくなるほどの幸福感に満たされる。「ビター・スイート・シンフォニー」のミュージック・ビデオで通りを歩いていくリチャード・アシュクロフトみたいに。秋の空気を胸一杯吸い込む。わたしを傷つけることのできるあらゆるものから、こんなにも遠く離れていられる。

パーソナル・スペースなどないに等しいが、若いから別に気にならない。このフラットは教科書を保管し、夜眠りに帰るだけの場所にすぎない。大学は広々として、いつでも開いているので、キャンパスが事実上の住処になる。わたしたちは図書館の外にある、広場へと続く茶色の階段に座る。周りには蓮池や蔦の絡まる白い建物が続く。本館のベンチで読書し、天井がアーチ型の廊下を歩いていき、作家の張愛玲《ちょうあいれい》(アイリーン・チャン)がいた頃から変わらない歴史ある煉瓦を踏みしめる。冬にはパーカーを着てサンダル履きでキャンパスまで走っていき、締め切りの一分前に論文を提出する。自習用の談話室で夜を明かすことも多く、ぎゅうぎゅう詰めのアパートメントなど問題にならない。この街では万事がこの調子だ。

香港には「土地問題」がある。起伏に富む土地に、あまりにも大勢の人がいるせいだ。香港のビルは天に届くほど高い。三十五メートルを超えるビルが約八千棟もある。* しかし、香港人の平均的な住居はひとりあたり十九平米*に満たない。香港のフラットの半数近く*の賃料は二万香港ドルを超える。香港のその他のすべての問題は土地問題に起因していると政府とマスコミは言う。若者たちに性交する余裕がないのは、土地問題のせい。香港近海のピンクイルカ〔シナウスイロイルカの愛称〕が絶滅しつつあるのは埋め立てのせいで、埋め立ても土地問題のせい。村民が先祖代々暮らしてきた土地から退去させられているのは、住宅を建設する必要があるからで、これまた「土地問題」のせい。

若きビジネスパーソンは、きわめて狭いフラットや共同住宅で折り重なるようにして暮らす。起業家が、日本のカプセルホテルから想を得たスペース・カプセルを貸し出す。十人のルームメートと共有する部屋で「自分だけ」のベッド空間を手に入れるのに、五千百香港ドル*もかかる。わたしたちの世代は、住宅購入*なんてとっくに諦めている。香港の住宅環境のなかでも最悪なものに、ひとつのフラットをいくつもの世帯が住めるよう細分化*したせいで「台所」のすぐそばにトイレがついている住居や、金網を張りめぐらせて寝床を確保するケージ・ホーム〔籠屋〕などがある。国際的メディアは、香港の抗議デモすら土地問題によるものだと報じる。香港人は何年にもわたって二段ベッドで眠り、窓のないフラットで暮らしてきて不満を募らせているのだという。*「この男性は、千三百ドル（一万香港ドル以上）の給料の半分*を毎月の家賃に充《あ》てている。だから、より公平な香港を求めて闘っているのだ」と、ある新聞の見出しは主張する。

だが、これを土地問題とするのは正しくない。問題は、香港に十分な土地がないことではなく、香港が実業界の大物たちに操作*されていることなのだ。政府は香港随一の土地所有者であり、同時に唯一の土地提供者でもある。土地を不動産開発業者に売る*ことで利益を得ている。植民地時代に始まったこの慣習でフラットの価格が高騰し、中流階級の人々でも手に入れられなくなり、不動産市場はエリートの富裕層向けの投機ゲームになった。現在、政府の歳入は土地関連の収益に大きく依存しており、不動産市場はもはや破綻させられないほどに巨大化している。二〇〇五年に出版された『香港の土地と支配階級』〔原題はEnrich Professional Pub Ltd、未訳〕で著者のアリス・プーン（潘慧嫻）は、香港の「自由」放任主義的な経済が競争を避ける環境を生み、政府と不動産カルテルの癒着によって開発業者の寡頭体制が出来上がった、と記している。香港でもっとも裕福かつ権力を持つ人々、つまり「経済王」は、ビジネス帝国を築き上げた不動産開発業者たちだ。「一般財源を使い果たしている*という事実を突きつけられ、利害が大規模開発業者のそれと一致していることを政府が認めざるを得なくなった今でも、大半の香港人はねじれた社会的および経済的構造のもとで苦しんでいる」とプーンは書いている。

政府、不動産所有者、公共サービスのもつれた関係が、香港での生活のあらゆる局面に影響を及ぼしている。ガスと電気はもともと、不動産開発業者だった大手企業によって供給され管理されている。政府が最大株主となっている公共鉄道会社は、収益の半分を不動産開発から得ている。政府が公営住宅地付近のモールや街市《ガイシー》の管理権をリンク不動産投資信託基金に売却すると、賃料はたちまち急騰して家族経営の店が消えて、その地域特有の特色のないチェーン店に置き換わっていく。一九九七年に導入された法的枠組みでは、香港の指導者を選ぶための投票権が一般的な香港市民から奪われているにもかかわらず、「不動産の大君」や銀行および法曹界に身を置く「彼らの仲間」*が、プーンが指摘するように、指導者を選択する小規模な選挙委員会に名を連ねている（香港人が都市の指導者を選ぶため民主的に投票できないという事実が、二〇一四年の抗議デモのきっかけになった）。政府が長期にわたって開発業者と深い関係を築いているのは周知の事実で、それは非倫理的かつ違法*であることすらあった。

二〇〇〇年代後半、左派の政治的行動主義という新たな波が先がけとなって「地産覇権《ちさんはけん》」という言葉が広く使用されるようになり、少しのあいだ、抗議デモでのシュプレヒコールにも使われた。これは特に「八〇年代以降」、つまり一九八〇年以降に生まれた若者の活動家グループ、プーンの言葉によれば「不動産業界の寡頭体制によって土地などの経済資源が独占され、それに関連してさまざまな不平等性が生まれていることに気づき、闘うことを決意した」グループで顕著だった。社会的地位の上昇や物質的な富を重視していた前の世代とは異なり、こうした若い活動家たちは「市場原理主義と物質主義に反対し、社会正義、博愛精神、環境に配慮した行動、遺産保護を支持」していた。二〇一〇年代の終わりには「地産覇権」の概念はかなり深く根づき、わざわざ人々が抗議デモで叫ぶこともなくなった。

本土研究社などの非営利研究団体を通じて社会の意識も高まってきた。本土研究社はたびたびデータを示し、*大嶼山（ランタオ島）の海に人工島を建築して土地供給を増やすためには（二〇一八年の行政長官の施政方針でもそう発表されていた）、生態学的に価値の高い公園を破壊したり、田舎の村から畑や土地を奪ったり「せざるを得ない」とする政府の都合のいい嘘を暴いている。政府が過去二十年にわたり、大規模な開発計画を次々に進めているにもかかわらず、香港の生活環境はいっこうに改善されていない。*調査や研究を通じて、本土研究社は「『香港では非常に狭い土地にかなり多くの人々が暮らしている』という通説をくつがえし、『香港の土地問題は不十分な供給ではなく、不均等な分配によってもたらされている』と証明」しようとした。

中等学校に通っていた頃、クラスメートたちは十八歳になった瞬間に公営住宅に申し込むつもりだと話していた。「居屋」と呼ばれる香港の住宅所有計画にもとづき、政府は三十〜四十パーセント割り引いた価格で一般市民に住宅を販売する。ただし供給されるフラットの数は多くないので、募集が始まると同時に申し込み用紙を受け取ろうとする人たちが朝三時から列を作る。締め切り直前になると、生死がかかっているとばかりに事務所に駆けつける人までいる。この現象は「抽居屋」と呼ばれることが多い。「抽」というのは「（くじを）引く」という意味だ。香港の住民の四十五パーセント*が現在、低所得の家族に補助金つきで貸し出される公営賃貸住宅も含む公営住宅で生活している。

政府による公営住宅の割り当てを待つ大勢の人にとって、唯一の選択肢は細分化したフラットだ。土地規制に反して、ひとつの住居を複数の部屋に仕分けた違法アパートメントのことだ。このように人が密集する部屋で火事が起きると、死亡する確率は高い。都市部から離れた地域では、より安い賃料で広い部屋を借りられるが、通勤に時間と金がかかる。若いビジネスパーソンや大学卒業者ですら家探しに苦労している。わたしが人生で初めて自分だけの部屋を手に入れたのは二十五歳のときだ。不正なゲームが仕組まれたこの街では、どちらを向いても居場所を見つけることはできない。

二〇一九年の抗議デモでは、道路の脇に殴り書きされた落書きの画像が拡散された。TXMIYAMA〔カナダで生まれ、香港で活躍する日本人ラッパー〕によるラップの歌詞の引用だ。「監房みたいな狭い家に月七千香港ドル払ってるおれらが刑務所行きが怖いわけないだろうが」

第二フラットと第三フラット

第一フラットで一年を過ごした後、わたしとキットと他ふたりのルームメートは第二フラットへ引っ越した。堅尼地城（ケネディ・タウン）の北街（ノース・ストリート）に建つ高層ビルで、窓から海が見えた。わたしたち四人は新しいルームメートを募集し、前と同じように三人で二段ベッドを共有することに決める。徒歩五分の場所にプラヤがあって、学生が煙草を吸ったり老人が釣りをしたりしている。ケネディ・タウンは香港島の西端にある。西に行けば行くほどビルはまばらになり、角を曲がれば海に突きあたる。まだ電車が延伸されていなかったので辺りは静まり返り、古びた薬局の店番の猫があくびをしたり、タイル張りの床の上で伸びをしたりしていた。香港の他の地域と同じで、ここも歩いていると地形がいきなり変わる。道の尽きたところに唐突に坂が出現し、不意をつかれることがある。

　これほど海の近くに住むのは久しぶりのことだった。講義が終わるとわたしは、壁にあいた長方形の穴のような窓の、広い縁によじ登る。港の向こうで揺らめくビル群や船の航海灯を見つめ、ゆっくりしたテンポの映画みたいに穏やかな海を眺める。詩を読み、自分でも書いてみる。ギャレスがリゾットをタッパーに詰めておいてくれるので、法学部の課題や文学部の論文との格闘を終えて朝の三時に帰宅しても食事にありつける。徒歩一分の場所にスーパーマーケットがあるのに、しょっちゅうトイレット・ペーパーがなくなる。わたしたちは、深夜まで学生や近隣の人々、つまり街坊《ガイフォン》でにぎわう人気の飲茶処、〈新興食家《サンヒン・セッガー》〉に行く。熱々のカスタード饅が口のなかではじけ、黄色い餡がとろけ出す。首を伸ばしては、ここの常連だと噂の広東ポップのスター、イーソン・チャン（陳奕迅）の姿を探してきょろきょろする。

ところが次第に緑色の金網と足場が組まれて上へと伸びていき、窓からの眺望がすっかり遮られて海も見えなくなる。ビルの外装を改修しているのだ。ギャレスとフランシスは大学を卒業し、フラットを出ていく。わたしはもう一度大学の学生寮に入寮の申請をするが、却下される。今年こそは受け入れてもらえるはずと信じ、第二フラットに住む権利を手放していたので、却下の通知を受けとる頃にはすでに新たなルームメートが募集され、すでに決まっていて行くあてがなくなる。引き続き第二フラットで生活したいのかとキットが訊いてくれたが、空いているのは居間のソファだけだ。今まで使っていた二段ベッドにはもう新しい女の子がふたり入っている。わたしは目を閉じて、父の姿を思い浮かべる。ランニング・シャツを着てザ・ストーン・ローゼズの曲を流している姿を。そしてこう返す。「うん、もちろん、ソファでかまわない」

第二フラットの二年目、わたしのベッドは鮮やかな桜桃色のソファだ。三十七平米のスペースに七人が暮らし、そのうち三人が居間で眠っている。キットと別のルームメートはどちらも床で寝ている。それぞれ居間の隅にマットレスだけを敷いて、ベッドフレームはなし。わたしの服は黒い布でできた折りたたみ式の収納ラックに入れ、レールからぶら下げてある。寝返りを打つなどありえない。背中を壁にぴたりとくっつけている。そしていつも、ソファから落ちかかっている。二日に一度、わたしがひどく熱を上げている交換留学生がやってきて、台所に置いてある手作りの水パイプでマリファナを吸う。

帰宅するとわたしの洗濯物が濡れたままの状態でソファ「ベッド」に投げられていて、ブランケットまでぐっしょり濡れている。ルームメートのひとりが洗濯機を使いたかったのだ。別のルームメートは夜遅くに次から次へと男性を連れ込み、その甲高い喘ぎ声のせいでみんなが目を覚ます。その翌朝、彼女は何事もなかったかのようにすました顔で、そんな声が聞こえたはずがない、自分はまだ処女なのだから、と言う。賃貸契約が切れると、何人かとは二度と顔を合わせなくてもよくなり、胸を撫で下ろす。

その夏、わたしは受け入れてくれる友人たちの家を転々とする。最初に押しかけたのは尖沙咀《チムサーチョイ》にある友人ローのフラットで、ソファに寝かせてもらっていると、夜更けにローの飼い猫がわたしの顔の上に座る。それから西営盤《サイインプン》にある別の同級生のフラットに移動し、床に敷かれたマットレスの上で過ごす。夕陽の色に染まった空を窓越しに眺めながら、発泡スチロールの容器に入った夕食をとる。持ち物はトリコロールのバッグ二つにまとめ、元ルームメートが不法占拠している公営住宅の一室で保管してもらう。わたしはまるで『フランシス・ハ』のグレタ・ガーウィグみたいな気持ちで、友人の家を転々とする。非モテで、恥ずかしい人間。しかし、いよいよ選択肢がなくなったときに再び受け入れてくれるような、郊外に暮らす素敵な家族はいない。

そして、そんなこんなでようやくめぐり合ったのが第三フラットだ。ケネディ・タウンの龍《ラン》華《ワー》街にある大学の学生寮がついに一カ月間、部屋を提供してくれることになる。夏休みは空きが多いという。大学には六年通ったが、学生寮に入ったのはこのときだけ。寮の管理人に父親のことを伝えて同情を引き、空き室をあてがってもらおうかとも考えたが、語るに足る経験はなかった。殴られたことだって一度もない。ただ学生寮はフラタニティ〔北米の男子大学生の結社・団体で、目的を持って運営されている〕に似て、ベッド・スペースを提供するか否かは学生たちが決定する。わたしはエリートの寮に入れるほど裕福ではなく、寮のスポーツチームに参加できるほど運動神経抜群でもなく、新入生の女の子たちを品定めしている上級生のお眼鏡にかなうほど可愛くもない。法律相談所でボランティアをしている法学部の同級生がのちにこう教えてくれる。自宅で母親から暴力を受けていると告白したのに大学寮での恒久的な滞在は却下された、と。そういうわけで彼女は学期が終わるたび寮を移っていた。どの寮からも、学生生活に十分「貢献」していないという理由で追い出された。そのたび新たに入寮を申請し、家庭内暴力について一から説明しなければならなかった。

　三年目になると、持ち物すべてを詰め込んだバッグを引きずりながら階段を上ったりエレベーターに乗ったりする、その果てしない繰り返しに疲れ果てる。「どう考えても家《ホーム》に戻るほうがましでしょ」と友人たちは言う。問題は、家というのがどこなのか、わたしにはもうわからないことだ。もしかしたら、テーブルに冷たくなったリゾットを残しておくのを忘れない人がいる場所が、家なのかもしれない。

幼稚園で初めて英語を習ったとき、住んでいる場所について説明する方法を先生から教わった。「わたしの家《ハウス》には台所と、寝室が二部屋、居間が一部屋あります」と先生は言う。手渡された問題シートにはこう書かれている。「あなたの　いえ《ハウス》　について　せつめいして　ください」。わたしは家《ハウス》に住んだことは一度もないし、当時は家《ハウス》を見たことすらなかったと思う。それでもわたしたちが「家《ハウス》」と言うのは、それが住居の呼び名として一般的だったからだ。もう少し大きくなるまで、この言葉と「家庭《ホーム》」をごっちゃにしていたが、そのうち気づいた。高層ビルに入っている狭いアパートメントを、「家《ハウス》」などという大仰な言葉と一緒にしてはいけないのだと。

友人とメッセージをやりとりするときには、わたしたちだけの言語を使う。広東語と英語とインターネット用語と打ち間違いなんかが混ざった言葉だ。「I am homed（迎えられた）」と、夜遊びの後友人がわたしにメッセージをよこし、無事に帰宅したことを知らせる。「迎えられた」。まるで家が玄関に立ち、雨が友人の鼻筋を伝って落ちるなか、早くなかへお入りと出迎えているようだ。そして家に帰ると、四面の壁のなかに囚われる。入るつもりなんてなかったのになぜか入らないではいられなかった、とでもいうみたいに。

逃げ出さなくてもよく、安全だと感じられる――水漏れするトイレも、自分を虐待する家族も、不安定な政治情勢も存在しない――場所を得るというのはどういう感じかを知らないまま一生を過ごす人もいる。家庭とは、変わらずにあることを熱望するただひとつの場所だ。と同時に、わたしたちの可能性はいつもそこにすべて現れるのであり、だからこそ「完璧な家庭」を絶えず渇望する。見せかけの安定性に支えられた人間は、ものを収集し始める。オンラインでの会議中、背景に映り込むよう戦略的に配置された本棚は、その人の知性を示す。香りつきの蠟燭や壁に飾られた芸術作品は、ディナー・パーティーの招待客から称賛される。ピアノの上にさりげなく置かれた笑顔の家族写真は、幸福な家庭であることをひけらかす。カーペットを敷いた床に散らばる楽器やアンプ、ジャズのレコードでいっぱいになった棚。十年にもわたり花瓶の代わりとしてビール缶に薔薇の花をさしていたような過去は捨て去りたいのだ。素晴らしい持ち物に値する、もっともっと広い場所を手に入れたい。でも、こうしたもののためのスペースがまったくない都市に住んでいたら、どうだろう。変わらずにいることが決してない場所なのだとしたら?

香港でもっとも有名な外観を持つ建物は、九龍の彩虹邨《チョイホンチュン》だ。政府から多くの補助金を受けた、「公屋」と呼ばれる公営住宅地のひとつである。広東語で〝虹〟を意味する言葉のとおり、この建物の外観は色とりどりのパステルカラーのグラデーションで彩られている。毎日派手な壁に吸い寄せられた写真家や観光客たちが、住宅地のバスケットボール・コートに三脚を立てて、インスタグラムで多くの「いいね」を集めるような一枚を撮ろうとする。

「一度、韓国のテレビ番組がこのバスケットボール・コートにアイドルたちを連れてきたんだけど、実際にここに到着したときはショックを受けてたな」とジミー・ホーは言う。「虹みたいな色味を出すには写真を編集し、コントラストを百まで上げないとだめだ（略）……実際はどの色もくすんでるからね」

二十八歳のジミー・ホーは、生まれたときからずっと彩虹邨で暮らしている。わたしたちは中等学校の同級生で、十二歳の頃からの知り合いだ。香港樹仁大学でジャーナリズムを学んだ彼は、現在香港病院管理局で働いている。十代の頃のある日、わたしたちと同級生の何人かが、彩虹のスーパーマーケットで、ポテトチップスと、二〇〇七年制作のホラー・コメディ映画『女性鬼』の二十香港ドルのＤＶＤを購入し、ジミーのフラットで観た。学校では、尋ねられもしないのに、彩虹に住んでるんだぞとジミーが何度も言うので、耳にしただけで笑えるジョークになった。この建物は香港のいわば裏のランドマークなので、そこで暮らしていることをみんなに伝えたかったのだろう。

ジミーは家から徒歩五分の小学校に通学し、バスケットボール・コートで近隣の人々と中秋節を祝い、ランタンを掲げたり蠟燭に火をつけたりして過ごしてきた。彼にとって彩虹とは、自給自足の砦だ。二〇一九年に近隣地区で催涙ガスが噴射されたときですら、なんでも揃う店舗がいくつもある彩虹は影響を受けなかった。彩虹にある古い上海風の美容院は創業二十年以上で、〈鑽石冰室（ダイヤモンド・カフェ）〉は一九七〇年代から営業している。漫画やＤＶＤのレンタルショップ、酒屋、コンビニもある。交通の便もよく、公営住宅の名を冠した彩虹駅まである。電車を降りた瞬間にもう帰宅したように感じる、とジミーは言う。「ここよりいい場所なんてない」らしい。

ジミーの父親はテレビの修理工で、広州から香港にやってきてからずっと彩虹邨に住んでいる。ここに到着したときには五十香港ドルしかポケットに入っていなかったが、立派に家族を養ってきた。公営住宅のおかげで住む場所には困らなかった。フラット購入の優先順位は決して高くなかった。香港人が不動産所有という夢に取り憑かれていて、中流階級にはそれが人生の目標になっていることをジミー自身もわかっているが、その競争に加わる気はない。「公営住宅に住んでいることを知られたくない」のが常識だった時代もあったが、今では家賃を浮かせ、節約した金は休暇に回したいという人のほうが多い。

公営賃貸住宅申請後の平均待機期間は五年を超える。* ひとり世帯、つまり配偶者や年配の家族を持たない申請者の収入は、一万二九四〇香港ドル以下であることが条件になっている。バスの運転からタピオカ・ミルクティーの販売まで、労働者階級のほとんどの職業の収入はその額を超えている。公営住宅への入居資格を得るためには嘘をついたり、無職になることを検討したり、日雇い労働をしたりしなければならない。入居さえできれば、その後十年政府が所得水準を確認することはなく、十年以降は二年ごとに調査が入る。ジミーの家族は毎月約三千四百香港ドルを家賃として支払い、自己申告フォームによる所得審査を受けている。「審査がある数カ月は、上司に給与の支払いを止めてもらうか、現金で支払いを受ける。それか、仕事を辞めて勉強することにして、収入を絶つ。そうしてる人はたくさんいるよ、他に方法がないからね」とジミーは言う。「政府の職員に会うとき、申告フォームに問題さえなければいいんだ」

いまだに二段ベッドを弟と共有しているジミーは、結婚するまで公営住宅から出るつもりはないと言う。彼は過去十年にわたってわたしが何度も引っ越しをするのを見てきて、身の回りの品を箱に詰めるのを手伝ったり、狭い部屋から別の部屋へさまざまな箱を運んだりしてくれたが、そんな生活はまっぴらだそうだ。彼の家族が暮らす、寝室が二つあるフラットの天井は低く、壁はしみだらけだ。灰色の戸口にかかる赤と金の揮春《ファイチュン》〔春節に中華圏の人々が家の入り口に飾る紙〕の他に装飾はない。でも、小さなバルコニーがついていて、そこから花火が見える。バルコニーのないフラットに住むことは考えられないよ、とジミーは言う。「座ってひなたぼっこしたり、服を乾かしたりできる。ほとんどの私営住宅にはバルコニーがついていないからね」

彩虹は一九六〇年代に建てられ、香港の公営住宅の「モデル」になった。受賞歴もある設計は、香港でもっとも長い歴史を持つ建築事務所、公和洋行（パーマー・アンド・ターナー）〔二〇二三年現在の企業名は巴馬丹拿（P&Tグループ）〕による。彩虹は香港政府の自慢の種で、一九六四年には大統領就任前のリチャード・ニクソンがやってきて、*住民らとバドミントンを楽しんだ。イギリスのマーガレット王女も一九六六年に訪れている。十年前まで、この建物にはエレベーターがついていなかった。おばあさんですら階段を使って自分の部屋まで上らなければならなかった。住民は高齢化しつつあり、最近では多くの南アジア出身の家族が引っ越してきているとジミーは言う。

公営住宅が低所得の人々や労働者階級と結びつけられる理由の一端は大衆メディアの描き方にある。映画では、薄暗い照明しかない、狭苦しい場所として登場する。香港人チームとして初めて香港リーグで優勝した野球チーム〔それまではオーストラリア人学校、アメリカ人学校、日本人学校などが香港の野球リーグで優勝していた〕を描いた映画、『最初の半歩』（二〇一六年）の主人公ロンは、沙田《シャーティン》の禾輋邨《ウォーチェチュン》で暮らしている。「井」の字型に建物が並ぶ公営住宅だ。ある場面で、ロンの母親は公営住宅のフラットで無表情のまま父親にまたがる。隣の部屋にいるロンの声でナレーションが画面に被さる。「公営住宅に住んでいたら、どんな秘密もつつぬけだ」。『九龍猟奇殺人事件』（二〇一五年）に登場するのは売春を営む女子高生で、中国本土から新移民としてやってきた家族と公営住宅で暮らしている。よりよい生活がしたいと思った彼女は援助交際に手を染めて、やがて無惨な姿で発見される。

「彩虹邨みたいな場所から這い上がったことを強調したがる人もいる」とジミーは話す。でも公営住宅で育ったことは、ある意味彼を抑圧から解放したという。どちらの方向に進んだとしても、今より悪くはならないからだ。いつか住んでみたいと夢見るのは香港の眺望を楽しめる場所、喧嘩する隣人の声が聞こえるほど壁が薄くないフラットか、香港島の太古城《タイクーシン》という中流階級向け私営住宅地。だがそう口にしながらジミーはかすかに笑う。不可能だと思っているかのように。公営住宅はある意味では典型的な香港らしさ、つまり「あとは浮上するだけ」という精神の象徴となっている。

第四フラットと第五フラット

第四フラットは、三千八百香港ドルの二段ベッド・スペースで、ケネディ・タウンの山市街（サンズ・ストリート）に位置する八平米の部屋だ。グラスゴーでの交換留学中にウェブサイトで見つけ、実際にこの目で確認することなく前金を送金したのは、帰国までに住む場所を確保したかったからだ。ウェブサイトには「家具を完備した、とびきりおしゃれなキャンパス外の学生寮、超便利で学生にも手の届く価格」とあった。意訳すると、「改修済みの賃貸ビル、香港大学の学生ならいいカモになると気づいた悪徳ビジネスマンが運営」という感じ。住民がうっかり部屋から閉め出されると、家主に部屋の扉を開けてもらうたびに数百香港ドルを徴収されるのだ。

毎週の掃除が家賃に含まれていて、家具は基本的なものしか揃っていないが状態は悪くない。どういうわけかオードリー・ヘプバーンのポップアートが壁からこちらを見下ろしている。しかし、他の三十人ほどの居住者と共有のルーフデッキ以外に共用スペースがないため、新しいルームメートとわたしがおしゃべりしたいときには廊下に座り込むしかない。廊下の突きあたりにあるＩＨ調理器の上（これが「台所」）で夕食を作るときは玄関の扉を開け放し、調理の際に出る煙が各部屋に充満しないように気をつける。トイレはあまりにも狭く、座って用を足すときには鼻先が扉にぶつかるほどだった。

　グラスゴーから帰国して数カ月、鬱のせいで頭がぼんやりしていたので、寝るか、友人のイブラヒムの部屋で『ゲーム・オブ・スローンズ』を観るか以外、ほとんどなにもしなかった。ふたりでブルー・アイス（藍冰）という格安ビールを次から次へと飲むので、イブラヒムのひとり部屋の隅には空き缶がきれいなピラミッドの形に積み重ねられている。このときわたしは心的外傷レベルの失恋を経験したばかりで、これ以下はないほど落ち込んでいる。さまざまな抗鬱剤を飲みすぎて、人がみな亡霊のようだ。ほとんど毎日、二段ベッドの上で過ごす。最終的には精神科病棟に入院し、法学部を休学する。イブラヒムは、わたしの書いた遺書に火をつけ、流し台に立ちのぼる煙をわたしに見せて自殺を止めようとする。

　ここに六カ月滞在した頃に、わたしの悲嘆する様子にうんざりしたキットが、一緒に住める場所を探そうと言ってくれる。彼女は不動産代理店に行き、徳輔道西（デ・ヴー・ロード・ウエスト）にある均益大廈（クワンイク・ビルディング）のアパートメントの賃貸契約をすませる。第一フラットの向かい側だ。不動産代理店に勤めるふたりの中年女性たちと仲良くなったキットは、一週間以内に新しいアパートメント用の中古家具を一式揃え、インターネットも開設する。通りは広々として見通しもよく、トラムの線路が走り、水性ステインの痕のある古い外装のアパートメントが建ち並んでいる。第五フラットで過ごすある夜に、野生動物のアートを載せているインスタグラムのアカウント用に、ドローイング・パッドで脚の短いヒキガエルやマングースのイラストを描いているキットに向かって、わたしは問いかける。「ねえキット、わたしの緊急連絡先になってくれない？」

「いいよ」と彼女は言う。視線を上げることもなければ、それがどういう意味か尋ねることもしない。特に意味はないのだ。もう一度入院することになったとしても、退院用の書類に署名できるのはわたしの肉親だけ。飛行機のチケットを購入するときに彼女の名前を連絡先として記入することができる。もしなにか起きたときには知らせが行くだろうが、キットが法的にできることはひとつもない。それでも「いいよ」と言ってくれたとき、たゆたい続けていたわたしの一部が停止する。ずっとこの瞬間を待っていた。必ず迎えにいくと約束してくれるだれかが現れることを。

　第五フラットで、キットとわたしは馬鹿げた行動に出る。居間のソファで眠るよりずっと馬鹿げた行動。犬を飼ったのだ。元朗《ユンロン》の里親から引き取った「ブンブン」は、八カ月前に深圳との境に近い客家《ハッカ》の村、荔枝窩《ライチーウォー》の丘で生まれた雑種の子犬だ。この頃、キットとわたしは永遠に一緒に暮らすものと考えていた。犬の散歩のスケジュールを作って色分けし、朝晩どちらが埠頭に連れていくのかを決めたが、後になってどちらがこの犬の親権を持つのかを規定する事前契約書《プレナップ》には署名しない。犬には、ほしがるものすべてを与えた。誕生日にはステーキ、太平山までのハイキング、犬用おやつを詰め込んだアドヴェント・カレンダー。その代わり、犬はこのフラットを家庭《ホーム》に変えてくれた。愛することを決してやめない者が、必ず玄関で出迎えてくれる家庭に。

これまででいちばん広いフラットだが、居間には小さな窓がひとつしかなく、しかも内向きに取りつけられているので同じビル内の他のフラットしか見えない。自然光が入らない。ブンブンは、キットとわたしの共同寝室で眠る。わたしたちはまだ二段ベッドで寝て貯金に励み、ときにはお互いのボーイフレンドが泊まりにくることもある。六・五平米という狭いフラットで、四人と一匹がお互いの呼気を吸っては吐いている。朝にはトラムの立てるガシャンガシャンという音が夢のなかにまで入り込んでくる。中央政府駐香港連絡弁公室から一ブロックしか離れていないので、抗議デモの後はジャーナリスト仲間がシャワーを浴びにやってくる。わたしは鬱病からの回復途中で、台所のレンジフードの真下で毎晩ビールを一リットル以上飲んでいる。

たった五年のあいだに、二十二人ものルームメートと暮らした。そのうちの何人かとは今でも仲のいい友だちだ。共同フラットで否応なく親しくなるうちに絆が生まれた。とはいえ、約十年のあいだ、わたしはひとりきりで過ごす空間が持てなかった。ルームメートに邪魔されることなく本を二ページ読み進めることができなかった。両親とは疎遠だった。二〇一六年、勉強を終えるため法科大学院に戻ったが、気分は落ち込み、学費を払うためにローンを組まなければならなかった。貯金はなく、家賃を支払うためいくつものフリーランスの仕事をかけもちした。毎晩、きらめくビール缶に手を伸ばし、床の小さな四角いタイルの上に何時間もうずくまり、イヤフォンをしたまま論文に注釈をつけたり、「いつかはこんなひどい状態から抜け出すんだ」と考えたりする。講義を欠席することはあるが、犬の散歩を欠かすことは決してない。あと一年で卒業だ。そうしたら、自然の光がすみずみにまで差し込む家に祖母を連れてきて一緒に住もう、そう夢見た日まであと一年。しかし、もちろん、それが現実になることはない。法科大学院での最終年度の半ばで、祖母が亡くなる。

ラマ島は香港島の南東に位置する離島で、中環（セントラル）埠頭からフェリーで二十五分。祖母の死から数カ月後、わたしは隔週末にラマ島を訪れ、仲間との即興演奏を録音したり、ものを書いたり、閉所恐怖症を誘発する街から遠く離れた場所で癒やしを探したりするようになる。

ラマ島でもっとも活気がある榕樹湾《ユンシューワン》に降り立つと目に入るのが細長い形をした埠頭で、若者も退職老人も海のほうへ足を投げ出し、ビールを一気飲みする者がいるかと思えば、すごい剣幕で悪態をつく者もいる。子どもたちは裸足で〈南島書蟲（ブックワーム・カフェ）〉に入店し、小さな泥だらけの足跡を点々と残す。ウッドストック・フェスティバルから抜け出してきたような住民が、通りで絞り染めの布を広げ、ブレスレットやヴィンテージの衣類を販売する。

「昨晩、海辺のダンス・パーティーで、エクスタシー〔アンフェタミン系の麻薬〕をやったんだ」と、友人があくびまじりに言う。近年では、広々とした環境や手頃な家賃に惹かれた多くの外国人居住者が、この島に引っ越してきている。それでも食料品店では、生活必需品や果物が今も求めやすい価格で販売され、家族経営の店舗がレコード店や豆腐チーズケーキ専門店と平和に共存している。島のいたるところで英語が聞こえてはくるが、口に泡をためて吠える番犬のいる村もかなりあり、そうした場所まで入り込んでしまうと、老人がいぶかしげにこちらを見る。あらゆるところが沼地になり、色鮮やかな虫たちががさごそ這い回る。しかし、十分も歩けば必ず海辺に出る。

二〇二〇年六月、わたしは友人数人とともに台湾人のジャーナリスト、劉修妘《リウシウウェン》のラマ島のフラットを訪れた。逃亡犯条例改正案に対する抗議デモに関してわたしたちそれぞれが個人的なエッセイを寄せた『余波：香港のエッセイ集』〔原題は『Aftershock: Essays from Hong Kong』、Small Tune Press、二〇二〇年。著者はホームズ・チャン、カレン・チャン、エレイン・ユー、サム・ロッケイ、レイチェル・チャン、シウウェン・リウ、エズラ・チャン、ニコル・リウ、ジェシー・パン、他二名。未訳〕の出版を祝うためだ。シウウェンは白いTシャツにジーンズという格好で、男の子のような短髪とその目がひたむきな印象を与える。埠頭から十分ほどの位置にある田舎家の一階の彼女の部屋は明るく広々としていて、観葉植物と本であふれている。

二十六歳のシウウェンは、台湾で特定の住所を持つことなく育った。両親の別居後、台中と苗栗《ミャオリー》の住居を行き来していた。高校生のときに、香港の大学の広告を雑誌で見かけた。当時は海峡の向こう側の生活がどんなものかわからなかった。香港について知っていることといえば、ウォン・カーウァイの映画とイーソン・チャンの音楽くらいだった。それでも香港中文大学に願書を送り、名高いジャーナリズム・プログラムへの入学を認められた。そのときはまだジャーナリストになりたいかどうかわからなかったという。ただ書いてみたかった。

二〇一二年、シウウェンは香港に到着する。学生活動家の黄之鋒《こうしほう》（ジョシュア・ウォン）が、香港の小学校と中等学校への国民教育の導入という物議を醸した法案に反対して、一連の抗議デモを開始した年だ。政府は最終的にこの法案を撤回した。香港では滅多に見ることのない勝利だった。ところがシウウェンは抗議デモや記者会見になかなかついていけなかった。「なにも知らなかったし、広東語が話せなかった」。今では、ほんの少し訛りはあるが流暢な広東語を話す。二〇一九年には、「わたしが眠る場所」という記事を共同執筆する。時間単位の滞在が可能なヨルダンのホテルで、セックスするための部屋が空くのを辛抱強く待つ十組のカップルの描写から始まる記事だ。住居に関する記事を書くというアイデアは、深水埗《シャムスイポー》に住んでいた頃、借りていた部屋の洗濯機が壊れたことがきっかけで思いついた。近所にあるセルフサービスのコインランドリーに通うようになり、この都市における企業の激増と、多くの香港人が洗濯機も置けない狭いアパートメントで暮らしていることには相関性があるはずだと気づいたという。

この記事は香港の住宅政策を深く掘り下げ、小型のストレージ・スペースやナノ・フラット〔香港では日本と同じくセルフ・ストレージが人気を集めている。ナノ・フラットは二十平米未満の極狭住宅を指す言葉で、二〇二〇年には新築マンションの約十パーセントを占めるほどの人気がある〕といった現象を取り上げている。

一九七〇年代初頭、香港では製造業中心の経済からの移行が始まり、経済成長が不動産市場に左右されるようになった、と記事は指摘する。そのため政府は不動産価格が一定水準を保つことを保証して、土地不足という幻想を持続的に作り出すことで、開発業者が利益を得られるよう工夫した。結果的に、香港のアパートメントの多くが空室となっている。市民が暮らすためではなく、投資や投機のために建てられているからだ。「住宅政策は、政府が住民をどう扱っているかを示すいい指標」だとシウウェンはのちに語っている。この記事の執筆後に書いたブログでは、香港という都市全体が資本主義の巨大な遊園地*になっていて、ひとりひとりが共犯者だと結論づけている。抑圧されている人が生き残るには、他の人を抑圧する方法を見つけるしかない、と彼女は書いている。

シウウェンは大学卒業後、香港でフラットを探し始めたが、選択肢は限られていた。金がなかったからだ。それからの数年間、悪夢のようなフラットを転々とした。元朗のフラットでは居間に敷いた折りたたみ式のマットレスの上で寝ることもあった。深水埗近くのビルの五階にあるアパートメントでは、通りに面した窓から排気ガスが流れ込んできた。ルームメートは不精者揃いで、浴室は「公共トイレより汚かった」

そのフラットで暮らしているとき、湿疹などの健康上の問題に悩まされるようになった。トイレからは水が噴き出し、下の階まで水が漏れた。そこに二年滞在してから、友人のおじが規制に反して又貸ししている公営住宅のアパートメントに移った。「あまりにも長い間、移動し続ける生活をしてきた。いつでも引っ越せるよう心の準備をしていた。明日追い出されても、持ち物とバッグは持っていけるように」とシウウェンは当時について語る。「何も買わなかった。本さえも。生活しているような気がしないで、自分が何をしているのかわからないまま、ふわふわと漂っているみたいだった」

シウウェンがラマ島にやってきたのは二〇一九年で、現在は元同僚と六十五平米のアパートメントで暮らしている。本棚が置けるほど広く、車による公害もなければ、ルームメートの後始末をする必要もない。六千香港ドルを家賃として支払っている。「ここにたどり着いてからは、地に足がついたと感じてる」と彼女は言う。この島へ越してから一年以上が経った。何年ものあいだ、すぐに引っ越す場合に備えて、生活必需品を買うこともなかった。今では炊飯器、コーヒー・メーカー、テレビを持っている。朝になるとコーヒーの入ったコップを片手に、外で座って書き物をする。自分の幸運をいまだに信じられないときがある。「もう一度引っ越すことを考えただけでぞっとするの」

共同執筆者たちと集まってから数週間後、わたしたちは大きい通りから彼女のアパートメントに向かって歩いている。わたしは辺りの風景を頭のなかに書きとめる。地ビールの入ったプラスチックのカップを手にするカップルたち、自由に歩き回る犬たち、濃淡さまざまな緑陰に囲まれている小道のあいだにある、青い塗装の剥がれかけた柵。生まれて以来ずっと香港で暮らしてきたせいで、窓の向こうに広がる眺めが、人を威圧するように聳えるビル群でも光害〔都市のネオンサインなどが夜空を照らし星の観測ができないこと〕に冒された夜空でないとき、どのように見えるのかわたしにはまだわからない。ラマ島こそ、長く不愉快な一日を過ごした後でもゆっくり休憩できる場所だと、シウウェンが初めて感じたという理由がわかる。故郷《ホーム》のあるべき姿に近い場所なのだ。

シウウェンが香港にやってきてから十年近くが経った。記者会見についていけなかったあの頃の彼女はもういない。ピュリッツァー・センターの特別研究員資格を勝ちとり、現在は香港におけるトラウマや社会活動に関する一連の記事に取りかかっている。シウウェンの家族は台湾にいるが、香港に彼女の暮らしがあり、記者仲間の友人たちがいる。ニュースを追いかけることに疲れ果てた友人たちが、ラマ島のシウウェンのアパートメントまで逃げてくる。都市部への最終フェリーの時間まで砂浜で寝転がったり、酒を飲んだりして過ごす。「明日どんなことが起きるか決してわからないから」とシウウェンは言う。

最後に彼女が台湾に戻ったとき、学生時代の友人たちはみな安定した職を得て、不動産購入や結婚を検討し始めていた。香港のニュースを追いかけ、常に移動し続けているシウウェンはまったく異なる人生を歩んでいるような気持ちになった。政治情勢が悪化し、香港人が台湾に逃げてきていることもあって、だれもがシウウェンになぜ台湾に戻ってこないのかと尋ねた。自分でもわからなかった。こうした激動の時代を記録することが使命だなどと、大それた考えを抱いているわけではない。記者として働けば働くほど、香港を近しく感じるようになり、去りがたくなった。自分の帰る場所がどこなのか、帰る場所という概念がなにを指すのかすら、彼女にはわからない。台湾人や中国人の友人と、自分を香港人とみなしていいのだろうかとよく話し合う。香港人を自称すれば受け入れられるのだろうか、とも。
「故郷と呼べる場所が本当にほしい。いつでも帰ることができて、安心して過ごせる場所が。でも、今みたいな時代ではありえないと思う。『永遠』に『不変』の場所なんて、見つけられるとは思えない。特に香港では無理ね。あてにならないことが多すぎるから」

大都市に住むミレニアル世代なら誰でも住宅にまつわる怖い話のひとつやふたつは身をもって知っている。わたしたちはコーヒーを飲みながらそんな話をするときも、冗談まじりとはいえ、なお話の怖さを競い合わずにはいられない。「わたしのルームメートがね、引っ越してきて一カ月後に妊娠していることがわかって、すぐに赤ちゃんが生まれて、どういうわけかルームメートのお母さんまで転がり込んできて、アパートを牛耳るようになったの。賃貸契約をしてたのはわたしだっていうのに、一カ月間友人の家に居候しなきゃいけなくなった」とわたしは語る。友人のウィルフレッドは、チャイナタウンでバーの上のフラットに住んでいたとき、ノイズキャンセリング機能搭載のヘッドフォンをしてホワイトノイズを聴きながら毎晩眠ったという。別の友人は、家主が階段を持ち去ってしまったことがあると話す。「ある朝起きたら、階段がなくなってたんだよ」。高騰する賃料、地獄のようなアパートメント、靴箱のように狭苦しい部屋。すべて都会での現代的生活の一部だ。でも香港では、フラットからフラットへと引っ越し続ける以外にも、地獄を見ることがある。何十年も同じ土地で暮らしていた一家ですら、立ち退きを余儀なくされることがある。
新界の北西に位置し、元朗の都市部からほど近い横洲《ワンチャウ》という新しい町は、三つの村からなっている。この村の人々は香港の都市部で育った人にとっては信じられないような生活を送っている。ヒキガエルの鳴き声を聴きながら星空を眺めたり、先祖代々所有してきた土地で農業をしたり、台風で家が壊れた際には自ら建てなおしたりしているのだ。動物とのかかわりが深く、玄関に鍵をかける習慣がない。それでも政府が住宅計画のため土地の回収を要求したとき、住民たちの権利は保障されなかった。何年にもわたり、横洲の住民たちは唯一の故郷であるこの土地に残るために闘っている。

横洲の村人は新界先住民ではない。つまり、立ち退きを強制された場合、特権も保護も与えられない。今日にいたるまで効力を持つ「丁屋」政策のもとでは、イギリスの植民地となる前から村に住んでいた先住民の男系子孫は土地を所有する権利を有し、そこに特定の建造物制限に準拠した三階建ての家屋を建築することができる。香港の貴重で極小の土地に家を建てる権利を持つ人々が、そうした権利を許可なく違法に不動産開発業者に販売することがよくあり、受益者は三合会（中国人犯罪組織）の助けを借りて、*昔ながらの政策と闘おうとする者を黙らせる。新界先住民でない人々にはこのような権利がない。たとえ村で成長し、結婚し、死ぬまで暮らしたとしても。先住民か否かは、一九七〇年代に採択された政策によって判断される。一八九八年から新界の特定の村で暮らしてきた中華系家族の一員が先住民とみなされるのだ。先住民とそのほかの香港人には民族的な違いはなく、その他の中国人たちより強く植民地化の影響を受けていたということもない。この区分はイギリス政府が村の強大な怒りを収めるために編み出した、純粋に気まぐれな措置による。

二〇一七年、横洲の村民たちは香港の指導者、林鄭月娥《りんていげつが》（キャリー・ラム）行政長官に一連の手紙を出した。七十六歳のウォン氏は、彼の両親が戦時中に日本兵から逃れて元朗へ来て、生活が厳しくなって村に越してきた、と書いている。自分たちで家を建て、井戸を掘り、豚やあひるを飼育した。平穏な自給自足の生活を送ってきた*。残りの人生もここで穏やかに暮らしたいだけだ。村民たちは村の取り壊しを見直してほしいと行政長官に嘆願した。政府は土地を入手し、公営の高層アパートを建築する予定だった。そして村民の努力にもかかわらず、この構想は推し進められていった。

三年後、パートナーとわたしは横洲まで旅行する。村人や土地活動家たちがジャックフルーツの収穫を祝う夏祭りを主催しているのだ。黄衍仁《ウォンヒンヤン》やティーンエイジ・ライオットによる演奏、アーティストのサンムー（三木）〔パフォーマンス・アーティストの陳式森のニックネーム〕のパフォーマンスに、地元のツアーもある。ジャックフルーツ祭りは、政府による横洲住民強制立ち退き計画を広く訴えるために活動家たちが企画したイベントだったが、今回で終了する。村の取り壊しが翌週から始まるのだ。

ジャックフルーツ祭りは陽気であり陰鬱でもある。太陽がすべてをまぶしく照らし出し、辺りの茂みやテントも黄金色の光に包まれている。カップに入った小さな水生植物が用意され、参加者はそれを持ち帰ることができる。横洲の木々になるジャックフルーツの味見をしようとわたしたちは列に並ぶ。果実は、ドリアンに似た硬い外皮で覆われているが、あれほど棘は多くない。割るとつんとくる香りとともに黄色い果肉の一部がそっと顔をのぞかせる。仮設舞台に座る歐陽《オウヤン》さんは、「立ち退き反対、取り壊し反対、故郷を守ろう」と書かれた緑色のTシャツを着ている。彼女は観客に向かって、自分の家族は四世代にわたりこの村で暮らしてきたのだと語る。すぐそばで朗屏《ロンピン》駅近くにある高層住宅が空の端に向かって突き出しているのが見える。

「わたしたちは搾取されています、それが現実なんです」と、ある村人はその後マスコミのインタビューで語っている。「激怒しています」。彼女は涙を流している。別の村人は「フラットにはとても手が届きません。*二十八平米が五百万香港ドルもするんですから」と述べる。

他にも多くの村の人たちが同じような事態に直面している。彩園《チョイユンツェン》村は香港と中国を結ぶ高速鉄道敷設のため、取り壊された。新界の北東に位置する三つの村では、二〇一四年に抗議デモがおこなわれた。そして今、横洲も同じ運命をたどろうとしている。二〇〇八年に彩園村での活動をきっかけにして、香港人たちは初めて、故郷を持つ権利や、田舎での暮らしが活気のある香港都市部の光景と共存する権利について、真剣に考えるようになった。

彩園に関しては、政府は村全体を別の場所、村民たちが故郷を再構築できる香港の別の土地に移した。横洲の状況は異なる。村人が望んでいるのは公正な補償金と、他の土地への移転だけだ。政府は村人たちに公営住宅への申し込みを提案したが、大半の村人はすでに定年退職していて、収入調査の基準を満たさない。受け取ることになっている補償金は不動産の市場価格よりはるかに少ない。香港が「開発」の道のりを進むなか、生贄の子羊となるのは必ずと言っていいほど、コミュニティや村民たちだ。生まれたときからずっと住んでいる土地ですら自分のものではない。

ジャックフルーツ祭りの舞台には、パッチワークのキルトで作られた大きな横断幕が広げられている。そこにはこんな言葉が縫いつけられている。「何處是吾家（わたしの故郷はどこ？）」

第六フラット

第六フラットは、上環《ションワン》の普慶坊《ポーヒンフォン》にある袋小路に建っている。すぐそばの太平山街（タイピンシャン・ストリート）は、一八九四年に香港で起きたペスト大流行の際にもっとも甚大な被害を受けた地域で、地区全体が取り壊され、そののち再建された。フラットを内見するために初めてこの辺りにやってきたとき、タクシー運転手が昔から太平山が好きなのだと言った。「でも妻がここには引っ越したがらないんだよ。棺おけ屋があるのが嫌だって言ってね！」。記憶が蘇ってくる。ここは十代の頃に訪れたことがあった。課外授業で「孫中山史蹟徑」、つまり中国革命の父、孫文にちなんだ史跡をめぐる散策コースを歩いた。普慶坊には、清朝打倒を目指した中国同盟会の人員受領所があった。

　にぎやかな地域に位置しているが、普慶坊は静かな通りで、階段や歴史的建造物に囲まれている。わたしのフラットの家賃は六千香港ドルで、三年間勤務している芸術資料館から徒歩でたった五分のところに高級住宅地があることを考えれば、掘り出し物だ。アパートメントに面しているのは超然としたガジュマルの木で、垂れ下がった気根がわたしを嵐から守ってくれ、朝には鳥のさえずりや羽ばたきが聴こえる。わたしのフラットは四階にあって、あらゆる音が反響して増幅する。深夜一時に下の階のバルコニーでパーティーを開催するフランス人とアメリカ人の在留者たち。わたしがまだ寝ている時間に、通りの先にある小学校へ子どもたちを送っていく親たち。階下のバスケットボール・コートでシュートが決まるたび「おー！」と声を上げるティーンエイジャーたち。午前二時にやってくるゴミ収集車。

　通りの先には〈見山書店（マウント・ゼロ・ブックス）〉がある。居心地のいい小さな書店で、地元の作家の本や美術書が揃う。ミニコンサートや朗読会も開催される。わたしがソーシャルメディアで、なにかのついでに李智良《リーチーリョン》の本を探しているとつぶやくと、「うちにいいものがありますよ！」とオーナーからメッセージが届く。書店を訪れると、書店員がその本を手渡してくれる。「こちらをどうぞ。いえいえ、支払いは結構です。プレゼントです！」。本には「加油*（頑張れ）」と書かれたメモが貼られている。

別の坂道を下っていくと、上環の大通りに戻る。狭い通りでガチャガチャと音を立てながらトラックから商品の詰まった木箱を降ろす労働者たちの頬を汗が伝っていく。物憂げな通りでは、毛布や中国式のソーセージが日の光にさらされている。小道には干し魚や苦い薬草のにおいが立ち込め、料理の湯気がいきなり噴き出す。

二〇一九年の夏、ルームメートが引っ越してしまい、わたしは二十八平米あるフラットの賃料をひとりでは支払えなくなる。エア・ビー・アンド・ビー〔空き部屋や空きスペースを他人に貸し出すことのできるサービス〕を使って部屋を貸し出し、昼の休憩時間には急いで帰宅して次の来訪者のためにシーツを交換し、走ってオフィスまで戻る。ゲストのひとりが南京虫を残していく。駆除は高くつくので、パートナーがスチーム・クリーナーを買ってきて、一週間ずっとベッドとカーペットのすみずみまで熱風をあてて掃除し、シーツやマットレスの縫い目をほどいて卵がないか確認する。

その一方で、わたしはルームメート候補たちに会う。彼らは部屋のありとあらゆる場所を点検して判断する。浴室の床に貼ってある防水シートはわたしが淘宝《タオバオ》〔中国のオンライン・ショッピング・サイト〕で注文したもので、苦労して切り抜き、長さを測って一枚一枚床に貼りつけ、十年も前からある見苦しい水のしみを隠している。台所の壁から突き出すコンクリート板に載せた一口のこんろを、調理台だと説明する。花柄のカーテンはもう一年以上洗濯していない。ワインの空き瓶は部屋の隅に隠し、抗鬱剤もしっかりしまい込み、お気に入りのアルバムをよく見えるよう棚に飾る。

でも、このフラットでわたしと共同生活を営みたいという人はひとりも現れない。「狭すぎる」と言われる。「トイレが古すぎる。エアコンの音がうるさすぎる。電車の駅から離れすぎている」。候補者たちが去ると、わたしは無言でカーペットに座り込み、何時間もかけてパートナーと一緒にペンキを塗りなおした壁を見つめ、どこがいけないのだろうと考える。フラットはわたしの唯一の財産で、すこぶる気に入っているのに、他人には不十分なのだ。

今日までわたしは、フェイスブックのグループで賃貸フラットの広告をスクロールする習慣を断てないでいる。常に、次の引っ越し先を探している。最近では「HONG KONG RENT」グループでこんな広告を見つけた。「[中程度の大きさの部屋] 月五千香港ドル、または居間でのグランピング月三千香港ドル」。掲載されているピントの合わない写真には、居間の床に張られ、豆電球で飾りつけされた銀色のテントが写っている。パンデミックの最中、「ウォール・ストリート・ジャーナル」は香港の百二平米のフラットで在宅勤務しているという白人の家族にインタビューをおこなっている。*副題には「極小住宅」とある。父親はバルコニーでノートパソコンを開き、仕事の電話を受けたりメールに返信したりしている。三人の子どもは休校のあいだ家で勉強している。香港のTwitter利用者たちはこの記事を面白がる。「これだけの広さがあっても狭いって?」と。

六つの住居で二十二人のルームメートと暮らした五年間をあなたならこんなふうに書くかもしれない。ドアの下から入り込んでくる音で隣人が何度オーガスムを迎えたかがわかる。バスの経路、ドアの暗証番号、警備員の名前をスプレッドシートにまとめる。汚れや傷を残さないと謳われているブル・タックで貼りつけた写真の跡を修復するための塗料を買いだめする。引っ越し業者の電話番号を短縮ダイアルに登録する。未来の住居者に向けた愛のメッセージを天井にテープで貼りつける。煙草のヤニで汚れた喫煙コーナーのポラロイド写真を撮影する。もうこれくらいにして、先に進もう。もう一度。

香港のあらゆる地区のすべての通りにある不動産代理店の前を通るとき、わたしは足を止めてウィンドウに貼られている広告にひとつ残らずうっとりと目を通す。卒業後にマスコミや非営利団体で働かずに、辛抱を重ねて弁護士になっていたら住めたはずのフラットを思い描く。バーベキューやヨガができるほど広いテラスつきのワンルームだ。ジムやスイミング・プールを備えた、住民以外立ち入り禁止の住宅地。車がないとたどり着けない半山区（ミッド・レベル）の豪奢なアパートメント。同世代はだれも彼もフラット購入のことで頭がいっぱいになっている。たとえそれが不可能であっても。住宅ローンの支払いに沿って人生計画を立てられるのは、そもそも両親に資金を援助してもらえる運のよい人だけだ。フラットを所有していることは、「成功した」証だ。一九七〇年代に一世を風靡した「獅子山（ライオン・ロック）精神」とは、やみくもに仕事に励めばなんとか成功できるという教えであり、この真っ赤な嘘にわたしたちの世代はしがみついていた。すでに資本主義や政府と大富豪との癒着によってすっかり搾り取られていたにもかかわらず。

不動産代理業者やベビーブーム世代の人や裕福な若者は、賃貸なんて馬鹿げている、他人に金を与えることになるのだから、と言う。頭金を貯めて、毎月の家賃より「ほんの少しだけ」高い金額を払えば住宅ローンを組むことができる。そうなれば自分に家賃を支払っているようなものだ、と。その仕組みはわたしにもわかる。ただ、その頭金をどうやって貯め、「ほんの少しだけ」高い金額をどうやって支払うのかがわからない。卒業以来、わたしは毎月一万二千香港ドルから二万四千香港ドルを稼いできた。今も法科大学院時代の学生ローンを返済している。でも、この状況は自分で選択したキャリアパスの結果なので、すべてはわたしのせいであるらしい。

たとえば、沙田第一城（シティ・ワン・シャーティン）の築三十年の中流階級向け民間住宅地にある、寝室を二つ備えた三十七平米のアパートメントは、五百三十万香港ドルで売りに出されている。[*] 業者によれば香港では頭金が価格の少なくとも十パーセントだそうなので、五十三万香港ドルだ。わたしにはそんなお金はない。さらに、印紙税やら代理店費用やらが加わって七十五万二千香港ドルになる。毎月のローンは一万九千香港ドルと記載されているが、これはわたしの月収とほとんど同じ額だ。ものを食べず、移動せず、息もせず存在もしないで、収入のすべてを住宅ローン返済にあてても、フラットを自分のものにするのに二十年はかかる。

パートナーと付き合い始めたとき、香港で不動産を購入することをめぐって言い争いをした。いつかフラットがほしいとわたしが言うと、彼は、住む場所を確保するためだけに大金を払い、苦労しなければならないなんて馬鹿らしいと言った。「毎年引っ越ししなくちゃならないってことがどんなに大変か、あなたになんかわかるもんですか。あなたには両親の家に素敵な部屋があって、なにも心配することがないんだから」とわたしは怒鳴った。

今、不動産代理店のウィンドウから立ち去るわたしには、彼が正しかったことがわかっている。わたしたちの言い合いは愚かしくも現実的ではなかった。わたしが不動産を所有できることは決してないのだから。現在の政治的な状況を考えると、わたしたちは十年後に香港にいないかもしれない。わたしの誤りは、論理的に計画を立てればなにかできると信じていたことだった。香港はわたしたちのものではない。そしてわたしたちの未来も、わたしたちのものではないのだ。

こんなふうに書くことができればいいのだが。香港の不動産市場もとうとう沈静化し、わたしもフラットを手に入れられるようになった、と。しかし実際には、二〇一九年の社会不安に続いて翌年に新型コロナウイルス感染症のパンデミックが到来しても、賃料が手頃なレベルまで下がることはなかった。わたしが不動産を所有することはあり得ないし、ひとつの場所に五年以上も住めるようになるかどうかなんてわからない。

わたしの身に起きたのは、素敵な中流階級家庭出身の青年と恋に落ち、四年付き合ったのちに婚約したということだ。パートナーが第六フラットに引っ越してきて、わたしたちは今もここで暮らしている。結婚後、わたしの人生の過酷で退屈な第一章は終わりを迎えた。永遠の故郷が手に入ることはないかもしれないが、賃料を分け合うことのできる永遠のルームメートを得た。わたしが捜し求めていたのは男女の別なく生きられる、資本主義にとらわれない新しい解釈だったのだが、そんなものは見つからなかった。

この無常の都市で住宅ローンを負うということ、あるいは安心感を得るということにいったいどれほどの意味があるのか、わたしにはわからない。でも、家庭《ホーム》とは、雨の日に感じるものに似ているかもしれない。たとえば、外は土砂降りだ。ジャズのレコードが流れている。鳥たちは木のなかで身を縮め、霧が窓から見える赤煉瓦の建物の端を滲ませている。わたしは彼とソファで読書していて、ふたりの脚は毛布の下で重ねられている。明日になればわたしたちは、なぜ流しに汚れたままの皿が置いてあるのか、トイレットペーパーを買ってくるのはだれの番だ、ということで喧嘩をするだろう。わたしがまた本を数冊持ち帰ってくると彼は唸り声をあげ、その本の重みで壁にドリルで穴を開けて取り付けた厚板が壊れてしまうと言う。フラットはあまりに狭いので、絶えず物をひっくり返したり、角に体をぶつけたりする。でもここが、ここだけが、彼と一緒にずっといたい場所なのだ。

二〇一四年

わたしは二十歳で、間もなく二十一歳になる。十代ならではの肌の悩みは消えて、生まれ変わったように感じ、ついつい羽目を外す。片想いの男の子が香港での一学期間の交換留学を終え、カリフォルニア大学サンタクルーズ校へ戻っていった。学生たちが森でマリファナの巨大な巻き煙草を回し合い、大学のマスコットのなめくじも登場するという「420〔マリファナを表すスラング〕」フェスティバルに参加するために。失恋を乗り越えるためにわたしは学期間の休みに安い航空券でバリへ飛び、旅行中に出会ったイギリス人の女の子ふたりとどんちゃん騒ぎを繰り広げる。翌日、ジャンク船に乗ったとたん、ライセンス不要のスキューバダイビングの免責同意書に署名する前に吐いてしまう。

香港に戻り、友人のアディと、バーが立ち並ぶソーホー地区に繰り出し、アディの父親のクレジットカード払いでカクテルを飲む。わたしたちはほとんど同じデザインの赤いワンピースを着てディナーパーティーに参加する。わたしはアディにミュージシャンの彼の話をする。そいつは、わたしにレンズ豆のカレーを作ってくれ、一緒にウエス・アンダーソンの映画を観て、ヤッて、事がすんだ後にどれほどわたしが幼稚かについてこちらが泣き出すまで説教するような男だ。アディはわたしの誕生日に、バニラのアイシングを載せたレモンケーキを焼き、「詩」

を送ってくれる。わたしたちは真夜中に悲しくなる。「ていうか、悲しみに暮れているときが幸せなんだってますます思うようになった」とスナップチャットでアディが言う。

　最初の二年間はとても解放的な感じだった楽しい大学生活が、あっという間に色褪せてくる。わたしは今もソファで寝ていて、キットは彼との付き合いで忙しくなり、なかなか会えない。わたしは一日おきに泣いているのだけれど、なぜ泣くのかわからない。ここを出て、別の街に移って物書きになることを夢に見る。もっとも、二〇一〇年代初頭から中盤にかけては、大学生が気楽な生活を楽しめる最後の時代だ。その後キャンパスは、香港の他の地域で発生している政治闘争の巻き添えをくらうか、あるいは前線が生まれる発端にさえなる。

　大学で、同級生たちはワッツアップのチャットで政治について議論し、テレビで最新の法案や政治家たちのつまらないスキャンダル、民主党を嫌っているといったニュースが流れれば、昼食を食べながらそうしたことを話し合う。そこにわたしは加わらない。六月四日の、蠟燭を灯して徹夜で祈る追悼集会〔一九八九年六月四日に起こった天安門広場事件の被害者を追悼する集会〕には毎年参加しても、ニュースには最低限目を通す程度だ。区議会や立法会の選挙には投票し、だれに投票すべきかも心得ている。大学でジャーナリズムの講義を受けているが、学生だけでなく講師ですら香港で起きていることに無関心だ。国際メディアも、まだ香港のことをたいして話題にしていない。地元の政党政治についてはあまり知らないのに、バラク・オバマ大統領が再選した一年前のアメリカ大統領選のときには熱心に情報を収集し、講義中も手元のノートパソコンで三秒に一回は開票速報のページを更新していた。香港の他の地域で起きていることに対して、意識的に傍観者になるつもりはない。ただ、わたしは成長期の痛みを抱えたまま、自分をとりまく現実とは別のパラレルワールドにいるのだとしか思えない。

ところが、自分のなかでなにかが変わる。以前憲法学を教わった戴耀廷《たいようてい》（ベニー・タイ）教授が「譲愛與和平佔領中環（愛と平和をもって中環を占拠せよ、オキュパイ・セントラル・ウィズ・ラヴ・アンド・ピース）」というキャンペーンを立ち上げたからかもしれない。約束されていた民主制はどうなったのかと問いかけ、政府からの返答を求める運動で、わたしも状況を追いかける程度に興味を抱く。戴教授、朱耀明《しゅようめい》牧師、陳健民《ちんけんみん》教授の三人は二〇一四年の後半に、香港における普通選挙を求める平和的な市民不服従運動を開始する。ただ、自分の住む都市から疎外されているという感情を抱くのを恥ずかしく思ったり、他の場所に住んだこともなく他に故郷と呼べる場所もないくせに、無関心が特権的に許される生き方に身を任せてみたりするような、もしかするとわたしはそういう自分にうんざりしていただけなのかもしれない。

香港が中国に返還されたとき、中国とイギリスは「英中共同声明（中華人民共和国政府とグレートブリテンおよび北アイルランド連合王国政府の香港問題に関する共同声明）」に署名し、香港での人々の生活を保障する一国二制度の土台を築いた。一九九七年に香港特別行政区に適用されるべく成立した法律文書、香港特別行政区基本法（香港基本法）には、香港特別行政区行政長官は「地元で開催される選挙または協議によって選出される」とあり、「最終目標」は「民主的な手続きに則った、広範な住民を代表する指名委員会による指名にもとづく普通選挙」であると明言されている。つまり、香港はいずれは民主制になると思われていた。

しかし二〇一〇年代になってもまだ普通選挙は実現されなかった。人々はしびれを切らしつつある。二十年が経過しても、いまだに指導者を選ぶどころではない。わたしたちが投票できるのは区議会選挙と立法会選挙だけだ。区議会は実際的な政治権力を持たない諮問委員会で、立法会選挙は親中国派の政治家が優先される選挙制度*が敷かれている。候補者は親中国的でなければならないと北京が示唆し始めた。つまり、立法会は住民ではなく中国共産党に仕えるべきだというのだ。

二〇一四年六月、カナダ人の友人トムが香港にやってくる。トムは一年前の夏もキットとわたしのフラットに滞在し、カナダに帰国する直前に三人で『ファウンテン　永遠につづく愛』や『プリンセス・ブライド・ストーリー』を観ながら雨の日々を過ごした。わたしたちはウォーター・ストリートの〈ダービー・ウエスト〉に向かう。今では閉店してしまったが、当時はこの地区唯一のパブだった。わたしが夏のアルバイトでライブを企画したり地元の音楽サイトでレビューを書いたりしていることを話し、三人で西貢の崖から飛び降りたことを懐かしむ。わたしはトムに、バンクーバーでも広東語の練習を続けてきたのかと尋ねる。

六月初旬、中国政府は香港に対する「包括的な管轄権*」を求める「白書」を公表し、香港に完全な自治権などないことを住民に思い起こさせた。ベニー・タイの「オキュパイ・セントラル」運動はオンラインの住民投票を企画し、二〇一七年の選挙では指導者はどのようにして選ばれるべきか、香港人に意見を求めた。七十八万七千人以上の人*が、直接選挙で指導者を選出したいと回答した。「国家《ペキン》に忠実であること」などの追加の適正審査なしで、住民によって指名された候補者に投票したいと答えたのだ。国営メディアはこれを「茶番」と呼んで大騒ぎした。

ヒューガルデンを飲みながら会話しているキットとトムをよそに、わたしはふたりの後ろにあるテレビに気をとられる。いつもはサッカーの試合を映しているが、今はＴＶＢになっている。夜のニュース番組が立法会の様子を伝える映像に切り替わる。北東の新界の土地開発に抗議するデモの状況は追いかけていなかったが、政府が村人を強制退去させ、農村部にフラットを建設しようとしていることは知っている。親民主派は村人に十分な説明がなされなかったと主張し、村人は家から立ち退かないと主張し、活動家は非都市部の生活も維持される権利があることを香港政府は認めるべきだと主張する。会議をとりしきる親政府派の委員長、呉亮星《ごりょうせい》は計画の予備資金調達に対する投票を強行するが*、何日にもわたり議事妨害を続ける民主党員らは離席している。突然、自分が立ったままテレビを睨みつけて歯を食いしばっていることに気づく。香港に存在すると法学部の教授たちが言っていた公正な手続きはどこにいったの？

一年後、ジャーナリストになったわたしは、自分より何年も前に活動家たちが体験した政治的な覚醒の瞬間にこだわるようになる。活動家のなかには、わたしがまだ中等学校で香港の

「集合記憶」とされる史跡についてクラスで議論していた頃、皇后（クイーンズ）埠頭の取り壊しを阻止しようと自分の体を鎖で埠頭につなぎとめた人たちがいた。わたしが中等教育修了試験を受けた年、デモの参加者たちは頭を地面につけ、チベットの巡礼のように五体投地をしながら行進し、香港政府がだれも望んでいない中国本土とをつなぐ高速鉄道のために彩園村《チョイユンツェン》を取り壊そうとするのを止めようとしていた。わたしは特集記事を書くために活動家たちを取材し、テレビの夜のニュースで一瞬見かけた記憶があるだけの歴史の一部をなぞり、理解を深めようとする。彼らが傍観者からデモの参加者に変わったきっかけはなんだったのか？　座って見ているだけではいけないと思ったのはいつだったのか？

　トムやキットとパブで過ごした二〇一四年の夜から一週間後、わたしは生まれて初めて、返還を記念して毎年開催される七月一日の行進に参加する。雨のなか、傘をさしたまま何時間も立ちつくす。群衆の歩みが遅いのでなかなかヴィクトリア・パークから出られない。参加者数はこの十年で最大になった。このときはまだ「香港に栄光あれ〔二〇一九年の逃亡犯条例改正案に反対するデモがきっかけとなり発表された楽曲で、デモ参加者のテーマソングとなった〕」がなかったので、みながそらで歌える曲を歌った。一九九〇年代にリリースされたビヨンドの「海闊天空」。ミュージカル『レ・ミゼラブル』の「民衆の歌」をいい加減な調子で歌う人もいた。「オキュパイ・セントラル」運動の非公式のテーマソングになった歌だ。わたしはびしょ濡れになりながら、元ルームメートのフランシスの姿を探す。居場所がすぐにわかるのは、彼ほど背の高い人は他にいないから。ウェーブのかかった長い髪が何千もの頭のなかで見え隠れしている。変形性股関節症のせいで、わたしの脚が痛み出す。この後何年にもわたって、抗議デモのたびにこの脚の痛みで必ず辛い思いをすることになる。行進の後、フランシスとわたしは〈吉野家〉に入り、それぞれ一人鍋を注文する。わたしたちがセントラルを出ていった後に座り込みが始まり、警察が五百人の抗議デモの参加者を逮捕する。*

八月、わたしは一学期間の交換留学のため、スコットランドのグラスゴーへ出発する。空港で、フライドチキンを食べながらすすり泣く。アディや、当時の恋人に別れを告げる。この恋人とは作家たちの集まりで出会い、それ以来、心が掻き乱されるような悲惨な関係を続けてきたが、付き合っていた期間の半分は遠くにいて会えない状態だった。香港に別れを告げる。三カ月以上も香港を離れるのはこれが最初で最後になる。ほんの一学期間のことだ。あっという間に過ぎていくだろう。

八月三十一日、中国は二〇一七年の香港行政長官の選挙に関する決定事項を発表する。*有権者全員が投票できはするが、候補者は親中国派のビジネス・エリートが大多数を占める委員会の過半数の委員から推薦される必要がある。「国を愛し、香港を愛する」*人物でなければならない。中国は選挙を不正に操作して、憲法上の義務を果たすふりをしている。「有権者全員に投票させてやるが、候補者を選ぶのは中国だ」ということだ。香港人は激怒する。ベニー・タイは言う。「香港は新たな時代に突入しようとしている。*新たな抵抗の時代だ」。彼は中環の占拠を企画することで、中国に本音を吐かせようとする。

わたしはパリにいる。恋人の作家には二日おきに、双方にとって苦痛でしかない手紙を書く。悪臭を放つ地下鉄の駅、ノートルダム大聖堂のステンドグラスの窓やガーゴイル、橋の欄干で錆びつくいくつもの愛の南京錠、〈シェイクスピア・アンド・カンパニー〉書店の詩集の棚について綴る。朝早く、ルーヴル美術館の外にいると突然めまいを感じて息ができなくなり、喉まで恐怖が込み上げてくる。さまざまなカフェのある街に来たにもかかわらず、見知らぬ土地で見慣れたものを探して、急いで〈スターバックス〉に入る。ユーロスターに乗ってロンドンまで行き、二十ポンド支払ってナショナル・エクスプレスのバスに乗ってグラスゴーへ向かい、キャラメル・ショートブレッドをコートのポケットに忍ばせたまま、池を泳ぐ家鴨たちの写真を撮る。

四週間後に雨傘運動が始まる。

大学生自治会とジョシュア・ウォンが率いる学民思潮《がくみんしちょう》（スカラリズム）のグループが新たな選挙の規定に抗議して、授業のボイコットを始める。何日ものあいだ官庁の前に座り込み、以前抗議デモがおこなわれ現在では閉鎖されている公共空間を取り戻そうとする。正式な占拠の主催者たちも学生による抗議運動の勢いに相乗りし、十月一日に計画されていた占拠の開始を早めることになる。九月二十七日の午前一時半過ぎ、ベニー・タイが叫ぶ。『オキュパイ・セントラル』を正式に開始する！」。自分でも信じられないとでもいうように、かすかに困惑げな笑みを浮かべながら、何度も繰り返しそう述べる。

最初の催涙ガス弾が投げられたのは、二〇一四年九月二十八日の午後五時五十七分。オレンジ色の警告旗が掲げられた。「解散しないと発砲する」。香港にいる友人らが催涙ガスを浴びている頃、わたしはスコットランドのパブに座って、テネンツのビールをちびちびと飲んでいる。図書館でライブ映像を出して、ベジタリアンのハギス〔スコットランドのプリン〕を食べながら、抗議デモの象徴となった傘を広げる参加者たちを見つめていた。雨傘は、雨からはもちろんのこと、群衆制圧用の武器から身を守るのにも役に立つ。「オキュパイ・セントラル」として始まった占拠に、別の名前がつけられる。「雨傘運動」だ。催涙ガスの発射によって、主催者が予想していた以上の人々が抗議のために集まってきた。初めて抗議デモに参加する人、普通の学生、以前は政治に無関心だった香港人、態度が曖昧だったネット民。みな、平和な抗議デモに対して警察がこのように圧制的な武器を使用したことに激怒している。香港島のオフィス街の通りは人であふれ、抗議デモ参加者たちがすぐにテントを引っ張り出してきて道路の真ん中に小さな抗議村を作り上げる。香港でこれまでおこなわれてきたのは予定通りに進む定期的な抗議デモで、熱を帯びることがほとんどなく、デモが終わればいつも仕事に戻っていったのだが、今回は違う。これは香港の歴史上初めての大規模な占拠になり、七十九日という長きにわたり、ときには何十万人もの人々がいくつもの通りにある占拠ゾーンに集まってくる。

当時の行政長官、梁振英《りょうしんえい》は記者会見を開き*、この運動を「違法」で「強制的」だと言う。西区からほんの少ししか離れていない金鐘（アドミラルティ）では、黒っぽいアスファルトの道路に鮮やかな色がちりばめられている。黄色の傘、紺色のテント、赤紫色のブース。一方、グラスゴーの建物は、灰色、茶色、黄土色で、霧に包まれている。暖炉はどこにあるのだろう。イタリアとスペイン出身の交換留学生の友人たちがグラスゴー大学のキャンパスにある連帯ブースを訪れると、ボランティアが黄色いリボンを手渡す。その後わたしたちは〈トニー・マカロニ〉でイタリア料理を食べ、スコットランドの静かな通りを眺める。

ある週末にわたしはプラハのレノン・ウォールを訪れ、「Hong Kong / Prague supports you（プラハは香港を応援しています）」という大きな落書きの前で立ち止まる。遠く離れた香港のアドミラルティに張られたテントの中では、元ルームメートが硬い舗道に敷いたマットに体を横たえ、次の日は服も着替えずに出勤する。わたしはくだらない詩を書く。パステル調の色彩をまとったクトナー・ホラの町について、ジェイムズ・ジョイスの両親の墓について、オスカー・ワイルドの胸像と一緒に自撮りをする。アドミラルティの薄暗い街角では、ソーシャル・ワーカーが警官七人に殴られる。*学生活動家の岑敖暉（レスター・シャム）が言う。「ぼくたちは時代に選ばれた世代なんだ*」

ハロウィーンには、長衫《チョンサム》を着て血のりを塗り、喉を掻き切られたように見せる。講堂の外でマリファナを吸い、夜遅くに流し台で吐く。ホームシックになると、同じ寮の学生たちがベタベタのタフィー・プディングを焼いてくれ、彼らの部屋で『プリンス・オブ・エジプト』を観る。香港人の友だちと本土出身の中国人の友だちが、メッセージング・アプリのグループで言い争う。「共産党に怒りを示したって無駄」と本土出身の学生が言う。香港人はこう返す。『オキュパイ・セントラル』が起きようが起きまいが、どのみち香港はとっくに『玩完（ゲームオーバー）』なの。だったら、なんの足しにもならなくたってわたしは闘う。家に安閑として、なにもかもうまくいってるっていうふりをするよりまし。どうせあんたは香港のことを故郷だなんて思えないわけだからどうでもいいんでしょ」

わたしは占拠に参加した友人に電話して、大丈夫かとしつこく尋ねる。他の国へ交換留学に行っている友人とスカイプで話し、慰め合う。旺角《モンコック》の占拠地ではパーティーや喧嘩が発生する。わたしはどこかで開催されるライブに行き、グラスゴーの人々と一緒に「ヒア・ウィー、ヒア・ウィー、ヒア・ウィー・ファッキング・ゴー！〔グラスゴーで開催される音楽祭やライブでおなじみとなっているかけ声〕」と繰り返す。ミンスパイを食べ、クリスマス市のそばの繁華街にあるアイススケート場で滑る。屋外のリンクを見るのは生まれて初めてだ。トラックがやってきてキャンプや路上のブースや横断幕を片づける。わたしはツイートする。「一度も体験できなかったことを残念に思ってる」という言葉と、スマッシング・パンプキンズの楽曲の歌詞、「The street heats the urgency of now; As you see there's no one around（街は今、緊迫度を高める　見てわかるとおり周りにはだれもいない）」を。

二〇一四年の十二月後半に香港に戻ると、抗議デモの現場に張られていたテントはすべて撤去されていた。

一年のあいだにあまりに多くのものが終わりを迎える。恋人との関係、交換留学の学期、占拠運動。歴史が作られていたとき、わたしは香港にいなかった。その後の五年間、わたしはできる限りすべての抗議デモに参加して、不在期間の埋め合わせをしようとする。頭のなかで同じ言葉が繰り返し流れる。「もう絶対になにも見逃さない。もう絶対にこの街を離れない、たとえこの街がなくなっても。絶対に絶対に絶対に」

わたしが香港のために闘わなかったことをこの街が忘れているのは、この街がわたしを必要としていなかったからだ。香港を必要としていたのはわたしのほうだった。故郷から遠く離れた場所では、自分が何者なのかわからなくなった。「故郷とは、街角の店でつけで買い物できる場所のことだ」と、スケトゥ・メータは『最大の都市〔原題は『Maximum City』、Knopf、二〇〇四年。未訳〕』で書いている。グラスゴーでのわたしの「街角の店」は、〈セインズベリーズ〔イギリスのスーパーマーケット〕〉のセルフレジだ。グラスゴー空港で税関を通り抜けるとき、出入国審査官がビザとパスポートを確認してから、わたしの顔を見る。「香港から来たんですか?」。はい、香港人です、と答える。わたしはまだ、このアイデンティティにふさわしくないかもしれない。でも、どうすれば他の者になれるのか、わたしにはわからない。

五里霧中

落ち込む権利なんてない
好きになる努力をしてないし
この世界をまだ充分に見ていないから
でも痛い、痛い、痛い、痛いんだ

――ウィル・トレド（カー・シート・ヘッドレスト）
「フィル・イン・ザ・ブランク」

香港から離れていた四カ月間のことは、あまりよく覚えていない。覚えているのは瞬間のことばかり。占拠にまつわるニュース映像や、場違いなタイミングで訪れた交換留学先での情景が、復元不可能な物語の欠落部分とともに存在している。記憶がぼんやりしているのは、友人たちが香港の通りで抗議し、わたしが体を温めようとビールを飲んでいたこの頃に、心の健康《メンタルヘルス》が悪化し始めたからだ。

二〇一四年の秋。わたしはどこにいても泣いている。ダブリンの墓地でも。ヨークのホステルの階段でバックパッカーたちにつまずかれているときも。グラスゴーのウエスト・エンドにある部屋で、ルームメートたちが『ドクター・フー』を見ているときも。バスに乗り、ロンドンまで恋人に会いにいった。香港からやってきてくれたのだ。彼はわたしをカムデンのコミックブック専門店に連れ出してくれる。わたしは〈ラフ・トレード・レコーズ〉で彼の黒い巻き毛の上からヘッドフォンをかぶせる。ふたりでハムステッド・ヒースを歩き回り、その夜は湿原《ムーア》の夢を見る。苔が岩をまるまる飲み込み、残り少ない紅葉が乾いた枝からはらはらと散る様子を。さよならを言った後、わたしは泣きながら八時間バスに乗ってグラスゴーへ戻る。寮の部屋から自殺予防ホットラインに電話しても、オペレーターのグラスゴー訛りがきつくてなにひとつ聞きとれず、わっと泣き出して電話を切る。「ホームシックで、光を見つけられないけど、香港に戻ったらきっとよくなる」と自分に言い聞かせる。

ところが、香港に戻っても調子はよくならない。二〇一四年十二月に帰国すると、またもや泣いている。犬が走り回る西区の埠頭でも、クリスマスの買い出しの最中に〈マークス・アンド・スペンサー〉の酒類売り場にいるときも、家族の夕食の席で父親に睨みつけられていても。鬱病というのはその人の弱さの表れだと考える無理解な両親に育てられ、友人たちからは「鬱病なんだと思い込んでるだけなんじゃないの?」と軽くあしらわれてきた。小さい頃、「おかしな」ことをすると、父親が冗談めかして青山（キャッスル・ピーク）医院に入れるぞと言った。一九六一年に開業して以来、心の健康と同義語になった精神病*の施設だ。いつも自由気ままに「落ち込んでる《デプレスト》」という言葉を使ってきたわたしにとっても、「鬱病《デプレッション》」という言葉は耳慣れない。恋人は、専門家のサポートが必要だと言う。

大学診療所からは外部の精神科医のリストを渡される。名前、住所、電話番号が記載されている。鉛筆で「お勧め」の米印がつけられた電話番号に電話をかけても、受付係はみなはっきりしない態度で、料金は場合によって変わります、などと言う。料金の幅については教えてくれない。何度か電話をかけた後、わたしは諦める。その代わり、過去五年にわたり抗鬱剤を飲んでいる親戚にメッセージを送り、いい先生を紹介してほしいと頼む。彼女は、ワッツアップで歪んだ画像を送ってくる。レオ医師の電話番号が記載された名刺の写真だ。診察に四百香港ドル、薬にもう数百香港ドルかかる、と看護師が電話で告げる。

診療所のある商業ビルは、場外馬券売場やけばけばしいダイヤモンドの指輪が陳列された宝石店などが立ち並ぶ旺角《モンコック》の息苦しい通りに面している。混み合った病院のガラスの扉を押し開けて入ると、癖毛の青年が目に入り、比較文学の授業で一緒の男の子じゃないかという気がして、すぐに俯く。両手の持っていきどころがわからない。汗でびしょびしょだ。看護師が個人情報について尋ね、「ベック抑鬱質問票」に回答するよう告げる。すでに三回受けたことがあって、そのたびに「臨床的措置の必要な鬱状態との境界」という結果が出る。わたしは丸をつけていく。「なにをやるのにも大変な努力がいる」。「ほとんど何をやるのにも疲れる」。「死にたいと思うことはあるが、自殺を実行しようとは思わない」

レオ先生は白いシャツを着て縁なし眼鏡をかけている。「どうしてこんなにしょっちゅう泣いているのかわからないんです。世界とわたしのあいだに、大きな屛風があるような感じがして。落ち着かなくて、本も読めません。好きなバンドのライブに行ったんですが、なにも感じないんです」。先生の姿が涙でぼやけて輪郭がわからず、わたしはティッシュの箱に手を伸ばす。診察室に入ってから三分も経っていないのに、先生はもううんざりした顔をしている。

薬を処方すると言われ、あっという間に診察室から追い出される。最後に言われた言葉は、「努力讀書考順父母（頑張って勉強して、ご両親に孝行しなさい）」だ。

薬ではよくならない。ただぼんやりとして、頭のなかに淀んだ壁ができるだけ。時折、自分はホログラムではないかと思う。泣く代わりに、四六時中眠るようになる。起きているあいだは、自分の役立たずぶりを嘆く。法学部と文学部の四年生なのに、授業中に眠りこけるか、まったく出席しないかのどちらかだ。これが続けば卒業はできない。この頃の写真を見返すと、まぶたは重く、地面まで落ちそうになっている。目が覚めるとびしょ濡れで、ベッドが薬の副作用による冷たい汗で濡れている。こんな症状が、冷たくてぐったりしたポルターガイストみたいにわたしにまとわりついて離れない。

「わたしたち、もうダメだね」と恋人に告げる。この関係はお互いにとって毒なのに、どちらもそれを認めようとしない。ふたりとも虐待的な関係にふさわしいタイプなのだ。だれからも愛されないと思い込むように育てられてきた。わたしたちは加害者と被害者の役割を交代で演じる。外出の計画を立てても、彼がどたキャンする。躁状態になるとときどき思ってもいないことを言ってしまう、と彼が言う。わたしはどこかの階段に座り、鍵を取り出して自分の両腕を傷つける。仲直りし、週末の予定を立てる。太空館（スペース・ミュージアム）でオタク心を満足させ、三百六十度のオムニマックス・シアターで没入感のある映像を観て、韓国フュージョン料理を食べ、手をつないで彼の部屋に戻る。それからちょっとしたことでわたしが彼に腹を立てる。そっちが傷ついているのは理不尽だ、それに怒るべきじゃないってことを肝に銘じてくれ、それでこっちの調子まで狂ってしまうんだから、と彼が言う。

海洋公園（オーシャン・パーク）では、眠っているパンダや足をバタバタさせながら歩いているペンギンの展示の横で、今夜はひとりになりたいと彼が言い、わたしが口を利かなくなり、泣いて体力を消耗した挙げ句、向こうが折れる。こうなってしまうのは、わたしたちがどうしようもなく駄目な人間だからなのか、心の病のせいでお互いが駄目な恋人になっているせいなのか、ふたりとも心の健康が損なわれているためなのか、わからない。まるで、暗闇のなかでキャスターのついた肘かけ椅子の上にふたりで立っていて、絶えず落ちそうになりながら、受け止めてくれる人が現れるのを待っているような感じなのだ。

鬱病を治そうと必死になる、ふたりの生活を守りたいから。わたしたちは、彼が弟と共有しているアパートメントにいる。海を見下ろす丘の上に建つ高級ロフトだ。大理石の床はとても冷たい。彼がわたしに、かかりつけの精神科医の電話番号を教えてくれる。優しい目をした老医師のもとで、一時間の認知行動セラピーセッションを受ける。セントラルの銀行やオフィスの向かいにある建物だ。医師から薬を手渡される。わたしの目をシャキッと醒ましてくれる百五十ミリグラムのキャノンボールという名のもの、ミルタザピン四十五ミリグラム、抗鬱剤。二週間に一度二千香港ドルかかる。恋人は由緒正しい裕福な家の出身なのだ。わたしはまだ、父親から経済的に独立しようと奮闘している学生でしかない。「二週間あれば大丈夫、この医者にかかり続けるなんてできない」とわたしは思う。ほんの少しだけ調子が上向く。それから、恋人と破局する。

この話はこのようなぞんざいな書き方しかできない。わたしには自分の鬱病のことが書けないし、しかしそれを省くわけにもいかないし、自分が身勝手な書き手であることがわかっている。そして身勝手な書き手というのは、人の口に文章を詰め込むようにして書き、そういうふうに書くことで自分たちの過去をきれいに見せている。わたしは愛する人や愛した人を裸に剥いているのだから、世間に自分の裸をさらすための許可など願い出たりはしない。わたしに言えるのはこれだけ。一緒に過ごしたわずか八カ月のあいだに、ふたりは暗い部屋でもがき、腕を差し伸べ合っていたのに、相手を捕まえておくことができなかったのだ。

「わたしが死んだらここに書いてあることをしてね」と、わたしはある夕方の埠頭で、友人のジョーに話す。恋人と別れてから数日後のことだ。わたしたちがいるのは香港島の西の端で、コンクリートの斜面を被う珊瑚色のタイルに海水が寄せては返すのを眺めている。「手紙を何十枚も書くから、わたしの代わりにそれをずっとおばあちゃんに送り続けて、わたしがまだ生きてると思わせてほしい」。彼はうめき声を上げる。ふたりで青島《チンタオ》ビールをもう一缶開けて飲み干す。

わたしはまだ二十一歳だ。抗鬱剤を一気飲みするという空想を頭から消し去ることができない。毎日が終わりが見えないほど長く、だれかが時間と一緒に世界中の時計を壊してしまったかのようだ。アーティストのマシューにメッセージを送信する。辛抱強いこの友人は、政府のメンタルヘルス・コミュニティ・センターに行けばいいよ、でも緊急のサポートが必要なら緊急治療室に行くんだよ、と教えてくれる。わたしはかかりつけの精神科医に電話する。元恋人の主治医だ。電話がポケベルにつながるので、医師がメッセージを受け取ったかどうかオペレーターに確認する。この週末、五回目だ。ようやく診療を予約しても、元恋人に出くわすのではないかとパニックになり、なぜ自分がそこにいるのかわからなくなる。

二週間後、友人に家の近くにある公立病院に連れていかれる。他の選択肢はすべて使い果たした。わたしは病院の待合室に四時間座り、すすり上げてはしゃっくりをしていると、ようやく医師がやってきて、精神科病棟への任意入院同意書を手渡される。自殺念慮はそれほど深刻ではないので、うわべだけの自由が認められている。ここの病院は満室だからと言われ、別の病院に移される。より重篤な患者が入る病院だが、このときのわたしはまだその事実を知らない。わたしはただ頷き、ストレッチャーの上に座って救急車で別の病院に運ばれる。

空気は湿り気をおび、小さなうめき声で満たされている。部屋は魔法瓶のなかのように薄暗く、清潔だ。体を揺すっていた隣の患者は、瞬く間に拘束衣をつけられ、不規則な悲鳴が黴臭い部屋に響く。全員が病院のガウンを着ている。生気のないタータンチェック模様。わたしと同い年くらいの女の子がふたりいる。眼鏡をかけた瘦せた十代の少女（拒食症）と、車椅子に乗っていて椅子に編み込まれそうなほど長い髪をした二十代の子（自殺未遂）。

「入院は今回で三度目なの」と眼鏡の女の子が言う。「東區醫院（イースタン・ホスピタル）は初めてだけどね。前は瑪麗醫院（クイーン・メアリー）にいたから」。自殺念慮のある患者はどのくらいの期間入院するものなのかと、わたしはふたりに尋ねる。「数日のこともあれば、数週間、数カ月のこともある。だれにもわからない」と眼鏡の子が言う。

薄暗い病棟は三つに区分けされ、それぞれに十台ほどのベッドが並んでいる。アクセサリーはすべて外すよう看護師が言う。毛糸を編んで作った友情ブレスレットまでも取れと言われる。これを飲み込んだりこれで刺したりできやしないのに。面会時間は午後三時から五時までで、それ以外の時間には受けつけない。共用電話の使用には厳しいルールがあり、毎日の電話回数から通話時間まで細かく決められている。わたしは iPhone を没収される前に紙を破り、近しい友人の電話番号をすべてすばやくメモし、友人のラムに電話する。「静かなところで休んだらよくなるかもね」と彼女は言う。ローが真夜中にタクシーでやってきて、必需品と Kindle を手渡してくれるけれど、看護師が没収する。「言ったでしょう。やるせないことをやればやるほど、ここに長くいることになるのよ」となじられる。

朝には医療スタッフが注意深く見守るなか、最初の投薬がある。それから患者たちは施設でひとつだけの共用トイレにあるシャワーに並ぶ。これも看護師に監視されている。雑に引かれたシャワーカーテンのあいだから、さまざまな体が見える。気を遣っていないために、膨らんでいたり垂れていたりしなびたりしている。わたしは大学の法学部に電話をかける。「イースタン・ホスピタルの精神科病棟に入院してます。ですから今日、行政法の小論文が提出できません。申し訳ありません」とスタッフに告げる。「えーと、入院している証拠を文書で提出していただく必要があります。さもないと落第です」と彼女は言う。わたしは電話を切る。

毎日のスケジュールは、活動時間ごとに色分けされている。工作、気持ちの管理に関するワークショップ、二週間に一度の屋外散歩。このときだけ新鮮な空気を吸うことができる。鬱の大学生も統合失調症の中年女性も拒食症のティーンエイジャーも躁鬱の老女も、同じ治療を受ける。違うのは薬の種類だけ。一日のどこかで、どこかの部屋に連れていかれて、さまざまな感情の種類に関してパワーポイントのプレゼンテーションを聞く。友人たちがいないので、からっぽの頭を埋める気晴らしがない。精神状態を回復させるための部屋は居心地がよく、庭も広々として、窓も大きいに違いないと思っていたのだが、実際は薄暗い部屋にひとり言をつぶやいている患者たちがいる。罰を受けているような気がするのに、なんの罰なのかはわからない。

病院の精神科医に初めて会うとき、わたしは落ち着いていて心穏やかだ。目はまだ腫れているが、もう大丈夫だ。「わかってもらえないかもしれませんが」とわたしは言う。「すぐに戻らないと。法学部の試験があって、落第したら卒業できません。元彼とひどい別れ方をしたばかりで、自分でもなにを考えてたかわからないんです。課題をすべてこなすことがなにより大切なんです。この夏、インターンがふたつ決まってますから」。わたしは明晰で正常で責任能力がある。自分の人生と未来を大事にし、課題のことを心配している。鬱だからここにいるのだが、入院が必要なほどではない。医師はわたしをじろりと見ると、看護師にわたしの緊急連絡先、つまり父に連絡するよう指示する。家族とはそれほど親しくないのだとわたしは言うが無視される。「そういう規則だからね。悪いね」

チェックのシャツと黒のズボンを身につけた父が現れる。父と医師は個室で一時間話し合う。出てきたとき、父の口数は少ない。「退院してもいいって。公立病院の精神科外来に紹介状を書いてくれるってよ」と言う。「俺は約束があるから、もう行かないと」。父は角を曲がり、去っていく。わたしはひとりで帰宅するしかない。イヴリンとキットに電話すると、一時間もしないうちに現れる。わたしは新しい服に着替え、気まずいハグで迎えられる。昼下がり、柴湾《チャイワン》から杏花邨《ヘンファーチュン》へ、その後西区へ向かう電車の窓から陽光がゆらゆらと差し込んでくる。わたしは一時的に自由を取り戻した。嘘が天才的に上手だからか、あるいは制度がめちゃくちゃだからだ。キットがわたしを〈加記《かき》〉に連れていき、豆腐と野菜の土鍋煮をふたりで食べる。その月の下旬に彼女の家族と一緒に過ごそうとキットに誘われる。まるで、そのときまでなんとか生きていてと言わんばかりに。

子どもの頃、珍しく両親が遊園地に連れていってくれたり、旅程がぎっちり組まれている海外旅行のパッケージ・ツアーに参加したりすると、わたしは乗り物に乗りたいと言った。父は心臓が悪く、母は高所恐怖症で、弟は乗り物に興味などなかった。「みんな怖がりなんだから」とわたしは思っていた。ユニバーサル・スタジオ・ジャパンに行ったときは、香港人の若いカップルに一緒に乗ってほしいと頼んだ。まだ十一歳で、ひとりで乗ることが許可されていなかったのだ。乗り物から降りると胸を張って、息を弾ませもしないで家族の元へ戻った。弟によると、父はよくこのときの話を持ち出しては、わたしのことを「大胆（度胸がある）」だと言っていたらしい。滅多にもらったことのない父からの誉め言葉だった。たとえ又聞きであっても。でも、このことを後でようやく知ったとき、嬉しいというより腹立たしかった。こんなことで誉めてもらえると知っていたら、父が見守るなか、大陸中のローラーコースターに乗ってみせたのに。

ローラーコースターでいちばん怖いのは、落ちる瞬間ではない。急な坂道をゆっくり上がっていって、車体がカンカンカンカンと音を立てるときだ。ローラーコースターの設計者もそのことをわかっているから、上り坂は長く感じられるようにできている。この時点ではもう降りることはできないし、一刻も早く終わってほしいと思うだけだ。落下が始まる寸前、時間がどこまでも伸び、まるでどこかの階段を踏みはずしたようにお腹が落ちていく感覚があり、もしかすると死もこんなふうに感じられるのではないかと思う。それから落下が始まり、気づいたら終わっている。すぐにまた行列に並びなおして、もう一度乗りたくなる。どれほど不安だったかを忘れる。一度生き延びたのだから、次だって大丈夫に決まっている。

さらに二週間が過ぎ、自分のフラットが入っているビルの屋上の縁に座っているときに警察がやってくる。「精神科病棟に戻るくらいなら、死んだほうがまし!」と、水色の制服に向かって叫ぶ。十代の頃に観たTVBのドラマの場面がフラッシュバックする。プロの仲裁人が屋根の上に立つ自殺志願者と交渉し、下りてくるよう説得する場面だ。注意をそらされた瞬間、友人がわたしを引っ張り下ろす。救急救命士に受けとめられ、ストレッチャーに乗せられる。

クイーン・メアリー病院の待合室に逆戻りだ。今回の待ち時間は前よりさらに長い、七時間。最初の医師はわたしを入院させると言う。これが二度目の自殺未遂で、入院歴もあるからだ。わたしは戻りたくない。「酔っぱらってただけなんです」と説明する。「アルコールと薬を混ぜたのがよくなかったのかもしれません。本当に大丈夫なんです。来週には二十二歳になります。ちゃんとお祝いさせてください」。ジョーと別の友人が、カーテンで仕切られた「部屋」の隅にいる。「わたしたちが彼女を一日二十四時間、週七日間ずっと見張ります、約束します」だが医師は譲らない。「任意入院同意書に署名しないのなら、*医師が署名して強制的に入院させることになります。そうなると退院はもっと難しくなりますよ」。その後判明するのは、この段階では患者は病に支配されていて、自身で決断が下せないと病院側が考えているということだ。医師は患者の生存権を保護するために措置入院通知書を持って介入してくる。伯母がやってくる。病院がまた家族を呼んだのだ。「大丈夫だって伝えて、入院する必要はないって言ってよ」とわたしは言う。「そんなこと言わない。もう二度とお酒も煙草もやらないって約束するなら別だけど」と、伯母は答える。新しい緊急連絡先が必要だとわたしは気づく。

朝の七時か八時には病院のシフトが終了し、スタッフが交代する。怖い医師がいなくなる。新しくやってきた医師は、こんなことにかかわり合っている暇などないという顔をしている。「わたしたちが面倒を見ますから」と友人たちがまた言う。気づくと、わたしたちは病院の扉を出ていくところだ。

「こんなの信じられる?」。わたしは思わず小さな歓声を上げる。十二時間前の自殺未遂なんてなかったみたいに。陪審員に無罪だと告げられ、すんでのところで刑務所をまぬかれた*ような気分。友人が他の人と共有しているフラットで、わたしたちは眠り込んでしまう。目が覚めると、友人たちをセントラルの雲咸街(ウィンダム・ストリート)にあるステーキ食べ放題のレストランに連れていく。

自殺未遂から二カ月後、わたしは週末旅行で台北まで足を延ばし、友人のトムに会う。わたしたちは朝食を出す小さな食堂とか、まだ観光客に発見されていない穴場の夜市で、蛋餅《ダンビン》という台湾風の卵巻きクレープと炒め物を食べる。電車に乗って海まで行き、太陽の下で泳いだり、海のなかでおしっこしたりする。その月の下旬、フランシスとわたしは八郷《パッヒョン》の村で開催される音楽祭に行く。そして台湾のバンド、晨曦光廊（サン・オブ・モーニング）の演奏を聴きながら眠ってしまう。わたしたちのテントは八月の雨でどろどろになった畑に沈み込んでいる。

わたしは友人の家に頻繁に泊まるようになり、世話を焼いてもらい、夕食を作ってもらう。蒸した真魚鰹、ポークリブの蜂蜜煮、レモンチキン。その夏は、難民を支援する法律事務所で働き、気が滅入りそうになると、こっそりオフィスから出て薄汚れた路地で煙草を吸う。でも、頭のなかの靄は薄くなりつつある。体がようやく薬の適量を覚えたのかもしれない。もしくは、単に夏がやってきたからかもしれない。

鬱病だと診断がつけばいろいろなことがはっきりするだろうと考えていた。敵がどんな形をしているのか、なにが好みでどんな癖があるのか、その影がどんな形をしているのかはわかった。今しなければいけないのは、鬱病を閉じ込め、それがなにも知らない他人に牙を剝くのを抑え込むことだ。でも、どうして鬱病になったのか、その原因が今もわからないので、過去を振り返って歩いてきた道をたどりながら、なにが間違っていたのか考える。季節性の鬱病なのかもしれない。グラスゴーの薄暗い通り、墓石のような灰色の冬、太陽を受け入れようとしない十二月の街、そういったもののせいなのかもしれない。使用を始めた避妊用ピルがもたらしたホルモン変化が原因かもしれない。わたしは薬に関するインターネットのフォーラムやブログを何時間も眺め、同じような苦境にある女性たちの身体の状態から手がかりを得ようとする。もしかすると遺伝なのかもしれない。伯母は二十代のとき自殺念慮があったそうで、祖母もわたしが子どもの頃に、唐樓《トンラウ》の五階から身を投げてやると言って騒いだことがあった。窓には金属がはめ込まれていたのだが。元恋人は、馬鹿げた説を唱えていた。わたしが彼に共感して、彼の心の病を吸い込んだのかもしれない、と。

セロトニン値が正常に戻り、毎日がその日の気分に左右されなくなると、わたしは今度こそすべてをきちんとやり遂げようと決心する。もうピルを飲むのはやめよう。特定の緯度以上の場所で暮らすのもなし。季節性情動障害が戻ってくるかもしれないから。指示どおりに薬を飲む。芸術鑑賞も注意深く制限して、なにかに気分が影響されないようにする。子ども時代をなかったことにはできないが、それを遮断して、家族との接触を避けることはできる。人を愛することに用心深くなる。友人たちのそばを離れない。友人たちはわたしをわたしから救うことはできないが、わたしのそばにいて日々を生きやすくしてくれる。感情移入もやめる。「大胆（度胸がある）」であることをやめよう。そうすれば、もう鬱病にならないかもしれない。

精神科の専門家は、自殺念慮を衝動によるものとしている。遅らせることもできる衝動なのだという。でも自殺は、自分自身がおこなうものというより、自分の身にたまたま降りかかるもののように感じられる。屋根の上でわたしは、恋人にメッセージを送ってほしいと人に頼む。彼に知ってほしい。のちにセラピーを受けたとき、自殺すると脅迫することは純粋に精神的な強要や虐待につき動かされてのことだと知る。強要や虐待こそわたしたちの力関係そのものだ。今となっては二十一歳のわたしをつき動かしたものの純粋さをつきとめることはできない。ただ、あのときは脅しなどではなく、本当に死にたかったのだ。

自殺未遂をしてから、三カ月以上先の計画を立てることができなくなる。どのくらい生きるのかわからないからだ。人生が、永遠の宙ぶらりん状態になる。一年後、自殺願望が再燃して、そのことに耐えられなくなる。祖母が亡くなり、家賃と学費を払うために働きづめに働いていて、わたしを育ててくれた人の死を悲しむことしかできない。不安定ながらもどうにか持ちこたえていた生活がバラバラになる。「わたし、全部ちゃんとやったのに」とわたしは浴室の床で泣きながら、のちにパートナーになる人に訴える。「そうすれば鬱病は戻ってこないと思ってたのに」。わたしはループから脱け出せなくなって落下前のあの瞬間を永遠に繰り返している。体がシャットダウンして、恐怖がすべてを食いつくす。この瞬間に瞳を開けば、周りの世界が見えることを忘れている。恐怖の上昇の後には爽快な瞬間が来ることを、その先には未来があるということを忘れている。

『誰がための日々』*は二〇一六年に公開された香港映画で、双極性障害を患う男性を描いている。主人公のトンが疎遠になっていた父親と暮らすことになる狭苦しいフラットが主な舞台だ。トンはキャッスル・ピーク医院から退院してきたばかり。精神的に彼を虐待していた母の死を招いた出来事が原因で、措置入院させられていた。『誰がための日々』では、香港のメンタルケア制度の現状が、非現実的な住宅価格の高騰や地位・結婚をめぐる社会的圧力といった大きな経済問題を織り交ぜながら描かれる。トンは友人の結婚式で、指輪のサイズやワインの価格などについて絶え間なくおしゃべりする招待客を怒鳴りつける。「結婚を祝福しろ　金の話はするな〔映画字幕より引用〕」。花婿はのちに、リージョナル・マネージャーとして勤務していた投資銀行の大規模解雇を気に病み、飛び降り自殺する。ニュースはただ淡々と、今月セントラルで起きた三件目の自殺だと伝える。

しかし、彼の根拠のない自信は、陰気さよりも正視に耐えない。新株取引権の購入のせいで元婚約者に山のような借金を負わせておきながら、彼女が自分の元に戻ってくると思い込んでいる。元婚約者は「二十九歳で結婚し、三十歳でひとり目の子どもを生む」という夢を壊したトンに腹を立てている。失敗も遅延も許されない計画だ。香港ではだれも彼もがそのように生きているのだから。彼女がふたりのローンを支払わざるを得ない状況に追いやられる一方、トンは狭い部屋の二段ベッドを父親とふたりで使っている。精神科病院で自殺願望はないと告げると、医師はトンを手で追い払う。映画は、分割フラットから引っ越すことにトンと父親が同意するところで終わる。同居人たちが抗議し、トンは狂っていると言った後で。

屋上で野菜を育てようとするトンに、同じフラットで暮らす少年が訊ねる。「どうして全部枯れちゃったの？」。トンは答える。「環境がよくなかったんだろうな」

香港では二〇一〇年代半ば、平均して十日に一人*の割合で、学生が自殺していた。香港大学の自殺防止・研究センターは、十五歳から二十四歳までの学生における自殺率が、二〇一二年から二〇一六年にかけて七十六パーセント*増加していることを明らかにした。精神的な問題の専門家やメディアは「勉強のストレス」が自殺の原因で、大都市では「大学に入れない者は『負け犬』とみなされる」*のだと問題を一般化するが、これは話を粗雑に単純化するものであり、おそらく存在しない理由への誘導を図るものだ。その頃、わたしはニュース編集局で働き、各記事の下に自殺予防ホットラインの電話番号を貼りつけ、さらには責任を持ってこの問題を取り扱う方法を学び、後追い自殺が発生しないよう気を配っていた。自ら命を絶った学生たちがなにを考えてそうしたのかを考察しようとは思わなかったが、もし家庭や学校でのサポート体制が整っていれば、悲劇は回避できたのではないかと考えることが公平を欠いているとも思えなかった。

二〇一七年十月、社会福祉部門の立法議員、邵家臻《シウカーチュン》が、林鄭月娥《りんていげつが》（キャリー・ラム）行政長官の施政方針演説での質疑応答中に質問をする。* 「今朝七時五十五分、十歳の小学生が大埔《タイポー》のビルから飛び降り、現在緊急治療室に入っています。一命を取りとめるかどうか不明です」と彼は言う。この二年間で大学院生から小学生まで、七十人以上が自殺している。彼は自殺者の名前が記載されたリストを掲げる。ただの統計ではない、ひとりひとりの命だ。それなのに行政長官が気にかけているのは経済成長であり、インフラを構築して既得権のある企業に利益をもたらすことだけだ、と糾弾する。「お金のことばかりです。人の命はあなたにとってどれくらい大切なのですか?」

「そんなに感情的にならなくてもいいでしょう」* とキャリー・ラムは言う。

翌年、わたしはメディアにのみ立ち入り許可が与えられた非公開の集会に出席する。香港の元司法大臣、黄仁龍《ウォンヤンルン》との会合だ。黄は、香港人から愛されていると言ってもさしつかえない稀有な官僚である。正直で公正だという評判で、公営住宅で育ち、父親はアイスクリーム売りだったという立身出世物語も有名だ。黄は香港の精神治療の政策にまつわる検討組織を率いるよう行政長官から指名を受けていた。仕事の内容には、「香港の多角的な精神障害の問題に取り組むためのより統合的かつ包括的なアプローチ」の確立も含まれる。わたしも大勢のジャーナリストとともに、香港特別行政区立法会の背後に位置する添馬公園(タマル・パーク)のそばのレストランに押しかけた。胡麻塩頭の黄仁龍は、スーツとプラム色のネクタイに身を包んで登場した。この報道陣との会合で新たに発表することはひとつもない、と彼は話す。ただジャーナリストたちと知り合い、検討組織の仕事内容を紹介したい、と。

黄がこちらのテーブルにやってきたので、わたしは精神科の治療が受けにくい香港の状況を改善するために計画していることはあるのかと尋ねる。民間の精神科病院に通院すると毎月何千香港ドルもかかるが、これでは労働者階級の患者には通えない。公的医療制度はパンク寸前だ。「ええ、それはよく理解しています」と黄は言う。「検討組織は、治療より予防を重視しています。精神的な問題の早期発見を推奨して、システムに負荷がかかりすぎないようにするつもりです」

彼は微笑み、立ち上がると別のテーブルに移ろうとする。わたしは彼に異を唱えたりしない。善意からの発言だとわかっている。初期診療に重点を置く政策の効果は、調査やデータでも実証されている。比較的軽度な精神科の治療は最初から精神科医が担当するのではなく、一般開業医やかかりつけの医師が受けつける。これにより患者の待ち時間が短縮され、精神科医も各患者の診療時間を増加できる。でも「早期発見」がわたしを救うことはもはやないし、すでに患者になっている者も同じだ。わたしは黄に問いたかった。それでは、すでに心を病んでいる人はどうなるのですか？　これ以上重荷になりたくないと考えているわたしを、どうやって救ってくれるのですか？

戴麟趾康復中心（デイヴィッド・トレンチ・リハビリテーション・センター）はきれいな五階建てのビ

ルで、高街（ハイ・ストリート）が終わり般咸道（ボンハム・ロード）と合流して三叉路になる辺り、西営盤《サイインプン》の一角に位置している。通りを進むと地元の人が「ハイ・ストリートの幽霊屋敷」と呼ぶバロック調のビルがある。一八九二年に旧精神科病院として建てられたそのビルでは幽霊の目撃情報が多く、都市伝説の舞台になっている。わたしがデイヴィッド・トレンチの外来に通い始めたのは二〇一五年で、入院後のことだった。民間の精神科病院は二週間に一回通院するだけでも二千香港ドルかかるので、続けられそうになかった。自殺未遂をきっかけにして、公立病院の仕組みのなかをどんどん進んでいった。定期的な外来診察の予約が取れるまで処方箋なしで一年以上も放っておかれたり、とても払いきれない民間の医療制度のせいで自己破産に追い込まれたりすることはなかった。

　南棟の扉から入り、カウンターまで進むと診療費を支払う。朝の九時で、病院がちょうど開いたところだから長い列ができている。壁に掲げられた額入りの認定書は、このビルが二〇一二年に優良建築大賞〔優質建築大獎〕を受賞したと述べている。列の後ろにいる男の子が歌い始め、目の下に濃い紫色のくまを作った女性は噛んでいた餅のようなものをハンカチに吐き出す。歩行器を使用している別の女性が部屋を歩き回り、痩せなきゃと叫んでいる。

　ここに通う患者は入院をまぬかれるくらいではあるが、まるでなにかのフィルターが取り除かれているかのように頭のなかの考えを声に出す人が多い。わたしはこの人たちとは違う。わたしは鬱病を患っているだけだ。時折、心の声が弱々しくそう抗議する。『集められた統合失調症〔原題は『The Collected Schizophrenias』、Graywolf Press、二〇一九年。未訳〕』で、著者のエズメ・ウェイジュン・ワンはこう書いている。「わたしには達成能力があるから、*どう見ても変な人や支離滅裂なことを言う人がそばにいると居心地が悪くなる。なぜ居心地が悪くなるのかというと、バスのなかで叫ぶ男の人や自分は神の生まれ変わりだと言い張る女の人と同じだと思われたくないからだ。なぜ居心地が悪くていたたまれなくなるのかというと、あの人たちが自分の同類であることがわたしにはわかるからなのだが、なぜそれがわたしにわかるかというそこのところは、一度も心を病んだことのない人たちには絶対にわからない。だからあの人たちを遠ざけると、わたしのほぼすべても自ずとわたしから遠ざかることになってしまうのだ」

　病院にいるとき、自分の成功を示すなにかを見せびらかすことを、ふと想像する。「次回は大学の卒業証書を額に入れて持ってこよう」と考える。でも、だれのためにそんなことを？　患者、医師、それとも他の全員？　ここの患者たちとの関係を構築する必要もなければ、一線を画する必要もない。アメリカ人のワンは入院していた病棟について、統合失調症患者より鬱病患者のほうが階級は上だとされていたと書いている。香港の外来病院では話は別だ。ここでは毎日何百人もの患者が扉を押して入ってくる。看護師や病院スタッフはえこひいきしたくても患者の顔を覚えていない。わたしたちひとりひとりは正常・健全にもとづくスペクトラムに従って異なる場所に恣意的に配置されているが、この朝わたしたちがここにいるのは、通常の民間病院の受診料が払えないからだ。わたしたちはみな病状はそれぞれだが、この点においては平等だ。

登録スタッフが主治医のいる診察室へ入るよう声をかけてくれるのを待つ。でも、過去五年間に、二度通院するごとに担当の医師が替わったので「主治医」という言葉はふさわしくない。精神科病棟での持ちまわりが終了した人もいれば、公立病院よりずっと稼げる民間病院に移った人もいる。診察室に入ると、最近死にたくなったことはあるかと訊かれ、「いいえ」と答えればすぐに追い出され、減らしてほしいと言ったにもかかわらず前回と同量の薬を処方される。

デイヴィッド・トレンチの待合室は、心配顔の看護師、病院内では同意なしの録音を禁じると警告する標識、医学生が診察を見学することもあり得ることを伝えるポスター、「感謝すれば人生は豊かになる」というピンクの帯が上部に取りつけられた「ありがとう」カードで埋めつくされた掲示板に取りかこまれている。一時間経っても、まだ呼ばれない。有給休暇をとっているわけではないからもうオフィスに戻らなければならない。今日の診察はまだ始まって間もないのに患者はすでに三十人ほど詰めかけている。わたしは棚からパンフレットを取り、読み始める。臨床試験の参加者を募集するパンフレットには「麻薬は脳を殺す」とあり、脳からジグソーパズルのピースがぽろぽろとこぼれている人が虹色の毒の沼の上に立っている下手なイラストが描かれている。双極性障害のパンフレットのよくある質問票の冒頭は、「なぜ患者はお金を使いすぎるのですか？」だ。

わたしは「安定した患者」なので一年にたった三回しか通院せず、処方薬を補給するだけだ。

解離症状が出るかもしれないと思い、抗鬱剤を自らやめることはできないのだが、永遠に薬に頼りたくはないので、医師の診察が欠かせない。三十万人もの患者*をタイムスロットに割り当てるという事務作業が病院でおこなわれているので、次の診療の日は何カ月も前から決定され、日時変更は不可能に近い。割り当てられた日時に通院できないと、朝早く病院に行って当日の限られた予約なし診療の時間枠を確保する列に並ぶか、公立病院で診療を受けるプロセスを最初からやり直さなければならない。つまり、かなり時間がかかる。この制度は、世界でもっとも物価の高い都市で暮らすために必要なあらゆる仕事をしなければならない人のことを考えて作られていない。

　番号が呼ばれ、わたしはまた新たな医師と向き合う。病院の手術着に漢字で「医師」と刺繍されている。彼はわたしの体重、食欲、睡眠の質について質問する。「職場で他の人と争ったりしますか？　今はザナックスを飲んでいるのですね。あなたは神経質ですか？　日中はどのくらい元気ですか？」。診察の最初の二分間はこうした質問を矢継ぎ早にされ、十分後には診察室を出る。会計窓口へ戻って薬の代金を支払う。三十香港ドルだ。診察料は八十香港ドルだから、わたしは半年ごとに合計百香港ドル以上を支払っていることになる。薬局からレメロンとザナックスの箱を受けとって仕事に向かう。差館上街（アッパー・ステーション・ストリート）の階段を走って下りるが、赤い消火栓のそばで蝶が世の中のことを気にも留めずに真夜中のような黒い羽をはためかせているのを眺めるために一瞬立ち止まる。

普通の風邪や結膜炎だけでなく、肌がかぶれただけでも近所の薬局に向かうのだが、そこではいつもと同じ薬剤師が鮮やかな色のカプセルを小さな袋に詰めてくれ、わたしは百香港ドルにも満たない額を払って薬を持ち帰ることができる。シャンプーや粉ミルクの缶であふれる棚の前に立つ薬剤師たちは、狭いカウンターの向こう側で十何人もの街坊《ガイフォン》*や常連客が症状を説明するのを聞いては頷く。わずか数秒のあいだに適切な薬棚に手を伸ばし、患者が必要とする薬用クリームや目薬を、ぴったりのお釣りとともに手渡す。薬剤師とは気楽な友人関係を築いている。わたしを見ると、薬剤師は「又係你啊（またあなたか。今度はどこが悪いの？）」と尋ね、わたしは笑いながら最近の症状を伝える。大学病院では学生の診療は無料だったが、最初の仕事には医療保険がついていなかった。民間のかかりつけ医に診てもらうことがなくなってもう十年ほど経つ。

香港の公的医療制度を使えば破産することはないし、診療の前に看護師に保険証を見せろと言われることもないが、緊急治療室の待ち時間*は八時間にもなる。小さなニュース編集局で記者として働いていたとき、クイーン・メアリー病院でレントゲンを待つあいだに記事を完成させたこともある。公立病院に近づくと、不安の発作に襲われる。自殺念慮があったときに耐えられないほど長い時間、人の目につかない場所で待っていたこと、一刻も早く医師に診てほしいと願っていたことを思い出すからだ。公的医療制度は高品質・低価格で知られているが、緊急サービスも、専門病院や手術も長すぎる待ち時間のせいで評判がすこぶる悪い。でも、たった一晩入院するだけで何千香港ドルもかかる民間病院の費用を支払えないのであれば、公立病院で我慢するしかない。

医療制度のなかの貧富の差は、精神疾患の診療の場ではより顕著に表われていて、たいていありえないほど高額で近寄りがたいものになっている。公立病院での精神疾患の診療が百香港ドル以下で、民間の精神科医の診療は二千香港ドルだが、問題はそれだけではない。わたしは精神疾患をカバーする医療保険に入っていない。香港の人口の半数は医療保険に入っていない*し、多くの医療保険には精神疾患の治療は適用外*だと明記されている。過去五年間、わたしは受けられるだけの支援を受けてきた。公立の精神科医、大学での無料カウンセリング、公立病院の臨床心理カウンセリング、二カ月に一回連絡をくれるソーシャル・ワーカー、メンタルヘルスをサポートするウェブサイト。定期的に通うこともなく、長い期間続けることもなかったので、どれもその効果を実感できなかった。政府に割り当てられたソーシャル・ワーカーと、公立病院の心理療法士の双方から、もうすぐ「あなたの治療は終わります」、安定してきているから、と告げられたときはぽいっと捨てられたような気がした。「まだ大丈夫じゃない！」と叫びたかった。「見捨てられたことも、幼少期のトラウマも、共依存の関係に惹かれがちっていう課題も、まだ乗り越えられてないの！　まだ治ってないのに！」

高収入の外国人居住者ですら、香港の医療制度には戸惑いを隠せない。自国では精神疾患の治療が医療保険に含まれているが、香港ではそうでないからだ。「とんでもない体験だった。心理療法士が鬱病を取り扱ったことがまったくないのは明らかだった」と、ある男性はCNNに語った。彼は一回の診療に二千五百香港ドルを支払ったという。別の英国出身の香港在住者*は、自国では国民保健サービス（NHS）で無償のケアを受けていたのだが、香港では睡眠薬とアルコールによって自己治癒を試みた。三千香港ドルもかかる診療が大きな負担だったからだ。この人物は三十歳で自殺した。

もうひとつ、長年にわたる問題がある。精神科医の数が足りていないことだ。政府の調査によれば香港人の七人にひとりが*精神的な問題を抱えているそうだが、香港の人口七百万人以上に対して精神科医は四百人しかいない*ことが、香港医務委員会の専門医名簿を見るとわかる。この件について精神疾患の専門家に質問すると、香港は人口過密都市なので、精神科医の人数が少なくても、アメリカのように広大な国と比較すると地理的にはアクセスしやすいのだと説明される。また、この人数にはソーシャル・ワーカーや心理療法士など、精神科医以外の心病を治療する専門家ネットワークも含まれていない。でも全体的な精神科医不足の歪みは、民間病院の医療費を支払うことができない一般市民には、公立病院での長い待ち時間や短い診察時間という形で現れる。

現在の制度では、公立病院や外来病院の患者は三層に分類される。緊急、半緊急、安定だ。ある患者が「安定」しているかどうかはほんの短い優先順位判定のための話し合いだけで決定されるが、多くのケースで状況は急速に悪化する。これを書いている現在、香港のとある地区での診察の待ち時間は百二十三週間にもおよぶ。半緊急のケースでも三、四週間待つ場合がある。各診察は平均十分で、これはどの層の患者でも同じだ。

「各患者に十分しか使いたくないというわけではありません」と、九龍の公立病院でインターンをしている精神科医は話す。彼女のような医師は午前中にいつも三十人ほどの患者を診察する。これには「新規」、つまり初診の患者も含まれ、こうした患者の診察には平均三十分から一時間かかる。「常に間接的な犠牲が出てしまいます。医師がひとりの患者により多くの時間を使えば、別の患者の診察時間が減ります。だれかに皺寄せがいくのです」

公立精神科病棟の劣悪な条件のせいでサポートを受けられない患者が増えるのではありませんか、とわたしが尋ねると彼女は肩をすくめた。彼女が勤務する九龍の病院は、わたしが通院したことのある病院より悪い条件下にある。でも病棟はリゾートではない。居心地がよかったりすれば退院するつもりのない人々が居座ることになるという。

この医師には同僚がほとんどいない。精神科がインターンを募集することは少なく、未来の医師にとって人気のある科ではない。香港の精神科医不足は、公共部門で一般的な医師が不足していることの象徴でもある。香港の二つの医科大学を卒業して医師になるのは毎年五百人に満たない。インターンはまず公立病院で勤務しなければならないが、数年後には民間病院に移る。短い勤務時間で多くの収入を得られるからだ。公立病院はこうして絶えず医師不足に陥っている。

二〇二〇年、公立病院制度に対する支出は増加した。しかし、政府はあやふやな調子で、精神の病に苦しむ人々に適切な支援を提供するために資源を割り当てる*、と発表するだけにとどまった。予算のうち精神医療に割り当てられる額を公表することもなかった。そのあいだも、公立病院では廊下にまでベッドがあふれ返り、患者は毎日郵便受けをのぞき込んでは百週間も先の予約日を記した通知書を待っている。

ここの住人たちは、香港は圧力鍋だと言っては肩をすくめる。争って大学に入学し、卒業後はオフィスでありえない時間まで働き、帰宅するのは狭いアパートメント。ときには、こんな重圧に負けないでいられる自分は優秀だ、と信じ込んでいる人ならではのうぬぼれた口調でそう言う人もいる。しかしこの都市の事情は、理由のうちの半分だ。心の健康の状況は、都市のパターンで完全に説明できるわけではない。わたし自身の鬱病は、生活様式や社会的な抑圧がきっかけでなったわけではない。ただ、良質で手頃な価格の医療がないのは、精神的な治療制度から抜け出すために必要な治療を受けられないということだ。わたしたちはスプレッドシート上の統計にとどまり、新たな患者が増えていく。香港の心の健康の状況は時限爆弾になっている。抗議デモの活動中であれば大惨事になるような爆弾だ。

最初に鬱病だと診断されたとき、インターネット上では支援組織などがほとんど見つからず、恋人以外に相談できる人がいなかった。ほんの最近まで情報は乏しく曖昧で、グーグルで検索しても役立つ結果は表示されなかった。わたしはソーシャルメディアで自分の苦悩についてためらうことなく、当たり前のことのように発言したために、瞬く間に仲間うちでは、精神的な治療に関する支援を専門家から受けたい場合、まずわたしに訊けと言われるようになった。わたしは精神的な医療に関する助言を提供できる立場にはないが、大学から提供された精神科医のリストをスキャンして友人たちに送った。

二〇一七年、精神を病んでいると思われる男性が路上で性的暴行に及んだ事件を取材しているときに、警察が精神病患者が公共の場で起こした事件を内部で分類する際に「傻人發現（馬鹿発見）」という言葉を使っていることを知った。一年後、政府が公営住宅にコミュニティ・メンタルヘルス・センターを開こうとしたとき、五百人の住民が嘆願書に署名*し、精神的な問題を抱えている人は受け入れられないと訴えた。こうした烙印は以前に比べるとましになったとこの分野の専門家は言っているが、非営利団体による統計では、四十パーセントの香港人がいまだに「自制心と意志の力の欠如」が精神疾患の原因だと考えていて、十人中六人*の成人が病院以外に精神的な治療を受けられる場所があることを知らない事実が明らかになった。実際に精神を病んでいる香港人の割合は公式の数値よりずっと高いにもかかわらず、社会的不名誉だと受け取る人が多いために報告されていない、と専門家は警鐘を鳴らしている。精神を病む人々についてメディアは、心温まる記事のなかですら取材されている人を普通とは「違う」人として扱い、悲劇的な事件の被害者や病気を乗り越えた英雄として取り上げ、ごく普通の人がだれにでも起きることを経験したというふうに描かれることはない。

しかし近年では変化の兆しもある。人気のあったシンガーソングライター、エレン・ルー（盧凱彤）のような著名人が自殺したため、公の場で精神疾患についての議論を活性化させる契機になった。若手ジャーナリストのひとり、ジャスミン・リョンはこの話題を偏見のくびきから解き放とうと闘っている。彼女は二十三歳で精神疾患に関するポッドキャスト、「フロム・ザ・ウォールフラワーズ」のホストである。わたしは香港での精神疾患にまつわる個人の活動を取材していたときに、彼女のポッドキャストを見つけた。まだこうした活動に出会うことはほとんどない。ある回でジャスミンは、精神科病院に強制収容されたひとりの香港人にインタビューしている。シャワーを浴びにいくところといい、叫び声を上げる患者たちのただなかで眠ろうとするところといい、わたしの経験ととてもよく似ている。周りの人でこのような経験をした人はひとりもいなかったから、この人の話を聞いていてわたしの孤独感は少しだけ和らいだ。

ジャスミンはおしゃべりで明るいポッドキャスト・ホストで、難しいトピックを軽いタッチで扱うことで人の心を惹きつけ、地元のメディアならお涙頂戴の話にしがちなものもさわやかに語る。精神病の専門家に取材することもあるが、心の病を抱えて生きる人間ならではの親密な視点に立って話をする。現在ジャスミンは解離性障害と診断されており、以前は軽い摂食障害、パニック障害、自殺念慮などの症状に何年にもわたって苦しめられていた。体外離脱の経験もあり、夢と現実が区別できないこともあるという。

ジャスミンはこうした事実を笑顔で語り、大きな瞳を三日月の形に細めた。短い前髪が明るい顔を縁どっている。彼女は香港に初めてできたニュータウンのひとつ、荃湾《ツエンワン》地区の中流家庭で育った。母親は娘に医薬関連の学科に進んでほしいと思っていたが、彼女は香港大学でジャーナリズムを専攻することにした。そう決めたのは反抗心からであり、他の人の人生について知りたいという気持ちからでもあった。兄はオーストラリアに留学中で、いつでも両親が家で喧嘩していた。その後、父親が脳卒中で倒れた。だれもが泣いているなか、ジャスミンは病院の廊下で立ちつくし、笑っていたという。「すごく神経質になっていて、どう反応すればいいのかわからなかった。他の人を落ち着かせたかったし、わたしのことは心配しないでいてほしかった。だからひっきりなしに笑っていたんです」

次に満員電車に乗っているときパニック障害が現れた。天井が真上から落ちてきてつぶされるような気がした。友人との約束をキャンセルし、セーリングに出かけるのをやめた。ボートが沈むのではないか、指をなくしてしまうのではないかと恐ろしくなったからだ。当時の恋人がカウンセラーに会うよう彼女を説得し、それからふたりでシベリア横断鉄道に乗り、北京からロシアを抜けフィンランドに向かった。戻ってくると、オーストラリアに留学する前に送別会も兼ねた誕生祝いの夕食を家族ととった。そのとき五時間泣き続けたのは、もう家族には会えないだろうと思い込んだからだ。自殺するかもしれないと思った。家族は香港に留まるようジャスミンを説得したが、彼女は交換留学に踏みきった。最初の自殺未遂はメルボルンにいたときで、台所からナイフを取り出し、体の近くまで持っていったが、そのまま寝てしまった。それから間もなく、入院した。

香港へ戻った彼女は、心の健康を「自己セラピーの一種として」考えてみたいと思い、ポッドキャスト配信を思いついた。ポッドキャストのおかげで、だれとも話さなくなった時期も乗り越えることができた。ジャーナリズムの学校での最後のプロジェクトとして、ポッドキャストの話をコースのアドバイザーにしてみた。「野心的すぎると言われました。一回分の作品を制作するのだって大変だって。わたしにできるわけないとも言われた。もう悔しくて。だから一気に十九作品を制作した。それだけです」と彼女は話す。「フロム・ザ・ウォールフラワーズ」は二〇一九年のマインドHKメディア・アワードの英語部門で二つの賞を受賞している。

ジャスミンは何年も前に、公的な精神疾患の治療制度に助けを求めるのはやめた。待ち時間が長すぎるし、公的な記録が残ることで将来の雇用に影響が出ると考えたからだ。とはいえポッドキャストを通して、そういう意図はなかったにせよ、精神の問題を抱えていると世界中に発信することになった。彼女は、精神病にかかるのは恥だという考えはコミュニケーションを通じて解消できるし、社会が精神病に対して寛容になるためにはさらなる時間と忍耐が必要になるだろう、と述べている。

ジャスミンの家族は当初、ポッドキャストを制作するという彼女の決意を支持しなかった。世代の考え方の違いだった。「母が育った頃は、人生とは熱心に働いて、労働の果実を収穫することだという考え方が一般的でした。精神的な問題が存在するとは思っていなかったのです、そんな問題があるとは思いもよらなかったのでしょうね。でも、この問題はいつの世でも存在していました。最近では、精神疾患について話すに足る知識も言葉もわたしたちに備わってきています」とジャスミンは言う。

やがて彼女は母親を説得した。ある回で、母親とジャスミンは率直にお互いの気持ちについて話し合っている。「わたしたちの世代では、心の（健康の）問題があると言われたら、それは狂ってる、おかしな行動をとっているということだった」とジャスミンの母親は話す。「黐線（頭がおかしくなった）ってことね」。でも今は、さまざまな症状について学び、ポッドキャストを通じて自身も他の人も救いたいという娘の思いを応援している。他の親への助言は、言い争うのではなく、必ず子どもの話を聞くこと。「何が起きても、子どもの味方でいなければならないんです」

最近の香港での社会的混乱は、あらゆる人々の精神状態を危機的なまでに高め、精神的な治療ができないことや精神病については触れないとする文化に対する議論を再燃させている。抗議デモの参加者やその場にいた人たち、それにジャーナリストたちはだれもが路上デモにおける容赦のない暴力、大量逮捕、二十四時間、時を選ばずに起きる事件に立ち向かってきた。抗議のあいだもジャスミンは、「テレグラフ」やフランス通信社を含むメディアでフリーランスでの仕事を続けていた。仕事を他のことと切り離すことは得意だったが、デモの影響はその後も身体と無意識のうちに爪痕を残した。今でも包囲攻撃があった大学付近には近づけないし、静かな場所にいると群衆が現れるときの騒音や抗議デモのスローガンが聞こえるような気がする。

インタビューのあいだジャスミンは何度も、周りの人々のお荷物になりたくないと口にした。わたしは、報道記者になってから鬱病のことを書いていたブログをすべて消したことについて考えた。ジャーナリズムは生き馬の目を抜くような競争の世界で、自由が規制されるにつれて、香港について報道することは心の健康にとっては非常に苦しいものになっている。わたしは新聞社の編集者たちに、自分はこの仕事をやり遂げられると知ってもらいたかった。お荷物だと思われるのがどんなに辛いことかわたしにもわかっている。だが、抗議デモのニュースを伝えていたとき、ジャスミンが雇い主に自身の精神状態について隠さなかったのは、正直でありたかったからであり、チームの一員として働きたかったからだ。自分の感情を理解し助けを求められることで気持ちが楽になるという。同僚や上司は彼女を支え、休みを取ったほうがいいときがあることを承知している。わたしに勇気がなくてできなかったすべてのことをジャスミンはおこなっていた。そして、そのおかげで、弱い存在でもなんの問題もないと世間が認めてくれたのだ。

二〇一五年、自殺念慮がいちばん強かったとき、わたしはリストを作って、項目すべてにチェックマークを入れてからでないと死ねないと自分に言い聞かせていた。ノートを写真に撮り、スマートフォンのお気に入りのフォルダに保管していた。数カ月ごとにふり返ることができるように。

サントリーニ島に行く
また恋に落ちる
自転車の乗り方を覚える
バンドを始める
本を執筆する

「リストがもうじき完成しそうなの」。最近のある夜のこと、わたしはパートナーに言った。

「これって、死んでもいいってことかな?」

「そうじゃない」と、彼は怒って答える。「新しいリストを作れってことだ。それに、きみはまだ自転車に乗れないだろ」

少なくとも週に一回、百人強のメンバーを有するオンラインのメンタルヘルス・サポートグループで、たいていは早朝によくある危機が持ち上がる。このグループは、二〇一九年の抗議デモのとき、メッセージング・アプリのテレグラム〔ロシア発のチャットツールで、機密性が確保されているため抗議デモ参加者によく使用されている〕で始まった。メンバーはその場で、鎮静剤の副作用について話したり、大学をドロップアウトした回数を比べたり、穴に埋めてもらいたいという願望を述べたりしている。しかしときどき、朝の三時頃、自殺を考えているとメッセージを送ってくる人がいる。さまざまな自殺方法の有効性や効率性、必要な道具について議論が交わされる。遺書が残されることもある。他のメンバーが「ぼくもだよ」と賛同することもある。しかしそれよりも多い返信は、「忘れずに医師に診察してもらって、必要なら緊急治療室に行くこと」だ。

このグループの管理者は、休暇中にある人物を説得して自殺を思いとどまらせたことがある。二十代の香港人のその女性は金融業界で働いていて、以前は政治に無関心だったという。しかし二〇一九年六月十二日、警察が香港特別行政区立法会の外でおこなわれたストライキや占拠に対して容赦のない催涙ガスを使ったとき、デモに参加せざるをえないような気がした。四日後、初めて大規模な抗議デモに参加した。激しい暴力を何度も目の当たりにした彼女は、その反応がすぐに体の変化として現れた。あるデモで、デモ隊が士気を高めるために大きな音で打楽器を打ち鳴らして通り過ぎたとき、過呼吸になった彼女をデモの管理者が発見した。彼女はセブンイレブンの店内に入って呼吸を落ち着けたが、隣の店舗に催涙ガスが撃ち込まれた。そして八月初めに荃湾で開催されたデモ行進では、白い服を着た暴漢のグループがデモ隊の人々を殴っているのを目撃した。

「ナイフや木の棒や鉄棒を持った男たちに追いかけられて殴られている人たちがいて、その人たちのところまで走っていって、助けるべきかどうか迷ったんです」と彼女は言う。「でも、わたしは武器を持っていなかった。自分も暴力を振るわれるかもしれないと思いました」。被害者の体から血が流れ始め、救急車を呼べとだれかが叫んだ。その場に居合わせたデモの参加者たちのなかには泣きじゃくったり、絶対に復讐しなければと話したりする者がいた。「あの人たちを守りたかったのに、自分がひどく無力に感じられた」

その出来事の後で、食べることも動くこともままならなくなった。彼女と同様にキリスト教徒であるキャリー・ラムは、香港の人々のために働くべきなのになぜ人々に背を向けるのか。そのことばかり考えていた。さらに、恋人と別れたのだが、それは恋人が親政府派や親警察派の食堂には行かないように呼びかけているデモの参加者たちのやり方はおかしいと批判し、「すべてに政治的な色合いを加える」必要はないと述べたからだった。公立病院の精神科医に紹介されたが、医師に話す内容について神経質になり、自分の話すことをコンピュータに記録しないでほしいと言った。抗議デモに参加したことが記録に残ることで面倒に巻き込まれたくなかった。今はデスベンラファキシン五十ミリグラムを処方されている。主要な鬱病性障害に効くとされている。過去一年にわたり、セロクエル、ザナックス、レメロン、ジアゼパム、プロプラノロールを服用してきた。事件を目撃した日以降、新聞の切り抜きを読んだりその他のマルチメディアのニュースを見たりせずに、テキスト形式でのみ最新情報を得るようにしている。そして香港を離れる計画を立てている。

医学雑誌「ザ・ランセット」に掲載された香港大学の研究者グループの調査では、二〇一九年後半の抗議デモがおこなわれていた期間、約二百万人*もの香港在住の成人に心的外傷後ストレス障害の兆候が見られたという。抗議活動が始まってから一週間後に、早くもデモと関連づけられる自殺*が発生し、その後も自殺は続いた。飛び降りる前に遺書を残す人もいた。仲間のデモの参加者は花を供えたり祭壇を作ったりした。専門家は、これから「殉教《マータダム》」、つまり後追い自殺が増えるのではないかと懸念していた。精神疾患の蔓延だと評した専門家もいる。でもわたしたちは他の追悼の方法を知らなかった。香港で悪化の一途をたどる精神状態を追いかけるジャーナリストたちは、警察との衝突の際に体験した極度の疲労や解離的な状態（なにも感じない、「痛みもなにもない」*）について話すデモの参加者や、暴力の連鎖に対して鈍感になった人々を取材した。自殺予防研究センターの所長は、「ガーディアン」にこう語っている。「なかにはとても若く*、非常に繊細で、あまりに心が純粋な人もいます。ただわが身を投げ出してしまうのです……心理的に成熟していないのかもしれません。彼らが被るかもしれない心の損傷はきわめて甚大です」。元立法会議員のクラウディア・モー（毛孟靜）は自殺についてこう話す。「死ぬなんてとんでもないことです*……時間は常に若者の味方なんですよ」

二〇二〇年後半の時点で、新型コロナウイルス感染症が蔓延して毎週の抗議デモに終止符を打ったにもかかわらず、デモの管理者のグループは今も活動的だ。今なお続いている抗議デモ関連の逮捕や裁判が、グループ内で集団性の精神衰弱を誘発する原因となっている。政治的分断が深まるにつれて、家族と話すのをやめた人や、フラットから追い出された人が増えている。こうした仲間うちでのサポート・グループが香港の精神衛生への支援の不足を補ってはいるが、会話の方向を変えることのできるソーシャル・ワーカーなどの専門家なしでは、お互いを危険な行為へと導きかねないと専門家は警鐘を鳴らす。ある心理学者は、現在の政治的状況は香港における心の健康への取り組みを複雑にするだけだと言う。国家安全維持法は香港人に恐怖を植えつけ、学生たちは学校を信頼できないために悩みを打ち明けることができず、企業は「黄色（親抗議デモ派）」と「青色（親警察派）」に分断されている。抗議デモに参加したからといって信頼できる「黄色」の精神科医のリストから医師を選ぼうとする人がいるとすれば、それは援助を必要とする人にさらなる制約を課すことに他ならない。精神疾患の治療制度が抗議デモ以前にすでに過負荷の状態にあったとすれば、政治的危機によって今やそれが限界点に達したと言える。

抗議デモが始まったとき、わたしは鬱病を二年間コントロールできていた。残業しすぎることなく編集の仕事を続け、美しい木に面した窓のある自分だけの部屋を持っていた。恋人との関係も安定していた。二十六歳になったばかりだった。ようやく二十代を楽しむことができる、と思った。そんなとき、逃亡犯条例改正案に対する抗議デモが巻き起こった。半年にわたって雨のなかを行進し、ソファにもたれて泣き、友人たちが負傷していないか必死になって確認した。夜はパートナーの隣に座り、二つのライブストリームを同時に視聴した。どちらの画面でも「警察による撤去作業」が続けられ、そのあいだ住民が大声で叫び、催涙ガスが発射された。映像を見ながら物を書き、ツイッターに最新情報を投稿し、アルコールにおぼれた。外でデモに参加していないときは、自分がいくじなしのように思えた。逮捕されるのが怖かった。特に弁護士だった友人から、警察が抗議デモに参加して逮捕された人々から精神状態を改善する処方薬を取り上げたことがあったと聞いてからはなおさら怖かった。

　事態はどんどん悪化し、新たな局面にさしかかるたびに眠れない夜がやってきた。二〇一九年十月一日、電話の音で目が覚めた。至急弁護士を紹介してほしい、知っている人が逮捕されたみたいなんだ、という友人からの電話だ。同じ日、警察官が十八歳のデモの参加者を至近距離から撃った。銃弾は若者の心臓をわずかに逸れた〔撃たれたのは男子高校生の曽志健。一時重体となるがその後回復〕。十一月、大学生が立体駐車場から転落して亡くなった。彼の死の状況は謎に包まれているが、近くで警察が活動していたという。抗議デモがピークを迎え、香港で若いデモの参加者が大学のキャンパスで警察と何日にもわたって闘争を繰り広げていた頃、わたしは眠れなくなっていた。たまに眠れても、亡霊みたいな人たちに追いかけられ、無理やり列車に乗せられて恐ろしいところに連れていかれる夢を見た。

二〇〇八年、香港の作家、李智良《リーチーリョン》が『わたしのいない部屋』〔原題『房間（A Room Without Myself）』、Kubrick。未訳〕を出版した。このエッセイ集は「植民地期の香港で双極性障害とともに成長した著者が悔いなき回想と内省によって綴る個人史」である。その年の香港書籍賞〔香港書奨〕を受賞したこの作品を二〇二〇年に読んだわたしは、精神的な状態を克明に描く彼の残酷なまでの誠実さに圧倒された。特に、香港人が精神の問題について公に議論するのはまれなことで、精神の状態が悪化することを恥だと考えていたこの時期の香港にあってこの誠実さは驚嘆に値した。この本はある意味、精神の問題について知らない人に向けて書かれた二二六ページの説明書だ。同世代の友人は、十代の頃や大人になったばかりの頃、この本に感銘を受け、初めて精神の病気について知ることができたと話す。しかし、このエッセイ集で李が書いているのはそれだけではなく、一九九二年の日本映画『三月のライオン』〔矢崎仁司監督の作品〕のことや台湾旅行のこと、香港での単調な生活に大きな不安を感じていることなどにも触れている。

李の著書のなかに、抗議デモにおいて十分貢献していないというわたし自身の罪悪感を代弁しているかのような文章を見つけた。「他の人々は混乱状態のなかで倒れている*というのに、ぼくは自分ひとりの世話もままならない（抗議デモ後のトラウマの多くは罪悪感から生じる。（略）そして生活の秩序らしきものを取り戻せないことからも）」。これは二〇〇五年に書かれた文章だ。李は世界貿易機関の会議開催中に起こった香港の抗議デモで催涙ガスを浴びた。韓国人の農業従事者たちが香港へやってきて、米の価格を左右する経済政策に反抗して通りを占拠したときのことだ。

どの世代もそれぞれ固有の社会的問題や政治の混乱に直面し、その結果として精神的な危機を経験している。一九八九年六月四日に北京の天安門で虐殺事件が起き、香港では大きな悲しみに包まれた。二〇〇三年にはＳＡＲＳの流行とそれに続く経済危機のせいで、自殺率が史上最高になった。十年また十年と香港の人たちはずっと失望との共存を模索してきた。ようやく慣れたと思う間もなく失望は新しいものに取り替えられ、そのたびに凶暴さを増した。想像してみてほしい。あなたは三十代後半で、ある村が取り壊されるのを防ごうとしている若い活動家のひとりだ。しかし、なにをやっても政府を止めることはできない。あなたは二十代で、大学生として雨傘運動の時代を生きている。親しい友人たちが催涙ガスを浴び、いくら抗議デモに参加して闘ってもなにも変わらない都市に諦めを抱くのを目の当たりにする。あなたは十八歳で、初めて投票に行き、あなたの選んだ候補者が当選するが、その後資格を剝奪され、政府に逮捕される。あなたは十四歳で、初めて政治活動に参加する。一日中プラカードを持ってスローガンを叫んでいただけなのに、暴動の罪で逮捕される。いずれのときでも世界が終わったように感じる。ただ、現在のほうが前よりいっそう強くそう感じる。

抗議デモが最悪な経路をたどった時期、わたしの友人たちは仕事に行かず、公の場で涙を流し、香港の不透明な未来についての暗澹とした意見をソーシャルメディアに投稿した。わたしたちは悲しいだけではなく鬱病にもなっているとわたしにはわかっていた。わたしたちのすべての社会的なやりとりや、起きている時間や、眠っている時間が憂鬱な色に染められていた。逮捕されたり負傷したりしたデモの参加者のことを思って暗い気持ちを抱えずに過ごせる日は一日たりともなかった。これは、わたしがうまく抜け出すことができたが互いに傷つけ合った恋愛関係でもなければ、早起きや定期的な運動や日光浴などの習慣を身につければ回復できるような鬱状態でもなかった。ここはわたしの故郷であり、その未来を案じないわけにはいかなかった。抗議デモは新型コロナウイルス感染症の到来のせいでやがてすっかり衰退したが、弾圧は狡猾なやり方で続いた。二〇二〇年半ば、中国はあらゆる異議を取り締まる法律を成立させた。市街戦は終わったが、わたしの不眠症は続いている。体のなかに重苦しい感情が立ち込めている。追放することのできない、あの当時の残滓が。

しかし、コミュニティで精神的な問題について声を上げる人は急増した。だれもが沈鬱な日々を経験してきたので、鬱や不安は性格上の欠陥だなどと主張することはできなかった。またデモ活動が住民の相互支援の実践を強固なものにするにつれて、精神面で援助を求めることに対する偏見も正されていった。だれもが周りの人びとの気持ちを和らげようとしていた。インディーのミュージシャンたちは呼吸のエクササイズを教えたり、気持ちのやり場がない若者たち向けにチャットのセッションを開いたりした。アーティストや作家は世情の騒がしいときに気持ちを落ち着かせる方法について説明するＺＩＮＥを制作した*。これは「手足（兄弟姉妹という意味）」と呼ばれるデモの参加者たちに、人気の高い抗議デモのスローガン「ひとりも置き去りにはしない」を想起させた。

「フロム・トラウマ・トゥ・トランスフォーメーション」などの草の根組織は精神病の治療支援の代替案を提供した。瞑想や社会的トラウマに関するトークイベントや、安全面での懸念を抱えるデモの参加者向けのオンライン・ワークショップだ。このグループの共同設立者は、二〇一四年に雨傘運動が終わったとき、だれもが心の傷を癒やされないまま、日常に戻っていった、と話してくれた。二〇一九年、拡大していった抗議デモで何千人もが逮捕され、衝突の様子がソーシャルメディアを通じて二十四時間放送された。必ずしも臨床的な援助を必要としないような軽度なＰＴＳＤ症状に悩まされる人が相当な数放置された。人々と組織間の信頼関係はすでに壊れていた。「これは集団的トラウマにかかわる出来事なので、ひとりひとりがみな『より幸せになる』ようにカウンセリングすることで問題が解決する、などというまやかしは通じません。問題は個々のレベルにはないのです」と彼女は言う。

インディーズ書店の〈芸鵠（アート・アンド・カルチャー・アウトリーチ）〉では、ＺＩＮＥや地元で出版されたノンフィクションの書籍が置かれたテーブルに、縦長の木製パネルがいくつか立てられていて、そこには「自殺する勇気がない」とか「愛する人へ」といった言葉が書かれた何百ものポストイット〔色とりどりの付箋〕が貼られている。「早すぎる自然死」と題された美術展の一部だ。このアーティストは一九九二年に生まれた若者たちに話しかけ、自殺を考えたことが一度でもあるかと尋ね、もしあった場合に自殺をやめた理由はなんだったのかと問うた。この発想は二〇一八年に抱いた「だれにも影響を与えない死に方はあるのか」という疑問から生まれたという。しかし、二〇一九年の抗議デモが、作品に新たな意味を与えた。メモの一部は一見単純だ。「一個都不能少（ひとりも欠けてはいけない）」。自伝のようなメモもある。「男の子として生まれたが女の子になりたかった。最初の目的は果たされたので、次の目的は生きている限り家族や友人を守ることだ」。率直で詩的なメモもある。「政権より長生きするため」

　現在は香港を去ったデモの参加者のひとり、梁繼平《りょうけいへい》（ブライアン・リョン）はあるインタビューにこう答えている。「香港人をつないでいるのは苦しみだ」*。最初にこれを読んだとき、香港人は常に苦しみ続けるという意味なのだとわたしは思った。でも、リョンは、わたしたちは決してひとりではないということを言いたかったのかもしれない。「見字飲水（これを見たら水を飲んで）」、そして死なないで。その日を目撃する者がだれもいなかったら、革命などありえない。

　わたしは今でも抗鬱剤を飲んでいる。医師が患者に対して「治癒した」という言葉を使うことはあまりない。「状態が安定した」と言う。わたしは「かつて鬱だった人」というより、「時折鬱状態になる人」になった。けれど過去ばかりを見て、鬱が戻ってくるのではないかと心配したり、香港の政治の未来がわたしの日常を奪ってしまうのではないかと恐れたりしていると、現在の人生すべてを逃してしまうことになる。自分の置かれた状況、都市、この世界がはっきり改善してから生活を始めようと思っていたとしても、そんな日は決してやってこないだろう。配られたカードを見たところ、この先ずっとなにもかもがさんざんな状況になっていくらしい。

わたしたちの生は、混乱のさなかの静かな一瞬が集まったものだ。生唾がわくような辛い料理、窓から見るとココナッツの白い粒のように見える雨、通りで木々がそよぐ様子、舗道を斑点のように照らす陽射し。こうした現在の瞬間はわたしたちのものだ。未来がわたしたちのものでなかろうと。

そして十月がやってきた。夏の最後の残像がまだ青い空に残っている。パンデミックの第三波が終わったところで、レストランは注意深くシャッターを開け始めている。通りは静かだが、それは長くは続かないだろう。デイヴィッド・トレンチでの次の予約は十二週間後。わたしはひとりでラーメンを食べにいき、丼の底が見えるまで汁を飲み干す。今年は、冬に立ち向かえるくらい強くなるのだ。

わたしはまた埠頭に来ている。フェンスのない海沿いを歩く。地平線はオレンジの光で彩られ、島の影が遠くにかすんで見える。端に座って、本のページが塩にまみれるのにまかせる。ここには海との境界に立つ警備員はいない。わたしが海に入っていっても気づく者はいないだろう。でも、わたしは入らない。今日はただ、岸に打ちつける波を眺めていたい。

第三部

インターナショナル・スクール出身者

はじめて一緒にライブに行ってから一カ月後、のちにパートナーとなる男の子に連れられて、夜遅くにこっそり彼の母校に忍び込み、なかを案内してもらう。学校は、農圃道（ファーム・ロード）にあるわたしの父のフラットと、パートナーの子ども時代の家との中間くらいにある。彼とわたしは徒歩で七分くらいしか離れていないところで育ったことや、同じ区議会議員の担当地区にいたことがわかった。「学校の教室の一部を、第二次世界大戦中に日本軍が拷問部屋として使ってた*っていう噂があるんだ」と、運動場のほうを向いて座っているときに彼が言う。学校の名前は英皇佐治五世學校（キング・ジョージ・ザ・フィフス・スクール）。この前身となる学校が香港で創立されたのは一八九四年*のことだ。

この男の子とわたしは、音楽を愛していることや香港政治への関心のあり方が同じだったので意気投合し、英語と広東語を混ぜておしゃべりするようになる。二〇一六年の春だ。わたしたちはどちらも、育った場所なのに疎外されているように感じるこの街との関係を探ろうとしているところだった。彼は、いまは企業調査の仕事をしているけれど、退職してジャーナリズムや法律の仕事に携わりたいと考えていると言う。わたしは、死ぬほど感じが悪いだろうけど、デートの相手に香港の選挙や抗議デモについての基本的な知識があるかないかをあぶり出す新リトマス試験をしているところ、と言う。

その頃からすでにわたしたちはいろいろな面で違っていた。彼はずっとインターナショナル・スクールで学び、海外の大学に進んだが、わたしのほうは十代で地元の学校で教育を受けた。彼の収入はわたしの二倍だが、わたしのほうが大学の同級生や報道の仕事を通じて地域のコミュニティとのつながりが深い。また、わたしとは違って彼は、遅れてきた大人が居場所探しをするような焦燥感を抱いていない。

数回のデートで海沿いを歩きながら、二〇〇〇年代に育ったということの意味について話し合う。当時の香港は今ほど危機的状況ではなく、政治的な関心を持つことが重要視されていなかった。彼は二〇一四年の雨傘運動の最中にロンドンから香港に戻ってきたばかりで、占拠されていた場所をよく訪ねたという。わたしはスコットランドに滞在していた。その頃、わたしの大学の友人たちは催涙ガスを浴びて警察の過剰な武力行使に関する論文を書き、中等学校時代の同級生たちはSNSのプロフィール写真を黄色いリボンのついたものに替え、抗議運動との連帯を示していた。インターナショナル・スクール時代の同級生たちは沈黙していた。

雨傘運動の後、香港のあり方が政治活動と密接に関係づけられるようになった。若い世代ではとりわけそうだった。政治に無関心な人は本当の香港人ではないとみなされることもあった。香港の歴史でいちばん重要な政治運動を無視できる人とは、この都市を立ち去る選択のできる裕福な人だけだからだ。彼らはインターナショナル・スクールの卒業生という集団とぴたりと重なり合う。パートナーとわたしはともに香港人であってインターナショナル・スクール族ではないと、わたしたちの仲間に宣明しておきたい。

二十四歳のわたしは、アメリカ合衆国の観光ビザを取得するために領事館の列に並んでいる。サンフランシスコの友人を訪ねるつもりだ。アメリカに旅行するのはこれが初めてだ。領事館のスタッフは、仕事や家族、フラットに関していくつか質問し、わたしがアメリカにこっそり入り込んで違法滞在をするつもりがないことを確認する。わたしは質問にきちんと答える。「アメリカに行ったことはまだないとおっしゃいましたね？　どこでそのアクセントを身につけたんですか？　インターナショナル・スクールに通っていましたか？」。わたしはとっさに「いいえ」と答えたことに驚き、「はい」と言い直し、面倒くさくなってこう言う。「『ゴシップ・ガール』の見すぎなんだと思います」

わたしはアメリカ人ではないが、休日にバーの席に腰かけてラーメンを頼もうとしていると、見知らぬ人が近づいてきて、どこから来たのかと訊かれることがある。このアクセントのせいでわたしに初めて会う人はまず、わたしの帰属を確かめようとするらしい。通りに出て一緒にスローガンを叫んでいるときも、近所での抗議デモのせいでいつも食料品店に行くために通る道を通れないと文句を言っているときも。そうした人々がわたしから聞き出したいのは、この船が乗り合わせたあらゆる生命もろともに沈みきるまでここに留まるつもりなのか、それとも機会さえあればすぐにでも脱出するつもりなのか、ということだ。「おまえは本当に香港人なのか」と訊いているのだ。

サラに会ったのは、大学卒業後に初めて報道の仕事に就いたときだ。当時彼女は、背の低い、驚くほど聡明な十九歳で、大きすぎる眼鏡の奥に切り揃えた前髪をのぞかせ、冬の午後の太陽のような眩しい笑みを浮かべていた。サラは地元の議員のことをほとんど知らず、わたしも最初の数カ月は報道の仕事についていくのがやっとだったのだが、彼女はそれからあっという間に仕事を覚え、セックスワーカーに関する特集記事を書き、トランスジェンダーの活動家や左翼系の活動家を取材した。

サラが香港のインターナショナル・スクールで高校の最終学年に進んだとき、彼女の生まれ育ったこの街は雨傘運動一色だった。数人の友人とともに連帯を示すため黄色いリボンをつけて通学するようになった頃、この運動の記事がすべての地元の、そして世界の新聞の一面を飾るようになった。ところがサラの学校では、大半の生徒が関心を示さなかった。「九月か十月に、『何が起きてるの？　どうして中環（セントラル）はこんなに混雑してるの？』と尋ねる生徒がいた」とサラは思い返して言う。「『どうして黄色いリボンをつけてるの？』と訊かれることもあった。『あんた、馬鹿なの？』と思ったわ」

サラの同級生は、香港で起きていることよりもカンボジアで飢えている子どもたちを案じるような、自分を「グローバルな市民」と考えるような人たちだった。香港での抗議デモの最中、香港市民たちが催涙ガスを浴びているときに、同級生たちは浜辺で撮影した自撮り写真を投稿していた。海外の抗議運動についてソーシャルメディアに投稿する生徒もいたが、「自分の都市で起きていることについては一切発言しなかった」。サラによると、インターナショナル・スクールの卒業生たちの言うグローバルな市民とは、「すでにいたるところに根を張っているという理由から根を持たず、したがって今いるところに根を下ろすことにもこだわる必要がない」ある種の人たちのことだ。この自己認識は富裕層で構成されるグローバルエリートの社会指標になっている。

サラは海外の大学に進学し、香港に関する論文を執筆して、「わたしの政治的関心にしたがってわかりやすいやり方で香港人になっていった」。二〇一九年の抗議デモのあいだは、イベントやデモに関する記事をこっそり英訳して、抗議活動を広く知らしめた。遠くにいたにもかかわらず、抗議デモの参加者が使用していたメッセージ・アプリのテレグラムやライブ配信などを使って最新情報を得ていたので、彼女は抗議活動を通して地域の人々とより密接につながっていると感じるようになった。

海外の別の都市で働いていたとき、サラはテレグラムを通じて香港の中年女性のグループと知り合いになった。香港の抗議デモの参加者が香港理工大学内に閉じ込められたある夜、ひとりの女性の神経がすっかりまいってしまい、その女性はサラを含むグループ全員を呼び寄せた。「それで、わたしたちはただ黙って一緒にライブ配信を視聴してた。お互いのことなどなにも知らなかったのに」。この体験のおかげでなんとなく政治活動に参加しようかと思うようになり、自分の属する場所にふさわしい香港を探そうと思った。

「他の地域でさまざまな活動を見てきたけれど、自分がコミュニティの一員だと宣言するには、きちんと選択したり関与したりしなくちゃね。そうでなければ一員にはなれない。わたしは香港の街に属していると堂々と言えるようになりたいし、それには何が必要なのか、今確かめているところ」

サラは現在、もっと自分に寛容になろうとしている。「以前から重い罪悪感を抱いていて、今はその重荷を下ろそうとしているところ。わたしの不安の源って、どうあがいても本当の香港人にはなれないってことなの」と彼女は言う。それでも気持ちは楽にならなかった。自分はインターナショナル・スクール出身者のなかでも例外的な存在で、政治に関心があるし、ヨットのパーティーにも行かないという立場を守ろうとすることも、結局はなんの役にも立たない。「生い立ちや属する階級からもたらされる特権を自分で選ぶことはできないんだもの」とサラは言う。「でも、そうしたものに抵抗して、より良い世界を創るのに貢献することはできる」

二〇一九年、わたしのパートナーはインターナショナル・スクールの生徒に向けて、逃亡犯条例改正案の撤回を求める請願活動をオンラインで始めた。この改正案がきっかけとなり、数カ月後には多くの大規模抗議デモが生じるようになった。当時ソーシャルメディアでは、立場を異にするさまざまなグループが請願活動を展開していたが、そのすべては逃亡犯条例改正案に反対の意志を示すものだった。地区や宗教や中等学校を基盤とする請願もあれば、香港中の専業主婦が中国本土出身の新移民の署名を集めたものもあった。

彼が苦労して集めた署名のなかには驚くべき名前があった。政治に無関心だと見られていた人や、親中国派のレッテルを貼られていた人の名前が含まれていた。その三カ月後、わたしはアメリカの雑誌に寄稿するために、パートナーの友人に取材した。ライフスタイル・ヴィロガー〔自身のライフスタイルを動画に撮って発信している人〕でインターナショナル・スクール出身者であり抗議デモを支援している人物だった。「インスタグラムでは、わたしがフォローしている人*もフォロワーも含め、たくさんの人が抗議デモについて投稿しているから、この件に無関心なインターナショナル・スクール卒業生だとは思われたくない。でも、わたしにだって抗議運動以外のところで続いている生活がある。そのどちらの側にも友人がたくさんいるから、だれの機嫌も損ねたくないのよ」と彼女は語った。パートナーやわたしの友人のなかには、インターナショナル・スクールという閉鎖空間《バブル》で長いあいだ過ごしてきたために香港を身近に感じる手がかりとなるコミュニティや架け橋を持たない人もいる。パートナーはそうした元同級生、つまり「離地」だとされるいろいろな年齢や民族の卒業生たちに香港の政治に参加してもらいたいと考えていた。

その頃、抗議運動は一段と激しくなり、より包括的なものへと変わりつつあり、特にこれまで慣習的に軽んじていたコミュニティと連帯する方法を模索していた。十月、警察は尖沙咀《チムサーチョイ》のモスクに青い染料をまき散らし、* 民族的マイノリティやイスラム教徒のコミュニティを震撼させた。翌日、重慶大廈《チョンキンマンション》の外で、民族的マイノリティのコミュニティの人々がデモの参加者にボトル入りの飲料水を手渡し、夜になれば文化交流会を開いた。抗議運動の終わり頃に香港政府は、抗議デモについて一般市民として報道したという理由で、インドネシア人の移民労働者ユリ・リスワティを国外追放した。* パートナーとわたしが参加した集会で、ユリはインドネシアから長距離電話をかけてきて広東語で香港人たちに語りかけ、闘い続けるよう激励していた。家庭内労働者〔家事一般を引き受ける人〕は差別的な法律のために法的な居住権を得ることができず、民族的マイノリティの共同体は長いあいだこの街から疎外されていると感じてきた。このような連帯はもっと早くに実行すべきことだったのだ。どこの何者であるかは民族や出生によって決まるなどという考えからさっさと脱け出すために。

わたしは、パートナーの計画には時間をかける意義があるのだろうかと思うときもあった。インターナショナル・スクール出身者は香港の全体の人口に比べてきわめて数少ない特権的な人々で、影響力などないように思えたからだ。しかし、その特権のおかげで彼らの声は世界からひときわ注目を集め、彼らの考え方や意見が香港人全体を代表しているとみなされるようになった。報道と美術業界で働くようになってから、わたしはいたるところでインターナショナル・スクール出身者の姿を目にした。「もちろんそうよね」と、初めてそのことに気づいたわたしは考えた。彼ら――わたしたち――は香港の全人口の十パーセントにも満たないのに、文学、ジャーナリズム、美術などの世界を埋めつくしている。国際的な出版社や編集者が、香港に関する意見や記事をだれかに頼みたいと思ったとき、依頼相手の階級も生い立ちも、その人物が香港について詳しいかどうかなども一切考慮されない。香港人らしく見えさえすればそれでいいのだ。アーティストのインタビューを読んだりすると、政治状況について「どちらにも属さない領域があるんですよ」とのらりくらり話していることがある。また、才能ある優れたジャーナリストの友人たちが称賛されず、経験は浅いが特権的な学歴を持つインターナショナル・スクール出身者の後塵を拝しているのも目にしてきた。

インターナショナル・スクールの元同級生たちの多くは海外の大学に進学し、ここ香港に住んでいない。両親が別の場所へ異動するよう命じられる外国人居住者はとりわけこの傾向が強い。今も連絡をとっている同級生はわずかしかいない。ところがインスタグラムで、元同級生のジェイムズがストーリーズの返信や投票の機能を会話のプラットフォームとして利用し、美の基準からデモの参加者の戦略まで、あらゆることを話し合っているのを知った。ニュースの見出しのスクリーンキャプチャや、セントラルでの昼休みの抗議デモなどを、現地からの最新情報として発信しているのを見かけることもあった。盛んに抗議デモがおこなわれていた頃には、仕立てのいい服を着たオフィス街の会社員たちも加わるデモが毎週、ときには毎日開催されていたのだ。

ジェイムズの親はどちらも香港人だ。母親は中等学校を卒業していないが、父親のほうは「学位を集めまくった」人だそうだ。両親が息子をインターナショナル・スクールに入れたのは、「もうちょっといい教育を受け、たくさんの本を読むことができる」環境を与えるためだったが、ふたりにはジェイムズが学校で体験していることがわからなかった。「ぼくの親はかなり貧しい生活をしてきたんだ」と彼は語る。「英語は話せるけど、ぼくも子どもの頃は甘やかされた悪ガキだったから、ふたりに英語が下手くそだって言ってしまった。そのせいで長いあいだ傷ついていたみたいだ。それに、先生との話し合いを避けることもよくあった。自分たちが学校にふさわしくないと考えていたらしい」

小学校卒業後、ジェイムズは德瑞國際學校（ジャーマン・スイス・インターナショナル・スクール）に進学した。生徒たちの二割は白人、一割は東アジア、南アジア、東南アジア出身で、残りが中国人だった。白人の生徒は自身が周りより優れているように振る舞い、「より地元の」子っぽい、奨学金をもらっている生徒は、「服装や、昼食に金を使わないことや、関心のあり方などからそれとわかったし、どうすれば学校になじめるのかわからない様子だった」と彼は言う。

インターナショナル・スクールの同級生たちは、香港人が訛りのある英語を喋ることをおちょくり、よく「それってめちゃくちゃ地元っぽい」などと言った。まるで、それが非難されるべきことであるかのように。それから、薄汚いレストランには行こうとしない。とはいえ、多くの子どもたちが香港出身であるにもかかわらず、中国語に苦労していた。学校で習わない言語（そのなかに広東語も入っていた）で話すことが禁止されていたからだ。

ジェイムズはイギリスのＡレベルを受けロンドンの大学に進学したが、季節性情動障害を患い、学士号を取得せずに退学した。香港に戻り、広東語を話す香港人が従業員の大半を占める会社で働き始めた。そして地元のスラングになじんでいった。その年、彼は六月四日〔天安門事件が起きた日〕や七月一日を記念する政治集会にひとりで参加した。二〇一九年の抗議デモでは立法会近くのバリケードから顔をのぞかせて機動隊にゴム弾で撃たれた。彼が共同経営者を務めるメンズウエア・ショップの角を曲がってすぐの場所にある大学で大規模な衝突が起きたときには、シェルターが必要な参加者のために店を開放した。わたしのインターナショナル・スクール時代の知人のうち抗議運動に参加していたのは彼だけだった。

「インターナショナル・スクール出身者の大半の人には腹を立ててる。だって、以前の自分を見ているような気がするんだもの」とわたしは言う。「そんなふりをしているだけかもしれないけれど、あの人たちが香港のことを気にしているとは思えない。生まれてからずっと香港に住んでいるのに、この街についてなんとも思わないのかな。生活している場で起きていることには無関心だけど、経済や政治からは大いに恩恵を受けるなんて、それって住民としての役割を果たしていないってことだよね」

「ぼくがめちゃくちゃ嫌なのは」と、ジェイムズが話す。「香港のことを家港《ホームコン》とか呼ぶやつだよ」

「その言葉って、決まって港やヴィクトリア・ピークの写真とセットになってる」とわたし。

「それなのに、自分の地区を担当する区議会議員の名前すら知ろうとしないんだから」。ジェイムズがいちばん嫌いなのは、西貢《サイクン》でのハイキング写真を投稿して香港が大好きだと言っているのに、その地区の一員になることには関心がない人々だ。「インターナショナル・スクールでの体験は、外国人居住者の体験にすごくよく似ている。住んでいる地域に関心を抱くことも、まったく関係なく暮らすこともできる。それで、少しも問題はないのかもしれない。実際に不都合なことになるまでは」

一方で、ジェイムズにはそうした人々の気持ちもわかるという。香港を故郷と呼べるようになるまでの心情を忘れていないからだ。英語が流暢であることは多くの可能性につながり、今ではどちらの世界にも行き来できるが、どこにも属していないという感覚はまだある。インターナショナル・スクール出身者は甘やかされていて政治に無関心だ、というよくある批判が当たっている部分もあるが、卒業生の多くは中国本土の顧客に対応する企業で働いているので、自衛本能があり現実主義者で、恐怖心から行動を起こすことに用心深いのかもしれない、とも思う。

「物心がついて、この街のことをよく知って大切にしたいと思うようになるまで、ぼくもここが故郷だなんて思わなかった。『地元』から隔離されていた」とジェイムズは言う。地元の店では英語訛りのせいで、「頭の足りないＡＢＣ（アメリカ《A》生まれ《B》の中国人《C》）」と言われたこともある。アメリカ人であるわけがないのにね。「インターナショナル・スクール出身者の多くはここが自分の居場所だと思えないし、歓迎されているとも思えない。その結果、エリート主義的な考え方をするようになる。そうなると、この街のことをよく知りたいという思いも消えてしまうんだ」

「わたしが辛いのは、そうした体験や、その途中で味わう感情が正当なものだと思うから」とわたしは言う。でも、彼らが直面する疎外感は、「地元の人」と彼らが呼ぶ人々が階級的な事情から機会を得られないでいることとはわけが違う。インターナショナル・スクール出身者には地域に親しむための手段が多くあるし、英語も流暢に喋れるので住む環境も職業も他の人よりはるかに自由に選ぶことができる。外国のパスポートを持っているから、政治的な混乱が生じたら簡単に海外に脱出できる。

ジェイムズはわたしの意見に反論しない。彼は自分が一種のまとめ役であり、ふたつの世界の架け橋だと考えている。「経済や階級に恵まれている人にはもっと話し合いに参加してほしいと思うよ」。確かに、自分からそうした場所に参加できる人もいるかもしれないが、「誘ってもらえると驚くほど大きな力が湧いてくるんだ」。わたしたちは彼らの特権を正当化するつもりもないし、彼らを教育する義務も負っていない。でも、この街について知ろうと「しない」ことを責めるのではなく、彼らと一緒に築く架け橋のことを考えたい。

このインタビューの一年後に、元同級生のふたりが経営する店で小学校の同窓会が開かれる。わたしは三十分遅れて参加する。「もうみんなに、きみがインターナショナル・スクール出身者をいかに嫌っているかという本を書いてること、話しちゃったよ」とジェイムズが笑いながら言う。

「一冊まるごとその内容ってわけじゃないのに」とわたし。

この一週間、同窓会に出るのは気が進まなかった。一晩中、給与やエリート大学での体験を自慢し合い、お互いを品定めすることになるのだろうと思っていた。ところが、そんなことにはならず、わたしたちはお酒を飲んで午前一時まで語り合った。わたしはあの学校にいた頃のことを、階級格差によっていじめられていた小さくてかわいそうな自分という物語として覚えていたけれど、実は、その夜集まった人たちのほぼ全員が、あらゆることをネタにされてイケてる生徒たちからなんらかのいじめを受けていたことがわかった。わたしたちはだめな子どもの集まりで、どこにも属することができなかったけれど、受け入れてくれるコミュニティを見つけた。わたしは香港で居場所を見つけたが、そうした体験をした人は他にもいたはずだ。店の扉の裏には、赤い揮春《ファイチョン》が静かにぶら下がっていて、そこに描かれている抗議する豚が、嬉しそうに両手を大きく振っている。

二〇一九年八月、抗議デモが続いていた頃のことだが、毎晩十時になるとフラットの外で叫び声がした。だれかが「自由のために闘おう！」と叫ぶと、いくつもの声が「香港とともに！」と返ってくる。およそ十分にわたって、こうしたスローガンがあらゆる方向から聞こえてくる。広東語のこともあれば、英語のこともある。ときにはパートナーやわたしも窓から身を乗り出して参加し、声が嗄れるまで叫ぶ。「香港人、加油（頑張れ）！」。一度も会ったことがない人たちとこうして連帯の絆を深め、虚空に向かって呼びかけ合う。幼い頃からずっと香港に住んできたが、外で長いあいだ生活する前は自分のことを「香港人」だと言ったことはなかった。「香港出身です」と、トルコで出会ったさまざまな国籍のルームメートや滞在先の人たちやシーシャの店のオーナーには告げたが、それがどういう意味か実はわかっていなかった。他のどこの出身だと言えるというのか？　わたしの知っている故郷はひとつしかない。

二〇二〇年、わたしのパートナーの卒業校キング・ジョージ・ザ・フィフス・スクールのひとりの卒業生からの公開書簡*が、知り合いの別のインターナショナル・スクール出身者のあいだで噂になった。そう思う間もなく、地元のニュースにそれが取り上げられた。この書簡は、学校が白人優位主義の温床となっていて、同性愛者差別があり、女子生徒への性的関心が異様に強いことを糾弾するものだった。カリキュラムが欧州中心で、クイーン・エリザベス一世のことは教わるが植民地化による弊害については教わっていない。学校も英基学校協会も「保護下の生徒との共犯関係を利用して、実践レベルの『現実の社会問題』の学習をカリキュラム上は生徒に奨励しているが、実際には学習させせようとはせず、その反面、現実に生徒が過剰に『急進的』で『政治的』な姿勢を取ろうとすると阻止しようとする」。この書簡はうまく書かれていて理知的ではあるが、階級にまつわる批判や、香港で一年前に起こった抗議デモについてはまったく言及されていなかった。

ジェフとは何年も前に知り合った。労働の権利に関するウェブサイトの記事を書いたときに彼から連絡があり、以後ライブで顔を合わせるようになった。ジェフは香港のインターナショナル・スクールで働いていた。十代の頃、自分自身もその学校に通っていたのだが、そこでは中国語の授業以外すべて英語で教えていた。「インターナショナル」とは欧米のことであり、アメリカ文化がなにより尊ばれたという。同級生には、香港でも有数の不動産開発会社を経営する一族の出身の者もいた。カリキュラムは、生徒が香港について学べるように作られていなかった。「香港英語や中国文学を読んだり勉強したりすることはできない。香港の歴史も学べない」。ヴァッサー大学で学んでいた頃に雨傘運動が発生し、自分の受けた教育の空白部分を埋めるために香港に関する学術論文を何ギガバイトもダウンロードした。そして香港に戻ってきて母校で教職に就いた。

ジェフと話がしたいと思ったのは、二〇一九年の抗議デモのあいだ、インターナショナル・スクールで起きていたことを、現場の状況をよく知る人から聞きたかったからだ。抗議デモ運動では、彼の勤務する学校は中立の立場をとっていた、とジェフは話す。「実際には、抗議デモを認めなかった。教師たちは、デモのことはなにも話すな、と命じられていた」。抗議デモを支援する教師もいたが、個人的に声を上げて面倒なことに巻き込まれるのは望んではおらず、失職したくもないので沈黙に徹したという。ジェフが教職を離れてから、インターナショナル・スクールの生徒が香港の政治的な発展について学ぶ機会はさらに減少し続けている。一年後、教師陣に通達された公式なガイドラインでは、「香港独立、違法の反政府抗議デモなど、中国または香港政府の権威を攻撃する活動を支援しない」*ように指示している。

そんな学校の立場などおかまいなく、団結した生徒たちは同級生を自分たちの手で教育しようとした。ある生徒は学校の広報に二〇一九年の抗議デモに関するエッセイを発表し、ソーシャルメディアの記事にキャプションをつけ、地元の社会からの分離や疎外がインターナショナル・スクールの文化の特徴だと書かれている部分を強調した。「今やこの街の日々の暮らしを支配するようになった政治的暴力からわたしたちが保護されているこのときにも、仲間たちは、どこかで独裁主義や反自由主義に抗うために激烈に繰り広げられている闘争のなかに、年端もいかぬその身を投じている。国際バカロレア〔国際的な教育プログラム〕の生徒としてわたしたちが掲げる『国際感覚』あるいは『地球市民』などという高尚な理念も、集団の無関心に即して自らの役割を放棄しようとする姿を目の当たりにしては、うつろに響くばかりだ。ただ、それは香港社会の激動の歴史的事件のなかにあっては周辺的な事象にすぎないのかもしれないが」

ジェフの勤務していた学校のインスタグラム・アカウントは、生徒たちが無記名で提出した抗議デモに関するニュースやエッセイを頻繁に投稿していた。同級生についての話が多かった。ある生徒は、香港中の公立学校が人間の鎖となって抗議デモへの団結を表明しているときに、この学校の生物クラスの同級生は「デモの騒音にまた不満を述べた」と書いた。別の生徒は警察が暴力を加えていることを知って、「同級生が政治的な混乱を目の当たりにしているにもかかわらず、わざと平気な態度でいるのを見たときほど怒りを覚えたことはなかった」と綴った。しかし、見えないところでは、「騒動を避ける」ためにあえて中立的な立場を守る生徒や、こうした投稿が「学校の評判を落とす」と批判する生徒、デモの参加者も暴力的だったと言う生徒がいた。

「多くの生徒は、そもそも香港のことをあまり知らないので、参加者が警察に対して礼儀正しく接したのかとか、丁寧だったのかとかいうところにばかり目がいく」とジェフは言う。ジェフは仕事を辞め、今では香港の外で暮らしているが、一部の生徒に落胆したという。「いちばん腹が立ったのは、無関心な生徒は自分たちが閉鎖空間《バブル》で暮らしていて、そこが問題だと知っているにもかかわらず、超然としているための理由をどこからか探してくる点だった」。しかしこの会話をしてから二日後に、ジェフは態度を和らげた。つまるところ、彼らはまだ生徒なのだ。生徒たちが成長して逞しくなっていくのを辛抱強く待つべきなのだ。「一年間、苦労して生徒と会話を続けた結果、正直なところ、ましな考え方をするようになった生徒たちもいるわけだからね」

　香港は変わりゆく都市だということになっていた。人々が出たり入ったりし、よりよい生活を求めて移動し続ける。わたしも、香港で同じ考えの人に出会っていなければそうしていただろう。大学で会ったのは、週末だけ農村部で農業を営む弁護士たちだった。わたしと同じようにメタルやエモを聴いて育ったかつての第三文化の子ども《サードカルチャーキッズ》にも会った。彼らは、米国での社会的公正と同じくらい香港の土地の権利問題に詳しくなっていた。ミュージシャンや抗議デモの元指導者、難民の権利を訴える活動家、独立系の書籍販売者、作家たちとも知り合いになった。その人たちのおかげで、自分が知っていると思い込んでいた都市に別の顔があることを発見した。もうここから逃げ出したいとは思わなかった。

　でも、この身の上話は別の道をたどっていたかもしれない。「＋八五二〔香港の国番号〕」の出身だと胸を張って言うことができても、旺角《モンコック》や叉焼《チャーシュー》飯を語ることでしか香港を描写できない人間になっていたかもしれない。香港を自分たちの言葉で表現できなければ、この都市を表すものは、山頂からのみごとな眺望や罵詈雑言を多く含む変わった言語、楽しいナイトライフや屋台の料理でしかなくなる。わたしの世代にとって、地域を超えて連帯するための重要な空間として立ち現れてきたのが、インターネットだった。わたしは、自分を地球市民だと捉え、インターナショナル・スクール出身者なのだからそう思うのは当然だと考えていた。しかし、自らをそのように定義したところで、現実にすぐそばにあるコミュニティに対する責任を免除されるわけではない。とりわけ行動の結果が直接的に、目に見えてわかるときには。

　ある場所に属するとはどういうことなのか？　わたしは物心がつく頃にはもう、捨てられるとはどういうことかわかっていた。二十代になって、この街に関する素晴らしいコミュニティ紙を自費出版している近隣の人々や、想像を絶する状況で制作を続けるアーティストやミュージシャン、通りを占拠して運動を再定義する友人たちのなかに故郷を見出した。この歴史的な瞬間をどうしたらうまく説明できるだろう。ニュースを追いかけた長い一週間の終わりに他のジャーナリストたちと囲んだ火鍋、デモ隊の衝突の最中に警察から逃れるよう手振りで必死に注意を促してくれた見知らぬ人、早朝に〈界限佳坊（バウンド）〉でアーティストにビールを手渡していた人。こうした人々が教えてくれたのは、もはやここが一時的な、疲弊するためだけの場所ではないということだった。香港のための闘いについて語るとき、「民主主義」や「自由」、「基本的な道徳的責任」といった言葉をちりばめはするが、本当は友人たちの未来のために、友人たちの無事と幸福のために抗議しているだけなのだ。とりわけ香港から出ていきたくても出ていけない友人や、生活が政治と絡みついていて参加するしないという選択すらできなかった友人のために。

　ある場所に属するとは、ある土地の影響力が強いために、どこにいようともその力に左右されてしまうということだ。わたしはこの街を遠巻きに見たり、なんのかかわりも持たないままこの街がどれほどひどいかを話したりするような者になりたくない。連なる高層ビルの美しい外観の裏で政治と結びついた土地開発がおこなわれている。それを理解しないまま、ビルの光景を賛美したいとは思わない。嵐が訪れる前に出ていくために、この土地を売って莫大な利益を得たいとは思わない。わたしは今も、自分を育んでくれた場所の一部であるとはどういうことなのか、そしてコミュニティはわたしたちにとってどういう意味があるのか、ということを理解しようとしている。でもわたしには、ずっと前から自分が香港に属していることがわかっている。

言語を裏切る者

「この世には劇的に変わるものがないので、変化のきざしが見えてもそれは徐々に現れるものだとわかっていました。いずれにしても、あまりにも「田舎のニュース」だということで国際的なメディアから注目されることはなかったのです。結局、わたしたち香港のメディアがこの街の出来事を伝え続けるしかなかったのです」

――ユン・チャン「わたしたちの出来事を伝える」
(『1997我們都是記者』、衆新聞、二〇一七年)

故郷と呼ぶ場所についてどのように書けばいいのだろう。それも、母語ではない言語で。香港に関して英語で書かれた文学や歴史書では、話はたいてい水坑口街(ポゼッション・ストリート)から始まる。イギリス艦隊が最初に上陸した小高い土地のことだ。わたしたちがイギリスに屈した日が「香港の設立日」だとされている。どのページにも植民地の挿絵や説明がある。*

かつての総督、ジャンク船、ヴィクトリア朝時代の建造物があり、その中心には海軍将校やその子どもたち、外国特派員あるいは外国人居留者、そして彼らの特権的できらびやかな暮らしが描かれている。

わたしは「香港に関する」本を書くつもりはなかった。「わたしの文化」に関する話も書きたくなかった。以前、「文化」という言葉の意味を勘違いしたまま、ミュージシャンの友人のことを雑誌や新聞向けに執筆したことがある。でも編集者が求めていたのはそのような記事ではなく、ミルクティーや麻雀や叮叮《ディンディン》（トラム）が出てくる記事だった。編集者の言う「文化」とは、中国っぽさのことなのだ。だからだれもが、大坑《タイハン》の舞火龍（ファイヤー・ドラゴン・ダンス）、中元節（ハングリー・ゴースト・フェスティバル）、客家《ハッカ》の村や先祖代々伝わる習慣などが紹介されているものを読みたがる。わたしの母が武漢出身で、父方の親族は一九五〇年代に開平《かいへい》からやってきたといったことを話すと喜ばれる。個人的な家族の物語が香港住民全体を象徴するようなものであればなおのこと素晴らしい。文化のぶつかり合いとか不摂生な暮らしによる報いとか、そういったネタから面白い物語が生まれる。書き手が議論を展開しようとする部分はたいてい削除される。「語り」すぎていて、「暴露して」いないからだ。編集者が読みたがるのは体験談であって書き手の意見ではない。

本書はみなさんが読みたいと思うようなものではないかもしれない。みなさんは「普通の香港の人々」、つまり二〇一九年の抗議デモに参加していた引っ越し業者や教師、金融業者や掃除業者についての話を読みたいと思っていたかもしれない。一風変わっていて異国情緒に満ちた「普通の」人々のことが書いてあると思っていたかもしれない。頭にヘッドセットをつけ、群がる専業主婦に掃除用品を売りつける営業マン、ショッピングモールの近くに集まる不動産業者、片側がずり落ちた白いタンクトップから片方の乳首だけをのぞかせた格好で、埠頭で罵詈雑言を吐いては鬱憤をはらす老人。そういう話は寓話でしかない。そうした話でいちばん望ましいのは、日中戦争や文化大革命、一九九七年以降といった歴史の象徴的な出来事があったときに香港にやってきた人々についてのものなのだろう。でもわたしは、この話を読んでほしかった。

　十代から二十代にかけて書いていたのは、日記や大学向けのブログ、恋人への手紙だった。読者は常に自分か周りの人たちだった。わたしに似ていて、わたしの生い立ちを理解している人々だった。

　わたしが初めて記者の仕事に就いたときに書きたいと思っていたのは、地元ではよく話題になるが英字新聞が注目しないような事柄だった。本当に地元の者にしかわからないような話題もあった。たとえば、デモの参加者を逮捕するために警察に悪用されたコンピューター犯罪法のこと、大声の中年の歌手たちに占拠された旺角《モンコック》の公共の場、労働者の権利やストライキのことしか書いていない小さなウェブサイトのこと。わたしはコミュニティ活動家の後をこっそりついていき、彼女が西区の歴史的建造物を散歩するツアーの参加者を募る様子を眺めたり、二〇一六年の凍えるほど寒い夜に仮設の避難所で過ごす男性たちの取材をしたりした。午前七時に起きて抗議デモの指導者たちの裁判を傍聴し、長期の懲役刑の判決が出たときは泣きながら家に帰った。

こうした記事は香港人に向けて書くものだと思っていたが、イギリス出身で香港在住の担当編集者からは、「テキサスにいるおじいさん」にもわかるように書かなければだめだと言われた。それでわたしは白人読者を想定して書くことを覚えた。

香港がどこにあるかわからない人がいる、と編集者は言う。だから、一にも二にも説明が必要なんだ、と。それで状況の説明をするのがとても上手になった。しかし、それは香港の読者にとってはなんの意味もない情報だ。今こうして覚えている文章をタイプしていても、なんともうんざりした気持ちになる。

「七十九日にわたって、デモの参加者が香港のオフィス街やショッピング街の主な通りを占拠し、普通選挙権を求めた」

「一国二制度のもとで香港は、二〇四七年まで高度な自治権を享受することになっているが、中国による独断的な締めつけがますます強くなるなか、自由は急速に消え去りつつある」

香港は「半自治地域」、「国際金融の中心地」、ときには「中国の南方都市」と書かれるようになる。

『ガーディアン』誌はこれを『雨傘革命』と呼んだ。*想像してみてほしい。状況を遠くから見物している英語話者がつけた名前が、その後中国語に再度翻訳されて占拠地での垂れ幕に使われたのだ」と書いたのは、二〇一四年の抗議デモが発生したときフルブライト奨学金を得て香港に滞在していたアジア系アメリカ人作家のヘンリー・ウェイ・リョンだ。この雨傘運動の最中に、彼は香港人作家、韓麗珠《ホンライチュー》のエッセイ「ただ海を見たいだけ」の翻訳を国際的な学術誌に送り、掲載が決定していた。ところがその後このエッセイの掲載は断られ、この話題はもうタイムリーではないし、「内部からの視点に偏りすぎている」と言われた。

「偏りすぎているとはね。彼らが求めているのは外からの視点なのだ。香港の紀行文を求めているだけだ」と彼は書いている（エッセイはのちに「オーフィング」に掲載された）。

国際的な報道機関で働く地元の記者は、長いあいだ「取りまとめ役」や「ニュース調査員」のまま資料収集ばかりしていて、事実上翻訳者として働いているにもかかわらず、記事の末尾に「協力記者」として名前が掲載されることは少なかった。この競争に参加したくない者はフリーランスになり、抗議デモを報道するために外国からやってきた落下傘ジャーナリストと手を組んで働いた。こうした外国人特派員は目の前で起きていることを観察して事実を摑むのではなく、自分の好きなように記事を書きたいので、気に入った話を摑むまで地元の人々に取材してくれと香港のジャーナリストに頼んでいる。

雨傘運動から二〇一九年の抗議デモのあいだ、国際報道機関で働くジャーナリストたちは香港を退屈な場所だとわたしに言い、編集者はわたしたちの書いた記事を「田舎くさい」と言った。つまり、催涙ガスが登場しないのでつまらないという意味だ。中国のほうを向いている出版社は次から次へと、世界的な超大国を相手に闘う香港をダビデとゴリアテの物語になぞらえる記事を出し、「新たな冷戦*」の戦場となったという見方から離れて香港や人々の暮らしを語ることはなかった。香港の住人が記事に登場できるのはその死が描かれている場合のみ、とでも言わんばかりだった。

「テキサスにいるおじいさん」が、香港について書いたわたしの記事を読んだかどうかは知らない。でも、これだけはわかる。欧米の読者に理解される記事を提示できなくなったとき、香港は新聞の紙面から引きずり下ろされる。地図から消し去られる。わたしたちがまるで存在していないかのように。

大学時代、わたしは英語の書き手グループに参加し、バーで毎週開かれる会合に出席していた。二十歳のときのことで、グループのメンバーの大半が白人男性であり、みなわたしより五歳から二十歳ほど年上だった。勉強会の後は趣味の悪いカラオケ・バーやパブに移動して午前三時まで飲んでいた。男性たちは長年香港で暮らしている外国人居住者やインターナショナル・スクールで教育を受けた香港人で、広東語を話せる人はひとりもいなかった。ほとんどが外国のパスポートを持ち、いつでも香港から逃げ出せる境遇にあった。

　香港に外国人居住者の創造性を育てる力があったのなら、そして彼らのおかげでわたしたちが香港を新たな視点で見られるようになったのなら、外国人居住者が香港の書き手の立場から除外されたりしないと思う。*しかし実際は、香港を舞台にした英語作品では外国人居住者の存在感があまりにも大きい*ために、香港では外国人居住者が多数を占めていて中国人はわずかしかおらず、しかも異国情緒を醸し出すためだけにそこにいるような具合なのだ。かつて詩人のニコラス・ウォンが述べたとおり、外国人居住者の作品は「[香港での]英語による創作の一部ではあっても、全部であるなどということはない」。

　雨傘運動の後で、書き手グループのひとりに会った。ソーホーのミッドレベル・エスカレーターを見上げる場所に座り、鳩の糞がこびりついているベンチでビールを飲んだ。彼が言った。「記者たちは占拠運動が国際的な関心を引いていることを利用して、正直なところ、質の悪い記事を発表していたと思わないか?」

　彼の意見は間違っているとは言えなかった。混雑した通り、機動隊、青や橙のテントなどの場面はいくらでも粉飾して描けるというだけのことだ。ところが、その発言からわかったのだが、彼が念頭に置いていたのは自身の友人たちではなかった。つまり、何年も香港に暮らし、観察したり傍観したり、政治的な観光客であったりする外国人居住者たちのことではなかったのだ。そうした外国人居住者は、占拠ゾーンへ出向き、肩を叩き合い、人類に関する大袈裟な記事を書き、飛び入り参加歓迎の朗読会でその文章を読み上げ、他の人々が抗議活動を続けているあいだもいつものようにライフスタイル・ブログの運営をし、船旅を楽しみ、レストラン〈アクア〉に行って料理の撮影をしていた。彼が念頭に置いていたのは、抗議デモに関する作品を発表して国際的な文学サークルで一躍有名になった地元の詩人たちや、抗議デモは世界に向かって開かれた窓だけれど国際的な関心が薄れたとたんに閉まってしまう窓だとわかっている記者といった、自由に出入りできる場所が制限されていて、彼の友人たちが謳歌している白人の特権を持たない人々のことだった。故郷と呼ぶこの都市について愛情豊かに、絶望しながら書いた挙げ句に、編集者からは「香港のことなんて、だれも気にしてない」と言われ、仲間からはこの運動で得をしている*と糾弾されるのは、身も心も干からびてしまうような経験だった。

　ビールを飲みながら彼の話を聞いていたとき、わたしは書き手グループの男性たちが香港出身の別の詩人のトーク・イベントに参加したときのことを思い出していた。この詩人は簡素な言葉を使うことは詩では有利に働く場合があると語ったという。わたしはイベントに出席していなかったが、その後開催された週ごとのミーティングで男性のひとりがこう発言するのを聞いた。「彼女がそう言ったのは、そもそも英語がそれほど得意じゃないからだろ」

　二〇一九年に抗議デモが発生したのは、わたしが地域の報道局の職を離れた後だったので、フルタイムの記者としては働いていなかった。雑誌に記事を書き、政治の論評解説を装った記事も書くことがあったが、自分のしていることと、今でも毎日抗議デモの現場に行ってはカメラに催涙ガスを浴びせられたりギャングのメンバーに殴られたりしている友人ジャーナリストの仕事とはだいぶ違うと思っていた。七月二十一日の元朗《ユンロン》での攻撃の後、わたしは「ミディアム〔電子出版のプラットフォーム〕」で、自分の激しい感情について書いた。この記事のことを載せたのはわたし個人のフェイスブック・アカウントだけだったが、見知らぬ人たちに幅広く共有された。ある編集者がわたしを「ニューヨーク・タイムズ」に紹介してくれたので、抗議デモや政治的変化が起きる前の香港での暮らしについて書いた三本のエッセイが、そのまま掲載された。

他の媒体からも連絡が来るようになった。香港で重要な出来事が起きるたびに、「どんな感じか」書いてくれという。わたしは期せずしてニッチな書き手になった。ジャーナリストだったわたしに、新聞社は私的なエッセイを書いてほしいと言ってくる。「最悪だわ。わたし、香港の抗議デモ用の悲嘆専門の特派員になっちゃったみたい」とわたしはパートナーに言った。

記事を書いていると、書き手グループの男性の言葉が脳裏をよぎることがある。「あの子が本の出版契約まで漕ぎ着けたのは、抗議デモを利用したからだ。正直言って彼女の書くものって、それほどいいわけじゃないしね」

自分の街についてわたしがなにを書けてなにを書けないのかを、彼らにとやかく言われる筋合いはなかった。わたしたちが香港について出来の悪い詩を書きたいときには勝手に書かせてもらいたい。わたしが自分の痛みを売り物にしたいときには、心が悲鳴を上げるまで痛みを売り物にさせてもらう。

わたしはアメリカに留学したことも、ニューヨーク・シティで生活したこともない。遠く離れた場所から「文学界」を観察することしかできない。わたしの署名記事の多くは、香港で活動する他のライターや編集者の紹介で、あるいは抗議デモの時期に自分の雑誌に「香港に関するもの」がほしいと考えた白人編集者の依頼で書いた、言わばお仕着せ仕事だ。今日まで、仕事の大半は国際的な新聞社ではなく地元の新聞社が相手だった。そういう新聞は香港について書いてほしいという依頼などしない。香港人の暮らしについて書くことを正当化してくれ、などと言わない。香港にしかないものや、香港を現実味のあるものにしている事柄について書かせてくれる。

二〇一〇年代後半に到来したアジア系アメリカ人作家の本のブームについて、わたしは勘違いをしていた。そのブームでアジア人作家に書く場ができると思っていた。話題になった本を読み、そうした作家たちの成功をわがことのように喜んでいた。ところが、同じような機会がアジア圏の作家に与えられることはなかった。海外の雑誌や定期刊行物向けに記事を書き始めたとき、寄稿のガイドラインにこう書いている出版社があることに気づいた。「アジアの人々や出来事に関する記事を送らないこと。*ただし、アジア系アメリカ人の読者の体験と共鳴する、アジアからの海外移住についての記事は例外とする」。有色人種の作家を優先するようになったという助成金や研究奨励制度に対して、いまだに友人やわたしのような香港人は申請できない場合が多い。まともな市民権を持っていないからなのか、イギリスやアメリカで活動していないからなのかわからないが。

アジアに暮らして英語で表現している書き手は、方向感覚を狂わせられるような思いを味わう。ひっきりなしにアジア系アメリカ人作家に間違えられる。香港以外の場所に住んだことがないにもかかわらず、Twitterでは「国外へ離散《ディアスポラ》した人」とかアジア系アメリカ人と呼ばれる。儒教や祖母にまつわる記事は書かないほうがいいと注意されたこともある。アジア系アメリカ人が語るものは他にいくらでもあって飽きられているからだ。一時期、ソーシャルメディアをアジア系アメリカ人たちが席巻し、『クレイジー・リッチ！〔中国系アメリカ人女性と、シンガポール人男性の恋愛を描いた映画〕』は多様性への第一歩だともてはやされたが、わたしは友人たちとひそかに嘆いていた。この映画ではアジア系アメリカ人が負け犬で、アジア人たちは非常に恵まれたいじきたない金持ちだとされていた。わたしの仲間たちはアジアの大都市で政治的かつ経済的に厳しい現実をかろうじて生き抜いているので、この映画を観て苦々しい思いだけが残った。

詩人のニコラス・ウォンが二冊目の詩集、『クレバス《裂け目》』を出版したとき、「ＮＢＣニュース」は彼を注目のアジア系アメリカ人の詩人と紹介した。* 記事では彼の作品が「『アジア系アメリカ人』の体験が場所や言語を超越しうることを示している」とされ、「ウォンは現在香港在住」と記されていた。ウォンは英語で詩を書くが、アジア系アメリカ人ではない。アメリカに住んだこともない。翻訳者のルーカス・クラインとのインタビューのなかで、*ウォンはこの誤った宣伝文句を気にしていないようだったが、その記述が戦略的かつ政治的な判断でなされたものだと認めた。もてはやされているのはアジア系アメリカ人の作品であって、アジア人作家の作品ではないからだ。

　国外に移住したアジア人作家が祖先の住んでいた国に戻るとアメリカ系メディア企業の特派員となって、現在のアジアに関する記事はその国で生まれ育ったジャーナリストの目ではなく、彼らの目を通して語られる。時折、わたしたちは彼らの現実世界には存在しないのではないか、祖先の文化に回帰したというのが「本物」の話で、わたしたちはその舞台にたまたまいる住人でしかないのではないか、と思う。わたしは白人作家が書いた英語の本を読んで育ったので、アジア系アメリカ人の本を読むと自分たちが注目されているような気持ちになり、*こうした作家たちに心酔していた。

　数年前にジャーナリストたちと飲んだとき、海外に移住して国際的な雑誌で働いているアジア系ライターに、香港を拠点とするアジア支社に香港人の書き手がいないのはどうしてか尋ねてみた。「そうね、わたしたちが書いているのは香港だけではなく、アジア全域のことだから」と彼女は言った。「なるほど、そうですか」とわたしは返した。家まで歩き、アルコールでぼんやりとした頭で、口に出せなかったことについて考えた。「ちょっと待って、つまりあなたたちには好きなことがなんでも書けるけれど、香港出身のライターには香港のことしか書けないってわけ?」

時折、無性に怒りを覚える。Amazon のドラマシリーズになるような外国人居住者の生活について書かれた本や、欧米のメディアが描き出した香港に対して。わたしはなぜ怒るのだろう。そんなエネルギーがあれば、キンバリー・ロード・ユニオンや小本生燈といった現代の香港バンドが飲江《ヤムゴン》や北島《ペイタオ》〔北京出身の詩人。現在は香港在住〕の詩を歌詞に入れている意味について記事を書けるのに。腹を立てる暇があったら、香港文学を代表する作品を発表し、最近では英訳もされている董啓章《トンカイチョン》、黄碧云《ウォンビクワン》、韓麗珠、也斯《イエシ》、西西《シシ》などの作家について書くべきではないか。英語で書かれていない限りそれは「言説」には入らないという考え方、欧米メディアが取り上げない限りどんな流行や現象も本物ではないという考え方がすっかり身についてしまったのだろうか?

言語を裏切る者というのは、毎日自分の周りで話されている言語と、現実を描くために自分の使う言語が同じではない状態で生きている者のことだ。インタビューの相手が広東語で何かを引用し、わたしがその引用を英訳するとき、翻訳されたものだとわかる印はつけない。実際にその人がインタビューでなにをどう表現したのか、読者が知る術はない。わたしはどうしてもこれに違和感を覚え、香港のどの世代の英語の書き手も必ず数年おきに直面してきたジレンマについて考えることになった。「香港は中国の都市で*、中国人がたくさん住み、中国語が話され、当然のことだが、比類のない文学的な伝統がある」と英国人教授ダグラス・カーは書いている。「現代の香港に暮らす中国人の経験を語るのに、なぜ商人や宣教師や帝国の砲艦がこの中国沿岸部にもたらした植民地時代の名残である英語を用いなければならないのか?」

植民地支配者の言語である英語で書くこと、それよりさらに悪いことだが、英語で書くことを「選ぶ」ことは、母語に対する絶対的な裏切りだ。香港では英語は今も階級差別的な面を持つ言語だ。英語の書き手の大半は、白人でない場合、私立校またはインターナショナル・スクールで教育を受け、その後リベラルアーツの大学かアイビーリーグの学校に進学した人々だ。報道室ではもっともよい仕事を与えられ、文芸誌で特別なスペースをもらい、香港の話を世界に向けて語る機会を手に入れている。そのためグローバルな言論の場での香港の話は、必然的にこの都市の深層に広がる経済的不平等の底辺を知らない人たちの手で記されることになる。

英語で書かれた文学の場合、香港が舞台になる作品に登場する人物は「上位中流階級で世界中を飛び回り《ジェットセッティング》、よく働きよく遊ぶ混血の専門職*」に限られていると、ある批評家が著名な香港人作家の小説について述べている。二〇一九年には、そうした登場人物と同じような裕福な階級出身の作家は香港に落胆し、疎ましく思っているようだった。他の作家たちは貧困ポルノの色調を用いた物語を執筆し、労働者階級の生活について議論し、段ボールで作った家で暮らすおばあさんや麻薬中毒者を登場させた。香港に対してこの狭い見方をしなかった唯一の表現領域が詩だ。英語詩の先駆者、何珮珊(ルイーズ・ホー)以降、何麗明(タミー・ホー・ライミン)、ジェニファァー・ウォン、ニコラス・ウォン、マルコ・ヤン、メアリー・ジーン・チャン、ワワなどさまざまな階級出身の詩人が登場し、中国語と「地域の思潮*」を（意図的であるかないかにかかわらず）詩に取り入れ、ふたつの世界を接近させている。

詩人で学者のタミー・ホー・ライミンはこう主張している。地元特有の感性を用いて言語を再形成する場が書き手に与えられ、作品を「香港化」することができるのは、香港に「植民者と主流の固有文化のあいだに第三の空間*がある」からだ、と。「地元」とは漠然とした単語だが、その機能ははっきりしている。なにが地元かを言い表すときには役に立たないが、なにが地元でないかを言い表すときには役に立つ。でもわたしは、無政府主義者《アナーキスト》で物語作家の雄仔《ハンジャイ》叔叔《スクスク》の二言語の詩（著者自身の翻訳による）を介して、愛しくなじみ深い香港を思い浮かべることができる。雨傘運動のときに登場した屋外の教室について、彼はこう書いている。「明け方の光／通りに朝がやってくる*／微風が扉を開ける／新たなささやきがもたらされる／木々、立体交差、バス停留所から」。そして詩人ワワは「魚蛋革命（フィッシュボール・レボリューション）〔二〇一六年の香港旺角騒乱のこと〕のときに未来の娘に送る手紙」で、香港から遠く離れたところで書く。「あなたに見せてあげることができない。わたしとともに育った木々*、えさをやった池の亀、母と一緒に隅に立ち、魚屋が蛙の皮を剝ぐ様子を見つめた街市《ガイシー》。あなたに教えてあげることができない。香港の風のそよぎが秋の始まりを告げる様子を、どのような色の陽射しが冬の訪れを告げるかを」。また、ニコラス・ウォンの詩を読むと、香港をからかう邪《よこしま》だが滑稽な表現がたくさん出てくる（「『Capitalism（資本主義）』を『I am plastic（わたしはプラスチック）』に置き換えたら」）が、それは彼が、そんなふうに書くことで自分が「香港の詩人」と言及されるたびに七百万人の経験を代弁しなければならない羽目に陥るのを巧妙に回避しているからでもある。

二十歳の詩人フェリックス・チョウから聞いたのだが、英語の書き手が「香港の異なる社会的階級や地理のなかにある隔たり」にもっと敏感になり、書く内容の幅を広げていけば、言語の裏切り者という汚名を雪ぐことができるという。また彼は、英語自体を「高度な」標準英語ではなく、香港英語で書くことが助けになると信じていた。「裕福でない人たちが自分たちと同じ英語を使っているとわかれば、彼らも表現することに自信を持つようになるかもしれない」と。フェリックスのような詩人たちは、言語と階級の関係に敏感な、香港出身の新たな世代の書き手になっていくだろう。

読者のみなさんに知っておいてほしいのは、わたし自身も問題の一部だということだ。労働者階級の家庭で育てば書き手に自然に本物らしさが備わるわけではない。書き手がひとつの場所と意義深いかかわり方ができるとは限らないからだ。でもわたしは、労働者階級に生まれたという特権を大事にしたいと思う。わたしの二十代前半が最悪だったという印象をみなさんに与えてしまったとしたら、それは香港という後期資本主義社会に暮らす同世代の人たちがひとり残らず最悪な二十代前半を過ごしたからだ。半山区《ミッド・レベル》とは違う生活を伝えたところで、わたしがいきなり香港の代表者になれるわけではない。父親が私をインターナショナル・スクールに入学させることができたから英語が流暢になり、そのおかげで上昇がしやすくなり、恵まれた状況が保証されたのだから。

香港人である「わたしたち」のために書きたいとわたしが言うとき、ある種の自己欺瞞のなかで生きている。ものを書くようになって、英語で書いていることを申し訳ないと思ってきた。つまり、特権的なインターナショナル・スクールで教育を受けたことに罪悪感を覚えていた。中等学校時代には英語でフェイスブックに投稿することがあったが、同級生たちは明るい声で、その投稿が読めなかったと教えてくれた。中国語に翻訳されない限り、同級生たちがこの本を読むことはないだろう。なぜかわからないが、広東語の口語では英語のことを「鶏腸《ガイチユエン》」という。また「鶏腸」で書いてるんだね、と同級生たちに言われた。「ごめんね、ごめんね」とわたしは謝った。わたしの記事の内容を確認するために辞書を引いたと話す取材相手に「申し訳ありません」と言ったこともある。英語の記事はすでに一般的なものだと思っていたのだ。

三カ国語話者（トリリンガル）でインターナショナル・スクール出身者というニッチな立場だからこそわたしは利益を得てきた。白人のライターには書けない記事を書ける程度に「地元的」で、海外の読者に向けて香港のことを知らせる程度に「国際的」だった。地元の読者に向けて書くとはどういうことなのか、またどのように書けばよいのかと考えながら仕事をするときでさえ、わたしの読者の大半は香港の外で暮らしているとわかっている。中国語や広東語で書かれた作品が新たに加わることで香港にまつわる地元の物語という分野は豊かになっていくが、英語で書く行為は、「欧米の読者に向けて香港を描く（これは、ある編集者がわたしの進むべき方向として提案してくれたアプローチに他ならない)」とはどういうことかという問いを絶えず考え続けることだ。

でも、どうすればこの都市と、そのすべての美と混沌の矛盾を内在できる唯一無二の物語を書くことができるのだろう。この本を読んで、わたしのことを香港の物語を著せる書き手だなどと思わないでほしい。そんな存在だと主張する者を絶対に信じてはならない。

香港が好きだと主張する多くの人は、この都市から「香港クール」という古風で趣のあるイメージを切り離すことができない。その証拠に、香港について語るとき、ウォン・カーウァイ(王家衛)に言及しないでいられる香港人がいるだろうか。映画監督のウォン・カーウァイは、温かくゆらめく光に満ちた古き香港、長衫や大きめのコートを身につけたり、店先で煙草をくゆらせたり、エレベーターに反射するピクシー・カットにした自分の姿を見つめたりする美しい人々が住む都市を不滅のものにした。彼の映画のなかの香港はいつも首《こうべ》をめぐらせて、絶対に現れない恋人を待っている。

ウォンは間違いなくもっとも著名な香港出身の映画監督だが、彼の作品に登場するのは現実の香港ではなく架空の都市であり、窃視者がこうであればいいのにと願う香港である。重慶大厦《チョンキン・マンション》の内側にある混沌とした街、情緒あふれる「モンコックの危険な通り《ミーン・ストリート》*〔ウォン・カーウァイの監督デビュー作、『いますぐ抱きしめたい』はマーティン・スコセッシ監督による『ミーン・ストリート』から着想を得たとされる〕」。その作品は植民地独立後の不安を浮かび上がらせる(『ブエノスアイレス』には英国［海外］市民旅券が複数回登場するし、『２０４６』は香港が完全に中国の配下に置かれる年の前年だ）が、返還の時期に発表された他の監督の作品とは異なり、ウォンの作品では政治的テーマは見えず、わかりにくい。彼の映画の特徴は、落胆と消失、だれもが待ちぼうけをくらう負の空間だ。ウォンは香港での生活そのものを映画にするつもりはなかったようだ。しかしだからといって、変わらぬ慕情を顔に刻んだ悲運の恋人たちを見るという満たされない喜びに水をさされるわけではないが、こうした登場人物たちは見る者の欲望を反映する真っ白なキャンバスの役割を果たしている。彼の映画は、決してありえなかった香港の「視覚的および空間的なパラドックス」を提供し、海外の人々によく観られてきた。とはいえウォンの香港に対する「美意識」を、香港の「文化」と一体化させてはいけないと思う。

ではなぜ、植民地独立後を生きるわたしたちはいまだに、ウォン・カーウァイの映画が香港を表現しているという考えにしがみついているのだろう。北京在住の学者は二〇一九年にこう書いている。「香港はかつて、他の都市にはない名声を手に入れていた。ブルース・リー、ウォン・カーウァイ、張愛玲《ちょうあいれい》（アイリーン・チャン）の街、世界政治の亀裂の上に位置する、死ぬまでに訪れたい都市だったが、（略）今の香港の大部分は、中国の地方都市ほどの魅力しかない」。彼は香港が「一九八〇年代に囚われているようだ」と言う。しかし、この郷愁にまみれた評価は植民地主義者のものだ。香港の最盛期は返還前にやってきて去っていったと仄めかしている。過去に囚われているのは香港ではなく、この学者自身なのだ。

映画と英語文学は異なる分野で、どちらも香港に関する一定の幻想を作り出すのに手を貸しているけれど、今も相変わらずこうした映画を熱狂的に受け入れていることは、この都市をどのように描いた作品がより好まれるかを知るうえでの指標となっている。評論家が主張しているのは、一九八〇年代から九〇年代にタランティーノが得意としたような善玉警官／三人組が登場する映画や、ロマン・タム（羅文）、アニタ・ムイ（梅艷芳）、レスリー・チャン（張國榮）などが活躍した広東ポップの黄金時代に立ち返れということだ。ウォン・カーウァイ以降、海外で熱狂的に支持された監督はあまりいないが、パン・ホーチョン（彭浩翔）やジョニー・トー（杜琪峯）は、地元にも世界にも訴えかける映画を制作し続けている。パンは彼ならではの粗削りだが遊び心のある香港流ユーモアで一躍有名になり、トーは香港を代表するアクション犯罪映画を継承し発展させることで支持を得ている（興味深いことに、二〇二一年にクライテリオン・コレクション〔各国の映画をコレクションとして販売している〕がウォン・カーウァイのシリーズを制作した際、彼らが解説者として起用したのはアジア系アメリカ人とアメリカ在住のアジア人ライターのみで、香港人の映画ライターはひとりも採用されなかった。まるで、香港人がウォンについてどう思っているかなどどうでもいいと言わんばかりだ）。

この十年間に作られた映画も香港の生活を描いているものの、とりわけ植民地独立後に創られたものは特異な文化が描かれているので、海外の観客に理解されにくいものが多い。美しさは背景を知らなくてもわかるが、文化はそうはいかない。『狂舞派』（二〇一三年）は香港のストリート・ダンサーたちを描いた作品で、その続編（『狂舞派3』、二〇二一年）では物語の軸は香港の工業ビルのサブカルチャーとジェントリフィケーション〔比較的貧困な居住区に比較的豊かな人が流入する人口移動現象〕との緊張関係に移る。『わたしのプリンス・エドワード』（二〇一九年）は香港における結婚式と結婚制度をめぐる家父長制や社会的価値観を批判し、『叔《スク》・叔《スク》』（二〇一九年）はゲイであることを隠している老年のふたりの男性が恋に落ちる話だ。『岸上漁歌〔原題。日本では未公開〕』は、かつての「漁村」が漁師文化を喪失したことを描いた映画で、『水口婆婆的山歌〔原題。日本では未公開〕』は今や数人の老女のみが覚えている言語で歌われる南大嶼（ランタオ）の村の民謡を記録している。こうした作品は、地元の観客の共感を呼ぶ香港文化の一面に触れているが、香港に住んだことのない人にすぐに理解されるとは思えない。

二〇一〇年代に公開された一連のインディペンデント系映画は、抗議運動が激しくなりつつある時期の、抗議デモの知られざる面に焦点を当てている。『風景〔原題。日本未公開〕』（二〇一六年）は二〇一一年の出来事にもとづいた三時間に及ぶ映画で、香港の左翼系活動家がＨＳＢＣ（香港上海銀行）ビルディングの下のスペースをほぼ一年間占拠した事件を描いている。ドキュメンタリー映画の『消失的檔案〔原題。日本未公開〕』（二〇一七年）では公的記録がどのように失われるかを調査する過程で、香港の一九六七年の暴動〔六七暴動のこと〕の未完の物語が浮かび上がる。『中英街一号』（二〇一八年）も、一九六七年の暴動と過去十年にわたる土地に関する抗議運動を同じ視点から捉えようとしたもので、ソーシャルメディア上で白熱した議論が交された。このような映画は、当時国際メディアや英語による書籍がおもに重点を置いていた雨傘運動とは別のところにあった香港の抗議文化の一面を探っていた。

香港を表現する芸術の本流の外では、サブカルチャーが工業ビルやインディー・アート・スペース、書店といったさまざまな場所で生まれようとしていた。そして現場はみな書き手を求めていた。


ウィルフレッド・チャンとわたしはTwitterで出会った。当時わたしは「香港フリープレス」の記者として働き、ウィルフレッドは「CNNインターナショナル」のジャーナリストだった。会話を始めるとすぐに、ふたりとも香港をめぐる英語の雑誌を創刊したいと考えていることがわかった。初めての顔合わせのとき、水街（ウォーター・ストリート）で餃子を食べた。ウィルフレッドは顔をくしゃくしゃにして笑い、いつも首からカメラを下げていた。雨の多いシアトルで子ども時代を過ごし、ニューヨーク市の大学に進学し、写真という媒体を通して香港との関係を探ってきたという。わたしは、香港でライブに通うことでなんとか死なずにすんだと話した。

間もなくわたしたちは、香港には文化を扱う優れた記事がないことを嘆くようになった。テーマを文化に絞った数少ない雑誌は廃刊になるか、「これから話題沸騰必至のクールな地域の美味しいコーヒーショップ」とか、「あなたが正真正銘の香港人だとわかる項目」（「タピオカミルクティーがなにより好き」）とかのリストを作ることに重点を移していた。裕福な白人女性や香港の名家の子女たちの健康法やヨガの特集は組んでも、毎週末おこなわれるライブや風変わりな会場で開催される写真展には目もくれなかった。しかも、ミッド・レベルや西貢《サイクン》などの高級住宅地に住む白人の生活ぶりだけを特集する雑誌もあり、そうした雑誌を眺めていると、外国人居住者はわたしたちの住む香港とは別のパラレル・ワールドにいるのではないかとすら思った。

ウィルフレッドとわたしはもっと優れたものが書けると思っていた。二〇〇〇年代に出版されていたバイリンガルの文化雑誌「ミューズ」のバックナンバーを読み、おのれの無謀さにあたふたしながら、なぜ自分たちが雑誌を創刊できると考えているのか自問した。ウィルフレッドは香港系アメリカ人で、香港に長いあいだ住んだことがない。わたしは二十四歳で、ごく最近「ニューヨーカー」を読み始めたばかりだ。でも、とにかくやってみることにした。ウェブサイトの作り方を学んだ。きみたちと一緒にやるよ、と大胆なことを言ってくれるライターと写真家の集団を見つけた。

一年後、わたしたちは「スティル／ラウド」を創刊した。「若い創作家の作品のための場と、見過ごされた物語の避難場所になることを願っています*」と書いた。「くだらないライフスタイル」ぬきの文化について書く。消えつつある香港を記録する。抗議デモについてどう思うか、香港は自分にとってどういう意味を持つか、などというお決まりの質問はせず、ミュージシャンやアーティストに直接話を聞きにいく。彼らの物語は彼ら自身の言葉で語られなければおかしい。「広東語は、北京語の覇権を広げようとする共産党から迫害を受けている」などということを強調することもなく、懐古趣味の美意識を再生産する注目のデザイナーを追いかけたりもしない。

全員がバイリンガルだったので、広東語で宣伝されたり開催されたりするイベントの記事は英語で書き、より幅広い読者に届けようとつとめた。正直なところ、わたしたち自身のことも創造的な世界の一部として描きたかった。というより、せめてコミュニティと隣り合った存在でありたかった。二年間、この活動を続けた。トラップ・アーティストの火炭麗琪《フォータンライキ》が手にしつつある名声について、アナーキストのブック・フェアや地元の映画や、任航《レンハン》〔写真家〕、「ミューズ」誌の記事、〈ヒドゥン・アジェンダ〉での強制捜査などについて書いた。大好きなミュージシャンやＺＩＮＥ制作者たちと仲良くなった。チームの人々とは街中のカフェで集い、みなで音楽祭を訪れた。

「スティル／ラウド」を創刊して間もない頃、ライターのホームズ・チャンが会議でこう言った。中国語の単語の音をそのまま英語にするのではなくて、イタリック体も括弧も使わないで、英語の横に漢字のまま入れるのはどうだろう、中国語は副次的なものではないと明示するために。「ng goi〔唔該、ありがとうの意〕」などの音を表示すると、「文章のなかに異物があると読者が感じてしまう」とホームズは言った。通常、英語で書いている香港人ライターは英語に批判的になったり、疑問を呈したりしない。でも会話を文字に起こすとなると、文字で表現されたものと現実との違いが露になる。それは、話している人物が実際には英語でなく広東語で話しているということが暗黙の了解となっているからだ。だったらなぜライターは英語で書いたのか。わたしたちライターが英語で書きたいと思ったのは、英語のほうが書きやすかったからだが、その書きやすさはわたしたちが恵まれていることを反映していただけのことなのか。

初めてホームズと話をする何年も前に、わたしは彼の書いたものを読んでいた。「占領中環（オキュパイ・セントラル）」が続いていた頃、友だちから同じ大学の学生がフェイスブックに投稿した記事を読ませてもらった。デモ活動の最初の何日間かに、警察が法理を使って圧倒的に強い武力を行使したことを分析していた。それがホームズの書いたものだった。ホームズはわたしと同じように文学部と法学部に在籍していたが、二学年下で、大学の討論チームのキャプテンを務めていた。

それから三年後にホームズから連絡があり、コーヒーでもどう、と誘われた。わたしたちは大学内にある〈スターバックス〉で会い、ホールまで続く列を作っている学生たちを眺めた。ボタンダウンのシャツを着たホームズは、気楽な話題について、よく練習した主張を想像上の判定者に向かって述べるような話し方をした。ちょうどデューク大学〔シカゴの大学〕での一学期間の交換留学から帰国したばかりで、留学の時期がドナルド・トランプが当選した大統領選と重なっていた。彼はプロの物書きになりたいと言った。「スティル／ラウンド」に参加する気はないかとわたしは訊いた。何年もかけてわたしたちはいい友人関係を築き、それぞれが書いた記事を送り合って、感想を述べたり手直しをしたりしてきた。

ホームズは、薄扶林《ポックフーラム》の香港大学の真向かいにある、英語で授業がおこなわれている伝統的な男子校の出身だった。早くから書くことに興味を抱いていた。両親はものを書くことについて、よくある実用的で植民地的な見方をしていた。英語が上達すれば職を得る機会が広がる、と。彼には自分が中国語ではなく英語でものを書くことに惹かれる理由がよくわからなかったが、その志向がすぐにポップカルチャーの見方に変化をもたらした。『ザ・デイリー・ショー・ウイズ・ジョン・スチュアート〔政治風刺が特徴的なアメリカのニュース番組〕』や『ザ・ホワイトハウス〔アメリカで一九九九年から二〇〇六年にかけて放映された大統領やその取り巻きを描くドラマ〕』を見るようになった。子どもの頃は、人種にこだわらない物語を書いているつもりだったが、白人が登場する物語ばかりを読んでいたので、登場するのもおのずと白人ばかりだった。中等学校の最終学年の頃には、英語でものを考えるようになっていた。その後法学と文学を学び、わたしと同じように卒業後は弁護士ではなく記者の道を選んだ。以来、さまざまな国際的な雑誌に記事を書いている。

「香港における英語の原罪は植民地的であることで、意図的であってもなくても、英語で書く者は生き延びるために継続的にその行為を正当化する理由を探し続けなければならない。これは仲間に入るためのテーブルにひとつ席を設けてもらうための代償なのだ」と、ホームズは「スティル／ラウド」の記事に書いたことがある。植民地独立後のその他の地域とは異なり、香港でどれほど必死になって活動しようと、どれほど市場を広げようと、英語文学《アングロフォン・リテラチャー》〔アングロフォンとは、英語を含む二カ国語以上が話される地域での英語使用者のこと〕の読者は常にほんのわずかしかいない、と彼は言う。植民地時代には、少数派であることは無力ではなかった。『グウェイロ：香港での幼少時代の思い出』〔マーティン・ブース著、バンタム・プレス、二〇〇四年。未訳。タイトルとなっている「グウェイロ（鬼佬）」は広東語で「天狗」などにあたる語で、白人の蔑称〕や『スージー・ウォンの世界』といった作品には、外向きの香港が描かれている。香港の読者を想定して書かれていない。「この状況をよく見れば、英語文学は香港文学の一部ですらなく、イギリス文学の延長でしかない。すると、植民地時代が終わった今、こんなふうに思う。なぜわたしたちは今も英語文学を必要としているのか、と」

一九九七年以降も英語文学は少数派かつ外向きの文学であり続けた。たとえば、この十年のあいだに出版された香港関連本のなかには、香港とニューヨーク市を比べていて、読者がマンハッタンやブルックリンのことをよく知っているものと決めてかかっている本がある。ペンギン香港シリーズとして二〇一六年に出版された七冊のうち五冊が白人男性作家の作品だった。香港文学は香港にいる読者ではなく、「人類学的に公平な視点で香港を見つめる海外移住者、あるいはあまねく世界を知る専門家」に向けて書かれている、とホームズは記事で主張している。

「香港人は英語を読まないとよく言われるが、問題は香港人が英語を読まないことをアングロフォン生態系の出発点と考えていることだ。だから香港人は他の人のために書く。香港の読者などはなから相手にしていない」と彼は言う。そのせいで、香港の英語文学を読んでいると「立ち聞きしているみたいな」気分になるという。「まるで著者がぼくのことを、ぼくの隣にいる人物に語っていて、たまたまその話をぼくが立ち聞きしているみたいな感じなんだ。当然、その話の聞き手は白人の男性だ。ぼくは自分のことを説明しているのを聞いているのだけれど、自分に向かって説明されているわけじゃない。これを正す方法は、ぼく自身に話しかける書き手の声を作り出すことだった」

「スティル／ラウド」でも同じ問題にぶつかった。みなで雑誌を作るあいだ、読者という問題を解決することができなかった。だれのために書いているのか。わたしたちは地元の文化的な生態系の一部となり、香港人に読まれる記事を書きたいと言っていた。それが目的ならば中国語で書けばよかった。中国語で書きもしないで、わたしたちは白人のためではなく自分たちのために書いていると主張していた。地元の音楽や美術関係者に雑誌の読者がいても、その大半はアジア人の海外在住者やインターナショナル・スクール出身者で、読んでもらえるのはありがたかったが、こちらの想定していた読者ではなかった。香港では、白人との親密の度合は英語の流暢さで測られる。わたしたちは記事を書くことでふたつの世界をつなぐ架け橋になりたかったのだが、白人の次に特権的な人々のために書いているにすぎなかった。

だからといって、英語の記事を地元の読者層に広げる取り組みができないわけではないし、そうした読者の関心を引く記事を書けないわけでもない。英語で書きたかったとき、この仕事は地元の読者のためなのだと正当化しようとしていた、とホームズは言う。だから代わりにこっちから読者の元へ行くことにしたんだ。普通の香港人の読者は植民地時代の苦しみや恨みについて本気で考えてはいない。彼らが英語を読まないのは、英語を忌み嫌っているからではなく、なんの役にも立たないからだ。これまでの経験から、同じ出来事についての記事が中国語で読めるなら、地元の読者は必ず抵抗の少ないそちらを読む。だから、わたしたちは他では得られないものを提供すればいいんだ。

ホームズは、香港人の読者に向けて書くには、彼らが理解できるように土地の言葉を作り出さなければならない、と言う。読者を子ども扱いしたり、ひとつの集団として接したりするのではなく、彼らが会話に参加していると感じられるように。「ぼくは意図的にわかりにくくした文章や、世を捨てたような文章には興味がないんだ。書くことは偏狭であってはならないし、これみよがしであってはならない」

つまり、文学の方法と戦略を変えることだ。読む速度を落とさず、ある文章がブレーキとならないことが望ましい。辞書で言葉を引いたり、ある種の退屈さや曖昧さを我慢したりするとブレーキになる。読む人にとって滑らかで、自然で、苦痛のない文章を書かなければならない。そのうちきっと、「香港がいかに借り物の時間の上で、借り物の場所〔映画『慕情』の原作を書いたスーィンの言葉〕で生きているか」といった決まり文句を使わずにものを書き、新たな文学的想像力のなかで創作できるようになるだろう。

わたしたちは実験的精神で「スティル／ラウド」を刊行したものの、たいていの実験とはそういうものだが、うまくいかなかった。この出版活動から利益を得た者はひとりもいなかった。全員ボランティアで日中は他の仕事をしていた。資金がないため、書き手に原稿依頼ができなかった。書きたいという人がいればチームの一員になってもらった。それで雑誌が自分のものであると感じてもらうことができた。長い目で見て、収益が出なければ雑誌は続けられないとわかっていたが、掲載の価値がある広告と、身売りのような広告の違いを見分けることができなかった。雑誌は二年間続いた。そして、おさだまりの結末を迎えた。書き手は十分な見返りがないと感じ、編集者は燃えつきて書き手を支援できなくなり、話し合いは非建設的で相手をなじるだけになった。わたしたちがきちんと話し合わずにあっさり廃刊を決めたのは、二〇一九年の抗議デモが始まった頃のことだ。

最近では、みなそれぞれにものを書き、展示を計画し、写真を撮り、本を編集し、ZINEの制作を続けているが、一緒には仕事をしていない。ウィルフレッドはニューヨークに住み、「ネーション」誌で長めの記事や解説を書いている。友人関係が続いている人もいる。雑誌が息を吹き返すことはないだろうが、六十以上ものインタビューや記事、批評はまだオンラインで閲覧できる。わたしはもうあんなふうに香港について書くことができなくなっている。あの当時は香港の内側から、香港の一員として、創作する人たちと親しみのこもった、支え合う関係のなかで書くことができた。ひとりのアーティストが香港を「代表する存在になった」経緯のような紋切り型の紹介記事を書かせたがる外側の人に向けて書くことはしなかった。

二〇二〇年、ホームズは『余波』を出版した。二〇一九年の抗議デモに関するジャーナリストたちの現地ルポやエッセイを集めた作品で、わたしもその寄稿者のひとりだ。『余波』のなかでホームズは二〇一九年に起きたことに触れていない。あるジャーナリストは、抗議デモの現場近くで建物から墜落死した学生、周梓楽《しゅうしらく》（アレックス・チョウ）について書いている。別のジャーナリストは香港中文大学の抗議デモを、ずっとキャンパスで暮らしていた者の視点から綴っている。また別のジャーナリストは、報道室や夕食のテーブルの緊張した空気のことを振返っている。ある批評家はこの本について、いい作品だが香港で起きたことをすでに知っていることが読者の前提条件だと言っている。抗議デモについて英語で書かれた本は、香港在住でニュースを綿密に追いかけてきた読者には目新しい発見のないものばかりだったが、この本は違う。ホームズは地元の読者を優先したのだ。

「英語文学が、植民地独立後の未来を手に入れるには、まず今を生きる人々、植民地独立後の人々にこそ読まれなければならない」とホームズは語っている。「もっとうまく彼らを惹きつけ、ある種の交流や対話の場に誘い出すこと、それができるのなら、少なくとも生き延びることはできるのだ」

ときどき、香港が自由になったら音楽ライターになるんだ、と冗談を言ったりする。友人が演奏するライブのことや、彼らが滴る血でデニムが汚れるまで指を弦から離さなかったことについて書きたい。バンドを紹介し、アルバムのレビューを書き、香港、台湾、中国でのインディーズ音楽の流行を比べ、ポストロックやシューゲイザー・バンドが東アジアで思いがけない人気を博していることを書きたい。この先ずっと香港についてだけ書くつもりはない。でも今は、これ以外のことが書けないのだ。

どうのこうの言ってみたところで、わたしは香港を美化して描いてきたのかもしれない。愛する人々をただの記事の素材にしない方法を、その人生を自分の名を売るための記事として扱わない方法を今も学んでいるところだ。他にも、どうしても書きたいと思う人々がいるけれど、ここに載せなかったのはわたしにその人たちに代わって書く権利などないからだ。自分の共同体をだしにして人が読みたがる記事を書き、また舞い戻ってきて、己の不誠実さに耐えながら生きていくことはできない。利用して捨てるようなことはできない。理解しようと言ってくれる人がいるのなら、わたしはその人たちのために自分を投げ出そうと思う。でも、もう謝ることはしない。

今わたしは、香港の緩慢な死を記録することに胸を躍らせている若いジャーナリストではない。でも今でも、仲間の記者たちの仕事を信じている。彼らは早起きして、政治的な裁判がおこなわれる裁判所の外で、カメラを設置する場所を確保している。アーティストや地域のこと、最近海外へ亡命したデモの参加者のことを書いている。編集者のプレッシャーをかわしている。

仲間たちは、香港の海外特派員が仕事をするための架け橋であり、香港の記事を国際的な新聞のページに載せるための通訳でもある。最近では、自分たちを題材にして記事を書いている。

わたしたちが今置かれている状況は非常に厳しい。主流となる地元の出版社には検閲され、記事の内容を制限され、外国の出版社からは香港について書く内容を決められ、インディー・マガジンの多くは資金不足から廃刊に追い込まれたり、苦境に立たされたりしている。それでも、人の顔色を窺うことなく、自分たちの言葉で話を伝えようとする地域密着型の出版社を立ち上げる編集者や制作者がいる。フェリックスのような若い書き手は、詩集をまとめて、自分たちにとって「地元に根ざした」作品とはなにかを追求している。彼らはこれまでにもさまざまな朗読会を開いてきたが、そうしたところで彼らと話をすると、十年前の自分のことを思い出す。将来書きたい作品のお手本となるような本を必死に探していた、あの頃の自分を。

ある夜、わたしは温かな光のもと、やわらかいピアノの音に包まれ、独立系書店〈キューブリック〉の本棚のあいだに佇んでいる。香港の抗議デモに関するエッセイや写真集、若い詩人たちによる英語のアンソロジー、気づかれていない香港の風景や新しい生き方を扱っている小さなZINEを選ぶ。活動家の友人からもらった本のことを考える。東南アジアの故郷に戻った家庭内労働者の生活や、団結を目的とした集会で手渡される少数派のコミュニティが制作した新聞についての本だ。家では、別の日に郵便で受けとった本をぱらぱらとめくる。匿名で編集された詩集、『わたしたちのいない香港』。記録されていなければそのまま消えてしまったに違いない些細な、刹那の断片やメッセージを切りとった、とても美しい作品だ。「突然レストランに／全身黒尽くめの集団が入ってきた。／無料の料理が次から次へと運ばれてきた。／警察が突入してきたが／しかしそこにいたのは十代の若者と／近隣住民だけ　みな服を着替えて／一緒に料理を食べていた」*

書くことは行動主義とは違う。ある場所について書いても、その場所の消失を止めることはできないし、書くことは生活しているコミュニティでの相互扶助の代わりにはならない。それでも、こうした記録はすべて抵抗する行為であり、記憶するための行為である。いつの日かわたしたちは間違っていると言われたら、わたしたちはこの記録に立ち返り、彼らが信じ込ませようとするものに異議を唱える。知らないではいられないことをわたしたちは知ることになる。

工場へようこそ

牛頭角的日出都看厭
時間不站在你身邊
沉迷過的楽隊解散了
(牛頭角《アウタウコック》から日の出を見るのはもう飽きた
時間はあなたの味方じゃない
大好きだったバンドも解散した)

「牛頭角青年」、マイ・リトル・エアポート

人生でいちばん幸せだったのは、工業ビルの奥深くにある煙が充満した部屋のなかで過ごしていたときだった。たとえば、東九龍地区で何度も閉まっては新しく生まれ変わった〈ヒドゥン・アジェンダ〉のなか。新蒲崗《サンポーコン》のバンドの練習スペースで友人が親しい人だけを招いて企画したプライベート・ライブ。工場に住む無政府主義者《アナーキスト》たちが主催するパーティー。こうした幻のようなライブは、ピアスやアイライナーで武装した二〇〇〇年代のティーンエイジャー、片

手で煙草を巻くことができる不満だらけの二十代、ビールを喉に流し込むドレッドヘアのミュージシャンたちの安息の地だ。なんとなく見覚えのある顔ばかり。香港のインディー音楽界は狭く、限られた人々が何度もライブに足を運ぶ。メタルヘッド、シューゲイザー、ポストロックだけに情熱を傾ける人もいる。親友になった人もいれば、同じ教会に十年通っている知り合いみたいに、目が合うと会釈するだけで会話を交わさない人もいる。

　知っている曲が演奏されるたびに、体の奥深くにある秘密の保管庫から忘れていた瞬間が蘇ってくる。音楽は小さな記憶の蓄積で、記憶は蒸発することもあるけれど、蒸留されて楽曲になり鉄砲水のように心を打つこともある。冷たい大理石の床のフラットで、アルト・ジェイ〔イギリス出身のスリーピース・ロックバンド〕の曲に合わせて下着姿で踊ったこと。〈ヒドゥン・アジェンダ〉で香港のインディー・ポップ・バンド、サッド《Thud》の音楽を聴きながらパートナーと顔を寄せ合い、大声で秘密を教え合ったこと。西九龍の芝生に座ってスリープ・パーティー・ピープル〔デンマークのポップバンド〕のライブの終わりを見届け、映画の『ドニー・ダーコ』風のウサギの仮面をつけたボーカルが十一月の太陽に照らされて群衆の上を運ばれていき、シンセサイザーが秋の空気を燃え上がらせるのを見つめたこと。

　とはいっても、音楽が記録するのは個人的な歴史だけではない。音楽は時代の記録だ。地元で愛されるインディー・バンド、マイ・リトル・エアポートは、雨傘運動で香港が永遠に引き返せない姿に変わった二〇一四年に、香港最大の音楽祭で行政長官の梁振英《りょうしんえい》を罵倒した。*トミイ・チャンと彼の友人たちは、二〇一九年に土瓜湾《トクワワン》の居心地のよいバーで開催された新年のカウントダウン・イベントで、香港の抗議デモのテーマソングを演奏した。香港国家安全維持法が施行され、新型コロナウイルス感染症によって人が集まることができなくなる数カ月前のことだ。観客たちはこうしたライブハウスで、曲の合間に広東語で「われらの時代の革命だ」と唐突に声を上げた。薄暗い会場でのライブを見るためにわたしは香港を駆けめぐり、さまざまな地区を知った。葵興《クァイヒン》、油塘《ヤオトン》、炮台山（フォートレス・ヒル）。完全に閉鎖されたミニ・フェスティバルやパーティー会場。解散したり復活したりしたバンド。香港を離れたミュージシャンたち。

音楽について書くようになったのは、書くことを学ぶ前のことだ。ライブに行っては地元のウェブサイトでレビューを書くうちに、香港中の打ち捨てられた工場ビルで繰り広げられる音楽のさまざまな光景を知るようになった。薄暗い会場に溶け込むように黒い服を着て、ステージのミュージシャンや観客らの顔をひそかに覚えた。「いつか、あなたたちひとりひとりと知り合いになるから」と思った。

好きこのんで音楽愛好家になったわけではない。音楽は、二十八平米の家の居間に置いてある父親の妙に凝ったホーム・サウンド・システムから四六時中吐きだされていた。高く積みあげられたレコードが、今にもなだれ落ちそうになっていた。テレビの裏側、コーヒーテーブルの上、書斎の鏡の周りにも積み上がっていた。ＣＤに蹴躓くこともあった。父親の好みはいろいろだった。ジャッキー・チェン（張學友）やフェイ・ウォン（王菲）といった香港のポップスターも、クラフトワークやニュー・オーダーも聴いた。

　音楽に関する最初の記憶のひとつは、ある日の午後、居間に覚束ない足取りで入っていくと、サイケデリックなギターと子どもたちの合唱が心を乱すようなメロディを奏でていたことだ。「ぼくたちに教育なんていらない／思考の規制もいらない〔ピンク・フロイドの「アナザー・ブリック・イン・ザ・ウォール」〕」。父の視線の先にあるテレビでは、おぞましいマスクをつけた制服姿の子どもたちが行列になって、ひとりずつ大きなメタルの機械めがけて落ちていく。挽き肉製造機だとわかる。子どもたちは挽肉に変わる。「おい！　先公！　子どもたちに構うな！」。わたしは一週間悪い夢を見続けた。

　わたしたちのフラットは音楽であふれていたが、父が興味や関心のことをわたしに話してくれたことはなかったし、そうしたバンドに惹かれた理由を教えてくれることもなかった。十代後半の頃のわたしは、バンドがステージに上がりショーが始まるのを待つあいだ、ＤＪのプレイリストに紛れ込んでいる、なじみ深いがミュージシャンの名前のわからない曲を、ひとり口ずさんでいた。大学時代、週末に子ども時代を過ごしたフラットに戻り、父のコレクションを眺めてやっとわかるようになった名前をつぶやいた。エコー・アンド・ザ・バニーメン。バウハウス。ザ・クラッシュ。トーキング・ヘッズ。すべてパンクやポストパンクの影響を受けたバンドだった。やだ、お父さんってば、実はパンクだったの？　黒革の上着をはおった、ぼさぼさの長髪の父の姿を思い描こうとしたが、うまくいかなかった。わたしがいつも見ていたのはチェックのシャツやドレスシャツ姿の父だった。

父は『ハイ・フィデリティ』〔ニック・ホーンビィの小説。映画やドラマにもなった〕のロブだ。現代ならインターネットで馬鹿にされるような、ステレオタイプそのもの。音楽の趣味が個性のかわりになると考えている人。子どもの頃、夏休みに家族旅行をすると、父は必ず旅行先のレコードショップをめぐる予備日を数日確保した。段ボール何箱分ものアルバムを持ち帰ることもあった。日本の〈タワーレコード〉で、すでに持っているアルバムを何枚も買ったのは、日本で発売されたものにはボーナストラックが入っていたからだ。わたしは頭にきた。そのレコードをしまう場所がいったいどこにあるっていうの？　フラットのいたるところがCDで埋まっていた。プラスチックの包装を開けていないものもあった。溜め込むだけ溜め込むのだ。わたしたちの世代は鞄に入れられるiPodやモバイル音楽ライブラリに慣れ親しんでいる。ところが、二十三歳でサンフランシスコの〈アメーバ・レコーズ〉を訪ねたとき、わたしは父とまったく同じことをした。一枚五ドルの、エリオット・スミスやザ・レヴォネッツやスリントのレコードを十数枚も買い込んだのだ。廃盤になったスロウダイヴの『キャッチ・ザ・ブリーズ』、パートナーへのお土産にトロピカリア〔ブラジルで一九六〇年代に起きた芸術運動〕決定版の『トロピカリア』。飛行機に乗っているあいだ、赤ちゃんをあやすようにレコードの束を抱えていた。荷物の追加料金を払いたくなかったからだ。

父は香港の外で勉強したことはなかったが、西欧ポップやロックを好んでいた。「わたしが若かった頃、一九八〇年代の初め、イギリスのニューウェーブやポストパンクバンドが香港にやってきていた。ミュージシャンが香港に惹きつけられたのは、イギリスの植民地だったからかもしれない」と、ベテランの音楽ライター、袁智聰《ユンチチョン》がわたしに語った。ユンは一九九四年から二〇〇四年にかけて『ミュージック・コロニー・バイウィークリー』という音楽誌を出版し、デヴィッド・ボウイやフー・ファイターズのインタビューを掲載していた。当時、先端をいく人間になりたいと思ったら海外の音楽を聴くのが普通だった、とユンは話す。その頃香港で主流だったのは広東語のポップで、その音楽スタイルには変化も刷新もなかった。

しかし植民地時代に主流だったのは洋楽だ。テレビやラジオで曲が流れ、「歡樂今宵」など人気の深夜番組でも放送された。香港では英国軍向けのラジオ局「英国軍放送サービス」を聴くことができ、その番組では時折ジョン・ピールがライブをおこなった。「公営住宅出身で質素な生活をしていた」というユンでさえ音楽狂になっていた。彼によれば、ひと世代前に属するわたしの父が洋楽に熱狂するようになったのは、一九六四年に九龍の樂宮戲院（プリンセス・シアター）で伝説的なビートルズのライブがおこなわれたことがきっかけではないかという。

最後に父と連れだってライブに出かけたのは二〇一七年二月だ。一九六〇年代に結成されたドイツのエレクトロニック・グループ、タンジェリン・ドリームのライブで、父はよく家で彼らの曲をかけていたが、わたしの友人たちはこのグループを知らなかった。その頃父は視力をほとんど失っていて、会場に入るには階段のところでわたしが手を引かなければならなかった。

父によれば、最後に香港浸会大学で開催されたライブに来たのは、一九八〇年代にイギリスのバンド、スージー・アンド・ザ・バンシーズがやってきたときだったそうだ。当時は大学がACホールでのロックライブを禁止していた、とユンからも聞いたことがある。デペッシュ・モード、ロバート・プラントなどのライブで騒々しい音楽ファンが興奮し、頻繁に座席や床を壊したからだ。結局父はタンジェリン・ドリームのライブのあいだ中ずっと居眠りをしていた。

父が盲目となり家族のいる唐樓《トンラウ》に戻ってからは、父のレコード・コレクションは梱包され、小型倉庫の冷房完備室に保管されている。家が狭い香港ならではの収納策だ。そのコレクションを父が一度わたしに譲ろうとしたので、思わず笑った。わたしはひっきりなしに引っ越していたせいで、つい最近までスーツケース三個に収まるだけの持ち物しかなかった。父とわたしは二〇一九年以降口を利いていない。膨大な数のレコードが、昔は工場だった新蒲崗の倉庫で眠っている。もう何年もだれにも触れられないまま。

十代で自分だけの音楽を発見したとき、天啓を受けたような感じがした。弟がメタルについて教えてくれ、すぐにわたしは対処メカニズムみたいに、それなしでは生きられなくなった。父がいつものように癇癪を起こすと、わたしは胸のなかに湧き上がる怒りを秘めたまま、イヤフォンをつけて耳鳴りがするまでスリップノットの「サイコソーシャル」を聴いた。あるバンドのファンダムの一員として世界中に散らばるあらゆる年齢層の、同じバンドを愛する人々の群れに加わると、まるで秘密の家族に身を寄せているような気がした。わたしたちはタンブラーで音楽ニュースをリブログし、音楽のおかげで思春期という難しい時期をいかに乗り越えたかということを語り合った。

初めてライブに行ったのは十七歳のときだ。九龍湾の音楽ホールで開催されたイギリスのエレクトロポップ・バンド、ハーツのライブだった。列に並んでいると同じ学校の一学年上の生徒ふたりに出くわして驚いた。同学年の生徒で広東ポップ以外の曲を聴いている子はいなかった。当時広東ポップは創造性がなくて単調で、失恋について歌っているものばかりだった。このとき、上の学年にかなりの音楽オタクがいることを知った。そのひとりがＮＫＣＨだ。「ポップがダメってわけじゃないが、いろいろな選択肢があるのに、みんな注意を払わない。時間が経てば、さまざまな音楽を許容できるようになるし、知られていないジャンルの音楽も知りたいと思うようになる」と、その五年後のインタビュー*で、ＮＫＣＨが語っている。彼は友人たちと「Zenegeist 識你佳」というFacebookのページを運営し、何千人ものフォロワーとお気に入りの音楽を共有している。「インディー」バンドを支持することだけでなく、多様性を探求することが目的だと彼は説明する。

わたしはバンドに入る運命にある、と思った。問題は、ギターもベースもドラムも演奏できないことだった。小さな頃から十代にかけてピアノを習っていたがそれほど上達しなかった。地元のオンライン・フォーラムの「バンド仲間募集」ページを隅から隅までチェックし、ボーカルを探している男の子のふたり組を見つけた。そして旺角《モンコック》のエレベーターのないビルの時間貸しスタジオで会った。楽器はこぼれたビールでベタベタしていた。最初の練習では、クランベリーズの「ゾンビ」と、ニルヴァーナの「カム・アズ・ユー・アー」をカバーした。ベーシストはベースを習い始めたばかりで、簡単なニルヴァーナの曲も弾けないことがわかった。わたしたちはその後、彌敦道（ネイザン・ロード）の〈マクドナルド〉に行き、チキンナゲットを食べながらお気に入りのバンドについて何時間も語り合ったが、その後一緒に演奏することはなかった。

でもドラマーのジェイソンとは、思いがけないところで出会った。彼は〈ヒドゥン・アジェンダ〉で「打稚」、つまりバンドの世話からプロモーションのフライヤー貼りまでやる雑用係として働くようになっていた。とはいってもたいていは、バンドTシャツを着てバーに立ち、ボトルのキャップを外したり、生ビールのノズルをプラスチックのコップに突っ込んだりしているだけだった。黒いフレームの眼鏡越しに目が合うと、まるで古い友人のように「おお」と笑いかけてくれたので、わたしも笑顔を返して代金を渡し、ギターの音が響きわたる会場の群衆のなかに紛れ込んだ。

〈ヒドゥン・アジェンダ〉への道順をようやく覚える頃になると必ず、この愛すべきライブミュージック会場は別の場所に移ってしまう。初めてこの隠れ家のようなライブハウスを探そうとしたのは十八歳のときだ。牛頭角は工場ビルが重なり合うように建つ迷宮だった。位置情報サービスで目的地までの道を見つけようとしても、急に進路から外れ、行き先の通りも目当てのビルも見つけられなかった。暗闇のなか、どのビルにも色あせた落書きがあり、エアコンと換気扇が窓から突き出していて、どれも同じ建物に見えた。入り口は裏側にあるのか、駐車場を通っていくのか。工場ビルのエレベーターは古くて、きちんとゲートを閉めないと作動しないこともあった。赤い口紅、フェドーラ帽、黒のロングワンピースという装いの女の子の後をついていくと、埃まみれの自動販売機が置かれ、バンドのステッカーが壁という壁に張られた階に到着した。エレベーターのなかからでも音が空気を震わしているのが感じられ、ついにたどり着いたことがわかった。

香港にインディー音楽シーンが存在していること自体、小さな奇跡だ。* この都市は創造性も新しい生き方も奨励しないし、政府機関や芸術助成基金の支援を受けない独立系アートに対しては特に冷たい。二〇〇〇年代に育ったわたしの周りには、バンドに入っている人も、入りたいと思っている人もいなかった。同級生とわたしは、幼い頃からピアノを習っていた。中流階級出身者は全員そうだった。しかしそれは、芸術的な感性を磨くためでも、創造的な表現を育てるためでもなかった。学校に提出する願書に書くと見栄えがいいからにすぎなかった。アーティストやクリエイターになるのは二種類の人だけだと教師から教えこまれた。普通の大学に行けないほど成績が悪い人か、金持ちの子だ。「大学に入れなかったら人生は終わったも同然」

と教師は繰り返した。それが唯一の真実として頭のなかに埋め込まれた。優先すべきはフラットを所有することであり、芸術を生み出すことではない。公立の中等学校の友人はみな労働者階級または中流階級の出身だった。将来的には家族を支えるか、中流階級の一家をより中流階級らしい生活に高めていくのが使命だと言われて育った。他の選択肢を持っている者はひとりもいなかった。

音楽はこの考え方に合わなかった。工業ビルの音楽の世界でわたしの知らない無名バンドの曲を聴く若い人たちに出会ったとき、わたしは不思議に思った。この人たち、いったいどこからやってきたの？　ずっと香港にいたのだろうけれど、こうして出会うまでは存在していることもわからなかったし、ましてや知り合うこともなかった。彼らが体現している自由こそが、当時はまだ抽象的な概念に留まっていた香港の守るべき「自由」より、確固とした現実のものに感じられた。彼らはわたしが住む場所と同じ香港にいながら別の生き方ができることを表していた。

〈ヒドゥン・アジェンダ〉は二〇〇〇年代後半、音楽好きのグループによって設立された。そのなかでもよく知られている共同設立者は許仲和で、二十歳のときにタイから輸入したバンドTシャツを販売するショップを立ち上げ、その後友人たちと觀塘《クントン》の工業ビルに引っ越した。みな音楽が好きで、ビルの部屋を借りればライブスペースにも使えることに気づいた。工業ビルにライブハウスが誕生したのは、クールな場所だったからではない。放棄された倉庫の賃料が安く、ライブが開催できるほど広く、住宅地から離れているために騒音で文句を言われる心配がなかったからだ。過去二十年間に、香港の工業ビルは、インスタレーション作品のためにスペースが必要なアーティストや、リハーサル室に様変わりした部屋でジュテを練習するダンサー、インディーのクリエイターなどにとって不可欠な場所となった。一九五〇年代、戦後の香港は軽工業と労働集約型産業に特化した工業都市として発展した。埋め立て費用が安くすむこともあって、観塘には瞬く間に工業ビルが建ち並ぶようになった。ところが、一九八〇年代になると製造業者は、経済上の優遇政策と安い賃料、低い労働コストのために中国本土へと移っていき*、こうしたビルは見捨てられて工業時代の遺物となった。そこへアーティストたちがやってきた。

今でも香港には千棟以上の工業ビルがある。その活動は地区によってさまざまだ。堅尼地城（ケネディ・タウン）の工場には協業スペースが、黄竹坑《ウォンチャクハン》のビルにはアートギャラリーが作られている。火炭《フォータン》の元工場は香港中文大学の美術学校に近いため、アーティストの卵たちがスタジオやワークショップとして利用している。ミュージシャンは観塘をひいきにしたので、二〇〇〇年代から二〇一〇年代にかけてはここから多くのアンダーグラウンド音楽が生まれた。こうした場所で活躍するアーティストとミュージシャンは、海外で教育を受けた裕福な上位中流階級のボヘミアンではない。多くは労働者階級出身で、他の場所では家賃を支払えないから工場に住んでいる人たちだ。ポスト八〇年代世代で土地覇権や村落収用に対する抗議運動を展開してきた活動家もいた。

ミュージシャンで活動家の黄津珏《アーコックウォン》は、観塘に位置する三百ほどの工業施設に、ある時点では千以上のバンドが暮らしていたと述べている。彼自身も六年以上にわたり、友人たちと牛頭角の近隣地域で暮らしていた。「ミュージシャン、写真家、デザイナー、ストリート・アーティストがいた。ディナー・パーティー、スクリーン印刷のワークショップ、映画の上映、廊下ではボクシング大会*まで開催されていた」と彼は書いている。友人たちは通りの標識の上から「観塘芸術区」とスプレーでペイントし、「バンド・ジェイ村*」という横断幕を掲げた。彼の著書『caak3 seng1』には工場で過ごした日々のことが書かれていて、日常生活のささやかな自由を専制的に制限する(大道芸人に対する規制、公共交通機関での楽器の演奏の禁止、許可証なしでのパフォーマンスの禁止など)香港の全体的な傾向に疑問を呈してもいる。そんなふうに読まれることは予想外だったかもしれないが、わたしは工場での生活の様子を敬意を抱きながら読み、この創造的なアナーキストのユートピアに理想の生活を見出していた。

工場にまつわる話は世代を超えている。二〇一〇年代にわたしが熱心に追いかけていたインディー・バンドはマーマーだ。今でも手書きのセットリストをクローゼットに貼りつけている。マーマーのドラマーの父親はファッションデザイナーで、三十年間観塘で働いていた。彼は音楽への愛を娘のモンシャに伝えた。父親が観塘の工業ビルで物置兼ワークショップになるスペースを所有していたので、練習用の空間が必要になるとそこがリハーサル室になった。デビューアルバムもここで録音された。*

ところが二〇一〇年代初め頃、東九龍地区を高級化する計画を政府が立ち上げると、* 賃貸料は高騰し、かつての垂直統合型工場（錆びた金属の門、黴だらけの外壁）はガラス張りの商業ビルに刷新された。たちまち観塘までがアーティストには手が出せない地域となった。〈ヒドゥン・アジェンダ〉は頑固なまでにこの地区を離れようとはしなかったが、たった十年間に（再ブランディングされた後継のライブハウスになってからも数えると）やむなく四度も場所を移し、二〇二〇年で完全に営業を終えた。〈ヒドゥン・アジェンダ〉の四度目の生まれ変わりである〈HA4.0〉には、埃だらけの工業ビルというルーツを思い出させるものはほとんど残っていなかった。トイレもついに普通に使用できるレベルになり、おしゃれな裸電球が天井からぶら下がっていた。「アンダーグラウンド」感も薄まった。工業ビルの地下深くではなく一階に移った。つまり隠れ家ではなくなった。先代〈ヒドゥン・アジェンダ〉のとき、強制捜査がなかったわけではないが、まだ注目を浴びていなかった。しかし、この代になると、警察がこの会場を見張っていることはだれもが知っていた。

二〇一七年三月、食品衛生担当官がコンサート愛好者のふりをして、*〈ヒドゥン・アジェンダ〉のライブに参加した。会場は当局によって強制捜査され、経営者はエンターテインメントのライセンスを持たずにチケット販売をしていると警告された。〈ヒドゥン・アジェンダ〉がこのライセンスを取得するのは不可能に近かった。工場の借地契約によると、工業および保管以外の目的でのフロアの使用は禁じられていたからだ。会場の共同設立者フィ・チャンウォーは何度もライセンスを取得しようとしたが叶わなかった。さらに、借地契約上、ビルの他のテナントの承認がなければ、土地使用の条件を変更することはできなかった。

　当局にはいつでもオルタナティブ・カルチャーやインディー音楽をつぶす手段がある。同年五月、エンプティボトルズとウェルセイドという二つのバンドのフロントマンを務めるわたしの友人ロクが〈ヒドゥン・アジエンダ〉で、オックスフォード出身のインディー・ロッカー、ＴＴＮＧの前座をする予定になっていた。ところが、ビザなしで演奏したという罪でＴＴＮＧが逮捕された。「［警察が］到着したとき、警察犬もいたし暴徒鎮圧用シールドも携帯していた」と彼は翌日ラジオで話している。「観客は（略）恐ろしく［感じて］こうした手段は必要ないと言っていた。いらなかった。だれも暴力など振るっていなかったのに」。インディー音楽界に属するいくつかのグループが翌日、警察署外で抗議するため集まり「〈ヒドゥン・アジェンダ〉を救え」という横断幕を掲げた。結局、半年以上経って当局はようやくＴＴＮＧを起訴しないと正式に発表した。

〈ヒドゥン・アジエンダ〉は〈ディス・タウン・ニーズ〉という新たなライブハウスに生まれ変わり、二年間運営された。ＴＴＮＧの以前の名前（ディス・タウン・ニーズ・ガンズ）にちなんだ店名だ。新たな出資者を見つけ、鯉魚門《レイユームン》の漁村を見下ろす油塘のビルの二階にある広々とした会場でライブを続けた。しかし二〇二〇年二月、ライブハウスが完全に閉店することを発表した。

なぜ警察は、踊ったり体をぶつけ合ったりしているだけの若者たちを取り締まらなければならないと考え、パフォーマーを逮捕して国際的な悪名を高めるようなことまでしたのか？　答えはとても簡単だ。香港の警察は過激な人々にはひどく官僚的だが、長年友好的な関係にある権力者が相手となるとひどく甘くなる。工業ビルでライブをおこなうのは明らかに違法だから、それだけで逮捕の理由にはなる。しかし、実は警察はわたしたちのことを恐れていたのではないかとも思う。香港のミュージシャンやライブ参加者が、突然暴力的な群衆となって政府を転覆させたり国家権力に歯向かったりするということではない。この都市で生きるために求められることを疑ってはならないと教えられてきたにもかかわらず、わたしたちが新たな道を作り上げたからだ。大人や法律や政府の言うことにうまく適応しそこなったり服従しそこなったりしただけなのだが、ともかく、わたしたちは自分のために人生を選んだのだ。

〈ヒドゥン・アジェンダ〉の閉店と東九龍の急速な高級化は、ひとつの時代が終わったことの証だった。強制捜査の後、多くの工場で、ライブは地下活動化を加速させ、閉鎖的なものに変わった。香港の反対側に位置する工場ライブスペース、〈サイ・チェオン〉は会員制になった。他のショーも極端な秘密主義になり、主催者はソーシャルメディアでイベントページを設定する代わりに個人的なメッセージを送信してライブ情報を伝えている。すでにニッチだった音楽界は新たなライブ参加者を集める手段を奪われ、新世代の音楽愛好家もまた、活動の場が限られているバンドを見出すのは困難だと痛感している。

十月の重陽節、観塘の工業ビルの十一階。ミュージシャンのトミイ・チャンがギターを胸にしっかりと抱え、見えないビートに合わせて足でリズムを刻んでいるとき、バンド仲間たちは新曲のデジタル信号が推移する画面をじっと見つめている。エレベーターには専任のオペレーターがついているほど古いが、ビルの内部はなにもかも新しく清潔だ。スタジオは温もりのある青い色調で統一され、小さな窓からは光が差し込んでいる。ドラムの下に敷かれているのは、わたしの家にあるのとまったく同じイケアのオリーブ色のカーペットだ。壁には防音のコットンブロックが敷きつめられ、隣の部屋から時折荒々しいドラムの音が飛び込んでくる。トミイがチューニングするあいだわたしはソファに座っている。「バンド仲間に言ったんだ、ぼくのことを書きたいなんて、きみは気が狂ってるんじゃないかって」

トミイの制服はデニムジャケットに白いシャツで、髪はジェームズ・ディーンのようにジェルで固めている。彼と出会ったのは何年も前の大学時代に、アンダーグラウンド・ミュージックのプロモーション会場でアルバイトをしていたときだ。わたしはまずは無給の見習いとして働き、その後レビュアー、ドア係、ソーシャルメディア・マネージャーになった。ショーを開催するときは中環《セントラル》の〈バックステージ・ライブ・レストラン〉のドアのところに立ち、名前にチェックをつけたりチケット料金を回収箱に入れたりしていた。だれかが煙草を吸いにドアを開いて外に出るたびに、音が漏れてきて、きれぎれに聴こえるリフに耳を澄ました。肩書きはいろいろあったが、仕事としてはフェイスブックのイベントページを確認し、香港でおこなわれているライブをすべて表にして、それを隔週のニュースレターに掲載することだった。わたしはそうしたニュースレターでその後大好きになるバンドの名前や、のちに閉店してしまう素敵な会場を知った。

二〇一四年の夏、トミイと彼の最初のバンド、ファンキーでソウルフルなトライ＝デューシズが取材に応じてくれ、わたしたちのオフィスのレコーディングスタジオまで来てくれた。彼がインディー・バンドのストランデッド・ウェールに加入した際は興味深く見守った。同じライブ会場で七年も一緒に過ごしたので今では友人だ。彼はわたしやパートナーと一緒に、わたしたちの家の居間に座って午前三時までビニールレコードを聴く。

リハーサルを見学したいと思っていたが、メンバーたちは二時間 MacBook に釘づけになり、制作中の曲について話し合っている。ベーシストのトーマスが蛍光灯を灯し、劇的効果を演出するために温かな光のランプをアー・ヒンに向ける。アー・ヒンはシンセサイザーに指を走らせている。トミイの歌声が部屋中に散らばったスピーカーから飛び出す。フェンダーのアンプが積み重ねられ、天井用スピーカーが部屋の隅につけられている。彼はさざめくシンセサイザーや上下動を繰り返すベースラインの上から「待ってる」と優しく歌う。歌の合間に、バンドメンバーが煙草に火をつける。

トミイが初めて楽器を手にしたのは七歳のときだ。小学校のバイオリン教師が「ドラえもん」のテーマソングを弾いたことがきっかけで、ドラえもんの大ファンだったトミイはその先生からバイオリンのレッスンを受けるようになった。その後、香港に一校しかない音楽中等学校、それもかなりキリスト教色の濃い学校に入った。母親が牧師だったこともあり、両親は彼の意思を尊重した。学校はクラシック音楽の練習に重点を置いていた。トミイは月曜から金曜まで作曲、コーラス、楽器、音楽鑑賞の授業を受けた。八十近くものピアノ室がある私立校だったが、家族がキリスト教徒のために学費は半額ですんだ。しばらくのあいだ、トミイ自身も神に仕え、音楽を通じて神を称えることに夢中になった。ギターの先生のひとりはヒルソング・ユナイテッド〔オーストラリアのヒルソング教会の賛美チームで、クリスチャン・ロックを歌う〕の一員だった。しかし成長するにつれて、信仰を強制されていると感じるようになった。毎朝、出席しなければならない讃美歌授業があり、讃美歌を作曲するコンテストまであった。トミイは徐々にキリスト教から遠ざかった。

　最終学年のときにオアシスやジョン・リー・フッカーを聴き始め、独学でギターの弾き方を覚えた。オンライン・フォーラムのhkbandmusic.comで、トライ＝デューシズというバンドを結成した。しばらくのあいだインディー向けの会場や主流となるコンテストで演奏をおこなった。二〇一三年には地区の「アジアン・ビート」コンテストで優勝した。これは当時、レコードショップや楽器店がスポンサーについていたバンド・コンテンストのひとつだ。しかし、曲を正式にリリースする前にこのバンドはあっさり解散した。創造性が立ち消えになったし、メンバー同士の相性もよくなかった。

トミイの二番目のバンド、ストランデッド・ウェールはより主流に近いインディー音楽として成功を収めた。共同でリードボーカルを務めたジェイビン・ローとも、同じオンライン・フォーラムで知り合った。ジェイビンがジミ・ヘンドリックスやB・B・キングを聴いていたこともあり、音楽の好みが似ていたふたりは絆を深め、マディ・ウォーターズなどのブルースを演奏するようになった。その他のバンドメンバー、ディーンとアー・ヒンは、二〇一〇年にトミイがまだ教会に通っていた頃、教会のワークショップのハウスバンドで演奏していた。四人はインディー・フォーク・バンドを結成し、ジャズ風の要素を取り入れた。ストランデッド・ウェールの「リリース・ザ・スワロー」や「コーリング・フロム・ザ・ハイアー・グラウンド」は、わたしが二〇一〇年代の香港バンドシーンのなかでとりわけ気に入っていた作品だ。深みのある作詞と作曲、かすかな陰鬱さ。当時の地元のインディー・ロック・バンドによくあった、後味の悪いベタベタした甘さなどみじんもなかった。

ストランデッド・ウェールは香港最大の音楽祭、「クロッケンフラップ」で演奏し、台湾ツアーもおこなった。それでも音楽界での立ち位置を見つけ出せずに四苦八苦していた。インディー・フォークは香港の音楽界では底辺に位置し、ポストロックやマスロックのような人気は得られなかった。二枚目のアルバムは一枚目より成熟した感じがしたが、まったく評判にならなかった。バンドはうまくいかなくなっていたが、トミイは新しい曲を作っていた。「ぼくは

［ジェイビンを］つなぎとめる立場にも、バンドをつなぎとめる立場にもいなかった」。トミイは今でも元バンドメンバーと一緒にバンド室を使っている。複数の楽器を演奏することができるので、作曲にも作品のリリースにもバンドは必要としない。それでも、コラボレーションが恋しくなるときがあるという。「バンドでやると、ひとりじゃないという感じがするんだ」

パンデミックの起きた二〇二〇年は、たとえバンドが解散していなかったとしても、トミイにとって特に辛い一年だった。恋人と別れ、年老いた両親の健康状態にも悩まされ続けた。前から心配性だった。不安のあまり頭痛がすることもあり、常に髪を引っ張ったり指でなにかをいじったりしていないと落ち着かなかった。ところが演奏しているときには穏やかな気持ちがした。別のときには感じられない心の安らぎを得られる気がした。パフォーマンス会場は彼にとって安全な空間だった。パンデミックのせいでライブで演奏するというかいつもの対症療法が使えなくなった。トミイは漢方医の診察を受けた。持ち歩いている財布には、健康のため避けるべき食べ物のリストが書かれた紙が入っている。オクラに烏龍茶、バナナなど。バンドメンバーは、とりあえず酒と煙草をやめたらどうだ、と忠告した。

将来について尋ねると、トミイは黙り込んで煙草に火をつける。そしてためらいつつこう話す。「そういう質問をされるたびに途方に暮れるんだ。とりわけ人生の意義を見失っているときはね。明日が来ないような気がしてならない」。もうじき三十歳になるトミイは、経済的に独立できていないことを気に病んでいる。インディー・ライブではあまり収入を得られなかった。バンドの練習場の使用料を支払わなければならないので、今でも労働者階級の家族と一緒に暮らしている。しばらくのあいだ、結婚式や、クイーン・エリザベス・スタジアムで開催されるアンディー・ホイやウィィリアム・ソー・ウィンホン(蘇永康)といった、広東ポップの大スターのライブでセッション・ミュージシャンとして働き、歌のコンテストでテレビに出たこともあった。ところが、二年ほど前にすべてから足を洗った。「他人の曲を演奏するのはすごく疲れるし、退屈だった。熱意が感じられなかった。九時五時の仕事をしているみたいで」。最近では食べていくために音楽のレッスンをしたり、仲間のミュージシャンのアルバムをプロデュースしたり、カフェや共同ワークスペースでアルバイトをしたりしている。

トミイの最新EP『リプレイ』の曲名は、中年の危機に直面している人物の物思いを連想させる。「なじみのやり方《オールド・ウェイズ》」や「後悔《リグレッツ》」。トミイの父親は息子に安定したフルタイムの仕事に就いてもらいたいと思っているが、それを押しつけたりはしない。息子の音楽に対するたゆまぬ努力を見守っている。香港人の親としては珍しいタイプだ。工業ビルでのライブにも顔を出す。ライブ好きのなかに、ふたつの白髪頭が見える。夜遅くに、開いたドアの向こうにある寝室から聞こえてくる両親の話し声や、ひそやかな笑い声に耳を傾けていると心が落ち着くこともある。ひとりっ子の彼は、両親が死ぬまでそばにいたいと思っている。

長年わたしは、トミイが自分の仕事や友人のプロジェクトなどでさまざまなジャンルの音楽、つまりインディー・ロック、ソウル・ファンク、エモを演奏する姿を見てきた。彼個人の作品はギター中心のブルースから着想を得ていて、冬の寒い夜にウィスキーを血管のなかに注入したような温かさに包まれるような曲だ。観客に人気がある「アンチェイン・マイ・ハート」は昔懐かしいラブソングで、古い曲のカバーのように聞こえる。彼は聴き手が陶酔するようなロッカーではなく、どの曲もカタルシスにいたる絶叫とは無縁だ。それなのにその音楽には不思議なほど情感があふれていて、トミイが特徴的なアクセントの英語で歌うとそれがわかる。慕情を帯びた曲が昔の時代へと聴き手を連れていく。何十年も前に消え去った、薄暗い明かりのジャズ・ラウンジに。演奏するトミイの肩はこの世の重荷に耐えきれないように落ち、顔は俯き、体がギターに操られているような動き方をする。

二年間、トミイはデザイナー兼サックス演奏者の友人アンドリュー・ウォンと「グルーミー・アイランド・ブルース・フェスティバル」を企画し、香港にブルースを持ち込もうとしていた。香港では先にロックンロールの人気が出ていたし、ブルースが表現する人生の憂鬱は、本来、香港人の好みに合うはずなのだが、あまり注目されていない。トミイとアンドリューは地元のスウィング・ダンスの集団を巻き込んで、大澳《タイオー》の漁村にある木造家屋でライブをおこなった。ミシシッピ・デルタのブルースを彷彿とさせる演出だった。彼は音楽だけでなく、アメリカのディープ・サウスに暮らす黒人ミュージシャンの雰囲気や、抑圧から生まれたブルースの背景まで伝えようとした。歴史的な背景は現代の香港とはまったく違うが、その感情はトミイの心に響いている。

トミイの頑固さにはよく驚かされる。優れた曲を書き、技術も確かなことに間違いはないのだが、彼の生まれ育った香港は独立系のミュージシャンに優しい場所ではない。他の都市に生まれていたら彼はもっと成功していたかもしれない、とわたしはときどき考える。彼の音楽の背景を説明する必要がないほど音楽の歴史に明るい都市、そういう場所なら、彼の音楽はもっと大勢の聴衆に理解されただろう。トミイは受けを狙わない。想像のなかの国際的なリスナーを満足させるような香港の目印になるものを歌詞に入れ込まないし、香港の精神や魂を体現しているなどと喧伝しない。自分の気持ちに正直な曲を書き、別の出世の道を考えたことは一度もない。音楽は彼の唯一の得意分野で、これが彼の求める人生なのだ。香港では稀有な人物だ。望みどおりの人生を生きている。好きなことのできる自由があるだけでトミイは満足している。他のことはすべて二の次だ。「自分のなかに音楽があることがわかっているんだ、ただもう少し時間がいる。あるいは別の場所が」

そうは言いながらも、香港やここの人々を置いて行くことにはためらいがあると打ち明ける。トミイの頑固な性質や、なにごともなおざりにできない性格は音楽にも影響している。だからわたしも彼の曲に惹かれたのだ。わたしたちふたりとも、自分が生まれる前に廃れたジャンルや、もうとっくに断っておくべき関係、触れたら粉々になるような遠い昔の記憶にしがみついている。「でも最後にはきみが／満足した人生を送っているといい」とトミイは、ＥＰの最後の曲、「ア・ソング・フォー・ムービング・フォワード」で歌う。

わたしが見学しにいったときにリハーサル室で練習していた新しいバンド名は、「友誼永固（ずっと友だち）」だ、とトミイが言う。あまりにありきたりすぎて、皮肉かと思うけれどトミイは真剣だ。「今までのバンドはみな解散したから。今回はずっと友だちでいたいんだ」

人生のどんなときにもぴったりなマイ・リトル・エアポート（MLA）の曲がある、と車のなかで友人のジェシーが言う。わたしたちはライブに行くところだ。スマートフォンをスピーカーにつなげると、彼の愛する香港のインディー・バンドの曲が流れる。ジェシーは大学時代からMLAのファンだったが、わたしにはこのインディー・ポップ・デュオが気取りすぎているように思え、夢中になれなかった。でも二十代半ばになると、彼らの歌詞はこれまでになくわたしの心を揺さぶった。ジェシーは正しかった。文学でも映画でも、香港の若者の暮らしをここまで正確かつ雄弁に切り取ることのできる人たちはいない。マイ・リトル・エアポートはこんな曲を書く。マクドナルドで過ごした深夜のこと（「昨夜〈マクドナルド〉で／白い光、広東語の歌、ホームレスの人たち」）、二階建てバスの二階席の最前列の席から見る景色、そしてわたしが育った土瓜湾のこと（「電車の駅が／まだできなければいいのに／これ以上高い家賃は払えないから」）。こうした曲は中国語で歌っているのだが、なかには香港訛りの英語で歌っている曲もある（「ヴィクター、スタンフォードにつれてってって」や「アイリスみたいに素敵なAVをダウンロードしたいのにどうしたらいいのかわからない」）。

抗議デモのあいだ、友人たちはMLAの曲の歌詞を投稿した。「世界中で十代の子が反乱を起こしてる／いつ香港に来てくれるの?」。地元のヒップホップ・バンド、MLFの「今宵多珍重」のカバー曲も投稿された。「今夜は気をつけて／明日はこんなふうじゃないかもしれない」。抗議デモ運動に関する作品もある。「今夜はもうちょっとアイス食べてもいいよね、明日の午後には捕まってるかもしれないから」、「今夜は干諾道(コンノート・ロード)で眠ろう」。「呉小姐(ミズ・ン)」というスポークン・ワードを用いた作品は、ある女性銀行員が仕事終わりにネイザン・ロードに行き、黒い服をまとった他のデモの参加者とともに催涙ガスを浴びせられたことがきっかけで、抗議デモに参加することを決意する様子を描いている。

マイ・リトル・エアポートの音楽は、とりわけ完全に翻訳することができないという点で、香港で彼らの表現を聴く際に文化や言語がいかに壁になるかを示す例になっている。その歌詞を広東語から翻訳したところで、親密かつ緻密であっても「鳩(くだらない)」のように見える歌詞のすべての意味を伝えることはできない。眠る直前に耳元でささやかれる、身内にしか通じない冗談のように聞こえる。広東語話者だけが理解できる冗談。香港の音楽界はすでにさまざまなジャンルに枝分かれしている。時には言語――バンドが英語で歌うか、中国語で歌うか――の違いで異なる観客が集まる。湾仔《ワンチャイ》にある〈ザ・ワンチ〉などのパブでは毎晩ライブが開かれ、いろいろなジャンルの音楽好きが集う。香港のインディー・ミュージシャンでそこで演奏したことがない者はいないだろう。工場のライブ会場では中国人が圧倒的に多い。政治信条によっても分かれている。東九龍のバンドシーンを体験してきた人のなかには、政府に一時は管理されていた西九龍文化地区*で開催される「クロッケンフラップ」には参加しないという人もいる。

真の「香港らしさ」があるとわたしが思う他のバンドを挙げれば、色調はまったく違うが、アン・アイディー・シグナル（意色樓）だ。MLAは穏やかで悲喜こもごもといった歌い方をするが、アン・アイディー・シグナルのほうは声が嗄れるまで叫ぶような音楽だ。活動家兼ミュージシャンのリョン・ウィンライ（アー・ライ）が中心的な人物となっているこのバンドは、二〇〇〇年代に工業ビルの音楽世界から生まれた。〈ヒドゥン・アジェンダ〉の仲間や「家に帰りたくない強情なやつら」とともに成長してきた、とアー・ライは語っている。バーやお互いのバンドの練習室で時間を過ごしてきたグループに、アー・ライも加わるようになった。アン・アイディー・シグナルの音楽は、広東語の歌詞を叫び、引きのばし、歌う、調和と不調和のあいだをさまよい、苛まれているようなアー・ライのボーカルが特徴だ。二〇一七年、アー・ライは新界の村落収用に抗議した罪で、百七十六日間投獄された。

アー・ライたちはお祭りの期間にゲリラ・ライブなどを企画している。「告知なしパフォーマンス許可なし」で高架下や海岸の公共スペースでおこなう。ある年、工場のライブハウスが強制捜査され、その後に開催された中秋節のショーでは「工業ビルがなければ通りで演奏する」というテーマを掲げた。高架下で演奏すれば雨が降っても機材は濡れず、高架橋を管理する政府機関は警察や衛生局に比べれば対応が遅いから好都合だ。

香港の音楽界は「政治的」かと訊かれることがよくある。彼らが訊きたいのは、歌詞は抵抗の精神を表しているか、ミュージシャンは抗議活動をしているかということだ。つまりそう尋ねる人々は、バンドが無許可のショーを企画し、演奏禁止の場所で演奏し、求められない生き方で生きるという形で反抗していることがわからないのだ。言葉を換えれば、わたしたちは本当ならここにいてはいけないのだ。それでも、わたしたちはここにいる。


『誰がための日々』で、ショーン・ユー演じるトンは二段ベッドの上段に横たわったまま眠れずにいる。ベッドから降りて、いくつにも区分けされたフラットの狭い玄関に向かうと突如走り出し、防火シャッターを下ろしたいくつもの店の前を駆けぬけていく。まるで、速く走れば自分の一部を置き去りにできるとでも言わんばかりに。「打開這幻象或約定你為何需要逃走(幻を切り開くか　約束を結ぶんだ　なぜ逃げる必要がある)」と、男性の優しい声が、幽霊のように歌う。主人公を夜通し見守り続けているような声。その音楽を聴いたとき、わたしはいつもなら映画館では決してしないことをした。隣を向いて、パートナーに向かってささやいたのだ。「この曲を歌ってるミュージシャン、知ってる?」

初めて黄衍仁《ウォンヒンヤン》に会ったのは、工業ビルのアート・スペースで二〇一一年の香港での「占拠」抗議運動を描いた作品『風景』が上映されたときだった。ヒンヤンは、活動家たちが一年近くセントラルのＨＳＢＣビルの地下を占拠していたときに参加し、この映画でも音楽を担当した。細い体に大きすぎるスーツを着て、靴下にサンダル履きの彼は、上映会で観客から質問を受けていた。その後しばらく、どこに行っても彼の姿を見かけた。今とほとんど変わらない若いときの彼の姿が写真に残っている。スキンヘッドで白いアンダーシャツを着て、皇后（クイーンズ）埠頭の枝先に留まっている鷹のようだ。別の王朝時代から間違って現代にテレポートしてきた中国人学者のような格好をしているときもあった。

ウォン・ヒンヤンは香港で生まれ、長沙湾《チョンシャーワン》の古い公営住宅で育った。父親は政府の公益事業関係の仕事をし、母親は専業主婦だった。「ぼくの生い立ちは、他の人に比べて特別に悲惨だったわけじゃない」と言って、乾いた声で笑った。ヒンヤンが芸術を追求したり社会活動に身を投じたりすることが両親には理解できなかったが、時間が経つうちにそれを受け入れ、良好な関係を築けるようになった。ヒンヤンは大学に進学せず、職業学校で写真を学んだ。同じ学校の卒業生たちはフォトジャーナリストになっていったが、彼はフリーランスのグラフィック・デザイナーとして働いた。音楽を仕事にしようと考えたことはなかった。二〇〇五年に友人に紹介された劇場から、ある作品で音楽を担当してくれと言われ、偶然飛び込んだ世界だった。二〇一〇年代に専業のミュージシャンになった。最近ではミュージシャンであり俳優でありアナーキストだと自己紹介している。

作曲を始めたのは中等学校三年のときで、コンピューター上のミディ・シミュレーターでマウスを動かして作曲した。サンプルを聴き、音楽ソフトウェアの海賊版を買ってきて、納得できる音になるまで自分でいじり回した。エレクトリック・ギターを習い、中等学校の同級生と三人で即興バンドを結成した。バンドメンバーのひとりはインディー映画監督のラム・サムだ。もうひとりはその後僧侶になった。

でもヒンヤンはたいていひとりで演奏し、作曲するために奮闘し、自分が心動かされるものを見つけるまで独学を究めた。一匹狼を自称し、香港中文大学の芸術専攻の学生やその出身者が多く暮らす芸術村の中心地、火炭の工業地域にある部屋で曲を作っている。もう十年ここで暮らしているという。「ここに住んでるのは、他にバンドをやっているやつがいないからだ。牛頭角に住んでいた頃は、ミュージシャンたちが練習しているあいだアンプの横で眠っていた。強力な耳栓を買ってもなんの役にも立たなかった。体全体が振動するからね」。火炭はずっと静かだけれど狭い。体をめぐらせることはできるがギターが物にぶつかる。ルームメートとともに、賃貸契約が終了したら村の家に引っ越そうかとも思ったが、村の近隣住民たちが騒音に耐えられないだろう。

群衆に語りかけるのは気後れがすると述べているが、観客からの反応に支えられているという。フォーク・シンガーと呼ばれることには相反する感情を持っている。「自分にレッテルを貼れば、可能性が狭まってしまう」。でも「我係命係咁（これがぼくの人生）」で歌うとおり、運命を心から信じている。演奏を介して崇高なものに挑戦したいと思っている。「演奏すれば本当に手に触れられるほどリアルで美しい瞬間にたどり着けるチャンスがある。そんなことは人生で二度か三度しかないかもしれないけれど、前に一度経験したことがあるからできるとわかっているし、『たぶん、今度こそそれが起きる』と思える。だから、苦しくて面倒で、途方に暮れるような状況にも立ち向かっていける」

時間をかけて、ヒンヤンは自分の「音」を作り出してきた。彼の曲作りはたった一台のアコースティック・ギターと歌だけに支えられたむきだしの状態で始まり、そこに彼のボーカルがさらに重なったり、浮遊感のあるモノトーンの音響やギターの歪んだ旋律が加わったりする。彼のボーカルは熱量のある叫びと、やわらかなささやきのあいだを行き来する。まるで長いあいだ顧みられなかった工業ビルの打ち捨てられた廊下をさまよう亡霊のように。複雑で音の高低に富む広東語を母語とする人にしか書けないような歌詞を書く。音楽はほんの一瞬、そこにあるとは思わなかった音のなかで、音と音のあいだの響きのなかで揺らぐことがある。この十年のあいだわたしは、この十年の広東ポップの、嘘くさい歌詞や面白くないポップスターにうんざりしていたので、広東語の曲にこんな調べがあるのを忘れていた。

思春期のヒンヤンは四六時中、浴びるようにルー・リードの曲を聴き、彼の詞に夢中になった。文学的な影響を受けていることはヒンヤンの曲を聴けばわかる。劉以鬯《ラウイーチョン》の小説『酒徒』から着想を得た曲や、飲江《ヤムゴン》の詩をもとにして書いた曲もある。彼自身の広東語の歌詞は詩的だがパンチが効いていて、イメージは精確で冗漫さがない。寝たふりをしている人を起こすことはできない、というのは、政治が変わろうとする時代に頑なに変わろうとしない人々を暗喩している。明かりのなかへ飛び込んで、蠟燭の芯に触れてしまう蛾の歌もある。

自分のスタイルで初めて書いた曲は二〇一〇年の「轉念始於足下寸土（心変わりは足の下の地面から始まる）」だ。「鐵一般的秩序是路障只會讓我們跌倒（鉄のような秩序は道路のバリケード／ぼくたちを転ばせるだけ）」と彼は歌う。その頃、彼は香港と中国をつなぐ高速鉄道に反対する抗議デモに参加していた。社会運動に参加するようになったのは十八歳のときだ。ヒンヤンとバンドメンバーは、「自治８ａ」と呼ばれる場所の噂を耳にした。ギターやセッションを無料で学べるという。彼が長い時間を過ごすようになったその場所こそ、学生運動や左翼運動の中心だった。「ぼくはとても若かったし、それがかっこいいことだと思った。今までの生活、学校に行ったり主流メディアやポップカルチャーを消費したりする生活とはまったく違っていた」。親しくなった活動家たちは街頭にブースを設置し、公共スペースについて香港人に向かって話しかけていた。ヒンヤンの政治哲学が生まれたのは、理論に関する本を読むことを通してではなく、こうした十年のあいだ積み上げられた実践的な活動を介してだった。

二〇〇三年七月一日、ヒンヤンと友人たちは五十万人が参加した香港国家安全維持法反対のデモに参加した。ドラムを持ち出し、通りで歌ったり踊ったりした。行進の終わる頃、抗議は公式に終了したから帰るように警察から言われたが、ヒンヤンの友人たちは中央官庁まで歩こうとした。二十人ほどの参加者が警察に取り囲まれ、ふたりが連行された。「信じられない体験だった。だって次の日、みんなは通りにあふれた人の数や、全員で表した市民意識のことばかり話していて、ぼくたちのことなんかだれも気にしちゃいなかった」。早くから警察には不信感を抱いていた。「あの制服を着ると普通の人じゃなくなるんだ。ぼくらはどんな期待も抱いちゃいけない」

この十年のあいだに三つの政治の転換点を見てきた。二〇一〇年の反高速鉄道運動。このときも彼は参加した。抗議スタイルが過去へ伸びていき宗教儀式に向かう巡礼のような五体投地の形をとった。二〇一四年の雨傘運動。彼は親しい活動家の友人たちが、勢力を拡大した地方主義運動によって激しく攻撃され、傷つけられるのを目の当たりにした。もはや古い世代となった八〇年代の活動家たちは飽きられ、地方主義が大きく支持を伸ばしていた。そして二〇一九年。「社会運動のどの世代も、自分たちが新しいことをやっていると思っているに違いないんだ。世の中の人たちがまだ知らないことがあるから、自分たちの考えを訴えるために彼らはここにいるんだよ」。このとき彼自身の感情はさほど高まっていなかった。体制に対する信頼はとうの昔になくしていたし、怒りをくすぶらせている時間が長かったからだ。ヒンヤンはそれを「究極の死闘」と呼ぶ。矛盾した思いを込めた言葉だ。火は灯され、今や燃えさかっているが、いつまで燃え続けるかわからなかった。

ヒンヤンと友人たちは、「快楽抗争（幸せな抵抗）」という概念を支持するタイプだ。この言葉は音楽界でのより穏やかな抵抗を表していて、過酷な闘争に楽しい要素を加えている。長く続く抵抗には怒りだけでなく、*肯定的な感情がなければならない。二〇一九年、彼はドラム隊として、行進する群衆とともに通りを練り歩き、ばちで叩いたり歓声を上げたりした。「世界中に影響を与えるなにかをなし遂げようとしているのが、こんなに小さい街の、わずかな数の人なんだ。やり続けるエネルギーがないことはみんなわかってた」。ヒンヤンが呼吸のエクササイズを動画で撮影してソーシャルメディアに投稿を始めたのは、大勢の人が警察の弾圧をニュースの生放送で見てパニック発作を起こしていたときだ。昔取材したときヒンヤンはこう話していた。もっとも重要なのは、他の人の「苦しみを減らす」ことなんだ、と。二〇一九年以降の目標は、輪廻転生の輪から抜け出すこと。現実の世界が変わるなんて期待できないし、ゲームをするのにも飽きた。彼の自由は、現実を揺さぶる一種の精神性という形をとった。少し黙ってからヒンヤンは言う。「終極度離地啦（世界からの究極の別離）」

二〇一九年の抗議デモのあいだヒンヤンは、権力に対して罵詈雑言を浴びせ、逃亡犯条例改正案に対する反対運動への支援を表明した。焼肉屋の店員による怒号をリミックスした後に、「エル・プエブロ・ユニド・ハマス・セラ・ベンシード（団結した人々が倒されることは決して無い）」というチリの曲に広東語の歌詞をつけ、〈サイ・チェオン〉で複数の友人と一緒にレコーディングした。彼の歌詞は闘争開始を呼びかけているかのようだ。

新界人！　九龍人！　團結唔會被打沉！

（新界の人よ！　九龍の人よ！　団結すれば沈まない！）

離島人！　港島人！　團結唔會被打沉！

（離島の人よ！　香港の人よ！　団結すれば沈まない！）

自己人！　自己人！　團結唔會被打沉！

（あなたも！　わたしも！　団結すれば沈まない！）

でも、わたしの心に刻まれているのは、この時期に制作されたヒンヤンの別の歌だ。香港国家安全維持法の施行が通知された日、彼はフェイスブックに「これを見たら深く息をして」と投稿した。「パンと薔薇」は、『人間の現象・レボルバー二〇二一』という劇のために書かれた。中国語での劇のタイトルは『聽搖滾的北京猿人　二〇二一〔「ロックを聴く北京原人」という意味〕』で、亡くなった中国人ロッカー、張炬《ジャンジュー》の曲にちなんでいる。劇では歴史上の革命のさまざまな瞬間の異なる物語が交差する。ヒンヤンは第二次世界大戦前の北京に生きて、人間の進化に関する本を書いている牧師を演じた。「世界が崩壊しようとしてる／初めてのことじゃない／無数のガラスのかけらが降ってきて／鋭い痛みがどういうものか教えてくれた」。ヒンヤンは井戸の底から歌い、肌を舐める炎に屈せずに生きることを訴える。

さみしくなるときがある。わたしはまた中秋節のライブにやってきている。葵興の隠れ家の工業ビルだ。三十分後にはステージで演奏する予定のロクは、バルコニーのソファで眠りこけている。わたしはワインの小さなボトルを手にして、驚くほどの速さで喉に流し込む。パートナーとわたしはビルの角に立ち、頭上の奇妙な月を見つめる。街のこの辺りは静まり返っているのに、月はあまりにも明るく輝いている。今夜この先どうなるか、わたしにはわかる。流れている歌を口ずさむ。演奏しているのは友人だから、どの曲も知っている。少なくともわたしは、彼らは友人だと思う。初めは擬似的《パラソーシャル》な関係で、わたしが彼らを見つめていて、見つめているわたしを彼らが見つめているだけのつながりだとしても。知り合いではないが顔見知りの人たちとわたしは目を合わせないようにする。少なくとも五年間も顔を合わせてきたライブの常連なのに挨拶したことは一度もなく、友人になるにはもう遅すぎる人たち。酔っぱらってタクシーで帰宅し、次の日に起き上がるとお尻に鋭い痛みが走り、パンツには錆のしみがついている。三カ月後、別のバンドが解散する。メンバーが香港を去るからか、それともいろいろな会場でライブを重ねてもブレイクしないことにうんざりしてしまったからか。

デイヴィッド・ボーリングのライブはいつでも、人類が破滅するまでの時間をカウントダウンする秘密のパーティーのような雰囲気がある。「終末がやってくるまで時間をつぶせ」とバンドが繰り返し、どこか野生的な空気が観客を包む。工場の露出配管の下に立つラウジャンは殺意の滲む目で観客を睨み、マイクに向かって叫ぶ。汗の臭いのする大気のなかで、手で触れられそうになるまでに敵愾心が高まる。観客は緊迫するビートに合わせて体を揺らす。このバンドの演奏の翌日には決まって、激しく踊ったせいで体が動かなくなるが、なにかが軽くなる。これが人生でいちばん宗教に近づいた瞬間かもしれない。

ラウジャンがデイヴィッド・ボーリングの一員ではなかったときのことを思い出すのは難しい。デイヴィッド・ボーリングは、ラウジャンが参加してから真のデイヴィッド・ボーリングになったからだ。二〇一三年、わたしがインディー・ミュージックのプロモーション会場で働いていたとき、ライブに参加してくれる新たなバンドを探していると、大学の音楽クラブがデイヴィッド・ボーリングを勧めてくれた。一年後、バンドの設立メンバーの演奏を初めて聴いた。パンクから着想を得た騒がしい曲は、当時のローカル・インディー音楽とは明らかに違っていたが、このときはまだロック・ミュージシャンの真似をしたアマチュア大学バンドにすぎなかった。時間が経つうちにバンドは独自の音を創り上げた。核となるのはインダストリアルで、亡霊のようなメロディに乗った歌、ときには陰鬱なバラード、次の瞬間は絶叫。ギターは悪夢に登場するピエロが暗闇へと手招きしているかのようだ。わたしはたちまち虜《とりこ》になった。

デイヴィッド・ボーリングに初めてインタビューしたのは、二〇一六年の初めの頃だ。どのメンバーも、現在のバンドの姿になるにはラウジャンの加入が不可欠だった、と認めていた。ラウジャンは、前のボーカルが留学するためにバンドを抜けたとき、ギタリストのジェイソン・チャンから誘われて参加した。初めは彼の誘いが本気なのかどうかわからなかったという。

曲を書いたことも楽器を演奏したこともなかった。わたしは、二〇二〇年に再度インタビューの場を設けた。「こういう人になりたいとか、偉くなりたいとか、考えたことがなかった。いつだって人前に出たくなくて、有名になりたいなんて思ったこともなかった。人に気づかれるのも嫌だし、スポットライトを浴びるのも嫌だから」と、彼女は上環《ションワン》のハンバーガーショップで、先端だけをブロンドに染めた髪を手で梳《す》きながら言う。それでも自分の気持ちを正当化できる芸術に惹かれた。とりわけ容易に名付けられない気持ちを。それで映画、文学、音楽への道を探り始めた。

「幼い頃から結構よく怒っていたと思う」とラウジャンは話す。豹柄のシャツを身につけ、目元を赤く彩った彼女はバンズ抜きのバーガーを注文する。わたしたちは英語と広東語を行ったり来たりして話す。ピアスをしている彼女の舌が見え隠れする。ラウジャンの話す英語にあるはっきりしたアクセントがどこから来たものかよくわからない。これも彼女のボーカルの特徴だ。二年間ドーセットの全寮制学校に通ってから、ロンドンに二年間滞在して建築学の修士号をとった。香港の友人たちのなかではいちばん反抗的だった。みな、素直な子たちばかりだった。表面上は完璧な中流階級出身に見えるが、子ども時代の環境は複雑で、両親は彼女が十八歳のときに離婚した。大学では、好きになれない権威に対してだけでなく、子どもの頃から教え込まれてきた倫理（親孝行であれ、目上の人を尊敬せよ）に対しても反抗した。

ラウジャンは生まれつきのリーダーだった。バンドに加入してから何年にもなる今でも自分のことを「ミュージシャン」とは思っていないが、ステージ上の彼女は人目を惹き、狂暴で、タイトなメタリックの長袖のトップスや長衫《チョンサム》、赤ずきんちゃん風のドレス、SMを思わせる真っ黒のドレスなどを着こなしている。落ち着いたバンドメンバーとは異なり、ライブの後にソーシャルメディアに長い詩的な文章を投稿する。「バンドのだれかが公の場でヘロヘロにならないライブなんて、いいライブじゃない」と主張することもある。完璧主義者で、「軍隊のように」バンドを運営する。彼女のリーダーシップのもと、このバンドはいささか奇妙なプロジェクトにも挑戦し、観塘の工業ビルにある新たなバンド室をDIYで改修している（モスグリーンの壁とカーペットを敷いた部屋で、小さなプライベート・ライブをおこなって完成を祝ったという）。

二〇一七年、デイヴィッド・ボーリングは初めてのフルアルバム『アンナチュラル・オブジェクツ・アンド・ゼア・ヒューマンズ』を発表した。どこか香港に似たディストピア世界を背景とする、陰鬱なコンセプトの作品だ。それぞれの曲で歌われるのは内在化された抑圧（「臆病者だけがこんなゲームを続けられる／狂人だけがまともでいられる」）、階級社会の頂点に君臨する「老屎忽（馬鹿野郎）」（「嘘を守るため投票するおまえが好き／レイプ犯みたいな目をしたおまえが好き」）、そしてありふれた死（「思い出も、感情もない／喜びも、苦しみもない」）などだ。ジャケットはショッキングピンクで、ライナーノーツには不自然な物体と人間と機械との共依存的で有害な関係性を示す簡潔な図が描かれている。十二の楽曲にはライブでの沸騰するようなエネルギーは捉えられていないが、異常で虚無的な彼らの目が促えたひとつの香港の姿がある。肉体から切り離されたようなジェイソンのボーカルがラウジャンの声を追いかけることも多く、それは操られているような、機械が命令を反復しているような音に似ている。曲がノイズへと落ちていく寸前に、不気味で美しいデュオ・ギターのハーモニー、思わせぶりなベースライン、壁を壊しかねないほどのドラムが耳に届く。

バンドの作詞家でもあるラウジャンは、苦心してそれぞれの曲向けに物語をつくりあげ、黙示録的な風景を描写し、社会から取り残された人々を記録する（剃刀を持ったスージー・エキサイティングや、バンド創設者のドラマーがモデルのブライアン・エモ、「希望があればまともでいられると言われたけど／希望こそがすべての苦しみのもと」というスタン・チク）。作詞は「物語を記録する」プロセスだ、と彼女は言う。わたしの詞が恐怖を扱うのは、それが激しい不快感を利用して微妙な心理分析や社会的に許容されないテーマを探ることができるからだ、と。

ボーカルが見下されているのが嫌だともラウジャンは言う。自分はこの役割に真剣に取り組んでいるのだから、と。どのライブでも、ステージに立てば全身全霊で歌う。その声は熱狂的で、単調で、子どもの声のようなときもある。当初は、ベテランの音楽家にボーカルレッスンを受けたほうがいい、音楽界で生き延びたければやらなければならないことが山ほどある、と言われた。つまり、ふさわしい相手と親しくなり、さまざまな主催者のショーで演奏しろ、と。

ラウジャンは考えた。自分たちは自分たちのやり方でできるはずだ。インディー音楽のルールなんてくそくらえだ。デイヴィッド・ボーリングは自分たちでライブを企画し、ＤＩＹの精神を大事にし続けた。ラウジャンは、頑固であることは報われると信じていた。

　そして、そのとおりになった。今でも小さくニッチな観客を相手に演奏していることに変わりはないが、香港のバンドとしてはありえない機会に恵まれた。『アンソニー世界を駆ける』の香港のエピソードに出演したのだ。もっとも、母親がアンソニー・ボーディンの熱心なファンだというラウジャンは別にして、デイヴィッド・ボーリングのメンバーはこのシェフ兼食べ物番組の司会者をまったく知らなかった。彼らはボーディンを、香港大学の学生御用達のレストラン、深夜まで飲茶を楽しめる〈新興食家《サンヒン・セッガー》〉に連れていった。ボーディンは緑の箸で、カスタード饅のかけらを持ち上げた。音楽や「ノー・ウェイヴ」の状況について詳しく語ったが、編集された結果、香港で奮闘する若者というメディアでよく見かけるありきたりな話に矮小化されていた、とラウジャンは言う。この香港の回が放映されてから数日後に、当のボーディンは自殺した〔二〇一八年、フランスで〕。「ものすごく非現実的だった」とラウジャンは感慨を込めて言う。「他の人の精神的な状態を気にしないでいるのって簡単なこと。わたしの親友ですら、わたしが苦しんでいることに気づかないから」。バンドが投稿したクリップにはこう記されている。「この番組を観るのは辛くて切ないんですよ。アンソニーや番組のスタッフ全員がわたしたちの薄汚いバンド室にやってきて、わたしたちが面白おかしくお互いをボコボコにしている様子を眺めていました。とても奇妙だけど心温まるその記憶が今もありありと蘇ってきます」

一年後、デイヴィッド・ボーリングはサウス・バイ・サウスウエスト〔テキサス州オースティンでおこなわれる音楽祭〕と〈ベイビーズ・オール・ライト〔ニューヨーク・ブルックリンのライブ会場〕〉で演奏した。香港のバンドとしては初の快挙だった。ところが、香港ではほとんどニュースにならなかった。「香港の人はだれも、そんなこと気にかけもしない。悲観的になってるのかもしれないけど、みんなわたしたちのことを好きじゃないんだと思う。もしかしたらわたしたち、ブラックリストに入ってるのかもね」とラウジャンは笑う。帰国すると、ミュージシャンを含む「若き才能を育てている」という地元の組織から連絡があり、デイヴィッド・ボーリングが組織のプログラムの基準を満たしていると告げられた。ラウジャンは、わたしたちに助けが必要だったときにはどこにいたのかと彼らを問い詰め、ミュージシャンを詰め込み主義の学校に通う学生だとでも思っているのかと批判した。インディペンデント・ミュージシャンを育てたいなら、もっと自然な方法を考えなければ、結局はこの地域の音楽の生態系やバンドを台無しにするだけだ。

　デイヴィッド・ボーリングのメンバーは辟易しているだろうが、取材時には必ずバンドのメンバー全員が「エリート」である点に触れられる。ジェイソンは医師、元メンバーのデイヴとスタンはどちらもエンジニアで、ラウジャンは建築家だ。メンバーたちの不規則なスケジュールに合わせて練習は続けられている。清明節、バレンタイン・デー、端午節。禁欲的、効率的、組織的だ。このような取材記事では、アーティスト兼スーパーヒーローに変身するときだけワイシャツを脱ぎ捨てる超資本主義下のエリート・サラリーマン、というよくある構図に記事をまとめたくなる。しかし、工業ビルで暮らすボロボロのミュージシャンという典型的なイメージに合っていないために、音楽仲間からは反感を買っている。きちんとした職に就いているわけだからパンクにはなれない、と言われたこともある。「ばかばかしい。今もそんな基準があるなら、香港人はひとりも真のアナーキストにはなれないし、ひとりもパンクなことはできやしない。ここの住人全員が香港というシステムの一部なんだから」

バンドの創設時からいるメンバーはジェイソンだけだ。創設メンバーは練習するたびに喧嘩をしていたようなもので、演奏時には見るからに苦しそうだった。スタンは、歯を食いしばって、最大の敵だとでも言わんばかりにドラムを叩いた。新たなメンバーを迎えてからは曲作りが楽になった。でも時折ラウジャンは、当時の喧嘩やエネルギーのぶつかり合いを懐かしく思う。最近デイヴィッド・ボーリングはロンドンのインディー・レーベルと契約した。香港のバンドとしてはこれも快挙だ。地元のミュージシャンの大半は、香港の外の観客から注目されることはない。

デイヴィッド・ボーリングは世代を代表する怒りの声だと言われることがある。それは絶望を表現するという泥臭い思いを隠そうとしないからだ、とラウジャンは言う。二〇二一年、このバンドの恐怖に満ちた世界に新しい曲が加わった。ジェイン・ペイン、ナンシー・ナイトメアだ。曲に人の名前をつけると、ある種の尋常ではない不気味さが生まれるから好き、とラウジャンは言う。一人称を用いた登場人物たちの物語。実際に会えば偏見を抱くかもしれない相手を、ラウジャンは共感をもって眺め、彼らが過酷な世界にどう対応していくかを見せていきたいという。「ある意味彼らは犠牲者なんだけど、自分でトラウマを生み出しているのかもしれない」。そのトラウマや体験は香港ならではのもので、はっきりと示されることはないが、登場人物はいつも香港に住んでいる。香港出身者ならだれもが歌の内容をわかってくれるとデイヴィッド・ボーリングは考えている。しかし、香港を代表するバンドだと思われたくはない、とラウジャンは言う。彼らの作品に政治的なものが含まれているにしても、政治的な作品には慎重な態度を取っている。「政治的な作品には人々の士気を高める力がある。運動における鬨《かちどき》の声と似ている。でも、ダメな作品を作っていたら、メッセージ性があるからというだけでその作品が支持されることはない」

二〇一九年には、デイヴィッド・ボーリングが歌ってきたような終末がついに訪れたと感じられる瞬間が何度もあった。抗議運動が激化するなかで、わたしは毎週末香港の異なる地区を行進し、月曜はいつもどおりに会社へ向かった。そして二〇二〇年初めに新型コロナウイルス感染症が流行し、数カ月後には香港国家安全維持法が施行された。この現実が作品に影響を与えたかどうか、ラウジャンに尋ねてみた。「わたしはこれまでの人生ではたいてい悲観的で懐疑的だったから、ましな時期などなかった。世界はいつだって最低で最悪な場所だった。でも、そうした状況を無視できるくらい、気を紛らしてくれるものはいつも充分にある。昨年は友人の多くが辛い時期を過ごしたけれど、わたしはそれほど大変じゃなかった。もちろん、虚無そのものは恐ろしいし、不吉よね。なにか言うことがあるとすれば、わたしはより正直になったということ。だって世界はめちゃくちゃな場所だってみんなが気づき始めているから」

わたしはラウジャンほど上手に時代の変化についていってはいない。鬱積した絶望の気持ちを解消できる場所がない。ライブだけが感情の捌け口で、気持ちを浄化できる場所だった。抗議デモのあいだ、わたしは二度デイヴィッド・ボーリングを聴きにいった。一度目はセントラルの〈ザ・フリンジ・クラブ〉で、二度目は「ペイン」というライブがおこなわれたイートン・ホテルで。このバンドは人嫌いで人を寄せつけないのが特徴だが、攻撃的な音楽とは裏腹に人を「癒やそうとしている」のだとラウジャンは言う。ギターの機械的で唸るようなディストーションが「アイ・キャント」のクライマックスに向けて不協和音を響かせていくと、観客は悪魔払いでも体験しているかのように足を踏み鳴らし、体を震わせる。バンドは世界が燃えさかるなかで叫び、体をねじり、わたしの内側の傷は外へと流れ出し、やがて癒やされる。

バンドというのはどこにいても、いつでも解散するものだ。音楽は歴史の灰の山に埋もれ、都市自体が消滅しても存在し続けるレコード店のヤモリの糞にまみれた片隅でのみ息を吹き返す。わたしのお気に入りのスローコア・バンド、カリッサズ・ウィアードは一九九〇年代のシアトルで活躍したアンダーグラウンド・カルトだったが、メジャー・レーベルと契約することも、商業的に成功することもないまま解散した。* それでも彼らの作品は少なくともインターネットにすべて残っていて、メンバーは権利を買い戻してからレコードを再発売した。しかし、今は亡き香港のバンドの残骸は、痕跡さえ見つからない。バンドキャンプやユーチューブにさえないことがある。二〇二〇年、香港の写真家ヴィク・シンは十年以上をかけて熱心に記録してきた写真のアーカイブを公開した。それでもアンプを通してひっかくように聴こえた弾き間違い、ハウリングの音に顔をしかめるギタリストを笑う声、腰を振るベーシストを見つめる瞳、ライブ後にクラブの外に群がって一服する姿といったものは、時の流れのなかの特別な瞬間に属していて、コピーすることは決してできない。

いつの時代でも、どこの国にいようと、音楽ファンなら必ず、音楽が人生を救ってくれたという話をしてくれるはずだ。わたしの話はこんな感じだ。鬱が寛解に近づいていたとき、大音量の音楽が頭のなかにあるすべてを忘れさせてくれた。工業ビルの村の荒れ果てた部屋の震える壁にもたれていると、痛みを一瞬でも忘れ、すべてが最悪でも悪いことはひとつもないと感じられる魔法のような時間を過ごすことができた。メロディが頭のなかの靄を蹴散らしてくれる。歓声を上げ、泣き、叫んだライブは、あらゆる感情を表出することのできる唯一の場所だった。二列目に立ち、歌詞をがなりたてていると、音楽がうるさければ頭のなかの騒音が聴こえなくなっていることがわかる。その後で試したことはどれもこれも、瞑想も飲酒も祈りも、音楽に比べたらなんの役にも立たなかった。

雨の降る中秋節に高架下で楽器を激しく振り動かすミュージシャンたちや、倉庫のステージ前の狭い場所は、通りを歩く人たちと同じくらいこの都市の一部だ。彼らは恵まれない土壌の香港でセメントのあいだから芽を出し、壊れたフェンスを這い上り、花を咲かせた。ベルリンやシアトルやマンチェスターに引っ越せば、より優れた音楽があり、より理解のある人々がいて、ライブは安くおこなえる。それでもわたしは、二十代をともに過ごし、自由に生きることの意味を教えてくれた香港の人々の成功を応援するのと同じようには、別の街のバンドの成功を応援することができない。わたしたちはいつだってこの都市のなかで消えていくものと足並みをそろえている。「記録するために覚えるんだ、忘れないために記憶しろ」とわたしたちは言う。郷愁を感じながら、この都市の輪郭を優しくなぞる日が来ても、たくさんのバンドのメンバーや彼らの音楽を忘れてはならない。やつらの時代が来る前にすべてを記憶にゆだねてしまおう。ただ、記憶せずにすむものなら、わたしはどうなってもかまわない。今も栄え、のうのうとしている、絶対に許すことなどできない時代の崖っぷちで、こんな光景を目の当たりにせずにすむものなら。

煉獄の都市

念念不忘、必有迴響。有燈就有人。

（精進すれば報いがある。受け継がれる。〔『グランド・マスター』日本語字幕より引用〕）

『グランド・マスター』


わたしたちは戻ってくる。

二〇一四年、占拠の終盤にかけて掲げられた垂れ幕より

わたしたちは戻ってきた。

二〇一九年、占拠の五周年記念日に掲げられた垂れ幕より

あらゆる意味で、わたしはだれより役に立たない参加者だ。わたしと同じチームに入りたい人はいないだろう。もう五年ものあいだ股関節変形を患っていて、平和なデモ行進でも四十五分間歩いただけで、シャッターを下ろした店の前の舗道やアスファルトの道、錆びついたバリケードなど、座れそうな場所を探し始める。もし警察がわたしのすぐそばで催涙ガスを撃った

ら、その被害を黙って受け入れるしかない。

夏、秋、冬。空は青く、蟋蟀《こおろぎ》は鳴きやむ。乾いた風が頬を撫で、肌が乾く。別の街角でも景色は同じだ。煙が視界を遮り、わたしの感覚を殺す。走れないので立ちつくしたまま、マスクのなかに咳をする。みんなが叫び出し、ゴム弾を放つ機動隊と反対の方向に走り始めたら、わたしが立ち去る潮時だ。

家に帰るとソファで丸くなり、ライブ配信で催涙ガスを浴びる人々を見つめながら、心のなかで誓う。その代わりわたしは書く。わたしにだって役割を果たす方法があるはず。でも、書いてもこの暗闇のようなタイムラインから抜け出せないのなら、書く意味があるのだろうか。

十五歳のとき、中国史の教師が一九八九年に起きた六・四天安門事件のドキュメンタリーを観せてくれた。中国で起きた学生主導の民主主義運動に対する政府の対応が描かれていた。壊滅的な文化大革命が終わってから十年以上が経過し、芸術家や活動家がそれぞれ新たなやり方で創造力を発揮し始めたばかりだった。記念日である六月四日には毎年、その先生は朝の会で事件のことを話し、決して忘れてはいけません、と念を押した。別の学校で中国史と文化を教えていた叔父は、埃をかぶった六月四日に関する本を何冊も祖母の家の本棚に並べていたが、わたしは触れたこともなかった。知っていたのは、その運動が学生主導の抗議活動として始まったこと、中国共産党政府によって既定路線として否定された歴史的事実であること、この事件をきっかけに香港の教養ある中流階級出身者がこぞって海外に移住し始めたことだけだ。彼らは一九九七年に中国共産党に支配される前に香港を脱出しようとした。

プロジェクターに映し出されたのは、通りに積み重なる学生たちと手書きの立て看板が掲げられた北京の広場、若々しい顔にかけられた瓶底眼鏡。ハンガーストライキが原因で意識を失うデモの参加者もいた。大勢の学生や一般市民が自転車に乗ってやってきた。戦車が天安門広場に入ってきて、銃声が闇に轟くのを観て、わたしたちは薄暗い教室ですすり泣いた。休み時間、同学年の他のクラスの子たちは不思議そうにこちらを見ていた。なんで4Aクラスの子はみんな泣いてるの？　わたしたちは放心状態で、言葉をなくしていた。自国の子どもにあんなことができる政府ってなんなのだろう。

＊

一年後、わたしは初めてヴィクトリア・パークでの徹夜の追悼集会に参加した。香港の六月四日は初夏で、通りは激しい雨に襲われ、まるできらきら光る塗料の薄膜に覆われたようで、街は息を殺したみたいに静まり返っていた。この集会は保守的だと言われ、退屈だとも言われた。毎年主催者たちは群衆に先んじてスローガンを唱え、天安門広場で子どもを亡くした母親や活動家がスピーチし、みんなで同じ歌を歌う。何十年も、同じことをくり返している。でも、十六歳で初めて参加して、自由の女神の像のレプリカを近くで眺め、白い紙コップの底に蠟燭の滴が溜まっていくのを見つめ、「自由花」の歌の意味を知ったとき、忘れずにいること自体が果敢な抵抗だと知る人々の一員になったことをわたしは理解した。香港では、天安門広場での血みどろの弾圧後、事件を取材していたジャーナリストたちが集まり『人々は忘れない』*という四百ページの本を出版した。

小学校の最終学年を迎えたとき、新しい校長がやってきた。彼女は生徒に集会での発表を広東語ではなく北京語でさせることや、雲南省への修学旅行を企画するなど、いくつもの改革をおこなった。ある記事に、この校長は、学生というのは「母国の文化を理解*」し、「香港と中国本土の人々に貢献する」べきだと考えている、と書かれた。間もなく、教師たちや以前彼女が校長を務めていた学校の卒業生から、この校長が「紅底（親共産党）」だという噂が伝わってきた。長年勤めていた教師が辞表を提出するようになった。

別の噂によれば、校長は中国史の教師が六月四日の抵抗運動に関する話をするのをやめさせようとしたという。生徒だったわたしたちには、なにが起きているのかさっぱりわからなかった。その年の出来事で覚えているのは、卒業前のわたしにとって最後となる六月四日の朝の会で、校長が廊下の端で睨みつけるなかを中国史の先生がバルコニーまで歩いていき、生徒たちに向かって「忘れないで」と言ったことくらいだ。

長年追悼集会に参加するうちに大勢の人に出会った。両親の肩に乗せられた子どもたち、蠟燭を灯した群衆のベストショットを収めるためにどの屋根に上がればいいか心得ている写真家たち、香港に安住の地を見つけた反体制派の中国人たち、集会に参加するためにこっそりやってきた広州出身者たち。雨が舗道に打ちつけ、あらゆる音が遮断されるなか、彼らは畳んだ傘を手に集まり、「無論雨怎麼打自由仍是會開花（いかに強い雨が降ろうと自由の花は咲く）」と歌う。

そのなかで記憶に残っている人がいる。初めて参加したとき、追悼集会のあいだ中ずっと隣に座っていた女の子だ。はちみつ色の肌と丸い瞳の持ち主で、黒いTシャツを着て髪を頭のてっぺんでまとめている彼女はわずか十歳だった。わたしは両親と抗議デモに行くことがなかったので、子ども連れの人がいるとは思っていなかった。今でもこの子のことを思い出すのは、二〇一九年に彼女は、多くの積極果敢なデモ参加者たちと同じ年齢になっているはずだからだ。失うものなどなにもないと言わんばかりに道端で警察との闘いを繰り広げるデモ参加者たちと。

天安門事件から二十年以上が経過していた当時でも、香港の人々は毎年六月四日の夜に集まっていた。混み合った運動場でやわらかな蠟燭の光に顔を照らされながら。わたしが大学生になった頃には、香港はすでに頻繁な抗議デモや集会で有名な都市になっていた。毎年決まって政治的な集まりがあるのは新年、六月四日、七月一日、中国の国家的記念日の十月一日だ。人々は熱心に通りへ繰り出した。こうした記念日におこなわれるのは通常の抗議デモで、特定の政治的な要求を掲げることもあれば、政治的な出来事に対する連帯を示すこともあった。たとえば中国反体制派の人権活動家の劉暁波《りゅうぎょうは》（リウ・シャオポー）の釈放、普通選挙権、または行政長官の辞任に対して。並行して起きていたのが村落や特定の通りや、歴史的建造物の収用や撤去に反対する小規模な抗議デモで、これらを主導したのは芸術家や「ポスト八〇年代」の活動家だった。

二〇一三年に習近平が権力を握るまで、香港の政治制度や日々の生活は少なくとも、まだしばらくは安泰ではないかとわたしたちは考えていた。普通選挙権は約束されていたが、まだ決定してはいなかった。人々の関心は比較的低く、喫緊の問題となっていなかった。二〇一二年、黄之鋒《こうしほう》（ジョシュア・ウォン）などの学生の指導者が、学校での親中国派による愛国的カリキュラムの導入計画の延期を政府に認めさせた。*しかし、一九九七年の香港返還以降に育った新しい世代は、中国共産党がさほど苦労せずに香港の文化や半民主主義的制度を奪い取りかねないことに気づきつつあった。普通選挙権の約束は、年を経るごとに実現しそうにない状態になっていった。中国はこれに関して譲歩するそぶりは見せなかった。事態が拡大加速する時期かもしれなかった。そして二〇一四年に雨傘運動が起きて占拠が始まると、デモの参加者や活動家、一般市民たちが世代にかかわりなくひとつになった。

雨傘運動の礎になっていたものは怒りだったが、希望でもあった。曖昧な形の抵抗を表した通常のデモ行進が拡大していき、二〇一〇年代の左派系の運動のときより幅広い層の人たちが集まってきた。若いトラック運転手も写真家も事務員も美容師も、みなで抗議し、香港でもっとも多忙であるオフィス街に小さな抗議村を作った。*デモの参加者はテントに寝て、ハンガーストライキに参加し、頭を警棒で殴られた。それでも七十九日後、政治的変化は巧妙にこの都市を避けていた。[*] 民主主義に向けた約束は決して果たされることなく、最初から守るつもりなどなかったことが明らかになった。

雨傘運動の後、わたしの世代は陰鬱な気分に包まれていた。抗議運動のリーダーたちは激しい理論闘争の果てに訣別していった。わたしと同じ大学の学生のなかには、占拠中に積極的に発言し、過激な運動に身を投じた人たちもいたが、その後、投資銀行家になり、政治についてソーシャルメディアに投稿しなくなった。香港が完全に失墜しても、彼らは少なくとも汚水槽のなかの勝者になれるだろう。わたしは絶望してはいなかった。スコットランドにいて、運動に参加できなかったことに負い目を感じていたせいもあったが、理想に燃えた世間知らずでもあったのだ。「香港のためになにかをする」ことにこの身を捧げるつもりでいた。雨傘運動後にできた新しい報道局で記者の職を得た。短期間で集中して香港について学びたければ、政党の歴史に無知なために情報提供者から軽蔑されたり、フェイスブックのコミュニティ・ページやオンラインのフォーラム内のジョークを見て回ったりするほうが近道だということがわかった。わたしが取材した韓国人農家の人たちとともにデモを学んだベテランの抗議デモの参加者や、学生時代に港湾労働者のストライキに参加した労働活動家とは違って、わたしには啓蒙された劇的な瞬間というものがなかった。警察が友人に暴力を振るうのを目の当たりにしたのをきっかけに政治に身を投じたいと思ったわけではない。ここにきてようやく、自分を育ててくれた都市の一部になることを決意しただけのことだった。

雨傘運動はトップダウンの政治改革を実現できなかったが、地域やコミュニティの活動は普及していった。デモの委員会側は、一般市民が香港の未来に関する曖昧で抽象的な問題を毎日気にかけるようになったことに気づき、周りの状況に積極的にかかわり、政治が現実社会を作っているということを知らせなければならないと判断した。活動家は区議会の監視組織*を結成し、公共支出を監視するようになった。ジャーナリストは、若い人々が地域主義へわずかに移行したことを報じた。法科大学院で人権について教えてくれた教授が学長に就任することを親中国派の区議会によって拒否されたとき*、大学生たちが抗議をおこなった。

弾圧が始まるのは時間の問題だとわたしたちにはわかっていた。共産党の今後の筋書きもわかっていた。それでもほんの一瞬だけ、行動し続ける限り変化はもたらされると自分に言い聞かせていた。

雨傘運動を体験しそこねたわたしにみんなは、一生に一度しかめぐってこないような政治運動の機会を逃してしまったねと言った。香港は抗議デモの多い都市だったが、雨傘運動ほど市民が激しく抗議したのは初めてのことだった。およそ三カ月のあいだ、三つの地域で抗議デモがおこなわれ、催涙ガスが八十七回*発射された。わたしが交換留学を終えて香港に帰国する頃には、政府庁舎の外に設置されていたレノン・ウォールは撤去されていた。レノン・ウォールとは、政治的なメッセージや団結の言葉が書きつけられた無数のポストイットが貼られたモザイクの壁だ。夏愨道（ハーコート・ロード）から突き出たテントや、移動式教室で講義する活動家、さらには制服姿で占拠地へ赴く学生たちをこの目で見ることはなかった。みんなは力をなくしていた。さらに、このデモで政府も教訓を得たわけだから、こうした占拠はもう二度と起きないよう徹底して抑えにくるだろうと言われていた。

しばらくは、そのとおりだった。二〇一四年以降に取材した抗議デモの参加者はわずか*で、たいてい五十人ほどの物好きな常連や反対派の国会議員しかいなかった。スローガンがおとなしく繰り返され、力のこもっていない垂れ幕が掲げられていた。こうした集会の主催者はたいていが保守的な年配の民主党支持者で、雨傘運動に参加して失望している若者を引き込むことができなかった。参加者より取材陣のほうが多いときもあった。なにも起きないことがわかっていたので、報道関係者は取材を早々に切り上げた。

五年後の二〇一九年六月十二日の水曜の朝、わたしはオフィスに出勤せずに金鐘（アドミラルティ）行きの電車に乗った。数日前、パートナーとわたしが参加したデモ行進には思いがけないことに百万人もの人が参加し、「犯罪者」を中国へ引き渡すことを許可する逃亡犯条例改正案に反対を唱えた。一国二制度のもとでは香港と中国の法律は別々にあって、香港は公正な裁判や保釈の権利といった基本的人権を保護する慣習法制度を導入していた。逃亡犯条例改正案が可決されたら香港と中国の境界がさらに曖昧になる、と民主党員や活動家は警鐘を鳴らし始めた。審議（第二読会）がおこなわれる六月十二日には市全域でストライキが呼びかけられた。

当日の朝、黒いTシャツを着たデモ参加者の一群がすでにハーコート・ロードを占拠していた。配給所も設置され、黄色いヘルメット、赤と白と青の袋〔「紅白藍膠袋」と呼ばれるナイロンキャンバス製の袋。軽くて丈夫なので一九六〇年代からよく使用されており、香港文化の代表とも言われる〕、水のペットボトルが入った段ボールなどが並べられていた。五年が経っても、幾度となく繰り返された手順を忘れる者はひとりもいなかった。

雨はすぐにやみ、わたしは夢中で歩き回り、見知った顔を見つけると会釈した。歩道橋を上り、下に目をやる。一瞬、香港は文字どおりこの人々のものなのだと思う。舗道も、陸橋も、官庁施設さえも。二度と雨傘運動のような抗議デモは起きないだろうと言われてきたが、わたしたちはまたやってきたのだ。水の詰まった障害物やバリケードがどこからともなく運ばれてきて、道路を封鎖した。クライアントとの法律相談の打ち合わせを終えたわたしのパートナーが、スーツにネクタイ姿でアドミラルティまでやってくる。

三時頃、状況は瞬く間に変化する。添華道（ティム・ワー・アベニュー）を進むデモ参加者たちに、ゴム弾や催涙ガスで武装した機動隊が襲いかかっていく。前線から遠く離れた、アドミラルティ・センター近くの歩道橋にまで催涙ガスが漂い、わたしたちは咳き込み始める。隣で若い女性が嘔吐する。欄干の近くで前屈みになっている男性を見かけたので、水のボトルを手渡す。顔をあげたその男性は大学時代の友人だった。

警察が立法会総合ビルに続く歩道橋の下り口を封鎖したのでエスカレーターでしか下りられない。デモの参加者たちはゆっくりと移動する。地上は人でごった返しているからだ。警察が前進を続けたら、将棋倒しで人が倒れそうだ。「屌！　唔好推啊！（クソ！　押すな！）」。みんなが怒鳴っている。どちらを向いてもとんでもない混乱が起きている。三十分後、パートナーとわたしはようやく歩道橋から下りて自宅へ向かう。四日後、わたしたちはまた通りへ出ていく。今回の抗議デモに加わるのは二百万人で、だれもが十五日の夜に転落死したデモの参加者への追悼のために黒服に身を包んでいる。

一カ月後、パートナーとわたしは旅行先の日本から香港に戻ってきたばかりだ。スマートフォンの電波が戻ったとたん、ニュース通知があふれる。白いシャツを着た暴漢の集団が元朗《ユンロン》の電車の駅でデモの参加者やジャーナリストや一般市民に襲いかかったという。わたしたちの頭上の荷棚に置かれたスーツケースには、抹茶のお菓子、カップヌードル、赤い箱に入れられたサファイアの婚約指輪が入っている。三日前にわたしたちは婚約した。

重い足どりで無言で空港を移動する。片手でカートを押し、もう片方の手で数秒ごとにニュースを更新する。暴漢は香港のマフィアとつながりがあり、警察は騒動がすべて終わってからゆっくり登場したらしい。のちに、親中国派の政治家が暴漢と握手している様子が目撃される。*襲撃は明らかに、逃亡犯条例改正案に抗議する香港人たちを怖じ気づかせるために計画されたものだ。

九龍駅行きの電車で、わたしはパートナーに尋ねる。いつか香港から出ていくことになると思う？　最後までここに残ると決めている、と以前は言い合った。生まれて初めて、この都市が決定的に変わってしまい、もうここにはいられないと思う日が来るかもしれない、と思う。

八月、大気が生きているかのように動き出す。風にどっしりした湿気が含まれていて、息苦しい。そんな暑い日に、汗まみれの便利屋をフラットに招き入れる。日に焼け、笑顔を浮かべた三十代の男性だ。地域の家庭用品の修理を請け負う、いわば業者だ。売りたいと考えていた予備のベッドを解体してもらうつもりだった。

ベッドのフレームから釘を引き抜きながら、彼が尋ねた。「あんたも抗議デモに参加してるんだろ?」

わたしは後ずさり、たちまち警戒態勢に入る。「どうしてわかったんです?」

「ソファの横に黄色いヘルメットが置いてあるからさ」と、彼は笑いながら言う。「心配ない。おれも二週間に一回は抗議デモに参加してる。救護隊としてね。できることをやってるっていうか」

彼が台所で煙草を吸っているあいだ、抗議デモについて話す。「なんで警察が市民に暴力を振るうのか教えてって息子が言うんだ。なにかおかしなことが起きてる、と子どもですら理解してる」と彼は言う。

抗議デモが始まってから二カ月しか経っていないが、以前はどんな日常を送っていたのか思い出せなくなっている。わたしの「本当」の暮らし、つまり毎朝出勤し、夜は友人たちと酒を飲み、寝る前にベッドで本を読み、ときには便利屋さんを呼んで自分にできないことをしてもらう日常は、この都市が燃えてはいない並行世界《パラレル・ワールド》に属しているのだ。週末になるとわたしは別の世界に足を踏み入れる。防護服とヘルメットとフェイスマスクを身につけて外出する世界だ。そして、何千もの人々がデモ行進するのを目撃し夜遅くに、帰宅するとニュースのライブ配信を見る。

　このふたつの世界は混じり合うことがないように見える。他のデモ参加者のことはほとんど知らない。かなり親しい数人の友人以外、毎日のように顔を合わせる人たちとも政治の話をすることはない。世間話にしては重すぎる話題だ。だから月曜の朝になっても、同僚のだれが昨夜、わたしと同じように催涙ガスを浴びたのかはわからない。通りの向かいに住むおばあさんは、お腹を空かせたデモ参加者におやつを配っていたおばあさんかもしれない。

　週末になると、都市の一部は戦場に一変する。機動隊が整列し、道路の脇の金属のバリケードは唐辛子スプレーでコーティングされる。平日になると、通りはまたどこかへ向かって急ぐオフィス・ワーカーであふれ、落書きが場違いに見える。

　たまに、この幻想に穴があく。上環《ションワン》の抗議デモの最中、自宅からほんのふた筋しか離れていない通りで、黒服のデモ参加者がわたしの腕をつかむ。

「ねえ！　ぼくのこと、わかる？　法科大学院で同じクラスだった！」

　わからない。「マスクを外したらわかるかも？　目だけじゃわからない。でも、今は外さないほうがいいよね」とわたしは言う。十五分後、わたしたちは催涙ガスを浴び、群衆のなかで相手を見失う。

そのうち、ふたつの世界が衝突するようになる。わたしたちは境界を作り、名前を知られないようにする。仕事場での報復を恐れ、政治に関して異なる意見を持つ友人や身内との衝突を避けようとする。それでも壁は揺れ、空間が侵食してくる。ある夜、香港随一のショッピング街のひとつ、銅鑼湾（コーズウェイ・ベイ）で友人と夕食をとろうと待ち合わせる。レストランを出るとき、警察がデモ参加者に突撃しているところを目撃する。いつもはブランドのバッグや化粧品の広告を流しているデパートの外の大きな掲示板が真っ暗になっている。夜、この辺りの通りがこれほど暗くなったのは初めてだ。帰り道、わたしは地下鉄の駅で血だまりをまたいで電車に乗る。

二〇一九年十月。雨が降り続き、スニーカーのなかで足がふやける。今日は、緊急状況規則条例（緊急法）の発動に反対するために、そして人物が特定できないようにデモ参加者が被っているマスクの装着禁止令*に反対するためにデモをする（だが、数カ月後、パンデミックに襲われると政府はマスク禁止法をひるがえし、マスクの着用を義務化した）。わたしは湾仔《ワンチャイ》の通りに立つ。周りには、機動隊を避けるため数分に一度駆け込んでくるデモの参加者が数人いるだけだ。家に帰りたいが帰らない。まったくの役立たずではないというふりをしたいから。

わたしはまだ抗議デモについて書き続けているが、許可を得てここにいるという姿勢を誇示する報道関係者用ベストは着たくない。前線にいるジャーナリストの友人たちはおにぎりで食いつなぎ、三時間睡眠で取材を続けている。デモの参加者は周りの人との関係や健康や未来を犠牲にしてきた。ところがこのわたしは、警察官の姿を見るだけで心臓の鼓動がすごい速さになる。実は、二〇一九年のあいだ一度も、警官と直接体に触れるほどの距離になったことはない。攻撃を受ける側に立ったこともない。すれ違ったことはある。

わたしは芸術書を扱う書店へ立ち寄り、座り込む。ビニールレコードが入った木箱や高価な写真集に囲まれる。外へ出ようとすると、若い書店員が気をつけてと声をかけてくれる。勇敢な闘士だと思われたのだろうが、そんな人間じゃない。通りでデモ行進したことはそれほどないのだ。恐怖で今にも動けなくなりそうだ。ソーシャルメディアでは香港運動の伝え手ということになっているので、嘘をついているような気持ちになる。わたしたちはみな、臆病さを表す分布図上のどこかに位置している。それを認める人はいても、罪悪感への対処法を知る人はひとりもいない。

以前取材したデモの参加者は、二〇一四年に雨傘運動が起きたときにはまだ大学生で、仲間の参加者のために水のペットボトルを買うことしかできなかったと話す。経済的に自立した今、できることはもっとある。抗議している学生たちに比べたら、失うものなんてたいしてない。前線で逮捕されるデモの参加者の数が増えてきたとき、彼女は前へ進み出ることが自分の使命だと思った。香港を去るつもりはない。政治に興味のない「香港の豚（港猪）」の手に落ちたこの都市の未来を懸念している。怖いと感じることもある。「真に」勇敢な人と彼女が呼ぶ人々のおかげで機動隊から救われたことが何度もある。彼女こそが真に勇敢な人のようにわたしには思える。

「罪悪感を感じなくなるほど、十分にやったと思うときがくると思いますか？」とわたしは尋ねる。

彼女はしばらくためらってから言う。「思わないわね」

記者の仕事をしていたとき、十ものニュース・アプリをインストールし、すべての通知をオンにし、ニュース速報にひっきりなしに目を通していた。抗議デモのあいだ、夢のなかにまでアラートが聞こえるようになり、ベッドでパニックに襲われないために、ついに真夜中だけはスリープ・モードにした。しかし朝になると、ニュースの見出しに目を通さずにはいられない。そしてそこで目にするのは、「警官隊近くで転落の大学生、死亡」、「香港警察が衝突中のデモ参加者に発砲」、「香港機動隊、大学キャンパス近くで催涙ガスを発射」という通知だ。

スマートフォンが振動し、友人からの連絡が入る。抗議デモの取材中に負傷したという報告、あるいは、昨夜中等学校時代の同級生が逮捕されたという知らせ。舗道での衝突の合間を縫って、心穏やかになれる時間を探し出す。映画に行き、食べられないほど大量のポップコーンを注文する。理解ある友人と夕食に行き、食事の写真はソーシャルメディアに投稿しない。思いがけず、打ちのめされることなく一日を終えたりすると、嘘のような気になる。自分の住む都市の未来がわからないのに、行動する意味とはなんだろうか。

それでも人生は続く。普段どおりの生活を営むことは不本意だが、それが、取り憑かれたように四六時中ツイッターやニュースを確認することから解放してくれる場合もある。暗いニュースばかりの香港のタイムライン上で生きることからも。大学を包囲されて閉じ込められ、デモで命を落とす場合に備えて学生たちは愛する人にメモを送信する。白昼に襲われる政治家たち。シャターを下ろした店舗や、鼻を衝く焼け焦げた臭いのする空気。

希望や生気を失うことが鬱状態だ、と言う人もいるが、わたしは落ち着かず無力感を抱くことが鬱につながると思っている。ふわふわのパジャマを着てソファでNetflixを観て、温かいお茶の入ったマグカップを手に持って考える。問題は、部屋からあまり外に出ていないことではないのか。ジーンズをはいて、バーに行ってはみても、お酒をグラスに半分も飲むと、走って家に帰りたくなる。このルーティンを何度か繰り返す頃には、問題が自分のいる場所ではないことに気づく。

雨傘運動の後に香港を覆いつくした陰鬱な空気は、無気力という形で姿を現した。中国は、香港に民主制を与えるという約束を守るつもりなど毛頭なく、どれほど抗議しても変わらないのだ、と人々はようやく気がついた。中国語で、「死心〔諦める〕」という。すべての希望が潰え、心が文字どおり死んだ状態のことだ。間もなくこの意気消沈が治まって、人々は外に出てくるようになった。でも二〇一九年には、この落胆は世界の終わりのように感じられる。機動隊の存在が都市の風景をすっかり変えてしまい、もうどの通りか見分けがつかない。暴力の蔓延する場所で人々の無事だけを祈る。

十二月になると、まず一帯で催涙ガスが発射されていないことを確認してからでないと家を出られなくなった。モールでデモの参加者たちが抵抗運動の非公式な象徴歌「香港に栄光あれ」を歌うという、もっとも過激な抗議作戦に踏み出した。歌えば唐辛子スプレーを浴びせられる。*クリスマス・ショッピングの最中でさえ、ぴかぴかの大理石のフロアに押さえつけられるかもしれないと思う。救急医療隊員はトナカイのヘッドバンドをつけ、*機動隊はピンクのクリスマス・ツリーを取り囲んでいる。

二〇二〇年一月一日、大学時代の友人と天后《ティンハウ》で昼食をとってから、毎年開催される新年のデモ行進に参加した。デモの参加者たちは巨大なポスターや垂れ幕を頭上に掲げている。「五つの要求」、「毋忘承諾　並肩同行（約束を忘れるな　ともに歩こう）」と記されている。ヴィクトリア・パークの外までやってきたとき、わたしより若いマスクをつけた女性参加者が、公園に入るようデモ参加者に呼びかけた。公式な人数を数えやすくなるからだ。何年も行進してきた身としては、一度公園に入れば何時間も出られなくなることがわかっていた。群衆制御のときに前に進むことはほとんど不可能なのだ。公園から遠ざかる道を歩み始めたわたしたちを目にした女性は、こちらに向かって怒鳴る。「もうここまで来てるのに、数に入らなくてどうするの！　なんで立ち去ろうとする！」

わたしは目を伏せて立ち去るが、心穏やかではない。股関節のせいで足がくたくたになるから、何時間も立っていたら行進ができなくなる。「あんたはわたしのこと、なにも知らないくせに」と怒鳴り返したくなる。でもそんなことはしない。わたしは情けなくてやけくそになっているが、その女性だってそうなのだ。

湾仔にたどり着き、午後五時半になると、いきなり警察がデモ行進は違法だと宣言する。その日のわたしたちは、だれも保護具を身につけておらず、衝突する準備ができていなかった。足を踏み入れた通りは機動隊であふれ返り、引き返して別の通りを進んでいくと、そこにも大勢の警官がずらりと並んでいる。デモの参加者は去れと命令されるが、塞がれているので出られない通りもある。包囲されて地面にひざまずかされ、個人情報を記録されたくなければ、この瞬間にできることはただひとつ。わたしたちは、「たまたま」その地域にいたというふりをする。東南アジア料理のレストランに入り、牛肉のルンダン〔ココナッツミルクと香辛料を用いた煮込み〕とサテ〔東南アジア諸国で食べられている串焼き料理〕を注文し、無言で座る。血の気の引いた表情の家族連れと一緒にガラス窓の外を数分おきに警官が駆け抜けるのを見ている。

新型コロナウイルス感染症のパンデミックが起きたとき、政府はソーシャル・ディスタンスを強要し、さらに集会を制限する。抗議する態度を明確に示していなくても、集団で立っているだけで違反チケットを切られる。抗議デモが絶えず起きている地区では、警官がそこいら中にいるので足を止めずに歩くことは難しく、しかも事前に人が入れないように封鎖されている場所もある。それでも人々はやってくる。薄い白マスクをつけてスローガンを叫ぶ人。抗議用の保護具に完全に身を包んでバリケードを作る人。潮の満ち引きのように一瞬通りを占拠したかと思うとすぐに散りぢりになり、別の場所へ退避する。

二〇二〇年五月、中国政府は香港の国家安全維持法を起草していると報じた。二カ月もしないうちにその法律が施行された。香港人はひとりも、政府や国会議員すらも、どのような条項が含まれているのか確認していなかった。国家安全維持法が制定される前に政党は解散させられ、フォロワーの多いソーシャルメディアのアカウントは停止されたり削除されたりしたし、黙って香港から去っていった活動家が何人もいた。

香港国家安全維持法の施行後は、恐ろしくてごくあたりまえな抗議デモにも参加できなくなった。もう香港で抗議デモに行くことは二度とないかもしれない。このことを知っていたら、あのときわたしに向かって叫んでいた女性の言うことを受け入れていただろう。きちんと数に入るよう、公園で待機しただろう。

「わたしたちが逮捕されるなんてことはないわよね、無名なのだし。わたしたちが追われることなんてない」と自身に言い聞かせた。不安をあおる人たちに負けてはいけない。できるのは、なにも変わっていないかのように、今までどおりの生活を続けること。国家安全維持法などないかのように。それでも、法律が施行された夜、わたしはパートナー宛てに「わたしが逮捕されたら」やってほしい手続きを書きとめた。連絡してほしい編集者や非営利団体の代表者、信頼している弁護士、アカウントのパスワードなどを。

香港国家安全維持法には、四つの犯罪行為が明記されている。分離独立、国家転覆、テロ活動、外国勢力との結託だ。「光復香港（香港を取り戻せ）」というスローガンですら、分離独立だとみなされる。外国の政治家と話をすれば「外国勢力との結託」だし、民主派の政治家が予備選挙を準備すれば「国家転覆」だ。親抗議派のパンフレットを人目につく場所に置いただけで、警察が店にやってくる可能性がある。最初の年には、百人以上が国家安全維持法にもとづいて逮捕された。どんな違法行為をしたかは、中国政府系新聞や政府の発表があるまでわからない。だれかが逮捕されるまでわからないこともある。警察は公式に起訴しなくてもパスポートを差し押さえられるし、保釈は認められないだろう。最高刑は終身刑だ。

数年前のことを思い出す。煩わしい手続きが面倒で、英国海外市民（BNO）旅券を破棄してシンガポールのパスポートを更新したが、その後シンガポールの市民権を失った。代わりに香港のパスポートを申請したときに父親から警告を受けた。「香港はもう駄目だ。可能なうちに逃げ出したほうがいいぞ」。その年、「ニューヨーク・タイムズ」の取材で、陳方安生（アンソン・チャン）〔香港の元政務司長〕が言った。「他の選択肢を持たない人のことを考慮する必要があります。なにかよくないことがあれば、さっさと別の国に移住できるような裕福な人ばかりではありません。多くの人にそんな選択肢はありません」*。当時は、選択肢がなくなるような決定を自分が下したことについて深く考えなかった。わたしは二十一歳で、こうした危機的状況でパスポートが果たす役割についてほとんどなにも知らなかった。それに、国家安全維持法の施行を受けたイギリスが、ＢＮＯ旅券所持者にビザや居住権を付与する前のことだった。

　パンデミックのせいで、パートナーとわたしは結婚式の計画を延期し続けた。それでも国家安全維持法が施行されると、急いで友人の六十平米の自宅のバルコニーでささやかな式を挙げ、法的な書類の手続きを終わらせた。パートナーには海外の市民権があり、婚姻期間が二年以上あればわたしも扶養家族として申請ができる。必要なときには香港を去るという選択肢が、再びわたしの手札に戻ってきた。

　結婚許可証に署名する日の朝、「蘋《ひん》果《か》日報《にっぽう》（アップル・デイリー）」の記者室が強制捜査を受けた。強制捜査に関する記事の写真に目をこらすと、機嫌のよい熊に似たスーツ姿の弁護士がいた。大学時代に難民の権利を扱う弁護士のもとでインターンをしていたときに会った人で、広く尊敬を集めている事務弁護士〔英国法に従う地域で主に法律事務に携わる専門職〕だ。大学卒業後に記者になったとき、個人では傍聴できない政治的な裁判について彼にメッセージを送り、最新情報を尋ねたことがある。中秋節や旧正月には、ワッツアップで「楽しい休日を」と書かれた可愛いｅカードが届いた。彼はその夜、わたしたちの結婚式で挙式執行者になる予定だった。

そしてその日の午後、わたしがアイシャドウを塗っていると、別のニュース速報が飛び込んでくる。知り合いが国家安全維持法で逮捕された。わたしは空っぽのフラットで、友人の名前を何度も繰り返す。そして白いドレスを頭からかぶる。

弁護士が時間どおりやってくる。パートナーとわたしはしきりに詫びる。「今日はお忙しかったでしょう」

「馬鹿なこと言うんじゃない、こんなおめでたい場なのに」と彼は言う。いつにもまして寛大だ。

わたしは誓いの言葉を述べる。「わたしはいつでもあなたのそばにいます、自由に暮らしているときも、恐怖を感じながら暮らしているときも、香港にいても、他の場所にいても」。そしてわたしたちは結婚する。結婚記念日は、メディアの「弾圧」が永遠に記録された日だ。


人の死を悼むための言葉を探すのはたやすい。その人となりを懐かしみ、面白い逸話を語り、もう二度と電話がかかってこないことを嘆く。都市を失うというのはもっと漠然としている。街を歩いているとモールのエスカレーターや街角から飛び出してくる機動隊の幻、高架下やトンネルに灰色の痕跡を残す大雑把に塗りつぶされた抗議デモのグラフィティ、かつてはだれでも入ることができた母校の門で警備員からＩＤを求められるようになったこと、撤廃された

「民主主義の壁」を見たときに感じる苦しみ。そういったものを表す言葉は見つからない。

国家安全維持法に支えられて、政府は生活のさまざまな局面で変化を推し進めていく。学校に愛国主義的なカリキュラムを導入し、立法議会や行政長官の選挙を再構築し、さらに非民主主義的なシステムさえも築く計画を立てている。香港行政府で働く人は全員、忠誠の誓いに署名させられる。最初はたいしたことではないように感じられるが、もう二度と抗議デモ運動に共感しているような言葉を公の場で述べることはできなくなる。警察に国家安全部門ができる。中国政府系新聞は香港の美術館やコレクションについて、「艾《がい》未《み》未《み》（アイ・ウェイウェイ）の作品は政治的に正しくない」と不満を書き立てる。

ツイッターでだれかがつぶやく。「平均的な香港人にとっては、実はそんなにひどいことではない。反体制派とか活動家でなければね。香港の人口の九十九パーセントが平均的香港人だ。ぼくの享受したいと思う自由は損なわれてはいない。今でもやりたいことはなんでもできるし、行きたい場所に行けるし、言いたいことを言えている」

国家安全維持法の制定後、毎週いくつもの新たな展開が生まれる。メディアで報道されるのは何人かの「反体制派」の著名人の動向だが、それ以外にも多くのことが起きている。八人の学生が自身の通う大学で、中国本土で拘束されている香港人の釈放を求める看板を掲げたとして逮捕される。* 親独立派の活動家のことを授業で一度議論したというだけの理由で、ひとりの教師が教員資格を永久に剝奪される。自宅の玄関に「光復香港」のステッカー*を貼っていた男性が逮捕される。彼らは「平均的な香港人」ではないのか？

それでも、このツイートを投稿した人の言いたいことはわかる。考え方の違いや、利害関係の欠如から国家安全法の影響を決して受けない人々もいる。一方、わたしの友人や元デモの参加者たちは香港から逃げ出していく。わたしたちはよく、香港の「消失」を世界滅亡のときにたとえて話すことがある。アトランティスのように香港が水中に沈んでしまう、と。だが、それよりずっと可能性が高いのは、近い将来、香港の風景が物理的には変わらなくても、以前ここにあった場所のことを覚えている人がひとりもいなくなってしまうことだ。それがいちばん怖い。高層ビルの風景は変わらず、田舎の散歩道の美しさも変わらず、港には夜の光が落ちる。仕事に行き、くだらないことをツイッターに投稿し、一見してなにもおかしなことはないのだが、まだそこに残っているのは、それが最高の香港の姿だと思い込んでいる人だけだ。

結婚指輪を買った後、パートナーとわたしは尖沙咀《チムサーチョイ》のラーメン屋のカウンター席に腰を落ち着け、抗議デモのアートワークをまとめたパンフレットや、壁に貼られた黄色いポストイットのメモを眺める。わたしたちは二〇一九年の抗議デモ以来、こうした黄色いレストランでしか食事をしない。レストランや店舗は黄色と青色、つまり親抗議派と反抗議派に分かれている。この区分けはもともと、警察や政府を支援することを宣言した所有者のチェーン店をボイコットする運動から始まったものだ。青色の反抗議派には〈スターバックス〉や〈吉野家〉などの有名チェーンも含まれている。大学キャンパスの〈スターバックス〉で割引価格で提供されるキャラメルラテや、〈吉野家〉の安価なひとり鍋定食は大学時代からずっと、わたしの食生活に欠かせないものだったが、どちらにも二〇一九年以降足を踏み入れていない。

毎日ささやかなやり方で運動を支援したいというのが理由だが、親抗議派に貢献したいという理由からこうしているというのは正確な言い方ではない。わたしたちは選択の自由からこのような行動をとっているわけではなく、恐怖心のせいで自由がなくなったのでこんな行動をとるしかないのだ。外出した際に、ニュースのことでパートナーに話しかけようとすると、彼が口をつぐむよう合図するので、わたしは苛立つ。どうして人に検閲されないうちに、自分たちで検閲し合わなきゃいけないの？

でも、その理由はわかっている。警察が香港人同士が通報し合えるホットラインを開設したのだ。近所の知らない人はもう信用できない。どこにいようと見張られている。個人のソーシャルメディアのアカウントで運動を支援する投稿をすれば、その画面をデータ保存されてインターネットで公開されるかもしれない。仕事を失うおそれもある。今やどこにいても政治のことを話したら無事ではいられない。

国家安全維持法に違反することを恐れて、黄色いレストランのなかには抗議デモのポスターやステッカーを窓のディスプレイや壁から剝がす店もあるが、抗議豚のステッカーをテーブルの隅にさりげなく貼っている店もある。その日早く、パートナーとわたしは歴史博物館に行き、

「香港の物語」という常設展を見た。博物館が「一時的な改装」に伴い閉館すると発表する直前のことだ。おそらく共産主義的な観点に沿うように展示を変更するのだろう。ラーメン屋のわたしの隣ではふたりの女の子が、デモ中に逮捕されて裁判にかけられる友人のことを話している。濃いつけ汁にチャーシューをつけると、なんだか急に疲れを感じた。

成人になってから香港を離れる場合、少なくともお金の払い戻しを受けたければ「香港からの永久離脱」を公式に宣言する必要がある。政府は毎月給与から相当な額を天引きして退職基金にあてているので、永久離脱によって何千ドルもの未払い給付金が生じることになり、これを引き出すために宣言が必要なのだ。永久離脱は人生で一度きりのこと。宣言の一部は次のとおりである。

私、［宣言者の住所］の［香港IDまたはパスポート番号］［宣言者の姓名］は、厳粛に誠実に宣言します。
わたしは［年月日］に香港を離れ他の土地に居住するにあたり雇用を目的として帰来する意思、または永住者として香港に再定住する意思を有するものではありません。

別の国に家のある幸運な人でも、この都市をすんなり離れることはできない。本やコートを箱に詰め、何日にもわたってお別れ会を開き、店員がいつも注文を覚えていてくれた地元のダイナーですすり泣き、そして「戻ってきません」と公式に宣言する。二〇一八年に香港を離れた作家のイヴァン・フォウラーは、離脱を宣言するというこのお役所仕事的なプロセスについてこう書いている。「感慨深い朝だ。宣誓したうえで香港を離れるという宣言をした。部屋には同じような人が六人いた。感情が抑えきれず、途中で言葉が出なくなった人もいた。全員広東人だ。全員、三十代から四十代の下流中産階級出身者である。部屋には消毒剤以外、なにもない」

逃亡はこれとは違う。逃亡するときは退職金のことなど念頭にない。ただここから逃げ出したいと思うだけだ。元立法会議員の許《きょ》智《ち》峯《ほう》（テッド・フイ）が二〇二〇年に自主亡命で香港を離れたとき、報復として彼と家族の銀行口座が凍結された。「資金洗浄」がおこなわれたという名目だった。

「個人的な信念がある。亡命は移住ではない」*と彼は書いている。「私は決して移住しない。香港はわたしの故郷で、他の場所に根を下ろすことは決してない。（略）それより根無し草となり、故郷に帰ることのできる日を待ちたい。必ず帰国し、涙を流して、鍋の底［抗議デモゾーン］でみなと抱き合うのだ」。フイの本を読んだわたしのパートナーは、ひとり浴室に駆け込んで何年ぶりかで泣いた。

二〇二〇年のクリスマス休暇の直前、芸術資料館の同僚とわたしはオフィスに友人のバーナデットを呼んで、タロット占いをしてもらう。彼女の占いは当たりすぎるから、普段は占ってもらわないようにしている。家族の歴史を振り返ると、自分の未来について知りすぎないことがいちばんよいことだと思うから。でもこの夜は我慢できなかった。みんなが求めていたのはたったひとつの質問の答えだった。わたしたちは香港から出ていけるのか？

　わたしの担当編集者がバーナデットに促され、何枚かカードを引く。「あなたは出ていく。でも、それはお嬢さんのため」。彼女の娘は枝豆が好きな明るい一二歳の女の子だ。「あなたがここでお嬢さんと暮らした記憶を大切にするのね。ここにいてももうお嬢さんにいい思い出はできないわ」

「あなたも出ていくわね」とバーナデットはわたしに言う。わたしはすでに悲しい気持ちになっている。彼女は、雪と白人が見えると言う。「でもロンドンは寒すぎるのよ」とわたしは不満を述べる。「台湾に行けばいいんじゃないの？」。季節性鬱を回避するための光線治療プログラムを探すべきなのか。

　三人目の同僚も、何枚かカードを引く。わたしたちは三人とも塔のカードを引いた。燃えさかる塔は、混乱、破壊、危機を示している。彼女もまた香港を離れていくのだ。

「もしかしたらイギリスを植民地化できるかも」と、それでも泣きながらわたしは言う。

「忘れないで、わたしはあなたのために『世界』のカード〔タロットでは完全、達成、優勝を表す〕も引いたのよ」とバーナデットが言う。

二〇一七年に、ジョシュア・ウォン、羅冠聡《らかんそう》（ネイサン・ロー）、周永康《しゅうえいこう》（アレックス・チョウ）が雨傘運動を率いた罪で投獄を宣告される様子を、わたしは裁判所のいちばん前の席で見守った。三人はすでに治安判事裁判所の判決を受けて社会奉仕を果たしていたにもかかわらず、控訴審で六カ月から八カ月の投獄が決定された。裁判の直前、報道陣のエリアに立っていたわたしは学生指導者たちの写真を撮っていた。ほんの少し前まではただの十代の若者だった人たちのアップの写真だ。岑敖暉（レスター・シャム）は、笑顔のネイサン・ローとアレックス・チョウの肩に腕を回し、袁嘉蔚《えんかうつ》（ティファニー・ユン）は物憂げな表情を浮かべる。ジョシュア・ウォンは前方のなにかを見つめている。この先なにが起きるかわかっていたはずだが、少なくともその一瞬は穏やかに見えた。その背後に、カメラマンの大群が待ちかまえている。

結局、彼らが刑務所での服役を終えないうちに終審裁判所が前回の判決をひるがえし、三人を釈放した。裁判所の外でわたしは安堵のため息をついた。嬉しかったのは彼らが釈放されたからだけでなく、この裁判所での長い手続きが終わったからだった。何日にもわたって裁判所に行き、裁判の傍聴席を確保するために冬の寒い朝に早起きして行列に並び（出遅れたら、法廷の外にしか席はなかった）、法律用語の混じる内容の濃いメモを取り、息を殺して評決や刑の宣告がおこなわれるのを見守ってきた。ついにそれが終わった、とそのときわたしは思った。

それから数カ月後わたしは、ロー、ウォンや学民思潮《がくみんしちょう》（スカラリズム）の活動家が結成した政党、香港衆志《ほんこんしゅうし》（デモシスト）の二周年記念のお祝いに行った。イベントは九龍の黄埔《ウォンポウ》の宴会場で開かれ、ほとんどの野党政治家が出席していた。わたしは社会主義の政治家、「長毛（ロングヘア）」こと梁國雄《りょうこくゆう》（リョン・クォックホン）と煙草を吸ってから記者席に腰を落ち着け、無料のビールを飲みながら、ピンクのシャツを着てステージで踊る男の子たちのグループを見つめた。突然、ダンスはあまりに馬鹿げていて、きちんと振りつけもされておらず、笑うしかなかった。彼らがまだ若者であることに気づいた。みな、三十歳以下なのだ。

アレックス・チョウは現在アメリカ合衆国で暮らしていて、香港に戻るかどうかは不明だ。ネイサン・ローは国家安全維持法の施行前にイギリスへ向かい、指名手配リスト*に掲載されている。亡命したのだ。ジョシュア・ウォンは再び収監されている。今回は二〇一九年に警察本部の外で「許可されていない抗議デモ」を指揮したという罪に問われた。

二〇二〇年に周庭《しゅうてい》（アグネス・チョウ）、ジョシュア・ウォン、林朗彦《りんろうげん》（アイヴァン・ラム）が収監され、その後「立場新聞（スタンド・ニュース）〔香港の民主派メディア〕」は残っている香港衆志のメンバーに動画インタビューを試みた*。「最後に全員がひとつの部屋に集まったのはいつですか？」とインタビュアーが尋ねた。傍聴席で、裁判に立ち会ったときだという。集まる計画すら立てなかった。たまたまそこに全員が居合わせたのだ。

「今はできることがほとんどないけど、元気でいなくちゃ」とひとりが発言した。「いつかまた、ここの通りで会うだろうから」

「香港から出ていくかもしれない」と、火鍋用のコースターや調味料をテーブルに並べながら、元同僚が言う。「たぶん、一カ月ほどしたら」

「え？　ちょっと待って」とわたし。初めて聞く話だ。元同僚はつい数カ月前に結婚し、香港島の東部にある新しいアパートメントに引っ越したばかりだ。

「この人が、もう安全だと思えないって言うんだよ」と、夫が妻を指して言う。自分たちの身に危険が迫ってくるのが何年も先のことだとしても、不安で毎晩眠れないような場所で暮らすのはとても耐えられないことだ。「危険がどんどん近づいてきてる」。ふたりには人権や政治のサークルに参加している親しい友人がいるし、夫妻もそうした分野で働いている。国家安全維持法に引っかかるのはランダムだから恐ろしい。次に逮捕されるのがだれになるのかだれにもわからない。自分の番がきたら、どれほど些細なことであっても過去になにかやっていたらそれが逮捕の口実になり、正式な起訴状なしでもパスポートを没収される。そうなればおしまいだ。その段階にきたらもう香港を離れることはできない。

二〇一九年の抗議デモのあいだ、わたしは自分への注意喚起として「記住緊守崗位、同中共鬥長命（今までしてきたことを続けて、共産党より長生きしよう）」と書いた。でも今では、話したり教えたり書いたり抗議したりすることを続けたいのであれば、投獄されることや亡命する未来を覚悟しなければならないと思っている。標的にされることなくどこまで続けていけるか、香港を離れることができなくなるまでどのくらいの猶予があるのか、賭けるしかない。愛する者全員が投獄されたり、何千キロも離れてしまったりする状況になっても仕方がないのだ、と腹をくくるしかない。

二〇二〇年があと数時間で終わろうとしている。パートナーとわたしはその友人夫妻のフラットにいる。ホームズとその恋人や、わたしたちの結婚式の日に逮捕された友人も一緒だ。彼のパスポートは没収され、現在は数週間に一回警察署に出頭しなければならない。

次の数時間、わたしたちはボードゲームに夢中になり、時計を見ることを忘れる。「おっと、二〇二一年まで残り二十秒だよ」と元同僚が言う。「すぐにカウントダウンを始めなきゃ。もう時間だ」

「まだ準備ができてない」とわたしは伝える。

あとどのくらいの時間が残されているのか？　わたしが香港を離れるのかどうかわからない。でも、ずっとここにいるとはもう思えなくなっている。今のところは、できるだけ長く香港にとどまりたいが、それができなくなる日が来るだろう。香港のなかでまだ行ったことのない場所がいくつもある。ただの住宅地だと気にも留めなかった地域がある。わたしは地元のYouTubeチャンネルを見つける。パンデミックの最中に開設されたチャンネルで、散歩したり自分たちの住んでいる地域を探索したりする香港人が登場する。観塘《クントン》のなんということのないオフィスビルに降りそそぐ光、螺旋階段、予想もつかない場所にある都市部の公園、これぞ香港の景色だと言いたくなる曲がりくねった坂道。ある夜、友人のエイドリアンがバイクの後ろにわたしを乗せ、香港島を一周する。北角（ノース・ポイント）から西部の埠頭まで走り、それから域多利道（ヴィクトリア・ロード）に出る。夜は湿った土の匂い。海岸の脇の舗道にバイクを停める。光の洪水からまぬかれた街の片隅は真っ暗で、星々が見える。

パートナーとわたしは、これまで訪れたことのない場所に毎週行ってみる計画を立てる。フェリーに乗って近隣の島々へ行くと、打ち捨てられた石の塀に蔦がからまり、墓石が葉の落ちた木々に囲まれている。海沿いの赤柱（スタンレー）がまるで風の吹き荒ぶブライトンのように感じられる日、わたしたちはフィッシュ・アンド・チップスを食べながら、不動産開発業者がヴィクトリア朝時代の建物にH&Mを入居させなかったらこの街はどんなだっただろう、と想像してみる。香港大学近くの地域まで引き返す。新入生たちはオリエンテーション・キャンプで生き残れるかどうかなんてたいした問題ではないと思うくらいたくさんの悩み事で頭がいっぱいになっている。太平山街（タイピンシャン・ストリート）に帰ってくると、通りからはいつも焼きたてのパンや洗いたての洗濯物の匂いが立ちのぼる。大気に、この街のすべてが含まれている。

ある場所が好きだと言うとき、*人はその言葉で実にたくさんのことを告白している。

二〇二〇年十二月三十一日、尖沙咀の文化センターや時計塔のそばでカウントダウンをするため、人々が集まる。* 紫とピンク色に点滅するＬＥＤのウサギのヘッドバンドと派手なプリント付きのマスクをつけている。パンデミックのせいで花火は中止となったが、海岸は賑やかだ。大勢の人が「光復香港、時代革命（香港を取り戻せ、革命の時代だ）」と唱える。「香港に栄光あれ」を歌いだす。

香港は死んだ。新たな法律が抵抗運動を一掃した、とみなは言う。それでも、港の向こう側では、光がまだ煌々と灯っている。

激怒した警察がラウドスピーカーで怒鳴る。「今おまえたちが叫んだスローガンは国家安全維持法に違反している」。群衆はやじを飛ばす。警察は群衆に閃光を向けて彼らの顔を照らし出す。「だれが声を上げた？」と警察が吠える。

まだわかっていないのだ。わたしたち全員が声を上げたことを。

謝辞

この本がここにこうしてあるのはメアリー・パントージャン、クレア・マオのおかげです。この本を出版するために闘ってくれました。たくさんの激励や助言、感想をありがとうございました。今でも信じられませんが、書きたかった本を書くことができました。夢を叶えてくれて本当にありがとう。

取材に応じてくれたすべての方に深く感謝します。わざわざ時間を割いて、身の上話や経験したことを話してくれました。この本で正しく描けているといいのですが。

仲間であるライター、ジャーナリスト、アーティスト、ミュージシャンのみなさんは、香港やその他の場所にある創造的なコミュニティについて教えてくれました。とりわけホームズ・チャン、ウィルフレッド・チャン、マイケル・CW・チウ、コエル・チュー、「スティル／ラウド」のみなさん、ケイトリン・チャンとイサベル・チャン、クリス・チェンとアンジェラ・リー、トミイ・チャンと沈諾基《サムロッケイ》、シャーロット・ムイ、エミリー・ウォン、亜州芸術文献庫のみなさん、『余波：香港のエッセイ集』に参加した素晴らしい記者のみなさまに感謝いたします。本書を読んで事実確認をしてくれたロクとクリスにはとても世話になりました。誤りはすべてわたしの責任です。

わたしの師にして友、ポール・C・ファーミンに感謝を捧げます。香港大学の通識教育部〔現在は学生発展及資源中心〕の黄志淙《ウォンチューチュン》先生、大学で学生に尽くしてくださっているすべてのことに感謝いたします。

次に記す方々がいなければ、わたしが生きていてこの本を書くことはなかったでしょう。ジエシカ、ニコル、エイドリアン、アンジェロ、ローズ、ラムラム、シャーマン、カラム。本書に仮名で登場したすべてのライブ仲間、元ルームメートたち、人生においてわたしが家族だと思っている人たち、みなさんに心から感謝します。弟のツォンにも。

ティファニー・シア、あなたの洞察力と助言に、そして〈スペキュレーティブ・プレイス〉に一週間、執筆のためのスペースを提供してくれたことに感謝します。

わたしにチャンスを与えてくれた編集者のみなさま、とりわけ「ニューヨーク・タイムズ」のジョティ・トッターム、「ザ・ランパス」のゾヘル・アブドゥルカリムとC・R・フォスター、「オーフィング」のミミ・ウォン、「ディス・アメリカン・ライフ」のイマニュエル・ベリー、「ロサンゼルス・レビュー・オブ・ブックス・チャイナ・チャンネル」のアン・ヒノチョウィッツ、「香港フリー・プレス」のトム・グランディに深く感謝いたします。

住宅に関する調査ではアリス・プーン（潘慧嫻）と本土研究社に、工業ビルでの音楽の歴史記録については『我们来自工厂』とアーコック・ウォンに多くを負うています。わたしを含む精神に問題を抱えている香港人の孤独を癒やす本の著者である李智良《リーチーリョン》、道を切り開いてくれた香港の英語作家たち、わたしが何者でもなかった頃に、彼らの音楽について書かせてくれたミュージシャンやバンドのみなさまに謝意を捧げます。

わたしの「TinyLetters」を読んでくれたすべての人にありがとうを。元々百人に満たない読者に送信していたメールに書いた文章がこの本のなかにいくつか入っています。卜公花園（ブレイク・ガーデン）のあの木にも、ありがとう。

わたしの祖母、嫲嫲《マーマー》。育ててくれてありがとう。今でも毎日会いたいです。

最後にエルソン、わたしに家庭を与えてくれてありがとう。この謝辞の最後の行をあなたに捧げます。結婚式の誓いより素敵な約束でしょ。

「煉獄の都市」の一部は、「The Mask I Wear on the Weekends（週末にわたしが身につけるマスク）」、「Living in Dark Mode（ダークモードで暮らすこと）」、「Life in Hong Kong Has Always Been Impossible（香港での生活は常にやっかいなものだった）」というタイトルで「ニューヨーク・タイムズ」にエッセイとして掲載され、本書のために加筆修正しました。本書のなかのふたつのエピソードは「ディス・アメリカン・ライフ」に「The Lonely Island（孤独な島）」として掲載された記事の一部です。

訳者あとがき

本書は、香港在住のジャーナリスト、カレン・チャンが二〇二二年に出版したデビュー作『The Impossible City : A Hong Kong Memoir』(Random House)の全訳である。Impossible City を直訳すれば「やっかいな都市」「手に負えない都市」になる。副題に「香港回想録」とあるように、本書に綴られているのはチャンが生まれた一九九三年から、香港の大規模デモが起きた二〇二〇年までのあいだの個人的な出来事や、香港に生まれ育った人々のアイデンティティのあり方など、外からでは決して知りえない意識や日常の姿である。

とはいえ、単なる回想録ではない。これまで新聞雑誌に寄稿した記事やエッセイなどを加え、自身の生い立ちと生活のひとこまを都市の変遷と重ねて描き、ときには一種の詩情すら漂わせる。ミュージシャンや作家、市井の人々、ジャーナリストなど多くの人に取材し、さまざまな声を拾い上げ、俯瞰的に都市の移ろいを眺めようとしている。そして、このやっかいな都市を自分は愛しているのか、そもそも香港とはどのような都市なのか、と自問し苦悩する自らの姿も、ためらいなくさらけ出している。

香港といえば林立する高層ビルが有名だが、カレン・チャンの文章からは、人口集中によって住居費が高騰したせいで、世界一狭いが家賃は高い部屋で何人もの若者が共同生活をしている都市の姿が浮かび上がってくる。また、イギリスの旧植民地ならではの文化と、中国本土の制度とのあいだで軋轢が生まれていること、新界という地区の牧歌的な村では新規の住宅プロジェクトのために農民が農地から追い出されたこと、さらには、英語を理解する人と広東語と北京語しか話さない人々とのあいだで分断が進んでいることなども明らかにされる。個人的な思い出から出発した回想録という名の作品は、次第に追い詰められていく都市の姿を見つめる人々の切実な思いを伝えている。

長年香港で英文学や比較文学を教え、いまはスコットランドに住み、アーサー・コナン・ドイルの研究者として有名なダグラス・カーは、香港は「歴史的に見れば、中国から逃れてきた人々の一時避難のキャンプ地であり、一時滞在者や出稼ぎ労働者、難民たちの町であって、感情的な結びつきを育むような場所ではない」と述べている。しかし本書を読めば、土地との感情的な結びつきをチャンは二十八歳のときにすでに強く感じていることがわかる。

カレン・チャンは一九九三年に深圳で生まれた。中国本土で生まれ育ち結婚してカレンが生まれたのちに香港に移ってきた両親は、チャンが幼い頃に別居し、母親と弟はシンガポールに引っ越した。カレン・チャンは父親の庇護のもと、古い価値観と伝統を重んじる祖母に育てられた。夏休みにシンガポールの母親のところに行っても、香港に帰りたくて泣き続けた。小学校は私立のインターナショナル・スクールで学び、中学から先は公立に通い、私立と公立の教育の差に衝撃を受けた。大学に入ってからイギリスに短期留学し、鬱病に苦しみ、香港の精神医療の行き詰まりを身を以て知った。音楽に癒しを求め、廃れた工場ビルでのライブに夢中になった。パートナーとめぐり逢えた。

ジャーナリストになったカレン・チャンの三十年の歩みを短くまとめれば右のようになるが、この本のなかで香港の激震とともに詳らかにされていくのは、彼女がふたつのもの――イギリスと中国、母親と父親、英語と広東語、過去と現在――のあいだで葛藤する赤裸々な姿である。そして過去と現在を自由に行き来するこの手法こそ、時代や制度に抗うための彼女の闘い方なのかもしれない。

本書の冒頭の断り書きに、「個人情報保護および安全のために取材をした方々の氏名は変えてあるが、フルネームで表示された方はこの限りではない」とチャンはあえて書いている。「ヌーヴォイス」というネット媒体のインタビューで、ジャーナリストとして取材対象の名前を伏せて記事を書くことについて彼女は、誰が言ったかということよりも「大事なのは、マイノリティの声を届けること」と語っている。さらに、「わたしは自分の属するコミュニティに暮らしている人たちの記事をいろいろ書いているでしょう。そうした人たちとは、記事の出る前でも出た後でも繋がっていたいんです」、「わたしがこの本で書こうとしたかったのは、場所とはなにかということなのだと思います」と述べている。

本書は、多言語で成り立つ社会についての報告書でもある。

インターナショナル・スクールで学び、英語と広東語を話す著者は、使っている言語の違いから生まれる貧富の差に敏感である。同じ言語を使う人々で形成された世界が、他の言語を使う人々の世界とどのように繋がるのか、繋がることができるのか、という問題も提示している。そして英語によって揺るがされるアイデンティティについても包み隠さず描き、英語で発信している自身を「裏切り者」とさえ述べている。

本書には現在形が多用されている。それは、中国語に「時制」がないことが彼女の英語表現に影響し、それが個性となっているのかもしれない。動詞が現在形で、現在分詞を多用して文章を続けていくところは、これまで私の知っていた英語表現とは趣が違っている。現在形や現在分詞を多く使うことで臨場感が生まれ、読み手との距離がぐっと近くなるように感じられる。もっとも、彼女が現在形にこだわるのは、香港もその歴史も過去形にできない、過去のものにしない、という強い意志の表れに思える。

二〇一四年の雨傘運動と二〇一九年の二百万人にも膨れ上がったデモを、私たちははらはらしながらも半ば映画のなかの出来事のように眺めていたが、大通りを埋め尽くす人々の波は、人権を求めるための死闘を表していた。キウィ・チョウ監督の『時代革命』（二〇二一）は、二〇一九年のデモを多くのカメラを使って圧倒的な映像で写し取ったドキュメンタリー映画だが、本書は、その真っ只中にいた若者の考え方や生き方を言葉によって伝えている。恐怖、逡巡、喜びや悲しみ、さらには共同体の変化、否も応もない中国本土からの圧力、民主主義が失われていく過程すらも……。そして自分たちの都市の基盤や人の営みが失われていくのがどれほど恐ろしいことかを世界へ向けて発信している。

カレン・チャンは二〇二二年六月十三日の「ニューヨーク・マガジン」に「香港の解体」という長い記事を寄せている。そのなかでチャンは、「香港が恋しいとわたしが言うとき、二〇一四年から二〇一九年までの香港の姿のことを指している」と述べている。また、「わたしたちの世代の呪いというのは、生き残った者の罪悪感なのではないかと思う。多くの人々が暴動と反政府運動の罪で刑務所に入っているのに、パンデミックのなかで大勢の人たちが亡くなっているのに、否応なく亡命させられて二度と香港の海を見ることができない人がいるというのに、自分たちの生活を改善したいなどと思っているとは、なんて自分勝手なのだろう」、「わたしがここに留まっているのは、仕事のためでも政治的な考えからでもなく、ひたすら個人的な理由からなのだ」、「この三十年、わたしがこの都市に繋ぎ止められていたのは、最初は責任感からだったが、のちに罪悪感のためだということがわかるようになった」と記している。そして最後に、「これからこの都市は過去形で考えられることになるだろう」という言葉で締めくくっている。

カレン・チャンの文章を訳しながら、彼女と同世代の私の娘のことをたびたび考えていた。香港と東京という異なる都市で暮らしてはいるが、崩壊していく故郷のありさまを目の当たりにしているチャンと、閉塞感が漂うなかで自由が失われていくことに不安を覚えている娘とが重なるように思えた。世界にひそやかに亀裂が入っていくときの、ある種の緊張感から生まれる内省的で魅力的なチャンの言葉を、多くの人に読んでいただきたいと思う。

現代の状況を生きた言葉で届けることがノンフィクションの王道であるなら、本書はまさしくもっとも鮮烈なノンフィクション作品である。「ワシントン・ポスト」は本書を「二〇二二年のもっとも優れた作品のひとつ」として挙げている。

最後になるが、本書を訳すにあたって、英語と中国語に詳しい友人の西村正人さん、訳者の主宰する翻訳塾の塾生である山口真果さんのおふたりに下調べやチェックなどを手伝っていただいた。また、カレン・チャンと同世代の亜紀書房の西山大悟さんには大変お世話になった。心から御礼を申し上げる。

二〇二三年　三月三日

古屋美登里

はじめに

8　香港の人口のうち九割以上：「Hong Kong—the Facts（本当の香港）」、香港特別行政区政府、https://www.gov.hk/en/about/abouthk/facts.htm

12　主流メディアは早くも一九九五年には香港は死んだと宣言：ルイス・クラー&ジョー・マッゴーワン、「The Death of Hong Kong（香港の死）」、「フォーチュン」、一九九五年六月二十六日、https://archive.fortune.com/magazines/fortune/fortune_archive/1995/06/26/203948/index.htm

12　政府は、反対派の立法会議員や区議会議員すべてを排除：トニー・チュン&ジェフィー・ラム、「Mass Resignation of Hong Kong Opposition Lawmakers After Beijing Rules on Disqualification（中国が議員除斥の決定権を握り、香港の反対派立法会議員が大量に辞職）」、「南華早報（サウスチャイナ・モーニング・ポスト）」、二〇二〇年十一月十一日、https://www.scmp.com/news/hong-kong/politics/article/3109454/mass-resignation-hong-kong-opposition-lawmakers-after

12　香港最大の民主派新聞社を閉鎖：「Apple Daily: Hong Kong Pro-Democracy Paper Announces Closure（香港の民主派新聞社、蘋果日報が廃刊を発表）」、『BBC』、二〇二一年六月二十三日、https://www.bbc.com/news/world-asia-china-57578926

12　元警察官らに政界トップの座を与える：カリ・スー・リンドバーグ、クロエ・ロー、イアン・マーロウ、「Ex-Cop Named Hong Kong's No.2 as China Prioritizes Security（中国が安全保障を重視するなか、元警察官が香港の政府ナンバー2に）」、「ブルームバーグ」、二〇二一年六月二十五日、https://www.bloomberg.com/news/articles/2021-06-25/hong-kong-s-top-security-official-set-to-become-city-s-no-2

二〇二一年、香港の地図

25　海を見たがる者：韓麗珠、「I Just Want to See the Sea（ただ海が見たいだけ）」、ヘンリー・ウェイ・リョン

&ルイーズ・ロー訳、「オーフィング」、二〇一五年五月十九日、https://theoffingmag.com/essay/i-just-want-to-see-the-sea/

25 売春街：アダム・ホワイト、「The Wild Western: What to Do in Shek Tong Tsui（ザ・ワイルド・ウエスタン：石塘咀でやるべきこと）」、「HKマガジン」、二〇一五年三月十九日、https://www.scmp.com/magazines/hk-magazine/article/2036954/wild-western-what-do-shek-tong-tsui

25 アニタ・ムイ（梅艶芳）の幽霊：スタンリー・クワン（關錦鵬）監督による映画『ルージュ』（一九八七年）への言及。ムイが演じる幽霊は、ヒル・ロードでレスリー・チャン演じる恋人を待つ。

26 腐敗していたらしいビル管理委員会：カレン・チャン、「Residents Revolt: Meet the Communities Fighting Bid-Rigging and Mismanagement in Hong Kong's Residential Buildings（抵抗する住民たち：香港の住宅における談合やずさんな管理と闘うコミュニティ）」、「香港フリープレス」、二〇一八年四月一日、https://hongkongfp.com/2018/04/01/residents-revolt-meet-communities-fighting-bid-rigging-mismanagement-hong-kongs-residential-buildings/

27 深夜の騒音への苦情が増えるにつれて：カレン・チャン、「In Hong Kong's Increasingly Gentrified Western District, Residents Beg Bars for a Good Night's Sleep（ジェントリフィケーションが進む香港の西区で、深夜の騒音に悩む住民たちがバーに抗議）」、「香港フリープレス」、二〇一八年四月二十九日、https://hongkongfp.com/2018/04/29/hong-kongs-increasingly-gentrified-western-district-residents-beg-bars-good-nights-sleep/

32 香港人には文化がないのだと思う：龍應台（りゅう・おうたい）&アンドレアス・ヴァルター、『親愛的安德烈（Dear Andreas、アンドレアスへ）』（台湾、天下雑誌、二〇〇七年）。

32 仕事場でも～第三の場の考え方：レイ・オルデンバーグ、『サードプレイス：コミュニティの核になる「とびきり居心地よい場所」』（ボストン、ダ・カーポプレス、一九九九年）（忠平美幸訳、マイク・モラスキー解説、みすず書房、二〇一三年）。

33　達寧李（ダニエル・リー）と他のふたり：「読売書人：序言書室　小眾交流以書聚賢（〈香港リーダー〉でのニッチな議論：本を介して賢人を集める）」、『カナダ明報』、二〇一四年三月七日、http://www.mingpaocanada.com/tor/htm/News/20140307/HK-gfk1_er.htm

35　わずかな賃料：カレン・チャン&チェルシー・マ、「Art Should Not Be Sensible: In Conversation with May Fung（芸術に分別は不要：メイ・ファン（馮美華）インタビュー）」、「アジア・アート・アーカイブ」、二〇二〇年十月十八日、https://aaa.org.hk/en/ideas-journal/ideas-journal/art-should-not-be-sensible-in-conversation-with-may-fung

35　経済的に続けていけなくなったの：「Club 71 to Close This Month（〈Club 71〉が今月閉店）」、「AP通信」、二〇二〇年十月十八日、https://www.thestandard.com.hk/breaking-news/section/4/157633/Club-71-to-close-this-month

37　本人〜役で映画に出演：梁銘佳（リョン・ミンカイ）&ケイト・レイリー監督作品『Memories to Choke On, Drinks to Wash Them Down』（二〇一九年）での出演に関する言及。

39　世界で十指に入るクールな地区：モーリーン・オヘア&リット・マーカス、「The World's 10 Coolest Neighborhood（「タイムアウト」に訊いた、世界でもっともクールな地区10）」、CNN、二〇二〇年十月六日、https://edition.cnn.com/travel/article/world-10-coolest-neighborhoods-time-out/index.html

39　深水埗は新たなブルックリン：エルヴァ・パン、「Sham Shui Po Is the New Brooklyn（深水埗は新たなブルックリン）」、「オブスキュラ」、二〇二〇年四月二十四日、https://www.obscura-magazine.com/all/stories/misc/sham-shui-po-is-the-new-brooklyn/

39　湾仔の利東街（ウエディングカード・ストリート）：ハーミナ・ウォン、「Wedding Cart St to Be Turned Into 'First Class Shopping' District, Developers Accused to Backtracking（ウエディングカード・ストリートが「高級ショッピング」地区に、二転三転するデベロッパーに非難が押し寄せる）」、「香港フリープレス」、二〇一六年二月一日、https://hongkongfp.com/2016/02/01/wedding-card-st-to-be-turned-into-first-class-shopping-district-developers-accused-of-backtracking/

42 「非先住民」とみなされた村人たち：「HK Male Indigenous Villagers' Small House Rights Restored（香港の男性原住民のスモールハウス権回復）」、「ザ・スタンダード」、二〇二一年一月十三日、https://www.thestandard.com.hk/breaking-news/section/4/163332/HK-male-indigenous-villagers%E2%80%99-small-house-rights-restored

43 粉ミルクを積み上げた薬局が乱立：カレン・チャン、「Hong Kong-China Tension: Sheung Shui, a Frontline Town（香港と中国間の緊張：前線の街、上水）」、「アルジャジーラ英語版」、二〇一七年七月一日、https://www.aljazeera.com/features/2017/7/1/hong-kong-china-tension-sheung-shui-a-frontline-town

44 スローガン〜が生まれた：ライアン・ホー・キルパトリック、「Localist Leader Arrested at 'Reclaim Sheung Shui' Protest（『上水を取り戻せ』運動で地域のリーダー逮捕）」、「香港フリープレス」、二〇一五年九月七日、https://hongkongfp.com/2015/09/07/localist-leader-arrested-at-reclaim-sheung-shui-protest/

46 埠頭への立ち入りを政府が禁止：キャスリーン・マグラモ、「Hong Kong's 'Instagram Pier' Closed to the Public by Officials Reportedly Citing Covid-19 Concerns（インスタグラマーに人気の香港の埠頭、立ち入り禁止はコロナの影響か）」、「南華早報（サウスチャイナ・モーニング・ポスト）」、二〇二一年三月一日、https://www.scmp.com/news/hong-kong/society/article/3123607/hong-kongs-instagram-pier-closed-public-officials-reportedly

46 教師は職を追われる：ローダ・クワン、「Two More Teachers Banned from Hong Kong Schools Over Links to 'Social Turmoil'（さらにふたりの教師が「社会的混乱」とのつながりを問われ解任）」、「香港フリープレス」、二〇二一年五月四日、https://hongkongfp.com/2021/05/04/two-more-teachers-banned-from-hong-kong-schools-over-links-to-social-turmoil/

第一部

一九九七年

51 「鳳閣恩仇未了情（鳳凰閣でのロマンス）」：広東オペラのデュエット。

52 精神的な公害：「Teresa Teng: Taiwanese Pop Singer（テレサ・テン：台湾人のポップ歌手）」、「ロサンゼルス・タイムズ」、一九九五年五月二十一日、https://www.latimes.com/archives/la-xpm-1995-05-21-mn-4448-story.html

53 キース・ユン（袁志偉）が重々しい声でニュースを伝える：「集體回憶九七年（1）（一九九七年の集合記憶 第一部）」、https://www.youtube.com/watch?v=LUvHxq1HGzU

54 式全体を通して、奇妙なほど感情がないように見えた：ユン・チャン、「Telling Our Own Stories（わたしたち自身の話を語ること）」、「スローイング・ペブルス」、二〇一七年七月一日、https://www.yuenchan.org/2017/07/telling-our-own-stories/

54 一世紀にも及んだ屈辱が洗い流されている：キンリン・ホー、「Handover Politics? I Was More Worried About the Rain, Hong Kong Tram Driver Recalls（返還の政治？ 雨のほうが心配だったと香港のトラム運転手語る）」、「南華早報（サウスチャイナ・モーニング・ポスト）」、二〇一七年六月二十三日、https://www.scmp.com/news/hong-kong/education-community/article/2099527/handover-politics-i-was-more-worried-about-rain

56 除隊したイギリス軍兵士たち：エスター・M・K・チュン、「In Search of the Ghostly in Urban Spaces（都市空間で幽霊を求めて）」、『フルーツ・チャンの「メイド・イン・ホンコン」』（香港、香港大学出版社、二〇〇九年）。

57 ふたりの主に仕え：オスカー・ホー、「The History of Lo Ting（ローティンの歴史）」、『Driving Lantau: Whisper of an Island（ランタオのドライブ：島のつぶやき）』、ロー・インシャン編（香港、MCCMクリエーションズ、二〇一二年）、一七一―一七七頁。

57 別の歴史を創造すること：ミッキー・リー、「Back

to the Future: Contemporary Art and the Hong Kong Handover（バック・トゥ・ザ・フューチャー：コンテンポラリーアートと香港返還）」、「IDEASジャーナル」、二〇一七年六月二日。

97 パラレル・ワールド

97 一九六七年に〜設立された：「Ordinance & Regulation（習慣と規則）」、英基学校協会、https://www.esf.edu.hk/about-esf/ordinance/

97 わたしたちの使命は、創造性を培い：「Vision and Mission（理想と使命）」、英基学校協会、https://www.esf.edu.hk/vision-and-mission/

98 ほんの七パーセント：「Statistical Highlights: Education（統計のまとめ：教育）」、立法評議会事務局調査室、https://www.legco.gov.hk/research-publications/english/1718issh30-international-schools-in-hong-kong-20180619-e.pdf

98 地元の生徒の割合が七十五パーセントを超えている：チャン・ホーヒン、「Many International Schools in Hong Kong Fail to Meet the '70 Per Cent Rule' for Non-Local Students（香港のインターナショナル・スクールの多くが、地元出身でない生徒を迎え入れる『七十パーセント・ルール』に準拠せず）」、「南華早報（サウスチャイナ・モーニング・ポスト）」、二〇二〇年四月七日、https://www.scmp.com/news/hong-kong/education/article/3078856/many-international-schools-hong-kong-fail-meet-70-cent

106 公立でも私立でも、優秀とされている：ここでは「公立校」、「私立校」と表記しているが、香港での公式な分類としてはガバメント・スクールやエイデッド・スクール（公立校）、直接助成金制度校（公立と私立の中間）、私立校、私立のインターナショナル・スクール、英基学校協会の学校が含まれる。

108 「バンド1」〜に位置づけられている：バンド1は学力が最上位の学校で、生徒は大学に進学する可能性がもっとも高い。バンド2とバンド3の学校の多くは中国語で授業をおこなう。インターナショナル・スクールはこの制度外に存在する。

108　地元のエリートの私立校：これらの学校の多くは「直接助成金制度」を利用している。例としては、聖保羅男女中学（セント・ポール・コエデュケーショナル・カレッジ）、抜萃男書院（ダイアササン・ボーイズ・スクール）、協恩中学など。

112　一年間の学費は当時およそ八万香港ドルで：教育統籌局の報告（https://www.aud.gov.hk/pdf_e/e43ch04.pdf）によると、ＥＳＦ校の学費は一年あたり七万八千六百香港ドル（二〇〇三〜〇四年度）。あるインターナショナル・スクールの学費は一年あたり平均十三万三百十六香港ドルにものぼった（二〇〇三〜〇四年度）。二〇二一〜二二年度のＥＳＦ校の学費は前期中等教育において十三万三千八百香港ドル（www.esf.edu.hk/school-fees/）。

114　香港のニュースについてほとんど話し合わなかった：ナナール・ヤウ＆ジェニファー・リョン、「Best of Both Worlds?（両方のいいとこどり？）」、「ヴァーシティ」、二〇一七年三月三十一日、https://varsity.com.cuhk.edu.hk/index.php/2017/03/international-school-students-language-barrier/

119　十五歳の男の子が〜抗議デモを組織している：エイダ・リー、「Scholarism’s Joshua Wong Embodies Anti-National Education Body’s Energy（スカラリズムのジョシュア・ウォン、反中国的な教育機関を体現）」、「南華早報（サウスチャイナ・モーニング・ポスト）」、二〇一二年九月十日、https://www.scmp.com/news/hong-kong/article/1032923/scholarisms-joshua-wong-embodies-anti-national-education-bodys-energy

第二部

二〇〇三年

125　中国がこの感染症について承知していたにもかかわらず〜二百九十九人が死亡している：イラリア・マリア・サラ、「Hong Kong’s Coronavirus Panic Buying Isn’t Hysteria, It’s Unresolved Trauma（香港でのコロナにおけるパニック買いはヒステリー行動ではなく、未解決のトラウマが原因）」、「クォーツ」、二〇二〇年二月十二日、https://qz.com/1798974/how-sars-trauma-made-hong-kong-distrust-beijing/

126 天作之盒（ザ・ミラクル・ボックス）：ジョアンナ・ツェー（謝婉雯）と彼女の功績に関するエイドリアン・クワン監督の映画（二〇〇四年）。

128 リーズ大学で学び：ジョン・カーニー、「Fans Commemorate 10th Anniversary of Leslie Cheung's Death（レスリー・チャンのファン、死後十年を追悼）」、「南華早報（サウスチャイナ・モーニング・ポスト）」、二〇一三年三月三十一日、https://www.scmp.com/news/hong-kong/article/1203541/fans-commemorate-10th-anniversary-leslie-cheungs-death

128 アジアの歌謡コンテストで～準優勝を果たした：「Mr Leslie Cheung Kwok Wing（レスリー・チャン・クォック・ウィン氏）」、「アヴェニュー・オブ・スターズ」、https://www.avenueofstars.com.hk/en/mr-leslie-cheung-kwok-wing/

130 カナダは天国だと信じていましたが：「哥哥點解叫哥哥？　十件張國榮你或許想知道的事（なぜ「哥哥」は「哥哥」と呼ばれるのか？　レスリー・チャンについてあなたが知らない十の事実）」、「スカイポスト」、二〇一九年三月二十九日。

131 美しいがこの世のものとは思われない：映画『ルージュ』で、アニタ・ムイは黒の旗袍に身を包み、髪には唇と同じくらい赤い花のクリップをつけている。レスリーの自殺の数カ月後の二〇〇三年十二月、アニタは癌で死去した。

131 黒のシースルーのシャツと白いスカートを身につけ～レスリー：二〇〇〇年または二〇〇一年のレスリーのパフォーマンス。YouTubeを参照（https://www.youtube.com/watch?v=xitNQiLEL1I）。

131 絶対に、絶対に、絶対に～：「新聞檔案 - 03年董太『千祈千祈千祈、洗手洗手洗手』」、YouTube、二〇二〇年三月十三日、https://www.youtube.com/watch?v=cphrFFEKEP0

132 国家安全維持法案を提出した：「National Security (Legislative Provisions) Bill to Be Introduced into LegCo（香港特別行政区立法会で香港国家安全維持法案の検討へ）」、政府情報センター、二〇〇三年二月二十四日、https://www.info.gov.hk/gia/general/200302/24/0224159.

htm

133 去るのは簡単だ：「行政長官公布向中央請辭談話全文」、政府情報センター、二〇〇五年三月十日、https://www.info.gov.hk/gia/general/200503/10/03100238.htm

二十二人のルームメート

142 三十五メートルを超えるビルが約八千棟もある：クリストファー・ドゥウォルフ、「The Vertical City, Part 1: How Hong Kong Grew Up（垂直の都市、第一部：香港の成長）」、「ゾリマ・シティマグ」、二〇一六年十月六日、https://zolimacitymag.com/vertical-city-part-i-how-hong-kong-grew-up/

142 ひとりあたり十九平米：「Improving Average Living Floor Area per Person（ひとりあたりの平均生活空間の拡大）」、香港特別行政区政府、二〇一八年六月二十日、https://www.info.gov.hk/gia/general/201806/20/P2018062000367.htm

142 香港のフラットの半数近く：パール・リウ&ジョアナ・ラム、「Nearly Half of Hong Kong Flats Rent for US$2,550 a Month—70 Percent if Median Household Income（香港のフラットの約半数が、平均月収の七割にあたる月五千二百五十米ドル）」、「南華早報（サウスチャイナ・モーニング・ポスト）」、二〇一八年八月二十日、https://www.scmp.com/business/article/2160554/nearly-half-hk-flats-rent-us2550-month-70-cent-median-household-income

142 「自分だけ」のベッド空間～五千百香港ドル：グレース・ツオイ、「Hong Kong Riled by Latest Tiny 'Space Capsule' Homes（香港、最新の狭小「スペースカプセル」住宅に怒り）」、「ＢＢＣ」、二〇一六年十月二十六日、https://www.bbc.com/news/world-asia-china-37759409

142 住宅購入：トーマス・ピーター、「Frustration of Surviving Pricey Hong Kong Stirs Protest Anger（金のかかる香港での暮らしに対するフラストレーションが怒りを生む）」、「ロイター」、二〇一九年七月四日、https://www.reuters.com/article/us-hongkong-extradition-youngpeople-idUSKCN1TY30K

142 フラットを〜細分化：ナオミ・ン、「Coffin Cubicles, Caged Homes and Subdivisions...Life Inside Hong Kong's Grim Low Income Housing（棺おけ部屋、ケージド・ホーム、細分化：香港の低所得者層の住宅事情）」、「南華早報（サウスチャイナ・モーニング・ポスト）」、二〇一六年九月二十六日、https://www.scmp.com/news/hong-kong/education-community/article/2022430/theyre-just-us-exhibition-shines-light-hong-kongs

143 のだという：アレクサンドラ・スティーヴンソン&ジン・ウー、「Tiny Apartments and Punishing Work Hours: The Economic Roots of Hong Kong's Protests（狭小住宅と長い労働時間：香港抗議デモの経済的な原因）」、「ニューヨーク・タイムズ」、二〇一九年七月二十二日、https://www.nytimes.com/interactive/2019/07/22/world/asia/hong-kong-housing-inequality.html

143 千三百ドル（一万香港ドル以上）の給料の半分：アンガス・ワトソン、ベン・ウエデマン、エリック・チュン、「He Spends Half His $1,300 Monthly Salary on Rent. This Is Why He's Fighting for Fairer Hong Kong（彼は千三百ドルの月収の約半分を家賃に費やしている。だからより公平な香港を求めて闘っている）」、『CNN』、二〇一九年八月十七日、https://edition.cnn.com/2019/08/17/asia/hong-kong-protester-economy-intl-hnk/index.html

143 大物たちに操作：エレイン・ユー、「Hong Kong's Oligarchy（香港の寡頭制）」、「ディセント」、二〇一五年四月一日、https://www.dissentmagazine.org/online_articles/hong-kongs-oligarchy

143 土地を不動産開発業者に売る：香港の土地制度は賃借で成り立っている。つまり、政府がすべての土地の所有権を有する。土地は公売や入札を通じて借地権の形態で「販売」される。

143 一般財源を使い果たしているという事実：アリス・プーン、『Land and the Ruling Class in Hong Kong（香港の土地と支配階級）』（シンガポール・香港、エンリッチ・プロフェッショナル・パブリッシング、二〇一一年）、一一三頁。

144 「不動産の大君」や〜「彼らの仲間」：同、一五頁。

144 非倫理的かつ違法：二〇〇八年、元地政局局長が退任後、香港で有数のデベロッパーである新世界発展有限公司（ニュー・ワールド・デベロップメント）の子会社への天下りを打診され、利益相反に関する議論が湧き上がったのちようやく取りやめた。また、二〇一四年には香港で一、二を争うデベロッパーである新鴻基地産発展有限公司（サン・ハンカイ・プロパティーズ）の元業務執行取締役が、元政務司司長に賄賂を贈っていたとして、五年の懲役刑を言い渡された。

145 たびたびデータを示し：本土研究社、「Hong Kong Land Research（香港土地調査）」。

145 改善されていない：リウ・シウウエン&キット・タン、「Where I Sleep（わたしが眠る場所）」、「ブルームバーグ・ビジネスウィーク・チャイニーズ・エディション」、二〇一八年十月三日。

146 四十五パーセント：香港特別行政区政府、香港住宅委員会、「Housing in Figures 2020（二〇二〇年度 住宅に関する統計）」。

154 公営賃貸住宅申請後の平均待機期間は五年を超える：「Number of Applications and Average Waiting Time for Public Rental Housing（公営賃貸住宅の申し込み者数と平均待機期間）」、香港住宅委員会、二〇二一年五月十一日、https://www.housingauthority.gov.hk/en/about-us/publications-and-statistics/prh-applications-average-waiting-time/index.html

155 リチャード・ニクソンがやってきて：クリストファー・ドゥウォルフ、「Hong Kong's Modern Heritage, Part 3: Choi Hung, The Rainbow Estate（香港の近代遺産第三部：虹色の邸宅、彩虹邨）」、「ゾリマ・シティマグ」、二〇一九年三月二十日、https://zolimacitymag.com/hong-kongs-modern-heritage-part-iii-choi-hung-the-rainbow-estate/

164 資本主義の巨大な遊園地：リウ・シウウエン、「[採訪後記] 一六一 呎的日興夜（「わたしが眠る場所」インタビュー後記）」、「ミディアム」、二〇一八年十月十一日。

168 三合会（中国人犯罪組織）の助けを借りて：元立法会議員、朱凱迪（エディー・チュー）がこの問題を暴露したところ、横洲に関する論争から手を引くようにと告げる殺人予告が届いた。

169　平穏な自給自足の生活を送ってきた：横洲緑化帯発展關注組、『何處是吾家（わたしの家はどこ?）』（香港、藍出版有限公司、二〇一八年）。

170　フラットにはとても手が届きません：「Video: Hong Kong Villagers Resist Eviction as Demolition Arrives in Wang Chau（動画：香港の村民、横洲の村からの立ち退きに抵抗）」、「香港フリープレス」、二〇二〇年七月三十一日、https://hongkongfp.com/2020/07/31/video-hong-kong-villagers-resist-eviction-as-demolition-arrives-in-wang-chau/

172　加油：または「アド・オイル（香港英語で、サポートと励ましを示す言葉）」。

174　「ウォール・ストリート・ジャーナル」は〜インタビューをおこなっている：ルーシー・クレイマー、「Coronavirus Prompts a Whole City to Try Home Schooling（新型コロナウイルス感染症によって街全体がホームスクーリングに取り組む）」、「ウォール・ストリート・ジャーナル」、二〇二〇年二月二十六日、https://www.wsj.com/articles/coronavirus-prompts-a-whole-city-to-try-home-schooling-11582734458

176　五百三十万香港ドルで売りに出されている：美聯物業（ミッドランド・リアルティ）ウェブサイトより（アクセス日：二〇二〇年十月）、https://www.midland.com.hk/en/

二〇一四年

182　優先される選挙制度：立法議会選挙には、地域別選挙枠と職能別選挙枠の両方が存在する。地域別選挙枠の候補者のみが香港人の直接投票によって選ばれる。職能別選挙枠では、立法会議員は観光や保険などさまざまなセクターによって選ばれるが、投票するのは人々ではなく既得権を持つ企業であることもある。つまり、投票は取締役やオーナーによって制御される。こうしたセクターは従来より親中国派の候補者に占められていた。以下も参照のこと。クリス・チェン、「Explainer: How Hong Kong's Legislature Was Broken, Long Before Protesters Invaded the Complex（解説：デモの参加者が乱入するよりずっと以前から香港議会が破壊されていた理由）」、

「香港フリープレス」、二〇一九年七月七日、https://hongkongfp.com/2019/07/07/explainer-hong-kongs-legislature-broken-long-protesters-invaded-complex/

182 包括的な管轄権：「Beijing Emphasises Its Total Control Over Hong Kong in White Paper（中国、白書で香港の全面的な監督を主張）」、「南華早報（サウスチャイナ・モーニング・ポスト）」、二〇一四年六月十日、https://www.scmp.com/news/hong-kong/article/1529300/beijing-reasserts-its-total-control-over-hong-kong-white-paper

183 七十八万七千人以上の人：クリス・バックリー、「Hong Kong Poll Turnout Buoys Democracy Activists（香港での投票、民主派活動家らを勇気づける結果に）」、「ニューヨーク・タイムズ」、二〇一四年六月二十九日、https://www.nytimes.com/2014/06/30/world/asia/turnout-for-unofficial-vote-in-hong-kong-cheers-democracy-advocates.html

183 予備資金調達に対する投票を強行する：「香港立法會通過東北發展區撥款引爆爭議（香港立法会、新界北東部での予備資金調達を可決し批判を呼ぶ）」、「BBC」、二〇一四年六月二十七日、https://www.bbc.com/zhongwen/trad/china/2014/06/140627_hkg_nt_protest

185 五百人の抗議デモの参加者：「佔領被捕511人中的3個平凡人（占拠にて逮捕された五百十一人のうちの三人の一般人）」、「明報」、二〇一四年七月六日、https://news.mingpao.com/pns/%e6%b8%af%e8%81%9e/article/20140706/s00002/1404583988799/%e4%bd%94%e9%a0%98%e8%a2%ab%e6%8d%95-511%e4%ba%ba%e4%b8%ad%e7%9a%843%e5%80%8b%e5%b9%b3%e5%87%a1%e4%ba%ba

185 中国は〜決定事項を発表する、「国を愛し、香港を愛する」：「Decision of the Standing Committee of the National People's Congress on Issues Relating to the Selection of the Chief Executive of the Hong Kong Special Administrative Region by Universal Suffrage and on the Method for Forming the Legislative Council of the Hong Kong Special Administrative Region in the Year 2016（二〇一六年香港特別行政区行政長官の普通選挙による選出に関する問題および香港特別行政区立法会の編成方法に関する全国人民代表大会の決定について）」、http://www.2017.gov.hk/filemanager/template/en/doc/20140831b.pdf

185 香港は新たな時代に突入しようとしている：トリプティ・ラヒリ、「A Refresher Course on Hong Kong's 2014 Umbrella Movement」、「クォーツ」、二〇一九年九月二十七日、https://finance.yahoo.com/news/refresher-course-hong-kong-2014-045407782.html

187 記者会見を開き：「梁振英記者會：佔中是違法行為（梁振英記者会見：『オキュパイ・セントラル』は違法）」、「BBC」、二〇一四年九月二十八日、https://www.bbc.com/zhongwen/trad/china/2014/09/140928_hk_presser

188 アドミラルティの薄暗い街角では～警官七人に：クリス・チェン、「Seven Police Officers Charged with Beating Occupy Protester Charged One Year On（占拠デモ参加者を殴打した警官七人が一年の時を経て起訴）」、「香港フリープレス」、二〇一五年十月十五日、https://hongkongfp.com/2015/10/15/breaking-seven-police-officers-who-allegedly-beat-up-occupy-protester-charged/

188 ぼくたちは時代に選ばれた世代なんだ：リリー・クオ、ヘザー・ティモンズ、ジェイソン・カレイアン、「The Hong Kong government-protester sit-down finally took place—and nobody is satisfied（香港政府に対するデモの参加者の座り込みがついに発生、誰にとっても不満の残る結果に）」、「クォーツ」、二〇一四年十月二十一日、https://qz.com/284510/the-hong-kong-government-protester-sit-down-is-finally-taking-place-and-streaming-live/

五里霧中

192 心の健康と同義語になった：多くの市民にとってキャッスル・ピーク病院と聞いたときに頭に浮かぶのは、迷宮のような精神科病院であり続けた。ただし、二〇〇六年には改修工事がおこなわれ、それ以来穏やかで居心地のよい場所として生まれ変わっている。

203 任意入院同意書に署名しないのなら：話を聞いたメンタルヘルス従事者によれば、実際に医師がこのセリフを口にするのは、通常患者自ら第三十項に署名してもらうためだとのことである。第三十項には、患者が自由意志によってメンタルヘルス施設に入院したり、退院を申し出たりする際の条件が記載されている。精神健康（メンタルヘルス）条例の第三十一項には、こう書かれている。「患者の容体を観察するための拘留命令を、地方裁判官または判事に対して申請することができる。これには、患者が次の状態である必要がある。（a）少なくとも一定期間、精神科病院に収容され観察（または観察およびその後の治療）されるに足る性質または程度の精神疾患があること、および（b）自らの健康または安全のため、あるいは他の人の保護という観点から、拘留される必要があること」

203 刑務所をまぬかれた：エズメ・ウェイジュン・ワン、『The Collected Schizophrenias（集められた統合失調症）』（ミネアポリス、グレイウォルフ・プレス、二〇一九年）：「There are inevitable parallels between involuntary hospitalization and incarceration. In both circumstances, a confined person's ability to control their life and their body is dramatically reduced: they are at the mercy of those in control; they must behave in prescribed ways to acquire privileges and eventually, perhaps, to be released.（自由意志によらない入院はどうしようもなく収監に似ている。どちらの場合も囚われびと自らが生活や身体を支配する能力は著しい制限を受ける。彼らは完全に支配する側の手にゆだねられるのだ。権利を得るためには、そしておそらくいつの日か自由の身になるためには、あらかじめ決められたやり方に従って行為するほかはない）」

207 『誰がための日々』：ウォン・ジョン（黄進）監督による二〇一六年制作の香港映画。双極性障害を抱える男性とその父親との関係が描かれる。

208 十日に一人：呂凝敏（ルー・ニンミン）&梁融軒（リャン・ロンシャン）、「平均毎9・3日一青年人自殺 數據解構為何踏上不歸路（平均九・三日にひとり、十代の若者が自殺）」、『香港01』、二〇一七年十二月二十七日、https://www.hk01.com/%E7%AA%81%E7%99%BC/141085/2017%E5%9B%9E%E9%A1%A7-%E5%B9%B3%E5%9D%87%E6%AF%8F9-3%E6%97%A5%E4%B8%80%E9%9D%92%E5%B9%B4%E4%BA%BA%E8%87%AA%E6%AE%BA-%E6%95%B8%E6%93%9A%E8%A7%A3%E6%A7%8B%E7%82%BA%E4%BD%95%E8%B8%8F%E4%B8%8A%E4%B8%8D%E6%AD%B8%E8%B7%AF

208 七十六パーセント：シモーン・マッカーシー、「Is

Anyone Listening? Hong Kong Educators and Counsellors Call for More Attention to Rising Student Suicide Rates（誰か気づいて：香港の教育者とカウンセラー、増加する学生の自殺率に警鐘を鳴らす）」、「南華早報（サウスチャイナ・モーニング・ポスト）」、二〇一八年十二月二十九日、https://www.scmp.com/news/hong-kong/health-environment/article/2179694/anyone-listening-hong-kong-educators-and

208 『負け犬』とみなされる：チェリー・チャン、「Why Are Hong Kong Students Committing Suicide?（香港の学生が自殺する理由）」、「ドイチェ・ヴェレ」、二〇一七年四月十三日、https://www.dw.com/en/why-are-hong-kong-students-committing-suicide/a-38414311

208 邵家臻が〜質問をする：カレン・チャン、「Social Welfare Lawmaker Slams Chief Executive for Neglecting Student Suicides in Policy Address（社会保障に注力する立法会議員、施政方針演説で学生の自殺に対する無関心について行政長官を糾弾）」、「香港フリープレス」、二〇一七年十月十三日、https://hongkongfp.com/2017/10/13/social-welfare-lawmaker-slams-chief-executive-neglecting-student-suicides-policy-address/

209 「そんなに感情的にならなくてもいいでしょう」：「邵家臻提學童自殺　質問「人命值幾多錢」　林鄭稱一直關注：不需用激動語氣講（邵家臻が学生の自殺について質問、「彼らの命には価値がないというのですか？」林鄭、継続して懸念していると表明：「そんなに感情的な言葉を使う必要はないでしょう」）」、「明報」、二〇一七年十月十二日、https://m.mingpao.com/ins/%e6%b8%af%e8%81%9e/article/20171012/s00001/1507777911686/%e3%80%90%e7%9f%ad%e7%89%87-%e7%89%b9%e9%a6%96%e7%ad%94%e5%95%8f%e6%9c%83%e3%80%91%e9%82%b5%e5%ae%b6%e8%87%bb%e6%8f%90%e5%ad%b8%e7%ab%a5%e8%87%aa%e6%ae%ba-%e8%b3%aa%e5%95%8f%e3%80%8c%e4%ba%ba%e5%91%bd%e5%80%bc%e5%b9%be%e5%a4%9a%e9%8c%a2%e3%80%8d-%e6%9e%97%e9%84%ad%e7%a8%b1%e4%b8%80%e7%9b%b4%e9%97%9c%e6%b3%a8-%e4%b8%8d%e9%9c%80%e7%94%a8%e6%bf%80%e5%8b%95%e8%aa%9e%e6%b0%a3%e8%ac%9b

212 わたしには達成能力があるから：エズメ・ウェイジュン・ワン、「High Functioning（高機能）」、『The Collected Schizophrenias（集められた統合失調症）』（ミネアポリス、グレイウォルフ・プレス、二〇一九年）。

214　三十万人もの患者：香港特別行政区政府、「LCQ10: Mental Health Services（LCQ10：メンタルヘルスに関するサービス）」、プレスリリース、二〇二一年四月二十八日、https://www.info.gov.hk/gia/general/202104/28/P2021042800469.htm

215　街坊：同じ地区の住民の俗称。

215　待ち時間：ツェン・キュイビ、「医院急症室輪候逾8小時　全港逾：5000人次到急症求診（約五千人の香港人が救急処置室での診察を求め、救急外来での待ち時間は八時間にも及ぶ）」、「香港01」、二〇一九年十二月六日、https://www.hk01.com/%E7%A4%BE%E6%9C%83%E6%96%B0%E8%81%9E/406820/%E5%86%AC%E5%AD%A3%E6%B5%81%E6%84%9F-%E4%BC%8A%E9%99%A2%E6%80%A5%E7%97%87%E5%AE%A4%E8%BC%AA%E5%80%99%E9%80%BE8%E5%B0%8F%E6%99%82-%E5%85%A8%E6%B8%AF%E9%80%BE5000%E4%BA%BA%E6%AC%A1%E5%88%B0%E6%80%A5%E7%97%87%E6%B1%82%E8%A8%BA

216　医療保険に入っていない：「Prepare for Medical Expenses（医療費に対する心構え）」、『ＡＩＡ香港』、https://www.aia.com.hk/en/life-challenges/medical.html、「Thematic Household Survey Report No.63（主題世帯調査報告書第六十三号）」より、香港特別行政区政府統計局、二〇一七年十二月。

216　精神疾患の治療は適用外：「醫保多不保精神病 投保時宜小心看清條款（多くの医療保険ではメンタルヘルスは適用外：購入前にしっかり規約確認を）」、「明報」、二〇一八年八月七日、https://finance.mingpao.com/php/daily2.php?node=1533581266225&issue=20180807

217　別の英国出身の香港在住者：マリアン・リウ、「The Secret Burden of Mental Illness in Hong Kong（香港での精神疾患に関する知られざる負荷）」、「ＣＮＮ」、二〇一八年四月二十九日、https://edition.cnn.com/2018/04/29/health/mental-health-suicide-hong-kong-asia/index.html

217　香港人の七人にひとり：「Statistical Highlights—Mental Health Services（統計の概要——メンタルヘルス・サービス）」、https://www.legco.gov.hk/research-publications/english/1617issh29-mental-health-services-20170626-e.pdf

217　精神科医は四百人しかいない：「Registered Medical Practitioners on the General Register and the Specialist Register: Specialist Registration—Psychiatry（一般医名簿と専門医名簿に登録されている医師：専門医名簿——精神科）」、香港医務委員会、二〇一七年四月、https://www.mchk.org.hk/english/list_register/list.php?type=S&fromlist=Y&advancedsearch=Y&regno=S24

219　精神の病に苦しむ人々に適切な支援を提供するために資源を割り当てる：「予算演説」、香港特別行政区政府、『The 2020-21 Budget（二〇二〇―二一年度予算）』、https://www.budget.gov.hk/2020/eng/budget11.html

220　五百人の住民が嘆願書に署名：「李慧筠　精神中心落戸拗足五年　區議員：唔反對咪幫緊佢（メンタルヘルス・センターの設置場所に関する議論、五年にわたる：区議会議員「反論しないことで支援している」）」、「香港０１」、二〇一八年八月二十三日、https://www.hk01.com/%E7%A4%BE%E5%8D%80%E5%B0%88%E9%A1%8C/226012/%E8%A2%AB%E5%8E%AD%E6%83%A1%E8%A8%AD%E6%96%BD2-%E7%B2%BE%E7%A5%9E%E4%B8%AD%E5%BF%83%E8%90%BD%E6%88%B6%E6%8B%97%E8%B6%B3%E4%BA%94%E5%B9%B4-%E5%8D%80%E8%AD%B0%E5%93%A1-%E5%94%94%E5%8F%8D%E5%B0%8D%E5%92%AA%E5%B9%AB%E7%B7%8A%E4%BD%A2

220　十人中六人：「Mental Health in Hong Kong（香港のメンタルヘルス）」、「マインドＨＫ」、https://www.mind.org.hk/mental-health-in-hong-kong/

229　約二百万人：「Hong Kong: Nearly a Third of Adults Report PTSD Symptoms—Study（香港：成人の約三分の一がＰＴＳＤの症状を訴える——調査）」、「ガーディアン」、二〇二〇年一月十日、https://www.theguardian.com/world/2020/jan/10/hong-kong-nearly-a-third-of-adults-report-ptsd-symptoms-study

229　自殺：リリー・クオ、「'Society Is Suffering': Hong Kong Protests Spark Mental Health Crisis（『社会は苦しんでいる』香港の抗議デモによりメンタルヘルスの危機的状況が発生）」、「ガーディアン」、二〇一九年十月二十二日、https://www.theguardian.com/society/2019/oct/22/society-is-suffering-hong-kong-protests-spark-mental-health-crisis

229　痛みもなにもない：リア・モーグル、「PTSD and Protests: How the Violence on Hong Kong's Streets Impacts Mental Health（PTSDと抗議デモ：香港の舗道での暴力がメンタルヘルスに影響）」、「香港フリープレス」、二〇一九年十二月十五日、https://hongkongfp.com/2019/12/15/ptsd-protests-violence-hong-kongs-streets-impacts-mental-health/

229　なかにはとても若く：クオ、「'Society Is Suffering'（『社会は苦しんでいる』）」

229　死ぬなんてとんでもないことです：アリス・スー、ツイッター、二〇一九年七月二日、https://twitter.com/aliceysu/status/1145914531689979905

232　他の人々は混乱状態のなかで倒れている：李智良（リー・チーリョン）、『房間（A Room Without Myself／わたしのいない部屋）』（香港、Kubrick、二〇〇八年）、一五九頁。

234　アーティストや作家は～ZINEを制作：カレン・チャン、「Off the Shelf: Somewhere, Someone Just Wanted to Let You Know（書店から：どこかでだれかがあなたに伝えたいと考えていたこと）」、「IDEASジャーナル」、二〇二〇年一月二十四日、https://aaa.org.hk/en/ideas-journal/ideas-journal/off-the-shelf-somewhere-someone-just-wanted-to-let-you-know

236　香港人をつないでいるのは苦しみだ：グウィネス・ホー・クワイ・ラム、「【專訪】屬於每一人的共同體　梁繼平：真正連結香港人的、是痛苦（梁繼平：香港人を真につないでいるのは苦しみだ）」、「立場新聞（スタンド・ニュース）」、二〇一九年十月十八日、https://web.archive.org/web/20200702061433/https://www.thestandnews.com/politics/%E5%B0%88%E8%A8%AA-%E4%B8%80%E5%80%8B%E5%85%B1%E5%90%8C%E9%AB%94%E7%9A%84%E8%AA%95%E7%94%9F-%E6%A2%81%E7%B9%BC%E5%B9%B3-%E7%9C%9F%E6%AD%A3%E9%80%A3%E7%B5%90%E9%A6%99%E6%B8%AF%E4%BA%BA%E7%9A%84-%E6%98%AF%E7%97%9B%E8%8B%A6/

インターナショナル・スクール出身者

240　拷問部屋として使ってた：「History of Schools During the Japanese Occupation（日本統治時代の学校の歴史）」、「南華早報（サウスチャイナ・モーニング・ポスト）」、二〇一〇年五月二十三日、https://www.scmp.com/article/715085/history-schools-during-japanese-occupation

240　前身となる学校が香港で創立されたのは一八九四年：英皇佐治五世學校、「History（歴史）」、https://www.kgv.edu.hk/history/

246　インスタグラムでは、わたしがフォローしている人も：カレン・チャン、「'Tear Gas on One Street and Civilians Walking on Another'（ある通りでは催涙ガスが発射され、別の通りでは一般市民が歩いている）」、「カリフォルニア・サンデー・マガジン」、二〇一九年十一月十四日、https://story.californiasunday.com/hong-kong-protests-photos/

247　尖沙咀のモスクに青い染料をまき散らし：クリス・チェン&ジェニファー・クリーリー、「Video: Hong Kong Police Accused of Targeting Mosque with Water Cannon Blue Dye as Communities Conduct Clean-Up（コミュニティが清掃をおこなうなか、香港警察が青染料入りの砲弾をモスクに発射し非難される）」、「香港フリープレス」、二〇一九年十月二十日、https://hongkongfp.com/2019/10/20/hong-kong-police-accused-targeting-mosque-water-cannon-blue-dye-communities-conduct-clean/

247　インドネシア人の移民労働者～を国外追放した：ホームズ・チャン、「Indonesian Migrant Worker Who Covered Hong Kong Protests Detained for 28 Days, Faces Deportation Over Visa Issue（香港の抗議デモを取材していたインドネシア人の移民労働者、二十八日間拘留されビザの問題で国外追放に）」、「香港フリープレス」、二〇一九年十二月一日、https://hongkongfp.com/2019/12/01/indonesian ndonesian-migrant-worker-wrote-hong-kong-protests-detained-28-days-faces-deportation/

254　公開書簡：リア・モーグル、「Hong Kong Student Calls Out Racism at International School via Change.org Petition（香港の学生、Change.orgでの嘆願を通じてインターナショナル・スクールでの人種差別を非難）」、「ヤング・ポスト」、二〇二〇年六月二十三日、https://www.

scmp.com/yp/discover/news/hong-kong/article/3090297/hong-kong-student-calls-out-racism-international-school

256 活動を支援しない：チャン・ホーヒン、「National Security Law: Keep Views on Hong Kong Politics to Yourself, International School Group Warns Teachers in New Guidelines（国家安全維持法：インターナショナル・スクール・グループの新たな規定、香港政治に関して意見しないよう教師らに警告）」、「南華早報（サウスチャイナ・モーニング・ポスト）」、二〇二〇年九月四日、https://www.scmp.com/news/hong-kong/education/article/3100266/national-security-law-keep-views-hong-kong-politics

言語を裏切る者

261 最初に上陸した：ジョン・M・キャロル、『A Concise History of Hong Kong（簡略版 香港の歴史）』（ランハム、MD：ロウマン&リトルフィールド、二〇〇七年）。

265 『ガーディアン』誌はこれを『雨傘革命』と呼んだ：ヘンリー・ウェイ・リョン、「Ruins Above Water（海の上の廃墟）」、『Drunken Boat（酔いどれのボート）』、https://d7.drunkenboat.com/db21/hong-kong/henry-wei-leung、またはヘンリー・ウェイ・リョン、『Goddess of Democracy: An Occupy Lyric（民主主義の女神：占拠の叙情詩）』（カリフォルニア州オークランド、オムニドーン、二〇一七年）。

266 新たな冷戦：ギデオン・ラクマン、「Hong Kong Is a Flashpoint in the New Cold War（香港は新たな冷戦の発火点）」、「ファイナンシャル・タイムズ」、二〇一九年七月二十九日、https://www.ft.com/content/ca123574-b1d7-11e9-8cb2-799a3a8cf37b

267 外国人居住者が香港の書き手の立場から除外されたりしないと思う：この文章および本書全体で「外国人居住者」とは、ホワイトカラーのビジネスマン、または英語教師として勤務するため英国、米国、オーストラリア、シンガポールなどの国から香港に来た人を意味する。

267 英語作品では外国人居住者の存在感があまりにも大きい：ジョン・ランチェスター、『Fragrant Harbour（香り高き港）』（ロンドン、フェイバー、二〇〇二年）。ニーシャ・ドーラン、『Exciting Times（心躍る日々）』（ニューヨーク、エッコ、二〇二〇年）。ジャニス・Y・K・リー、『The Expatriates（外国人居住者）』（ニューヨーク、ヴァイキング、二〇一六年）。

268 この運動で得をしている：香港では、抗議デモ参加者がデモ運動を利用して利益を得ることを、魯迅の短編「薬」にちなんで「血饅頭を食べる」と言うようになった。子どもの病を治すため、革命派の血から饅頭が作られるという物語で、香港では一般的に抗議デモ運動から利益を得る人に言及する際に使用される表現。

270 人々〜に関する記事を送らないこと：「ハイフン」誌の投稿に関するガイドライン、https://hyphenmag.submittable.com/submit

271 「NBCニュース」は彼を〜紹介した：フランシス・カイワ・ワン、「National Poetry Month: Asian-American Poets to Watch（全米詩月間：注目のアジア系アメリカ人詩人）」、「NBCニュース」、二〇一五年四月二十四日、https://www.nbcnews.com/news/asian-america/national-poetry-month-asian-american-poets-watch-n345766

272 翻訳者のルーカス・クラインとのインタビューのなかで：ニコラス・ウォン&ルーカス・クライン、「一個香港男生的非母語寫作（香港の青年による非母語での作品）」、「イニシアム」、二〇一六年十月七日、https://theinitium.com/article/20161007-culture-poems-crevasse-nicholas-lucas/

272 注目されているような気持ちになり：カレン・チャン、「Jenny Zhang's Female Gaze（ジェニー・ザンによる女性のまなざし）」、「ロサンゼルス・レビュー・オブ・ブックス・チャイナ・チャンネル」、二〇一九年一月九日、https://chinachannel.lareviewofbooks.org/2019/01/09/jenny-zhang/

273 香港は中国の都市：ダグラス・カー、「Louise Ho and the Local Turn: The Place of English Poetry in Hong Kong（何佩珊とローカルな表現：香港での英語詩）」、『Hong Kong Culture: Word and Image（香港文化：言葉とイメージ）』、カム・ルイー編（香港、香港大学出版社、二〇一〇年）、七五ー九六頁、何麗明（タミー・ホー・ライミン）による引用、「Can We Say Hong Kong?（わたしたちは香港と言えるか?)」」、「アジア・レビュー・オブ・ブックス」、二〇一七年二月三日、https://asianreviewofbooks.com/content/can-we-say-hong-kong/

274 世界中を飛び回り〜混血の専門職：マイケル・ツアン、「Is Hong Kong Losing One of Its Finest Anglophone Fiction Writers?: Xu Xi's Insignificance（香港は優れた英語小説家のひとりを失おうとしているのか：許素細の『Insignificance（無意味）』）」、「チャ・ジャーナル・ブログ」、二〇一九年三月二十七日、https://chajournal.blog/2019/03/27/insignificance/

275 地域の思潮：何麗明、「Writing Hong Kong's Ethos（香港の精神について書くということ）」、『Cultural Conflict in Hong Kong（香港の文化的衝突）』（シンガポール、パルグレイブ・マクミラン、二〇一八年）。

275 第三の空間：何麗明、レイ・チョウとダグラス・カーの引用、「Can We Say Hong Kong?（わたしたちは香港と言えるか?）」、「オーフィング」、二〇一七年一月十七日、https://theoffingmag.com/enumerate/can-say-hong-kong/

275 明け方の光／通りに朝がやってくる：阮志雄、『Are You Still Writing Poetry（きみはまだ詩を書いているか）』（香港、MCCMクリエイションズ、二〇一七年）。

275 あなたに見せてあげることができない〜木々：ロー・メイワ、「『魚蛋革命（フィッシュボール・レボリューション）』の時代における未来の娘への手紙」、「ゲルニカ」、二〇一六年二月二十九日、https://www.guernicamag.com/lo-mei-wa-letter-to-a-future-daughter-on-the-occasion-of-the-fishball-revolution/

278 モンコックの危険な通り：アクバル・アッバス、『Hong Kong: Culture and the Politics of Disappearance（香港：消失の文化と政治）』（ミネアポリス、ミネソタ大学出版局、一九九七年）。

283 若い創作家の作品のための場と〜なることを願っています：「Why We're Doing This（この雑誌を創刊した理由）」、「スティル／ラウド」、二〇一七年二月九日、https://still-loud.com/2017/02/09/the-still-loud-founders-discuss-still-loud

294 突然レストランに〜入ってきた：『Hong Kong

Without Us: A People's Poetry（わたしたちのいない香港：民衆の詩）』（ジョージア州アセンズ、ジョージア大学出版、二〇二一年）、二九頁。

工場へようこそ

296 行政長官の梁振英を罵倒した：「My Little Airport ‒ 梁振英、屌你！（請不要在深水埗賣旗）@ Clockenflap 2014（マイ・リトル・エアポート――梁振英、くたばれ［二〇一四年クロッケンフラップ］）」、https://www.youtube.com/watch?v=4ninWjojxeQ

302 五年後のインタビュー：カレン・チャン、ヴィヴィアン・ユン、カイリー・リー、ウィルフレッド・チャン、「The Hong Kongers Trying to Start an Indie Music Revolution on Facebook（Facebookで音楽革命を起こそうとしている香港人たち）」、「スティル／ラウド」、二〇一七年三月二十二日、https://still-loud.com/2017/03/22/zenegeist-hong-kong-indie-music-facebook/

304 香港にインディー音楽シーンが存在していること自体、小さな奇跡だ：議論を簡素化するため、この章では「インディー・シーン」と「アンダーグラウンド・シーン」という二つの言葉を区別しないで使用している。ただし、多くの香港バンドはインディーに分類されるであろう音楽を演奏しているものの、「アンダーグラウンド」というわけではなく、主流なショーで楽曲を披露したり、ラジオに出演したりする。工業ビルのシステムのなかで活動しているのではない場合が多い。

306 製造業者は～中国本土へと移っていき：「Commanding Heights（管制高地）」、ＰＢＳ、http://www.pbs.org/wgbh/commandingheights/lo/countries/hk/hk_full.html

307 廊下ではボクシング大会：マク・ホイサン・アンソン編『From the Factories 我們來自工廈（工場より）』（香港、香港浸會大學視覺藝術院 啟德視覺藝術研究與發展中心、二〇一四年）

307 バンド・ジェイ村：アーコック・ウォン、「我們來自工廈　新書出版（新刊『工場より』）」、「インメディア」、二〇一四年八月十三日、https://www.inmediahk.net/node/1025247

307　デビューアルバムもここで録音された：マク、『From the Factories 我们來自工厂（工場より）』

308　計画を政府が立ち上げると：この計画は「九龍東部活性化」と呼ばれた。「起動東九龍 擬設專責辦事處（九龍東部活性化計画が専任オフィスを設立）」、「東方日報」、二〇一一年十月二十九日、https://orientaldaily.on.cc/cnt/news/20111029/00176_044.html

308　コンサート愛好者のふりをして：エルソン・トン、「Video: Hong Kong Indie Music Venue Hidden Agenda Raided by Police and Officials（動画：香港のインディー音楽ライブハウス〈ヒドゥン・アジェンダ〉で、警察と政府長官による強制捜査）」、「香港フリープレス」、二〇一七年三月八日、https://hongkongfp.com/2017/03/08/video-hong-kong-indie-music-venue-hidden-agenda-raided-police-officials/

321　政府に一時は管理されていた：ある年、クロッケンフラップが東九龍の会場で準備していた関連企画のショーが、政府のシーン「再興」政策に抗議するバンドシーンからボイコットされた。また、その芸術監督によれば、雨傘運動のあいだに抗議のステージをやらないかと言われたが「クロッケンフラップはまだ新しいフェスだったから、彼らは強い政治的姿勢を打ち出したがらなかった」という。

328　怒りだけでなく：アーコック・ウォン、『caak3 seng1 拆聲』（香港、サウンドポケット、二〇一六年）。

339　メジャー・レーベルと契約することも～ないまま：キム・ルール、「Carissa's Wierd: The Band That Got Away（カリッサズ・ウィアード：解散したバンドたち）」、「ノー・ディプレッション」、二〇一〇年八月三十日、https://www.nodepression.com/carissas-wierd-the-band-that-got-away/

煉獄の都市

344　銃声が闇に轟く：「'Why Is the Army Shooting People?' Tiananmen in1989, 1999 and 2009, as Seen by The Globe（なぜ軍隊が市民を襲撃しているのか：「グローブ」が見た一九八九年、一九九九年、二〇〇九年の天安門）」、「グローブ・アンド・メール」、二〇一九年六月四日、https://www.theglobeandmail.com/world/article-why-is-the-army-shooting-people-tiananmen-in-1989-1999-and-200/

345 『人々は忘れない』：『人民不會忘記（People Will Not Forget）』（香港、香港記者協会、二〇一四年）。

345 母国の文化を理解：家長教師會會訊（ペアレント・ティーチャー・アソシエーション・ニュースレター）二〇一二年四月、「We should be alert to our primary mission in education: to have our students understand the culture, history, and development of the motherland, so that they would be willing to draw on their strengths and serve the people of Hong Kong and China（教育における第一の使命を念頭に置くべきだ。つまり、生徒たちに母国の文化、歴史、発展を理解させ、力を発揮して香港および中国人民のために行動できるようにすることである）」。

347 親中国派による愛国的カリキュラムの導入計画の延期：スチュアート・ラウ、エイミー・ニップ、エイドリアン・ワン、「Protest Against National Education to End After Government Climb-down（政府の譲歩を受け、国民教育に対する抗議デモが終了）」、「南華早報（サウスチャイナ・モーニング・ポスト）」、二〇一二年九月九日、https://www.scmp.com/news/hong-kong/article/1032535/protest-against-national-education-end-after-government-climbdown

347 小さな抗議村を作った：「金鐘村民、困住記憶的烏托邦（金鐘の村民たち：記憶を閉じ込めるユートピア）」、「イニシアム」、二〇一五年九月二十六日、https://theinitium.com/article/20150924-hongkong-umbrellamovementtrauma02/

347 政治的変化は巧妙にこの都市を避けていた：ジェフィー・ラム、「Four Years On from Failed Occupy Protests, What Next for Hong Kong's Deflated Democracy Movement?（占拠失敗から四年、減速する香港の民主主義運動の未来とは）」、「南華早報（サウスチャイナ・モーニング・ポスト）」、二〇一八年九月二十八日、https://www.scmp.com/news/hong-kong/politics/article/2166075/four-years-failed-occupy-protests-what-next-hong-kongs

349 区議会の監視組織：カレン・チャン、「Beyond

Politics: The Sai Wan 'Shadow District Council' That Closed Its Doors, but Lives On in Spirit（政治を超えて：西環の区議会監視組織、活動を終了しても意思は生き続ける）」、「香港フリープレス」、二〇一七年八月二十日、https://hongkongfp.com/2017/08/20/beyond-politics-sai-wan-shadow-district-council-closed-doors-lives-spirit/

349　学長に就任することを親中国派の区議会によって拒否された：クリス・チェン、「Johannes Chan Appointment to HKU Key Position Rejected, 12 Vote to 8（陳文敏、香港大学の要職就任を十二対八の投票にて却下される）」、「香港フリープレス」、二〇一五年九月二十九日、https://hongkongfp.com/2015/09/29/johannes-chan-appointment-to-hku-key-position-rejected/

349　催涙ガスが八十七回：イサベラ・スティガー＆チエスター・ユン、「Hong Kong Protesters Mark Month After Police Fired Tear Gas（警察による香港抗議デモ参加者への催涙ガス発射から一カ月）」、「ウォール・ストリート・ジャーナル」、二〇一四年十月二十八日、https://www.wsj.com/articles/hong-kong-protesters-mark-anniversary-of-police-firing-tear-gas-1414510036

350　参加者はわずか：たとえば次を参照のこと。ン・カンチュン他、「Annual July 1 Pro-Democracy March in Hong Kong Draws Record Low Turnout: Police（毎年香港で開催される親民主主義の行進、警察によると参加者数が最低に）」、「南華早報（サウスチャイナ・モーニング・ポスト）」、二〇一七年七月一日、https://www.scmp.com/news/hong-kong/politics/article/2100860/hong-kong-pro-democracy-march-sets-anniversary-citys。ただしこの期間、二〇一六年の春節にも自然発生的な抗議デモがあり、これが要因となってエドワード・リョンは六年収監された。二〇一六年後半には、中央政府駐香港連絡弁公室の外で区議会議員の資格剝奪に関する抗議デモがおこなわれた。ジョシュア・ウォン、アレックス・チョウ、ネイサン・ローら十三人が二〇一七年に収監されたときも大勢の市民が行進に参加した。

352　のちに、親中国派の政治家が暴漢と握手している様子が目撃される：ジェニファー・クリーリー、「Video: Office of Hong Kong Pro-Beijing Lawmaker Junius Ho Trashed as Dozens Protest Response to Yuen Long Attacks（元朗での襲撃に対する多数の抗議を受けるも、親中国派の香港区議会議員ジュニアス・ホーの事務所は冷ややかな対応)」、「香港フリープレス」、二〇一九年七月二十二日、https://hongkongfp.com/2019/07/22/video-office-hong-kong-pro-beijing-lawmaker-junius-ho-trashed-dozens-protest-response-yuen-long-attacks/

355 マスクの装着禁止令：「Hong Kong: Anger as Face Masks Banned After Months of Protests（香港：抗議デモが多発した数カ月ののち、マスクが禁じられ市民は怒り）」、「ＢＢＣ」、二〇一九年十月四日、https://www.bbc.com/news/world-asia-china-49931598

359 歌えば唐辛子スプレーを浴びせられる：「Hong Kong Protests: Police Use Tear Gas and Pepper Spray as Christmas Demonstrations Turn Ugly（香港の抗議デモ：警察が催涙ガスと唐辛子スプレーを使用し、クリスマスのデモは惨事に）」、「ヤング・ポスト」、二〇一九年十二月二十六日、https://www.scmp.com/yp/discover/news/hong-kong/article/3070129/hong-kong-protests-police-use-tear-gas-and-pepper-spray

359 救急医療隊員はトナカイのヘッドバンドをつけ：ツァン・ジアミン、「網民發起到商場示威　防暴警提早到場戒備原文網址（ネチズンがモールでデモを計画、暴動対処班が予定より早く到着）」、「香港０１」、二〇一九年十二月二十五日、https://www.hk01.com/%E7%A4%BE%E6%9C%83%E6%96%B0%E8%81%9E/414134/%E8%81%96%E8%AA%95%E7%AF%80-%E7%B6%B2%E6%B0%91%E7%99%BC%E8%B5%B7%E5%88%B0%E5%95%86%E5%A0%B4%E7%A4%BA%E5%A8%81-%E9%98%B2%E6%9A%B4%E8%AD%A6%E6%8F%90%E6%97%A9%E5%88%B0%E5%A0%B4%E6%88%92%E5%82%99 および「香港示威：商場示威、催淚彈襯出烽煙四起的聖誕節（香港抗議デモ：モールでのデモ、催涙ガス、煙ただようクリスマス）」、「ＢＢＣ」、二〇一九年十二月二十五日、https://www.bbc.com/zhongwen/trad/chinese-news-50909392

363 多くの人にそんな選択肢はありません：マイケル・フォーサイス、「Q and A: Anson Chan on Beijing's Pressure Tactics in Hong Kong（Q&A：香港での北京の圧力戦略について、アンソン・チャンが語る）」、「ニューヨーク・タイムズ」、二〇一四年六月十二日、https://www.thestandard.com.hk/breaking-news/section/4/160522/Eight-arrested-over-CUHK-protest-last-month

365 看板を掲げたとして逮捕される：「Eight Arrested Over CUHK Protest Last Month（先月、香港中文大学の抗議デモで八人を逮捕）」、マイケル・フォーサイス、「スタンダード」、二〇二〇年十二月七日、https://www.thestandard.com.hk/breaking-news/section/4/175575/Man-arrested-for-alleged-%E2%80%98sedition%E2%80%99-over-stickers-outside-own-flat

365 「光復香港」のステッカー：「Man Arrested for 'Sedition' Over Stickers Outside Own Flat（自身のフラットの外にステッカーを貼っていたとして、男性を「扇動」で逮捕）」、「スタンダード」、二〇二一年六月二十八日、https://www.thestandard.com.hk/breaking-news/section/4/175575/Man-arrested-for-alleged-%E2%80%98sedition%E2%80%99-over-stickers-outside-own-flat

369 亡命は移住ではない：トム・グランディ、「Hong Kong Democrat Ted Hui Confirms He Will Go into Exile and Not Return from Denmark（香港の民主派議員・許智峯、デンマークから帰国せず亡命することを表明）」、「香港フリープレス」、二〇二〇年十二月三日、https://hongkongfp.com/2020/12/03/breaking-democrat-ted-hui-confirms-he-will-go-into-exile-and-not-return-from-denmark/

372 指名手配リスト：クリフォード・ロー、ケイニス・リョン、スチュアート・ラウ、「National Security Law: Hong Kong Police Seek Activist Nathan Law and 5 Others for Inciting Secession and Collusion, Insider Says（香港国家安全維持法：香港警察、活動家の羅冠聡他五人を分離独立の扇動および共謀の疑いで指名手配、内部関係者語る）」、「南華早報（サウスチャイナ・モーニング・ポスト）」、二〇二〇年八月一日、https://www.scmp.com/news/hong-kong/law-and-crime/article/3095615/national-security-law-hong-kong-police-said-seek

372 「立場新聞（スタンド・ニュース）」は〜動画インタビューを試みた：「刀鋒下的政黨解散之後好好活著的責任（問題に直面する政党、解散後もしっかりと生きる責任）」、「立場新聞（スタンド・ニュース）」、二〇二〇年十二月三十日。

375 ある場所が好きだと言うとき：ポッドキャスト『唔好意思我倒瀉咗酒（ごめん、お酒をこぼしちゃった）』

のエピソード十五（サンプソン・ウォン、エリック・ツァン・ツユン、キティ・ホー、ホストは陳裕匡）からヒントを得て執筆。

376

尖沙咀～人々が集まる：「尖沙咀除夕倒數市民高叫「光時」唱《榮光》警衛向人群截査市民（尖沙咀でのカウントダウン、住民が「解放せよ」と叫んで『香港に栄光あれ』を歌い、警察が職務質問）」、「立場新聞（スタンド・ニュース）」、二〇二一年一月一日。

[著者] カレン・チャン Karen Cheung
一九九三年中国深圳に生まれ、香港で育つ。香港大学で法学とジャーナリズムを専攻。卒業後は、編集者・ジャーナリストとして活動する。香港のデモやカルチャーシーンを取材し、国内外に向けて執筆。「ニューヨーク・タイムズ」、「フォーリン・ポリシー」などに寄稿している。「ワシントン・ポスト」、「エコノミスト」で年間ベストブック（二〇二二年）に選出されるなど、反響を呼んだ本書がデビュー作となる。

[訳者] 古屋 美登里 Furuya Midori
翻訳家。著書に『雑な読書』『楽な読書』（ともにシンコーミュージック）など。訳書にアフガニスタンの女性作家たち『わたしのペンは鳥の翼』（小学館）、エドワード・ケアリー『呑み込まれた男』『飢渇の人 エドワード・ケアリー短篇集』『おちび』、〈アイアマンガー三部作〉『堆塵館』『穢れの町』『肺都』、『望楼館追想』（すべて東京創元社）、デイヴィッド・マイケリス『スヌーピーの父 チャールズ・シュルツ伝』、デイヴィッド・フィンケル『帰還兵はなぜ自殺するのか』、マーク・シノット『第三の極地 エヴェレスト、その夢と死と謎』（すべて亜紀書房）、ジョディ・カンター他『その名を暴け #MeToo に火をつけたジャーナリストたちの闘い』（新潮社）など多数。

亜紀書房翻訳ノンフィクション・シリーズⅣ-10

わたしの香港《ほんこん》 消滅《しょうめつ》の瀬戸際《せとぎわ》で

二〇二三年六月二日 第一版第一刷発行

[著 者] カレン・チャン
[訳 者] 古屋 美登里
[発行者] 株式会社亜紀書房
〒一〇一-〇〇五一
東京都千代田区神田神保町一-三二
電話（〇三）五二八〇-〇二六一
https://www.akishobo.com
[デザイン] 大倉真一郎
[印刷・製本] 株式会社トライ
https://www.try-sky.com

ISBN 978-4-7505-1791-9 C0095